JACK HIGGINS

NACHT DER FÜCHSE

Roman

Aus dem Englischen
von Thomas Schlück

PAVILLON VERLAG
MÜNCHEN

PAVILLON TASCHENBUCH
Nr. 02/0178

Titel der Originalausgabe
NIGHT OF THE FOX

Umwelthinweis:
Dieses Buch wurde auf
chlor- und säurefreiem Papier gedruckt.

Taschenbuchausgabe 9/2001

Der Pavillon Verlag ist ein Unternehmen der
Heyne Verlagsgruppe, München
http://www.heyne.de
Printed in Germany 2001
Umschlagillustration: Bilderdienst Süddeutscher Verlag/Scherl
Bilderdienst
Umschlaggestaltung: Nele Schütz Design, München
Satz: Pinkuin Satz und Datentechnik, Berlin
Gesamtherstellung: Elsnerdruck, Berlin

ISBN 3-453-18555-2

Jersey 1985

1

Die alten Römer waren davon überzeugt, dass die Seelen der Toten stets in der Nähe ihrer Gräber verweilen. Daran schien etwas zu sein – besonders an diesem kalten Märzvormittag, unter einem beinahe schon nachtschwarzen Himmel.

Ich stand unter dem Granitbogen des Eingangs und schaute über den Friedhof, der sich vor mir erstreckte. Ein Schild verkündete: Pfarrkirche von St. Brelade, und die Grabsteine und Gruften – hier und dort von einem Steinkreuz unterbrochen – drängten sich dicht aneinander. Mein Blick fiel auf einen geflügelten Engel weiter hinten, da grollte Donner am Horizont, und Regen peitschte von der Bucht herein.

Der Hotelportier hatte mir einen Regenschirm mitgegeben, den ich nun aufspannte, ehe ich mich auf den eigentlichen Friedhof wagte. Letzten Sonntag in Boston hatte ich noch nichts von den britischen Kanalinseln vor der französischen Küste gewusst, der Name Jersey war mir unbekannt gewesen. Heute war Donnerstag, und ich war um die halbe Welt gereist, um die Antwort auf eine Frage zu finden, die mich drei Jahre lang intensiv beschäftigt hatte.

Die Kirche war sehr alt und aus Granit. Langsam ging ich durch die Gräberreihen darauf zu und hielt nur einmal inne, um einen Blick auf die Bucht zu werfen. Die Ebbe hatte weite goldene Sandflächen freigelegt. Ich konnte mein Hotel erkennen.

Ich hörte Stimmen, drehte mich um und erblickte zwei Männer mit Stoffmützen. Sie hatten sich Säcke über die Schultern gelegt und hockten unter einer Zypresse an der rückwärtigen Friedhofsmauer. Sie standen auf und entfernten sich, dabei lachten sie wie über einen Witz. Ich sah, dass sie Spaten trugen. Als sie hinter der Kirche verschwunden waren, näherte ich mich der Mauer.

Dort war ein Grab frisch ausgehoben und mit einer Plane zugedeckt worden, obwohl es unter dem Baum ziemlich geschützt lag. Ich fühlte eine ungeheure Erregung in mir aufsteigen. Es war, als hätte dieses Grab auf mich gewartet. Ich wandte mich ab und ging zwischen den Gräbern hindurch zur Kirche, öffnete die Tür und trat ein.

Ich hatte einen finsteren, deprimierenden Ort erwartet, stattdessen brannten die Lampen und erleuchteten eine sehr schöne Szene. Das Dachgewölbe war sehr ungewöhnlich: Es war aus Granitsteinen gemauert und zeigte keinerlei stützende Holzbalken. Ich näherte mich dem Altar, verweilte ein wenig und ließ die Ruhe auf mich einwirken. Hinter mir öffnete und schloss sich plötzlich klickend eine Tür. Ein Mann kam auf mich zu.

Er hatte weißes Haar und sehr helle blaue Augen. Er trug eine schwarze Soutane und über dem Arm einen Regenmantel. Seine Stimme klang sehr alt und brüchig und hatte einen irischen Akzent. »Kann ich Ihnen helfen?«

»Sind Sie der Pfarrer hier?«

»Ach, nein.« Er lächelte gutmütig. »Man hat mich schon vor langer Zeit in Pension geschickt. Cullen. Kanoniker Donald Cullen. Sie sind Amerikaner?«

»Erraten.« Wir gaben uns die Hand. Er griff erstaunlich fest zu. »Alan Stacey.«

»Ihr erster Besuch auf Jersey?«

»Ja«, antwortete ich. »Bis vor ein paar Tagen hatte ich keine Ahnung von der Existenz dieser Insel. Aber das geht wohl den meisten Amerikanern so. Ich kannte nur unser *New* Jersey.«

Der Mann lächelte. Auf dem Weg zur Tür sagte er: »Sie haben sich für Ihren ersten Besuch eine schlechte Jahreszeit ausgesucht. Jersey kann wunderschön sein – allerdings selten im März.«

»Ich hatte leider keine andere Wahl«, antwortete ich. »Hier wird heute jemand beerdigt. Harry Martineau.«

Er war im Begriff seinen Regenmantel anzuziehen und hielt überrascht inne. »Stimmt. Und ich leite die Trauerfeier. Zwei Uhr heute Nachmittag. Gehören Sie zur Familie?«

»Eigentlich nicht, auch wenn ich manchmal das Gefühl habe. Ich bin außerordentlicher Professor für Philosophie an der Harvarduniversität. Seit drei Jahren arbeite ich an einer Biografie über Martineau.«

»Ah.« Er öffnete langsam die Tür, und wir traten vor die Kirche.

»Wissen Sie viel über Martineau?«, fragte ich.

»Eigentlich nur wenig, außer über die ungewöhnlichen Umstände seines Todes.«

»Und die noch ungewöhnlicheren Umstände seiner Beerdigung«, bemerkte ich. »Schließlich passiert es nicht oft, dass man einen Mann vierzig Jahre nach seinem Tod bestattet.«

Der Bungalow stand am anderen Ende der St.-Brelade-Bucht, unweit des Hotels *L'Horizon,* in dem ich wohnte. Das Haus war klein und unauffällig, das Wohnzimmer allerdings überraschend groß und gemütlich eingerichtet; an zwei Wänden zogen sich Bücherreihen hin. Große gläserne Schiebetüren führten auf eine Terrasse in einen Garten, dahinter erstreckte sich die Bucht. Die Flut strömte machtvoll herein, der Wind zauberte Schaumkronen auf die Wellen, der Regen prasselte gegen die Scheiben.

Mein Gastgeber kam aus der Küche und stellte ein Tablett auf einen kleinen Tisch vor dem Feuer. »Ich hoffe, Sie sind mit Tee einverstanden.«

»Durchaus.«

»Meine Frau hat immer Kaffee getrunken, aber sie ist vor drei Jahren gestorben. Ich selbst mag keinen Kaffee.«

Er schenkte ein und schob mir die Tasse hin, während ich mich setzte. Ein Schweigen entstand. Er hob die Tasse und trank mit kleinen Schlucken. Er schien darauf zu warten, dass ich das Gespräch eröffnete.

»Sie haben es hier sehr gemütlich«, bemerkte ich.

»Ja, es geht mir gut. Natürlich bin ich einsam. Professor Stacey, es ist die größte Schwäche des Menschen, dass er einen anderen Menschen braucht.« Er schenkte sich nach. »Als Junge verbrachte ich drei Jahre auf Jersey und verlor mein Herz an die Insel.«

»Das verstehe ich durchaus.« Mein Blick wanderte über die Bucht. »Sie ist sehr schön.«

»Später verbrachte ich oft den Urlaub hier. Bei meiner Pensionierung war ich Kanoniker der Winchester-Kathedrale. Da unser einziger Sohn vor vielen Jahren nach Australien zog …« Er zuckte mit den Achseln. »Jersey bot sich gewissermaßen von allein an, zumal dieses Haus schon seit vielen Jahren meiner Frau gehörte. Von einem Onkel geerbt.«

»Das passte ja alles sehr gut.«

»Ja, besonders in Anbetracht der strengen Bauvorschriften.« Er stellte die Tasse hin, nahm eine Pfeife zur Hand und begann sie aus einem zerschlissenen Lederbeutel zu füllen. »Also«, sagte er forsch, »jetzt wissen Sie alles über mich. Was ist mit Ihnen und Freund Martineau?«

»Wissen Sie viel über ihn?«

»Nein. Ich hörte vor einigen Tagen zum ersten Mal

von ihm, als mir Dr. Drayton aus meinem Freundeskreis die Umstände erklärte, unter denen die Leiche gefunden worden war, und mitteilte, dass sie von London zur Beerdigung hierher überführt werde.«

»Sie wissen, wie er gestorben ist?«

»Bei einem Flugzeugabsturz 1945.«

»Im Januar 1945. Die RAF unterhielt während des Zweiten Weltkrieges eine so genannte Feindmaschinen-Staffel. In dieser Einheit wurden erbeutete deutsche Maschinen geflogen, um deren Leistungsfähigkeit zu überprüfen, und so weiter.«

»Aha.«

»Harry Martineau arbeitete für das Kriegswirtschaftsministerium. Im Januar 1945 flog er als Beobachter in einer Arado 96 mit, einer zweisitzigen deutschen Ausbildungsmaschine, die zur Feindmaschinen-Staffel gehörte. Von diesem Flug kehrte er nicht zurück; man hat immer angenommen, das Flugzeug sei über dem Meer abgestürzt.«

»Und?«

»Vor zwei Wochen wurde das Wrack bei Ausschachtungsarbeiten in einem Sumpf in Essex gefunden. Die Baustelle wurde stillgelegt, während die RAF die Überreste barg.«

»Und Martineau und der Pilot waren noch in der Maschine?«

»Ihre Überreste. Aus irgendwelchen Gründen haben die Behörden die Sache totgeschwiegen. Die Nachricht erreichte mich erst letztes Wochenende, und da bin ich gleich mit der ersten Maschine losgeflogen. War Montag früh in London.«

Cullen nickte. »Sie schreiben eine Biografie über ihn? Inwiefern ist der Mann denn etwas Besonderes? Wie ich schon sagte, war mir der Name bisher kein Begriff.«

»Der Öffentlichkeit geht es auch so«, entgegnete ich.

»Aber in den dreißiger Jahren, in akademischen Kreisen ...« Ich zuckte mit den Achseln. »Bertrand Russell hielt ihn für einen der brillantesten, innovativsten Denker auf seinem Gebiet.«

»Und das war?«

»Moralphilosophie.«

»Ein interessantes Fach«, sagte der Priester.

»Für einen faszinierenden Mann. Geboren wurde er in Boston. Sein Vater arbeitete im Reedereigeschäft. Reich, aber nicht übermäßig. Seine Mutter war auch in New York geboren, hatte aber deutsche Eltern. Ihr Vater lehrte einige Jahre lang an der Columbiauniversität, ehe er 1925 als Professor für Chirurgie an die Universität Dresden zurückkehrte.« Ich stand auf, ging zum Fenster und starrte nachdenklich hinaus. »Martineau studierte in Harvard, promovierte in Heidelberg, studierte als Rhodes-Stipendiat in Oxford und war mit achtunddreißig ein Fellow des Trinity-College und Professor für Moralphilosophie.«

»Eine erstaunliche Leistung«, bemerkte Cullen.

Ich wandte mich um. »Sie sehen das noch nicht richtig. Martineau war ein Mann, der alles in Frage stellte, der sein gesamtes Fachgebiet von Grund auf umpflügte. Aber dann brach der Zweite Weltkrieg aus, und der Rest ist Schweigen. Jedenfalls bis jetzt.«

»Schweigen?«

»Ach, er verließ Oxford, das wissen wir. Arbeitete für das Verteidigungsministerium und dann, wie schon gesagt, für das Kriegswirtschaftsministerium. Viele Akademiker ergriffen eine ähnliche Laufbahn. Tragisch aber ist der Umstand, dass er offenbar auf seinem Spezialgebiet nicht weiterarbeitete. Keine Veröffentlichungen mehr, das Buch, an dem er seit Jahren schrieb, blieb unvollendet; wir haben das Manuskript drüben. Nach September 1939 hat er keine einzige Zeile mehr daran geschrieben.«

»Wirklich seltsam.«

Ich kehrte zum Tisch zurück und setzte mich. »Wir haben seine sämtlichen Schriften in der Bibliothek von Harvard. Als ich sie durchsah, fiel mir vor allem ein persönlicher Aspekt auf.«

»Nämlich?«

»Als ich mit achtzehn die High School verließ, ging ich nicht gleich nach Harvard, sondern schrieb mich bei den Marines ein. Diente ein Jahr in Vietnam, bis eine Kugel in meine linke Kniescheibe eindrang und ich ein für alle Mal nach Hause geschickt wurde. Martineau handelte ähnlich. In den letzten Monaten des Ersten Weltkriegs, gewissermaßen noch als Minderjähriger, schloss er sich dem amerikanischen Expeditionskorps an und diente in den Schützengräben von Flandern als Infanteriegefreiter. Mich faszinierte die Tatsache, dass wir bei der Überwindung unserer Erlebnisse gleiche Wege gingen – wenn wir auch unterschiedliche Antworten suchten.«

»Aus der Hölle des Krieges in die kühlen Gefilde des Verstandes.« Kanoniker Cullen klopfte am Kamin seine Pfeife aus. »Ich weiß nicht mehr, wer das gesagt hat. Irgendein Kriegsdichter.«

»Vor denen schütze mich Gott!«, rief ich aus. »Vietnam hat mir ein steifes Bein, eine dreijährige psychiatrische Behandlung und eine geschiedene Ehe eingebracht.«

Die Uhr auf dem Kaminsims schlug zwölfmal. Cullen stand auf, ging zur Anrichte und schenkte aus einer geschliffenen Karaffe Whisky in zwei Gläser. Er brachte sie zum Tisch und reichte mir eins. »Ich war im Krieg in Burma, und das war auch ziemlich schlimm.« Er trank einen kleinen Schluck und stellte sein Glas auf den Kamin. »Und der Rest, Professor?«

»Der Rest?«

»Von Priestern wird immer behauptet, dass sie in

den Wolken schweben und vom wirklichen Leben keine Ahnung haben«, sagte er mit seiner nüchternen, klaren Stimme. »Das ist natürlich Unsinn. Unser Geschäft ist die Beichte, menschlicher Schmerz. Elend. Nach zweiundfünfzig Jahren als Priester kenne ich die Menschen, Professor, und ahne, wenn sie einem nicht alles sagen.« Er hielt ein Streichholz an seine Pfeife und begann energisch zu paffen. »Was auch auf Sie zutrifft, mein Freund, wenn ich mich nicht sehr irre.«

Ich atmete tief ein. »Er war in Uniform, als man ihn fand.«

Cullen runzelte die Stirn. »Aber Sie haben doch selbst gesagt, er arbeitete für das Kriegswirtschaftsministerium.«

»Er trug eine Uniform der deutschen Luftwaffe. Der Pilot ebenfalls.«

»Sind Sie sicher?«

»Ein alter Vietnam-Freund von mir, Tony Bianco, arbeitet heute beim CIA in unserer Botschaft in London. Dort erfährt er so allerlei. Ich bekam Probleme mit dem Verteidigungsministerium, das sich wegen Martineau und der abgestürzten Maschine in Schweigen hüllte.«

»Und da hörte sich Ihr Freund ein wenig um?«

»Und fand noch etwas. Die Zeitungsmeldung, wonach die Arado zur Feindmaschinen-Staffel gehört hatte … ist möglicherweise anfechtbar.«

»Wieso?«

»Weil Maschinen aus der Staffel die RAF-Kreise aufgemalt bekamen. Biancos Informant aber behauptet, dass das Wrack noch das Balkenkreuz der Luftwaffe trug.«

»Und von amtlicher Stelle konnten Sie gar nichts erfahren?«

»Absolut nichts. So lächerlich sich das anhört, Martineau und der Flug scheinen immer noch irgendwie der Geheimhaltung zu unterliegen.«

Der alte Mann runzelte die Stirn. »Nach vierzig Jahren noch?«

»Das ist noch längst nicht alles«, fuhr ich fort. »Ähnliche Probleme hatte ich letztes Jahr bei meinen Recherchen. Immer wieder stieß ich auf Sperren – Sie verstehen, was ich meine. Ich stellte fest, dass Martineau im Januar 1944 den Distinctive-Service-Order erhalten hat – das ist so eine Auszeichnung, die ohne Erklärungen in den Listen steht. Ohne Angaben darüber, womit er sich den Orden verdient hatte.«

»Das ist ein Militärorden, noch dazu ein sehr hoher. Martineau aber war doch Zivilist«, bemerkte Donald Cullen.

»Anscheinend wurden auch einige wenige Zivilisten damit ausgezeichnet – aber hören Sie: Das passte irgendwie zu einer Geschichte, die ich vor drei Jahren in Oxford hörte, als ich mit meinen Recherchen begann. Der Atomphysiker Max Kübel war viele Jahre lang Professor in Oxford und mit Martineau befreundet.«

»Ja, von *dem* habe ich schon gehört«, sagte Cullen. »Er war deutscher Jude, nicht wahr, und konnte verschwinden, ehe die Nazis ihn ins Konzentrationslager schickten.«

»Gestorben ist er 1973«, sagte ich. »Aber es gelang mir, mit dem Mann zu sprechen, der gut dreißig Jahre lang im Oxford-College sein Butler gewesen war. Er erzählte mir, während der großen deutschen Offensive von 1940, die in Dünkirchen endete, habe Kübel in Freiburg, das dicht an der französischen Grenze liegt, unter Hausarrest der Gestapo gestanden. Dann kam ein SS-Offizier mit Eskorte, um ihn nach Berlin zu bringen.«

»Und?«

»Der alte Bursche, Howard hieß er, behauptete, Kübel hätte ihm vor Jahren erzählt, dieser SS-Offizier wäre Martineau gewesen.«

»Haben Sie ihm das abgenommen?«

»Damals nicht. Er war schon einundneunzig und ziemlich senil, aber man darf Martineaus Herkunft nicht vergessen. Offensichtlich hätte er sich jederzeit glaubhaft als Deutscher ausgeben können. Er beherrschte nicht nur die Sprache, sondern hatte eben auch familiäre Wurzeln in diesem Land.«

Cullen nickte. »Aha, angesichts der jüngsten Entwicklungen sind Sie nun bereit, dieser Geschichte mehr zu glauben?«

»Ich weiß langsam nicht mehr, was ich glauben soll«, entgegnete ich achselzuckend. »Nichts ergibt einen Sinn. Zum Beispiel die Verbindung zwischen Martineau und Jersey. Meines Wissens war er nie auf der Insel und starb fünf Monate ehe die Nazis wieder von hier vertrieben wurden.« Ich leerte mein Glas. »Martineau hat keine lebenden Verwandten. Das weiß ich, weil er nie geheiratet hat. Wer ist also dieser Dr. Drayton, von dem Sie gesprochen haben? Ich weiß nur eins – er muss verdammt großen Einfluss beim Verteidigungsministerium haben, sonst hätte er die Leiche nie freibekommen.«

»Da haben Sie völlig Recht.« Kanoniker Cullen goss mir einen zweiten Scotch ein. »In jeder Hinsicht – bis auf eine.«

»Und die wäre?«

»Dr. Drayton«, erklärte er, »ist kein Mann, sondern eine Frau. Dr. Sarah Drayton, um genau zu sein.« Er hob sein Glas und prostete mir zu.

»Ich bin die Auferstehung und das Leben, sagt der Herr; wer an mich glaubt, soll leben, ob er gleich stürbe.«

Cullens Stimme klang irischer denn je, als er diese

Worte laut in den schweren Regen sprach. Über seinem Talar trug er einen dunklen Mantel, und einer der Sargträger stand neben ihm und hielt einen Regenschirm hoch. Die Trauergemeinde bestand aus einer einzigen Person, Sarah Drayton, die auf der anderen Seite des offenen Grabes stand, auch sie unter einem Regenschirm.

Sie sah aus wie achtundvierzig oder fünfzig, und erst später sollte ich erfahren, dass sie schon sechzig Jahre alt war; klein und schlank unter dem schwarzen zweiteiligen Kostüm mit Hut. Ihr graues Haar war raffiniert kurz geschnitten. Sie war nicht im landläufigen Sinn schön; ihr Mund wirkte etwas zu groß, und sie hatte haselnussbraune Augen über breiten Wangenknochen. Ihr Gesicht verriet große Charakterstärke und zeigte einen Menschen, der das Beste und Schlechteste vom Leben erfahren hat, und sie strahlte eine außergewöhnliche Ruhe aus. Wäre sie mir auf der Straße begegnet, ich hätte mich wahrscheinlich nach ihr umgedreht – ja, so eine Frau war sie.

Sie beachtete mich nicht, und ich hielt mich im Schutz der Bäume, wurde aber trotz des Schirms durch und durch nass. Cullen beendete die Feier, trat vor Sarah Drayton hin und sprach kurz mit ihr. Sie küsste ihn auf die Wange, und er machte kehrt und ging, gefolgt von den Sargträgern, zur Kirche.

Die Frau blieb am Grab stehen, und die beiden Arbeiter warteten respektvoll in einiger Entfernung. Sie ignorierte mich weiter, obwohl ich nun vortrat, eine Hand voll feuchte Erde nahm und auf den Sarg warf.

»Dr. Drayton?«, fragte ich. »Es tut mir Leid, wenn ich Sie belästige. Ich heiße Alan Stacey. Ob ich Sie wohl mal kurz sprechen dürfte? Übrigens – ich bin kein Reporter.«

Ihre Stimme war unerwartet tief, gelassen und von wunderbarem Klang. Ohne mich anzuschauen, sagte sie: »Ich weiß durchaus, wer Sie sind, Professor Stacey. Seit drei Jahren erwarte ich Ihren Besuch.« Sie wandte sich um und zeigte ein bezauberndes Lächeln, das sie wie zwanzig aussehen ließ. »Wir sollten aus diesem schlimmen Regen verschwinden, ehe wir uns erkälten. Das ist ein guter ärztlicher Rat, der Sie nichts kostet. Mein Wagen steht draußen. Ich finde, wir sollten uns auf einen Drink zusammensetzen.«

Das Haus war keine fünf Minuten entfernt; wir erreichten es über einen schmalen Feldweg, den Dr. Drayton geschickt und mit ziemlichem Tempo befuhr. Es erhob sich inmitten eines gepflegten, großen Gartens und war von Buchen umgeben, durch die man weiter unten die Bucht erkennen konnte. Offenbar stammte das Haus aus der viktorianischen Zeit; an der Front hatte es lange, schmale Fenster mit grünen Läden und einen säulenflankierten Eingang. Als wir die Treppe hinaufstiegen, wurde die Tür von einem großen, ernst aussehenden Mann in einer schwarzen Alpakajacke geöffnet. Er hatte schlohweißes Haar und trug eine Nickelbrille.

»Vito«, sagte sie und ließ sich von ihm aus dem Mantel helfen, »dies ist Professor Stacey.«

»Freut mich, Sie kennen zu lernen.«

»Wir trinken später in der Bibliothek Kaffee«, fuhr sie fort. »Um die Drinks kümmere ich mich selbst.«

»Selbstverständlich, Contessa.«

Ehe er sich abwandte, sagte er noch einige Worte auf Italienisch. Sie schüttelte den Kopf und antwortete fließend in derselben Sprache. Er verschwand durch eine Tür im hinteren Teil des Flurs.

»Contessa?«, fragte ich.

Sie tat meine Frage höflich, aber entschieden ab. »Ach, Sie dürfen Vito nicht ernst nehmen, er ist ein fürchterlicher Snob. Hier entlang.«

Der Flur war kühl und geschmackvoll gestaltet. Schwarzweiße Bodenkacheln, eine sich emporschwingende Treppe, Ölgemälde an den Wänden, Meerlandschaften aus dem achtzehnten Jahrhundert. Dr. Drayton öffnete eine Doppeltür aus Mahagoni und trat vor mir in eine große Bibliothek. Die Bücherregale reichten bis zur Decke hinauf, verglaste Verandatüren führten in den Garten. Hinter dem Schutzgitter eines Adam-Kamins loderte ein Feuer, und in der Ecke stand ein Konzertflügel, dessen Deckel mit Fotos vollgestellt war, die meisten in silbernen Rahmen.

»Mögen Sie einen Scotch?«, fragte sie.

»Ja, gerne.«

Sie ging zu einer Anrichte und machte sich an den Flaschen zu schaffen. »Woher wussten Sie, wer ich bin?«, fragte ich. »Von Cullen?«

»Ich kenne Sie, seit Sie mit Ihrer Arbeit über Harry begonnen haben.« Sie reichte mir ein Glas.

»Wer hat Ihnen davon erzählt?«

»Ach, Freunde«, erwiderte sie. »Freunde von früher. Freunde, die so alles Mögliche erfahren.«

Unwillkürlich musste ich an Tony Bianco denken, meinen CIA-Kontaktmann in der Botschaft, und konnte plötzlich meine Neugier kaum noch bezwingen. »Im Verteidigungsministerium schien niemand meine Fragen beantworten zu wollen.«

»Ja, das war zu erwarten.«

»Und trotzdem überlässt man den Toten Ihnen? Sie müssen großen Einfluss haben.«

»Könnte man sagen.« Sie nahm eine Zigarette aus einem Silberetui, zündete sie an, setzte sich in einen Lehnsessel am Feuer und schlug die schlanken Beine übereinander. »Haben Sie schon einmal von der SOE gehört, Professor?«

»Natürlich«, antwortete ich. »Special Operation Executive. Sondereinsatz-Zentrale, auf Churchills Geheiß

1940 vom britischen Geheimdienst gebildet, um in Europa Widerstandsbewegungen und den Untergrund zu koordinieren.«

»Steckt Europa in Brand«, so lautete Churchills Befehl.« Sarah Drayton schnickte Asche ins Feuer. »Ich habe für diese Leute gearbeitet.«

Ich war erstaunt. »Damals müssen Sie doch noch ein Kind gewesen sein!«

»1944 war ich neunzehn«, entgegnete sie.

»Und Martineau?«

»Schauen Sie auf den Flügel«, sagte sie. »Das Foto ganz auf der Seite, im Silberrahmen.«

Ich kam ihrer Aufforderung nach und nahm die Aufnahme zur Hand. Sofort fiel mir ihr Gesicht auf, das bis auf ein Detail seltsam unverändert wirkte. Damals war ihr Haar auffällig blond gewesen und gekräuselt – wie man das wohl damals nannte. Sie trug einen kleinen schwarzen Hut und einen typischen Mantel aus der Kriegszeit: breite Schultern, enge Taille. Außerdem konnte ich Seidenstrümpfe und hochhackige Schuhe erkennen. In den Händen hielt sie eine schwarze Lackledertasche.

Der Mann, der neben ihr stand, war mittelgroß, trug über einem Tweedanzug einen ledernen Militärmantel und hatte die Hände tief in die Taschen gesteckt. Das Gesicht lag im Schatten eines dunklen Filzhuts, und im Mundwinkel steckte eine Zigarette. Die Augen waren dunkel und völlig ausdruckslos, und sein Lächeln verhieß einen gewissen rücksichtslosen Charme. Er sah durch und durch gefährlich aus.

Sarah Drayton stand auf und stellte sich neben mich. »Sieht wahrlich nicht aus wie ein Croxley-Professor für Moralphilosophie in Oxford – oder was meinen Sie?«

»Wo wurde das aufgenommen?«, fragte ich.

»Auf Jersey. Gar nicht weit von hier. Im Mai 1944. Ich glaube, am 10. Mai.«

»Ich bin schon lange genug auf Jersey, um zu wissen, dass die Insel damals noch von den Deutschen besetzt war.«

»Allerdings.«

»Und Martineau war hier? Mit Ihnen?«

Sie ging zu einem georgianischen Schreibtisch, zog eine Schublade auf und reichte mir dann ein Foto. »Dieses Bild stelle ich aus offensichtlichen Gründen nicht mit auf den Flügel.«

Sie war ähnlich gekleidet wie auf dem anderen Foto, und Martineau trug denselben Leder-Trenchcoat. Der einzige Unterschied war die SS-Uniform darunter, das silberne Totenschädelemblem an der Mütze. »Standartenführer Max Vogel«, sagte sie. »Im Rang mit einem Obersten gleichzusetzen. Sieht flott aus, nicht wahr?« Lächelnd nahm sie mir das Bild ab.

»Du meine Güte!«, rief ich. »Was hat das alles zu bedeuten?«

Sie antwortete nicht, sondern reichte mir wortlos ein weiteres Bild. Es war verblasst, aber noch immer sehr deutlich. Eine Gruppe deutscher Offiziere. Vorn standen zwei Männer für sich. Einer war Martineau in seiner SS-Uniform, doch nun fiel mein Blick auf den anderen, und es verschlug mir den Atem. Eines der bekanntesten Gesichter aus dem Zweiten Weltkrieg. Generalfeldmarschall Erwin Rommel. Der »Wüstenfuchs« persönlich. »Wurde das auch hier aufgenommen?«, fragte ich.

»O ja.« Sie legte die Fotos in die Schublade zurück und nahm mein Glas. »Ich glaube, Sie können jetzt noch einen Drink vertragen.«

»Und ob.«

Sie schenkte ein und reichte mir das Glas. Wir gingen zum Kamin. Sie nahm eine neue Zigarette aus dem Kästchen. »Eigentlich sollte ich mit Rauchen aufhören. Aber dazu ist es zu spät. Noch so eine schlechte Angewohnheit, die ich von Harry habe.«

»Bekomme ich eine Erklärung?«

»Warum nicht?«, meinte sie und deutete auf die Verandatüren, gegen die der Regen trommelte. »Wissen Sie etwas Besseres, was man an einem solchen Nachmittag tun könnte?«

London 1944

2

Soweit man überhaupt von einem Anfang sprechen kann, begann alles mit einem Anruf, den Brigadier Dougal Munro in seiner Wohnung am Haston Place entgegennahm, zehn Minuten zu Fuß vom Londoner SOE-Hauptquartier in der Baker Street entfernt. Als Leiter der Abteilung D der SOE hatte er zwei Telefone am Bett, eins mit Direktleitung ins Büro. Dieser Apparat weckte ihn um vier Uhr früh am 28. April 1944.

Mit ernstem Gesicht nahm er die Meldung entgegen und fluchte leise. »Bin sofort drüben. Stellen Sie inzwischen fest, ob Eisenhower in der Stadt ist.«

Knapp fünf Minuten später verließ er das Haus, erschauderte in der feuchten, kühlen Luft und eilte die dunkle, menschenleere Straße entlang. Dabei zündete er sich die erste Zigarette des Tages an. Fünfundsechzig Jahre war er alt, ein gedrungener, kräftig aussehender Mann mit weißem Haar und einem runden, hässlichen Gesicht, zu dem die Nickelbrille nicht recht passen wollte. Er trug einen alten Burberry-Regenmantel und hatte seinen Regenschirm mitgenommen.

Wenn man ihn so sah, wirkte er sehr unmilitärisch – und das war nicht weiter überraschend. Sein Rang als Brigadier sollte ihm in gewissen Kreisen die nötige Autorität verschaffen. Bis 1939 hatte Dougal Munro als Archäologe gearbeitet, Fachgebiet Ägyptologie. Er war Fellow von All Souls in Oxford. Seit drei Jahren leitete er die Abteilung D der SOE, von der in der Branche behauptet wurde, sie sei für die »schmutzigen Tricks« zuständig.

In der Baker Street nickte er dem Nachtposten zu und ging direkt nach oben. In seinem Büro saß Captain Jack Carter, der Dienst habende Offizier, hinter dem Schreibtisch. Carter hatte ein künstliches Bein, eine Folge des Kessels von Dünkirchen. Jetzt griff er nach seinem Stock und wollte aufstehen.

»Nein, bleiben Sie sitzen, Jack«, sagte Munro. »Ist Tee da?«

»Die Thermosflasche steht auf dem Kartentisch, Sir.«

Munro schraubte den Deckel auf, goss sich eine Tasse ein und trank. »Bah, scheußliches Zeug, aber wenigstens heiß! Also, raus damit.«

Nun stand Carter doch auf und humpelte durch den Raum. Auf dem Tisch lag eine Karte, die den Südwesten Englands zeigte, vorwiegend Devon, Cornwall und große Teile des Ärmelkanals.

»Manöver ›Tiger‹, Sir«, begann er. »Sie erinnern sich an die Einzelheiten?«

»Simulierte Landungen für Overlord.«

»Genau. Hier in der Lyme-Bucht in Devonshire gibt es einen Strandbereich, der Slapton Sands genannt wird. Er ist dem Abschnitt, den wir für die Normandie-Landung ›Utah‹ genannt haben, so ähnlich, dass wir unbedingt dort üben müssten. Die meisten jungen Amerikaner, die die Invasion unternehmen sollen, haben keinerlei Kampferfahrung.«

»Das ist mir bekannt, Jack«, sagte Munro. »Weiter.«

»Der Konvoi von gestern Abend bestand aus acht Landungsbooten. Fünf aus Plymouth, drei aus Brixham. Der Aufmarsch wurde natürlich von der Marine gedeckt. Es sollte eine Manöverlandung in Slapton stattfinden.«

Eine Pause trat ein. »Rücken Sie schon mit dem Schlimmsten heraus«, sagte Munro schließlich.

»Der Konvoi wurde auf offenem Meer von deutschen Torpedoschnellbooten angegriffen, vermutlich Fünfte und Neunte Schnellboot-Flottille aus Cherbourg.«

»Schäden?«

»Bisher liegt Sinkmeldung über zwei Landungsboote vor, weitere wurden von Torpedos getroffen und beschädigt.«

»Und die Verluste an Menschenleben?«

»Lässt sich im Moment nicht genau bestimmen. Etwa zweihundert Seeleute und vierhundertfünfzig Soldaten.«

»Wollen Sie damit sagen, dass wir gestern Nacht sechshundertfünfzig amerikanische Soldaten verloren haben?«, fragte Munro. »Sechshundertfünfzig – dabei hat die Invasion Europas noch nicht mal begonnen!«

»Leider – ja.«

Unruhig schritt Munro durch das Büro und blieb am Fenster stehen. »Weiß Eisenhower schon Bescheid?«

»Er ist in der Stadt, Sir, in der Hayes Lodge. Er möchte Sie zum Frühstück sprechen. Acht Uhr.«

»Und will dann Tatsachen hören.« Munro machte kehrt und begab sich zu seinem Schreibtisch.

»Sind unter den Opfern auch noch eingeweihte Offiziere?«

»Drei, Sir.«

»Grundgütiger Himmel! Ich habe davor gewarnt. Genau davor habe ich immer gewarnt. Kein Eingeweihter darf gefährlichen Dienst tun.«

Vor einigen Monaten hatte man sich mit der bedauerlichen Tatsache auseinander setzen müssen, dass es im Zusammenhang mit der vorgesehenen Invasion Probleme mit der Geheimhaltung gab, in manchen Fällen seitens hoch stehender amerikanischer Offiziere. Daraufhin hatte man das System der Eingeweihten geschaffen. Es handelte sich um eine strengere Geheimhaltungsstufe als »streng geheim«. Die Eingeweihten wussten, was andere nur ahnen konnten – Einzelheiten der alliierten Invasion auf dem europäischen Festland.

»Diese drei werden bisher vermisst«, sagte Carter. »Ich habe ihre Akten hier.«

Er legte sie auf den Tisch, und Munro blätterte hastig die Unterlagen durch. »Dumm«, bemerkte er. »Unglaublich dumm! Zum Beispiel dieser Mann, Colonel Hugh Kelso.«

»Der von den Pionieren?«, fragte Carter. »Kommando Vier hat ihn schon zweimal nachts an Küstenabschnitten der Normandie abgesetzt, wo er prüfen wollte, ob sich das Terrain für Fahrzeuge eignet.«

»Abschnitte Schwert und Utah«, stöhnte Munro. »Um Himmels willen, Jack, was ist, wenn er von einem feindlichen Schiff aufgefischt wurde? Vielleicht befindet er sich längst in Gefangenschaft. Die Deutschen bringen jeden zum Reden, wenn sie wollen, das wissen Sie.«

»Ich halte es für unwahrscheinlich, dass die Vermissten von der Gegenseite aufgelesen wurden, Sir. Der Kapitän des Zerstörers *Saladin*, der zu den Begleitschiffen gehörte, hat gemeldet, die Torpedoboote hätten aus einer Distanz von anderthalb Kilometern geschossen und dann schleunigst die Flucht ergriffen. Typischer Angriff aus dem Hinterhalt mit sofortigem Abgang. Großes Durcheinander auf beiden Seiten, Dunkelheit, außerdem mieses Wetter. Windstärke fünf bis sechs zunehmend, aber man hat mir gesagt, so wie die Strömungen in der Lyme-Bucht laufen, werden die meisten Toten an die Küste geschwemmt. Hat auch schon angefangen.«

»Die meisten, Jack, die meisten.« Munro klopfte auf die Karte. »Die Deutschen wissen genau, dass wir kommen. Sie rechnen mit der Invasion. Sie haben sich darauf vorbereitet. Hitler hat Rommel für die Küstenbefestigungen persönlich in die Pflicht genommen. Man weiß nur nicht, wo wir zuschlagen werden – und auch nicht, wann.« Er schüttelte den Kopf, ohne den Blick von der Karte zu heben. »Wäre es nicht die schlimmste Ironie, wenn die größte Invasion der Weltgeschichte abgeblasen werden müsste, weil ein Mann mit allen Informationen in die falschen Hände geraten ist?«

»Damit ist nicht zu rechnen, Sir, das können Sie mir glauben«, sagte Carter leise. »Dieser Colonel Kelso wird von der Flut an Land geschwemmt werden wie alle anderen.«

»Gott steh mir bei – ich werde darum beten, Jack«, sagte Dougal Munro inbrünstig.

Doch zur gleichen Zeit war Colonel Hugh Kelso noch recht lebendig. Allerdings litt er schlimmere Schmerzen als je zuvor in seinem Leben, war unterkühlt und durchnässt und stand Todesängste aus. Er lag zusammengekauert auf einem Rettungsfloß in mehreren Zentimetern Wasser und trieb gut eineinhalb Kilometer vor der Küste von Devon; eine schnelle Gegenströmung trug ihn auf Start Point an der Südspitze der Lyme-Bucht zu – und dahinter erstreckte sich der offene Ärmelkanal.

Kelso war zweiundvierzig Jahre alt, verheiratet und hatte zwei Töchter. Als Ingenieur leitete er seit mehreren Jahren eine in Familienbesitz stehende Baufirma in New York und genoss in seiner Branche einen guten Ruf. Dies war auch der Grund, warum er 1942 ins Pionier-Corps eingezogen und sofort zum Major befördert worden war. Seine Erfahrung mit technischen Problemen von Lande-Operationen an verschiedenen südpazifischen Inseln hatte ihm eine weitere Beförderung eingebracht – und die Versetzung ins SHAEF-Hauptquartier in England, um dort an den Vorbereitungen der Invasion tellzunehmen.

Am Manöver »Tiger« hatte er auf Bitte des befehlshabenden Offiziers aus einem einzigen Grund teilgenommen. Die Erste Amerikanische Pionier-Spezialbrigade gehörte zu den Einheiten, die bei der bevorstehenden Normandie-Landung den Strandabschnitt »Utah« einnehmen sollten. Hugh Kelso hatte vor sechs Wochen im Schutz der Dunkelheit persönlich den »Utah«-Strand besichtigt, bewacht von den britischen Sondereinheiten. Slapton Sands hatte große Ähnlichkeit mit dem Terrain. Deshalb hatte man ihn als Berater dabeihaben wollen – und deshalb war er auf der LST 31 von Plymouth losgefahren.

Für Kelso wie für alle anderen war der Angriff völlig überraschend gekommen. In einiger Entfernung hatte man Leuchtkugeln aufsteigen sehen und vermutet, dass sie von britischen Torpedobooten stammten. Aber gleich darauf war der erste Torpedo hochgegangen, und die Nacht hatte sich in eine Hölle aus brennendem Öl und schreienden Männern verwandelt. Kelso konnte es nicht wissen, aber allein an Bord von LST 13 gab es vierhundertdreizehn Tote. Eine Explosion riss ihn von den Beinen und schleuderte ihn gegen eine Reling. Dann stürzte er ins Wasser. Die Schwimmweste hielt ihn oben, doch verlor er das Bewusstsein. Als er wieder zu sich kam, wurde er durch das eiskalte Wasser gezogen.

Die Flammen loderten gut hundert Meter entfernt, und in ihrem Widerschein nahm er ein ölverschmiertes Gesicht wahr.

»Alles in Ordnung, Sir. Halten Sie sich nur fest. Wir haben hier ein Rettungsfloß.«

Das Floß ragte in der Dunkelheit empor. Es handelte sich um ein aufblasbares Modell, wie man es nach Einsätzen im Pazifik entwickelt hatte. Eine runde, hochgewölbte orangegelbe Kugel, die hoch im Wasser schwamm und bis zu zehn Mann aufnehmen konnte. An der Oberseite schützte ein Baldachin die Insassen vor Wind und Wetter. Die Eingangsplane war offen.

»Ich schiebe Sie hinein, Sir, dann schwimme ich zurück, um andere zu holen. Los, hinauf mit Ihnen.«

Kelso fühlte sich schwach, aber sein unbekannter Helfer war umso kräftiger. Er griff energisch zu und schob Kelso mit dem Kopf voran durch die Öffnung. Erst in diesem Augenblick begann Kelso die Schmerzen im rechten Bein zu spüren; sie zuckten auf wie Flammen, schlimmer als alles, was er je erlebt hatte. Er schrie auf und verlor das Bewusstsein.

Als er wieder zu sich kam, war er starr vor Kälte und brauchte einige Minuten, um sich zu orientieren. Von dem unbekannten Helfer war nichts zu sehen. Er tastete in der Dunkelheit herum und schaute aufs Meer hinaus. Gischt sprühte ihm ins Gesicht. Nirgendwo ein Licht, ringsum nur Schwärze und Wind und das Fauchen der bewegten See. Er schaute auf die Leuchtanzeige seiner wasserdichten Uhr. Kurz vor fünf Uhr. Im nächsten Augenblick fiel ihm ein, dass es in den Rettungsflößen einen Erste-Hilfe-Kasten geben musste. Als er danach zu tasten begann, raste der Schmerz wieder durch sein Bein. Er biss die Zähne zusammen, und seine Hände fanden den Kasten und öffneten ihn.

Unter dem Deckel klemmte eine wasserdichte Taschenlampe, die er nun einschaltete. Wie er schon vermutet hatte, war er in der orangeroten Höhle allein und lag etwa dreißig Zentimeter tief im Wasser. Unter dem rechten Knie war die Uniformhose zerfetzt, und als er vorsichtig die Hand hineinschob, spürte er an mehreren Stellen spitze Knochenkanten.

Im Kasten fand er außerdem eine Verey-Leuchtpistole und betastete sie. Eigentlich sprach nichts dagegen, eines der Notsignale abzuschießen, die an ihren kleinen Fallschirmen langsam herabsinken würden – aber dann kamen ihm doch Bedenken. Er versuchte einen klaren Gedanken zu fassen. Was würde passieren, wenn die deutschen Boote noch in der Nähe waren? Wenn er vom Feind aufgelesen wurde? Dieses Risiko durfte er nicht eingehen. Schließlich war er ein Eingeweihter. In wenigen Wochen würde eine Armada aus sechstausend Schiffen über den schmalen Kanal setzen – und Kelso kannte Zeitpunkt und Ziel. Nein, am besten wartete er bis zum Morgengrauen.

Das Bein schmerzte nun höllisch. Er wühlte in der Kiste herum und fand den Medikamentenbehälter mit den Morphiumampullen. Er injizierte sich eine ins Bein und nach kurzem Zögern eine zweite. Dann ertastete er die Schöpfeimer und schippte mit müden Bewegungen Wasser durch den Einstieg. Himmel, er war so schrecklich müde! Vielleicht machte sich schon die Überdosis Morphium bemerkbar, aber wenigstens hatte der Schmerz nachgelassen. Kelso ließ den Schöpfeimer sinken, schloss den Reißverschluss der Eingangsplane, legte sich zurück und schlief sofort ein.

Rechts von ihm, nur wenige hundert Meter entfernt, ragte Start Point empor. Eine Zeit lang sah es so aus, als triebe er auf die Felsen zu, aber dann wurde er von einer Gegenströmung fortgezogen. Zehn Minuten später glitt das Rettungsfloß an jener letzten Landspitze vorbei und wurde vom auffrischenden Wind in das kalte Gewässer des Kanals hinausgetrieben.

Eisenhower saß in der Bibliothek der Hayes Lodge in einem Regency-Erker und frühstückte verlorene Eier, Toast und Kaffee. Der junge Adjutant führte Dougal Munro zu ihm.

»Lassen Sie uns allein, Captain«, sagte der General und wartete, bis sich der Adjutant zurückgezogen hatte. »Heute früh fällt mir das Lächeln schwer, Brigadier.«

»Leider wahr«, sagte Munro.

»Haben Sie schon gegessen?«

»Ich frühstücke seit Jahren nicht mehr, General.«

Eisenhowers berühmtes Lächeln zuckte auf und verschwand. »Was beweist, dass Sie nicht Ihr Leben lang beim Militär waren. Sie mögen Tee lieber, nicht wahr?«

»Ja, General.«

»Sie finden welchen auf der Anrichte neben sich – extra für Sie bestellt. Bedienen Sie sich, dann berichten Sie mir, was Sie von der schlimmen Sache wissen. Meine Leute haben mir ihre Version schon vorgetragen, aber Sie wissen, dass ich von Ihren SOE-Agenten eine hohe Meinung habe.«

Munro besorgte sich eine Tasse Tee, nahm am Fenster Platz und berichtete Eisenhower in knappen Worten von den Ereignissen der Nacht.

»Ich finde, die Geleitschiffe hätten so etwas verhindern müssen«, sagte der General schließlich. »Andererseits soll das Wetter nicht gut gewesen sein. Es ist nicht zu fassen! Noch vor drei Tagen war ich am Abschnitt Slapton, um die Manöver aus nächster Nähe zu verfolgen; per Sonderzug mit Tedder und Omar Bradley.«

»Die meisten Besatzungen Ihrer schweren Landungsboote sind nicht vertraut mit diesen Gewässern, die selbst bei gutem Wetter tückisch sein können.« Munro zuckte die Achseln. »Während unserer Manöver haben wir ständig Torpedoboote vor Cherbourg liegen, denn bekanntlich ist Cherbourg für den Feind der wichtigste Hafen an der französischen Küste. Aber es herrschte Nebel, und die Deutschen sind offenbar in Schleichfahrt durchgerutscht, wahrscheinlich hatten sie zusätzlich das Radar abgeschaltet. Die Boote schaffen gut vierzig Knoten. Etwas Schnelleres gibt es auf dem Meer nicht, außerdem wurde die Annäherung mit Leuchtraketen geschickt vorbereitet. Der Konvoi sollte vermuten, es wären Einheiten von uns.«

»Verdammt, bei diesem Spiel darf man nichts vermuten! Ich bin es leid, den Leuten diese Wahrheit einzuschärfen!« Eisenhower schenkte sich einen neuen Kaffee ein, stand auf und ging zum Kamin. »Es heißt, die Leichen werden zu hunderten angeschwemmt.«

»Das stimmt leider.«

»Ich brauche nicht zu betonen, dass wir die Sache unter den Teppich kehren müssen. Zunächst sorgen wir für eine Art Massengrab in Devon. Wenigstens steht das Gebiet als Verteidigungszone unter Militärhoheit, das müsste die Sache erleichtern. Wenn sich der Vorfall herumspräche, wäre das sehr schlecht für die Moral der Leute – so kurz vor der Invasion.«

»Ganz Ihrer Meinung.« Nach kurzem Zögern fuhr Munro langsam fort: »Da wäre noch die Sache mit den Eingeweihten, General.«

»Die auf keinen Fall hätten teilnehmen dürfen. Niemand kennt die Vorschriften über Eingeweihte besser als Sie.«

»Es könnte schlimmer sein, Sir. Es waren insgesamt drei. Zwei Tote wurden bereits geborgen. Der dritte, dieser Mann« – Munro zog eine Mappe aus der Aktentasche und schob sie über den Tisch –, »wird noch vermisst.«

Eisenhower sah hastig die Unterlagen durch. »Colonel Hugh Kelso.« Sein Gesicht verfinsterte sich. »Ich kenne Kelso. Erst vor wenigen Wochen hat er sich zwei Normandie-Küstenabschnitte persönlich angeschaut.«

»Utah und Schwert. Bei diesen Einsätzen wurde er von Spezialkommandos abgeschirmt und hatte außerdem eine Todespille bei sich, für alle Fälle. Sie wissen natürlich, General, dass das Zyanid in diesen Pillen sofort tötet.«

Eisenhower schob die Akte zurück. »Brigadier, dieser Mann weiß, wann wir losschlagen, wo wir landen. Die Folgen sind nicht auszudenken …«

»Wir haben überall an der Küste bei Slapton Männer postiert, die nach ihm Ausschau halten, General. Es gibt keinen Grund anzunehmen, dass seine Leiche nicht mit den übrigen angeschwemmt wird.«

»Versuchen Sie bloß nicht, mich zu beruhigen«, sagte Eisenhower energisch. »Das Meer wird manche Toten nicht wieder hergeben. Das weiß ich, und Sie wissen es auch, und wenn Kelso dazugehört, können wir nie sicher sein, ob er nicht doch vom Feind aufgefischt wurde.«

»Ganz recht, General«, räumte Munro ein. Etwas anderes konnte er kaum sagen.

Eisenhower ging zum Fenster. Regentropfen liefen an der Scheibe herunter. »Was für ein Tag!«, sagte er übellaunig. »Eins ist klar, ich weiß im Moment nur einen Mann, der heute früh Grund zum Lächeln hat.«

Zur gleichen Zeit studierte Adolf Hitler eine Meldung über den Vorfall von Slapton Sands; er saß im Kartenraum der Wolfsschanze, seines unterirdischen Hauptquartiers bei Rastenburg, tief in den ostpreußischen Wäldern.

Die meisten Ranghöchsten der Nazi-Führung waren anwesend. Heinrich Himmler, Reichsführer SS und Leiter des Polizeiwesens, Josef Goebbels, Reichsminister für Propaganda, Reichsleiter Martin Bormann, der unter anderem als Sekretär des Führers fungierte, und Oberführer Rattenhuber, Himmlers Sicherheitschef und Befehlshaber des SS-Wachkommandos Rastenburg.

Hitler wippte vor Freude auf den Zehen und knüllte das dünne Papier zusammen. »Unsere Marine kann also noch immer zuschlagen, und zwar heftig und direkt beim Gegner! Drei Schiffe versenkt, hunderte von Toten.« Seine Augen funkelten. »Ein unangenehmer Vormittag für General Eisenhower, meine Herren.«

Die Runde teilte seine Begeisterung. »Eine wirklich gute Nachricht, mein Führer«, sagte Goebbels und stimmte sein schrilles Lachen an.

Bormann, der die Meldung als Erster gelesen hatte, sagte leise: »Wenn wir so etwas vor Devon schaffen, mein Führer, dann ist vor der französischen Küste alles möglich.«

»Die kommen nicht mal an Land!«, warf Himmler ein.

»Wohl richtig«, sagte Hitler gut gelaunt. »Aber jetzt, meine Herren, zum Zweck dieser Zusammenkunft.« Als die Männer am runden Tisch Platz genommen hatten, klopfte er auf eine große Karte Frankreichs. »Ich glaube, der Westwall macht Fortschritte.« Er wandte sich an Bormann. »Der Bericht über Heeresgruppe B, den ich angefordert habe. Liegt er vor?«

Bormann wandte sich fragend an Rattenhuber. »Ich habe gerade Meldung vom Flugplatz erhalten«, sagte dieser. »Hauptmann König, der Kurier, ist vor fünf Minuten gelandet. Er ist hierher unterwegs.«

»Gut.« Hitler starrte gedankenverloren auf die Karte, als sei er allein. »Also, meine Herren, wo fangen wir an?«

Am 26. Dezember 1943 kam ein ungewöhnlicher und begabter junger Offizier, Oberst Klaus von Stauffenberg, zu einer Konferenz nach Rastenburg und hatte eine Zeitbombe in seiner Aktentasche. Leider fand die Konferenz nicht statt, da der Führer bereits in den Weihnachtsurlaub nach Bayern gefahren war. Obwohl er im aktiven Dienst das linke Auge und die rechte Hand verloren hatte, diente von Stauffenberg als General Olbrichts Stabschef in der Heeresleitung und war die zentrale Figur einer Gruppe von Armeegenerälen, die den Führer töten und Deutschland vor der Katastrophe retten wollten.

Sein Anlauf Weihnachten 1943 war nur einer von vielen Fehlversuchen dieser Art. Dennoch gab es genügend Freiwillige, die es immer wieder probierten – so auch Hauptmann Karl König, der an jenem grauen Aprilvormittag im Fond eines Militärwagens saß und vom Flughafen zur Wolfsschanze gebracht wurde, um Hitler dringend benötigte Papiere aus Berlin zu überbringen. Er war sehr nervös – kein Wunder angesichts der Zeitbombe, die im doppelten Boden seiner Aktentasche versteckt war. Den Piloten am Flughafen Rastenburg hatte er angewiesen, sich für einen schnellen Start bereitzuhalten, und als er sich eine Zigarette anzündete, zitterten seine Hände.

Der Fahrer und der SS-Mann, die vorn saßen, blickten starr auf die Straße, und mit der Zeit nahm Königs Nervosität zu. Im dunklen Wald links und rechts gab es Minenfelder und elektrische Zäune, und zahlreiche Wächter patrouillierten mit abgerichteten Hunden. Drei Tore waren zu passieren. Aber noch war Zeit, die Bombe scharf zu machen. Danach blieben ihm genau dreißig Minuten, das hatte man ihm gesagt.

Er griff nach dem Schloss am linken Gurtband der Aktentasche und drückte es nieder. Bei der heftigen Explosion kamen König und die beiden Wächter augenblicklich ums Leben.

Hitler war außer sich vor Wut und lief im Kartenraum auf und ab. »Immer wieder versuchen sie es!« Er fuhr zu Rattenhuber herum. »Und Sie, Oberführer? Was ist mit Ihnen? Sie haben geschworen, mich persönlich zu schützen.«

»Mein Führer«, stammelte Rattenhuber. »Was soll ich sagen?«

»Nichts!«, tobte Hitler und schaute in die Runde. »Keiner von Ihnen sagt etwas Nützliches – keiner!«

Das entsetzte Schweigen beendete Himmler mit

nüchterner, präziser Stimme: »Es stimmt, hier wurde nachlässig gearbeitet, mein Führer, aber gewiss liegt doch im Scheitern dieses gemeinen Anschlags ein neuerlicher Beweis für Ihre Berufung. Ein neuer Beweis für Deutschlands unausweichlichen Sieg unter Ihrer genialen Führung.«

Hitlers Augen funkelten, und er hob ruckhaft den Kopf. »Wie immer verstehen Sie die Lage, Reichsführer. Als Einziger.« Er wandte sich an die anderen. »Verschwinden Sie, alle! Ich möchte mit dem Reichsführer allein sprechen.«

Die Männer gehorchten lautlos. Goebbels ging als Letzter. Hitler hatte die Hände hinter dem Rücken verschränkt und starrte unverwandt auf den Kartentisch. »Wie kann ich jetzt meinem Führer dienen?«, fragte Himmler.

»Es gibt da eine Verschwörung, habe ich nicht Recht?«, fragte Hitler. »Eine umfassende Verschwörung mit dem Ziel, mich zu vernichten. Dieser Hauptmann König war nur ein kleines Werkzeug.«

»Weniger eine umfassende Verschwörung als eine Verschwörung von Generälen, mein Führer.«

Hitler fuhr heftig herum. »Sind Sie sicher?«

»O ja, aber Beweise – die stehen auf einem anderen Blatt.«

Hitler nickte. »König war ein Adjutant von General Olbricht. Gehört Olbricht zu den Männern, die Sie in Verdacht haben?« Himmler nickte. »Und die anderen?«

»Die Generäle Stieff, Wagner, von Hase, Lindemann. Dazu mehrere andere, die genau beobachtet werden.«

Hitler blieb bemerkenswert gelassen. »Verräter, jeder von ihnen! Kein Erschießungskommando, sondern für jeden die Schlinge, wenn es an der Zeit ist. Aber niemand, der darüber steht! Sieht so aus, als wären immerhin die Feldmarschälle loyal.«

»Ich wünschte, ich könnte das bejahen, mein Führer, aber leider ist ein Mann besonders verdächtig. Es wäre eine Pflichtverletzung von mir, würde ich es Ihnen nicht sagen.«

»Dann heraus damit.«

»Rommel.«

Hitler setzte ein gespenstisches Lächeln auf, das beinahe etwas Triumphierendes hatte, machte kehrt, entfernte sich einige Schritte, fuhr wieder herum. Er lächelte noch immer. »Ich glaube, damit habe ich gerechnet. Ja, dessen bin ich sicher. Der Wüstenfuchs will sich also auf Spielchen einlassen.«

»Ich bin mir meiner Sache beinahe sicher.«

»Der Volksheld«, sagte Hitler. »Bei ihm müssen wir vorsichtig sein, meinen Sie nicht auch?«

»Sie werden listiger sein als er, mein Führer«, äußerte Himmler leise.

»Listiger. Listiger als der Wüstenfuchs.« Hitler lächelte entzückt. »Ja, das gefällt mir, Reichsführer. Das gefällt mir sehr!«

Hugh Kelso schlief bis gegen Mittag, und als er erwachte, fühlte er sich sehr krank. Er wälzte sich in dem heftig schlingernden Rettungsfloß herum und öffnete den Reißverschluss des Eingangs. Sofort verließ ihn jede Hoffnung. Draußen war außer Wasser nichts zu sehen, und seine kleine Gondel war ein Spielball der zornigen Wellen. Der Himmel zeigte sich schwarz und regenschwer, und der böige Wind erreichte Stärken von 5 oder 6. Das Schlimmste aber war, dass er nirgendwo Land ausmachen konnte. Er befand sich mitten auf dem Ärmelkanal, so viel war klar. Wenn er quer hinübergetrieben und von niemandem aufgegriffen wurde, dann würde er die französische Küste erreichen, vermutlich an der Halbinsel von Cherbourg. Südlich davon, im Golf von St. Malo, lagen die Kanalinseln Alderney,

Guernsey und Jersey. Er wusste nur, dass diese Inseln den Engländern gehörten, aber von den Deutschen besetzt worden waren. Allerdings würde er wohl kaum so weit nach Süden getrieben werden.

Kelso griff nach der Leuchtpistole und schoss ein orangerotes Notsignal in den Himmel. Tagsüber gab es im Kanal kaum deutschen Schiffsverkehr, der blieb im Schutz der Küste hinter dem Minengürtel. Kelso jagte ein zweites Signal hoch, aber dann schloss er hastig die Öffnung, weil immer wieder Wasser hereinschwappte. In der Notkiste fand er mehrere Feldrationen. Als er versuchte, eine der getrockneten Früchteriegel zu essen, musste er sich übergeben. Außerdem begann es in seinem Bein wieder zu brennen. Hastig zog er eine weitere Ampulle auf und spritzte sich das Morphium. Kurze Zeit später legte er den Kopf auf die Hände und schlief wieder ein.

Im weiteren Verlauf des Nachmittags wurde das Meer noch rauer. Kurz nach siebzehn Uhr setzte die Dunkelheit ein. Es blies ein südwestlicher Wind, der Kelso von der französischen Küste und der Halbinsel Cherbourg wegdriften ließ, sodass er sich gegen achtzehn Uhr fünfzehn Kilometer westlich des Casquets-Leuchtturms der Insel Alderney befand. Später schlug der Wind wieder um und trieb ihn am äußeren Rand des Golfes von St. Malo entlang auf Guernsey zu.

Kelso merkte von alledem nichts. Als er gegen neunzehn Uhr erwachte, hatte er hohes Fieber, spritzte sich zur Kühlung Wasser ins Gesicht, musste erneut brechen und sank in einen tiefen Schlaf, der einem Koma glich.

In London saß Dougal Munro an seinem Tisch, das leise Kratzen seiner Feder war das einzige Geräusch im Raum. Es klopfte, und Jack Carter trat humpelnd ein. Er legte Munro eine Akte vor.

»Die jüngste Liste aus Slapton, Sir.«

»Was Neues über Kelso?«

»Nichts Sir, aber man hat jedes verfügbare Schiff auf die Suche nach den vermissten Toten geschickt.«

Dougal Munro stand auf und trat ans Fenster. Draußen ächzte der Wind und drückte den Regen gegen die Scheiben. Er schüttelte den Kopf und sagte leise: »Gott steh allen Seeleuten bei, die bei solchem Wetter draußen sein müssen.«

3

Als Kommandeur der Heeresgruppe B war Generalfeldmarschall Erwin Rommel für den Atlantikwall verantwortlich, mit dem Auftrag, jeden alliierten Landungsversuch in Nordfrankreich unbedingt zurückzuschlagen. Seit der Übernahme des Kommandos im Januar 1944 hatte er die Küstenverteidigung ungemein verstärkt, hatte Strände abgeschritten, jeden Stützpunkt besucht und von den Divisionskommandeuren bis hinab zum letzten Gefreiten alle mit seiner persönlichen Energie angesteckt.

Sein Hauptquartier schien ständig im Umzug begriffen, sodass niemand genau wusste, wo er am nächsten Tag auftauchen würde. Er hatte die unangenehme Angewohnheit, in seinem bekannten schwarzen Mercedes unangemeldet zu erscheinen. Meistens wurde er dabei nur von einem Fahrer und seinem engsten Adjutanten begleitet – Major Konrad Hofer, den er schon aus dem Afrikakorps kannte.

Am Abend jenes schicksalhaften Tages, etwa um die Zeit, da Hugh Kelso im Bereich des Casquets-Leuchtturms westlich von Alderney trieb, nahm Generalfeldmarschall Rommel mit den Offizieren des 21. Luftlanderegiments ein frühes Abendessen ein. Das Ereignis fand in einem Schloss in Campeaux statt, etwa fünfzehn Kilometer vom normannischen St. Lô entfernt.

Er hatte einen guten Grund für seine Anwesenheit.

Das Oberkommando wie auch der Führer gingen davon aus, dass die Invasion, wenn überhaupt, in der Gegend von Pas-de-Calais stattfinden würde. Rommel war nicht dieser Ansicht und hatte klargestellt, dass er an Eisenhowers Stelle auf die Normandie zielen würde. Seine Einwände hatten ihn bei den entscheidenden Leuten im OKW, dem Oberkommando der Wehrmacht in Berlin, nicht gerade populär gemacht. Aber das war Rommel inzwischen egal. Der Krieg war verloren. Ungewiss blieb nur, wie lange sich die Kämpfe noch hinziehen würden.

Und hier lag der zweite Grund für seinen Aufenthalt in der Normandie. Er hatte sich auf ein gefährliches Spiel eingelassen, weswegen es ratsam war, viel unterwegs zu sein. Nach Übernahme des Kommandos über die Heeresgruppe B hatte er seine Freundschaft mit General von Stülpnagel, dem Militärbefehlshaber in Frankreich, und General Alexander von Falkenhausen erneuert. Die beiden waren zusammen mit von Stauffenberg in die Verschwörung gegen Hitler verwickelt. Es hatte nicht lange gedauert, Rommel ebenfalls auf ihre Seite zu bringen.

Diese Männer wussten von dem geplanten Attentatsversuch in Rastenburg vom gleichen Morgen. Rommel hatte Konrad Hofer am Vortag nach Berlin fliegen lassen, um die Ereignisse in General Olbrichts Hauptquartier abzuwarten, doch war bis jetzt keine Nachricht eingetroffen. Auch im Radio nicht die geringste Andeutung.

Oberst Halder, der das Regiment führte, erhob sich im Offizierskasino, um den gebotenen Trinkspruch auszubringen. »Meine Herren – auf unseren Führer und den Endsieg!«

So viele junge Männer, dachte Rommel. Und wofür das alles? Aber er hob sein Glas und trank mit den anderen.

»Und jetzt auf Generalfeldmarschall Erwin Rommel, den Wüstenfuchs, der unser Offizierskasino heute Abend mit seiner Anwesenheit beehrt.«

Man leerte die Gläser und klatschte und jubelte ihm zu, und Rommel zeigte sich gerührt. Oberst Halder fuhr fort: »Herr Generalfeldmarschall, zu Ihren Ehren haben die Männer eine kleine Aufführung vorbereitet. Wir hoffen, Sie möchten sich das anschauen.«

»Aber selbstverständlich.« Rommel ließ sich Champagner nachschenken. »Mit Vergnügen.«

Hinten im Kasino ging die Tür auf. Konrad Hofer trat ein. Er schien müde zu sein und brauchte dringend eine Rasur. Den feldgrauen Mantel hatte er bis oben hin zugeknöpft.

»Ach, Konrad, da sind Sie ja!«, rief Rommel. »Trinken Sie ein Glas Champagner mit uns. Sie sehen aus, als könnten Sie es gebrauchen.«

»Komme eben aus Berlin, Herr Generalfeldmarschall. Bin in St. Lô gelandet.«

»Ein ruhiger Flug?«

»Nein, es war schrecklich.«

»Mein guter Mann, gehen Sie erst mal duschen, dann wollen wir versuchen, Ihnen ein belegtes Brot zu besorgen.« Rommel wandte sich an Oberst Halder. »Vielleicht können Sie die Aufführung Ihrer Männer um eine halbe Stunde verschieben.«

»Kein Problem, Herr Generalfeldmarschall.«

»Gut – dann sehen wir uns später.« Rommel nahm eine volle Flasche Champagner und zwei Gläser und verließ, gefolgt von Hofer, den Raum.

Kaum war die Schlafzimmertür geschlossen, zeigte sich Hofer bekümmert und erregt. »Schlimmer hätt's nicht laufen können. Dieser idiotische König hat nichts anderes geschafft, als sich vor dem Haupttor in die Luft zu jagen.«

»Dann war er aber sehr unvorsichtig«, bemerkte

Rommel trocken. »Jetzt beruhigen Sie sich, Konrad. Hier, noch ein Glas Champagner, dann duschen Sie und kommen erst mal wieder zu sich.«

Hofer verschwand im Badezimmer, während Rommel vor dem Spiegel seine Uniform zurechtrückte. Er war dreiundfünfzig, mittelgroß, stämmig und untersetzt. Aus seinem Gesicht sprach ein starker Wille, und er verbreitete eine Aura der Macht, die etwas Greifbares hatte. Seine Uniform war schlicht gehalten, als einzige Orden trug er den Pour le Mérite, den berühmten Blauen Max, den er im Ersten Weltkrieg als junger Infanterieoffizier erhalten hatte, und das Ritterkreuz mit Eichenlaub, Schwertern und Brillanten. Allerdings konnte man bei diesen Auszeichnungen leicht auf alle anderen Orden verzichten.

Hofer erschien im Bademantel in der Tür und rieb sich das Haar trocken. »Olbricht und einige seiner Leute sind außer sich – was man ihnen nicht verdenken kann. Die Gestapo oder der SD können jederzeit die Spur aufnehmen.«

»Ja«, meinte Rommel, »Himmler mag als Hühnerzüchter begonnen haben, aber er ist kein Dummkopf. Wie hat von Stauffenberg reagiert?«

»Er lässt nicht locker und schlägt vor, dass Sie sich innerhalb der nächsten Tage mit den Generälen von Stülpnagel und Falkenhausen treffen.«

»Mal sehen, was ich tun kann.«

Hofer war ins Badezimmer zurückgekehrt und legte die Uniform wieder an. »Ich weiß nicht, ob das eine gute Idee ist. Wenn Himmler sich Ihretwegen Gedanken macht, werden Sie vielleicht schon beobachtet.«

»Ach, mir fällt schon etwas ein«, antwortete Rommel. »Beeilen Sie sich. Die Männer wollen mir etwas vorführen, und ich möchte sie nicht enttäuschen.«

Die Aufführung fand im großen Saal des Schlosses statt. Rommel, Hofer und die Regimentsoffiziere nahmen die für sie reservierten vorderen Plätze ein; weiter hinten im Saal standen die Mannschaften oder saßen auf der breiten Treppe.

Ein junger Gefreiter trat vor den primitiven Vorhang, verbeugte sich, setzte sich an den Flügel und begann leichte Musik zu spielen. Nach höflichem Applaus stimmte er das Lied der Fallschirmjäger an, das von Stalingrad bis Nordafrika gesungen worden war. Der Vorhang ging auf und zeigte den Regimentschor, der schwungvoll zu singen begann. Hinten im Saal erhob sich Jubelgeschrei, und die Zuschauer, einschließlich der Offiziere, begannen mitzusingen. Übergangslos stimmte der Chor ein vielstimmig gesungenes *Wir fliegen gegen Engeland* an, eine Wahl, die Rommel unpassend fand. Interessanterweise versuchte niemand das Horst-Wessel-Lied mitzusingen. Unter tobendem Beifall schloss sich der Vorhang, dann erschienen mehrere Musiker, gruppierten sich um das Klavier und spielten einige Jazznummern. Danach wurde die Beleuchtung gelöscht, und es gab eine Pause.

»Was kommt jetzt?«, wollte Rommel wissen.

»Warten Sie's bitte ab, Herr Generalfeldmarschall. Etwas Besonderes, das kann ich Ihnen versichern.«

Kurze Zeit später stimmte der Klavierspieler das Lied an, das bei den deutschen Streitkräften am beliebtesten war: *Lili Marleen.* Der Vorhang ging auf und offenbarte in der Mitte der Bühne einen Barhocker, auf den ein primitiver Scheinwerfer gerichtet war. Plötzlich erschien Marlene Dietrich im Lichtkegel – und schien geradewegs aus dem *Blauen Engel* zu kommen. Zylinder, schwarze Strümpfe und Strumpfhalter. Während im Publikum herausfordernd gepfiffen wurde, setzte sie sich und begann *Lili Marleen* zu singen – und die ergreifende bittersüße Melodie ließ im Saal völlige Stille einkehren.

Dass da oben ein Mann sang, hatte Rommel sofort

gesehen, aber die Nummer war ausgezeichnet, und er klatschte begeistert Beifall. »Donnerwetter noch mal, wer ist denn das?«, wandte er sich an Oberst Halder.

»Unser Ordonnanzgefreiter Berger. Er ist wohl früher mal im Kabarett aufgetreten.«

»Ausgezeichnet«, sagte Rommel. »Kommt noch mehr?«

»O ja, Herr Generalfeldmarschall. Noch etwas ganz Besonderes.«

Wieder traten die Musiker auf, und der Chor sang einige Stücke mit. Nach einer zweiten Pause ertönte ein gleichmäßiges dumpfes Trommelrasseln. Der Vorhang öffnete sich, die Bühne war nur schwach erleuchtet. Während der Chor aus dem Hintergrund das Lied des Afrikakorps zu singen begann, trat plötzlich Rommel auf. Kein Zweifel – er war es! Die Mütze mit der Schutzbrille, das nachlässig verknotete weiße Halstuch, der alte Ledermantel, der Stab des Feldmarschalls in der behandschuhten Rechten, die andere arrogant in die Hüfte gestemmt. Die Stimme, die einige Worte aus der berühmten Kampfrede vor El-Alamein wiedergab, klang echt.

»Ich weiß, ich habe euch nicht viel geboten. Sand, Hitze und Skorpione, aber wir haben sie gemeinsam erduldet. Noch ein Vorstoß, dann stehen wir in Kairo, und wenn wir es nicht schaffen … nun ja, dann haben wir es versucht – gemeinsam.«

Totenstille herrschte im Saal, und Oberst Halder schaute Rommel nervös an. »Herr Generalfeldmarschall, ich hoffe, Sie sind nicht gekränkt.«

»Gekränkt? Ich finde ihn großartig«, sagte Rommel und sprang auf. »Bravo!«, rief er und begann zu klatschen, während der Saal hinter ihm zu toben begann. Es wurde geklatscht und gejubelt, und alle sangen das Lied des Afrikakorps.

Im primitiven Umkleideraum neben der Küche saß Erich Berger vornübergebeugt auf einem Stuhl und musterte sein Spiegelbild. Ihm klopfte das Herz, und er schwitzte. Eine Tortur, vor dem Mann zu spielen, den er darstellte – noch dazu ein solcher Mann. Ein Name, der einen besonderen Klang hatte. Der bekannteste Soldat in Deutschland.

»Nicht schlecht, Heini«, sagte er leise. »Mazel tov.« Er nahm eine Flasche Schnaps aus einer Schublade, zog den Korken und trank einen Schluck.

Ein jiddisches Wort auf den Lippen eines Gefreiten in einem deutschen Fallschirmjäger-Regiment – das hätte jeden Lauscher verwundern müssen. Doch hieß er gar nicht Erich Berger, sondern war in Wirklichkeit Heini Baum, ein jüdischer Schauspieler und Kabarettkünstler aus Berlin – und sehr stolz auf seine Karriere.

Es war eine erstaunlich einfache Geschichte. Überall in Europa war er erfolgreich in Kabaretts aufgetreten. Geheiratet hatte er nicht, denn er war Männern mehr zugetan als Frauen. Trotz der Machtübernahme durch die Nazis war er in Berlin geblieben, denn seine Eltern hatten immer dort gewohnt und konnten sich nicht vorstellen, dass es zum Äußersten kommen würde. Natürlich war es dann sogar noch schlimmer gekommen. Aber zunächst wurde Baum als nützliche Person eingestuft. Zwar musste auch er den Judenstern am Mantel tragen, doch genoss er als im In- und Ausland bekannter Künstler einige Vorteile, die ihn und seine Eltern schützten, während immer mehr Freunde fortgeschafft wurden.

Dann kam das Jahr 1940 und jener schicksalhafte Abend, an dem er nach dem Auftritt in seine Straße einbog und mit ansehen musste, wie die Gestapo seine Eltern aus dem Haus führte. Er hatte feige kehrtgemacht und war geflohen, nicht ohne in einer Seitenstraße anzuhalten, um sich den gelben Stern vom Mantel zu reißen. Er war damals vierundvierzig Jahre alt und sah an guten Tagen zehn Jahre jünger aus. Aber was sollte er jetzt anfangen? Seine Ausweise zeigten deutlich, dass er Jude war.

Er war mit dem Zug nach Kiel gefahren in der unrealistischen Hoffnung, von dort mit dem Schiff verschwinden zu können – irgendwohin. Kurz vor seiner Ankunft hatten die Engländer einen ihrer vernichtenden Bombenangriffe auf die Stadt geflogen. So konnte er nur durch das brennende Chaos des Stadtkerns irren und fand schließlich, als die zweite Bomberwelle anrückte, in einem Keller Unterschlupf. Im Luftschutzraum entdeckte er mehrere Tote – einen Mann, eine Frau und ein zwölfjähriges Mädchen. Die Ausweise zeigten, dass sie zusammengehörten. Erich Berger mit Frau und Tochter. Und noch etwas. In Bergers Tasche steckte sein Einberufungsbefehl. Er hatte Anweisung, sich in der nächsten Woche zu melden.

Gab es für einen Juden, der kein Jude mehr sein wollte, ein besseres Versteck? Zwar war er zehn Jahre älter als Berger, aber das würde man nicht erkennen. Die Fotos der beiden Ausweise auszutauschen war ein Kinderspiel – und so zerrte er schließlich in den Schutt der Straße einen Toten hinaus, der später als Heini Baum, Jude aus Berlin, identifiziert werden sollte. Allerdings hatte er dem Mann mit einem Backstein zuvor das Gesicht einschlagen müssen, um die Täuschung möglich zu machen, aber nach allem, was hinter ihm lag, hatte er damit keine Mühe mehr.

Was für eine Ironie, ausgerechnet zu den Fallschirmjägern zu stoßen! Überall war er gewesen: in Kreta, Stalingrad, Nordafrika – und hier lief er nun in seiner weiten Fallschirmjägeruniform als strahlender Held herum und hatte das Eiserne Kreuz Erster und Zweiter Klasse vorzuweisen. Wieder trank er direkt aus der Schnapsflasche. Im gleichen Moment öffnete sich die

Tür hinter ihm, und Rommel, Oberst Halder und Hofer traten ein.

Es war Mitternacht, und Hugh Kelso war noch nie so glücklich gewesen, wie er da in seinem Sommerhäuschen auf Cape Cod auf der Veranda in der Hollywoodschaukel saß und ein Buch las, neben sich einen kühlen Drink. Jane, seine Frau, die vom Strand heraufkam, rief ihm etwas zu, das Gesicht lag im Schatten eines großen Sonnenhuts, die wohlgeformten Beine unter dem alten Baumwollkleid waren gebräunt, die Mädchen liefen in Badeanzügen herum und schleppten Eimer und Spaten, und ihre Stimmen hallten schwach durch die warme Nacht des Nachmittags. Alle waren glücklich, ungemein glücklich. Ihm war überhaupt nicht mehr kalt, er spürte so gut wie nichts mehr. Als Jane die Treppe zur Veranda heraufkam, streckte er ihr die Hand hin, aber da verklangen die Stimmen, und er erwachte und zitterte am ganzen Körper.

Es war eine pechschwarze Nacht, und obwohl sich das Meer etwas beruhigt hatte, schien das Rettungsfloß schneller voranzukommen. Mit steifen Fingern öffnete er den Reißverschluss des Eingangs und schaute hinaus: phosphoreszierende Wellenkronen, ansonsten eine unendliche Dunkelheit. Seine Augen schmerzten vom Salzwasser. Einen verrückten Augenblick lang glaubte er, weit draußen ein Licht wahrzunehmen. Er schüttelte den Kopf, kniff die Augen zusammen und öffnete sie wieder. Natürlich eine Täuschung. Ringsum unendliche Nacht. Er machte die Plane wieder zu, lehnte sich zurück, schloss die Augen und versuchte an Jane und seine beiden Töchter zu denken. Vielleicht würden sie im Traum zu ihm zurückkehren?

Ohne es zu wissen, hatte er seit Verlassen der Lyme-Bucht bereits über hundert Kilometer zurückgelegt –

und seine Augen hatten ihn nicht getäuscht. In der Dunkelheit hatte er tatsächlich ein kurzes helles Aufblitzen wahrgenommen – ein deutscher Posten am Point Pleinmont an der Südspitze der Insel Guernsey hatte eine Tür geöffnet, um seinen Dienst anzutreten. Weiter südöstlich, etwa fünfzig Kilometer entfernt, lag Jersey, die größte Kanalinsel. Und in diese Richtung trieb der auffrischende Wind das Rettungsfloß, während Hugh Kelso wieder entschlummerte.

Rommel lehnte am Kaminsims und stocherte mit der Stiefelspitze in der Glut herum. »Soso, die anderen möchten, dass ich mit von Stülpnagel und Falkenhausen spreche?«

»Jawohl, Herr Generalfeldmarschall«, antwortete Hofer. »Aber wie Sie selbst sagten – man muss die Dinge im Moment sehr vorsichtig angehen. Für eine solche Zusammenkunft wäre absolute Geheimhaltung erforderlich.«

»Und eine günstige Gelegenheit«, fügte Rommel hinzu. »Wir brauchen Abschirmung und Gelegenheit.« Die Uhr auf dem Kamin schlug zweimal, und er lachte. »Zwei Uhr früh! Die günstigste Zeit für verrückte Ideen.«

»Was haben Sie im Sinn, Herr Generalfeldmarschall?«

»Im Grunde etwas ganz Einfaches. Was ist heute, Sonnabend? Wie wär's, wenn wir für nächste Woche mit v. Stülpnagel und Falkenhausen ein Treffen vereinbarten, während ich mich gleichzeitig offenkundig an einem anderen Ort aufhalte? Beispielsweise – auf Jersey?«

»Auf der Kanalinsel?«, fragte Hofer verwundert.

»Der Führer hat mir vor knapp zwei Monaten persönlich ans Herz gelegt, die dortigen Anlagen zu inspizieren. Sie wissen, wie ich die militärische Bedeutung der Insel einschätze. Die Alliierten werden dort niemals zu landen wagen, weil es dabei in der Zivilbevölkerung zu viele Verluste gäbe. In der britischen Zivilbevölkerung, müsste man wohl sagen.«

»Trotzdem liegt dort die 319. Infanterie-Division«, gab Hofer zu bedenken. »Auf Jersey allein sechstausend Mann. Zehntausend Mann alles in allem, wenn man Luftwaffe und Marine mitzählt.«

»Wir sind dort so stark engagiert, Konrad, weil der Führer das einzige britische Territorium, das wir je besetzen konnten, unbedingt halten will. Die stärksten Befestigungen der Welt. So viele Unterstände und Geschützbatterien wie an der gesamten europäischen Küste von Dieppe bis St. Nazaire.« Lächelnd wandte er sich um. »Der Führer hat Recht. Als Befehlshaber über den Atlantikwall muss ich einen so wichtigen Teil meines Verantwortungsbereiches inspizieren.«

Hofer nickte. »Das kann ich verstehen, Herr Generalfeldmarschall, aber ich begreife nicht, wie Sie an zwei Orten gleichzeitig sein wollen. Beim Treffen mit Falkenhausen und Stülpnagel in Frankreich und auf Inspektion in Jersey.«

»Sie haben mich doch vorhin auch an zwei Orten gleichzeitig gesehen«, entgegnete Rommel gelassen, »im Publikum und auf der Bühne.«

Es war so still im Zimmer, dass Hofer das Ticken der Uhr hören konnte. »Mein Gott!«, flüsterte er. »Meinen Sie das ernst?«

»Warum nicht? Als unser Freund Berger vorhin die Bühne betrat, hat er im ersten Moment sogar mich getäuscht. Stimme und Auftreten – alles echt.«

»Aber wäre er intelligent genug, um die Rolle durchzuhalten? Er müsste viele Einzelheiten berücksichtigen. Ich meine, es besteht doch ein gewisser Unterschied zwischen einem Generalfeldmarschall und einem Schreibstubenhengst.«

»Er scheint mir ganz aufgeweckt zu sein«, meinte Rommel. »Offensichtlich hat er Talent und außerdem Mut. Eisernes Kreuz Erster und Zweiter Klasse. Und Sie dürfen einen wichtigen Punkt nicht übersehen.«

»Und das wäre, Herr Generalfeldmarschall?«

»Er hätte Sie die ganze Zeit als Stütze neben sich.« Rommels Stimme klang plötzlich ungeduldig. »Wo bleibt Ihre Begeisterung, Konrad? Also, wenn Sie sich solche Sorgen machen, lasse ich Ihnen ein paar Tage Zeit, um Berger vorzubereiten. Heute ist Sonnabend – wie wär's, wenn wir nächsten Freitag Jersey aufsuchten? Mir geht es um höchstens sechsunddreißig Stunden. Rückkehr nach Frankreich Samstagabend, spätestens Sonntag. Wenn Berger die Rolle nicht so lange spielen kann, fresse ich meine Mütze.«

»Also gut, Herr Generalfeldmarschall. Ich gebe auf den Kanalinseln bekannt, dass Sie nächsten Freitag eintreffen.«

»Nein, nein«, widersprach Rommel, »das fädeln wir raffinierter ein. Wer ist Befehlshaber dort?«

»Generalmajor Graf von Schmettow. Sein Hauptquartier befindet sich auf Guernsey.«

»Ich kenne den Mann«, sagte Rommel. »Ein guter Offizier.«

»Steht allerdings im Ruf, England-Freund zu sein, was ihm in gewissen Kreisen nicht genützt hat«, bemerkte Hofer.

»Andererseits hat ihm sicher der Umstand geholfen, dass er Generalfeldmarschall von Rundstedts Neffe ist. Wer ist Militärbefehlshaber auf Jersey?«

»Ich schaue nach.« Hofer zog eine Mappe aus seiner Aktentasche und blätterte eine Liste durch. »Ja, da hätten wir es. Militärkommandeur ist Oberst Heine.«

»Und die Zivilverwaltung?«

»Da wären die entscheidenden Leute Oberst Baron von Aufsess und Major Heider.«

»Und die Bevölkerung? Durch wen wird sie vertreten?«

»Es gibt da eine Organisation namens ›Oberrat der Jersey-Staaten‹. Präsident ist der Gerichtsamtmann der Insel, ein gewisser Alexander Coutanche.«

»Gut«, sagte Rommel. »Wir machen Folgendes: Sie weisen General von Schmettow an, in Guernsey eine Koordinationskonferenz einzuberufen, die sich mit den Folgen der in diesem Sommer drohenden Invasion in Frankreich für die Inseln beschäftigen soll.«

»Pflichtteilnahme aller Betroffenen?«

»Gewiss. Der Militärbefehlshaber von Jersey, die Zivilverantwortlichen, der Gerichtsamtmann und seine Leute, und auch die verantwortlichen Offiziere der Marine- und Luftwaffen-Einheiten auf den Inseln.«

»Sodass als Stellvertreter ausschließlich jüngere Offiziere im Dienst sein werden.«

»Genau.«

»Der Flugverkehr nach und von den Kanalinseln ist ziemlich eingeschränkt, denn die RAF ist hier sehr aktiv geworden. Normalerweise findet der Verkehr zwischen den Inseln zu Wasser und bei Nacht statt.«

»Ich weiß«, erwiderte Rommel. »Ich habe mich in diesem Punkt vom Marinehauptquartier in Cherbourg unterrichten lassen. Von Schmettow soll die Konferenz für den nächsten Sonnabend einberufen. Unter den gegebenen Umständen muss die Anreise dann schon entweder Donnerstagnacht oder Freitag ganz früh erfolgen, damit man rechtzeitig zur Stelle ist. Ich fliege dann Freitag früh im Storch hinüber.«

»Ein riskanter Flug, Herr Generalfeldmarschall.«

»Gewiss, für Sie und Berger, nicht für mich.« Rommels Lächeln hatte etwas Charmant-Rücksichtsloses. »Die Insel erfährt von meinem Besuch erst, wenn Sie den Flughafen um Landegenehmigung bitten.«

»Was wird von Schmettow davon halten?«

»Er wird glauben, dass die ganze Sache absichtlich eingefädelt wurde, damit ich der Insel und ihren Verteidigungsanlagen einen Überraschungsbesuch abstatten kann.«

»Gut ausgedacht«, sagte Hofer.

»Ja, der Ansicht bin ich auch.« Rommel begann seinen Uniformrock aufzuknöpfen. »Während dieser Zeit treffe ich an irgendeinem entlegenen Ort mit Falkenhausen und Stülpnagel zusammen und treibe die Sache voran.« Er gähnte. »Jetzt aber ins Bett. Sorgen Sie dafür, dass von Schmettow auf Guernsey morgen seine Befehle erhält. Ach, und reden Sie gleich morgen früh mit Oberst Halder. Sagen Sie ihm, Gefreiter Berger hätte mir sehr gefallen, ich wollte ihn mir ein Weilchen ausleihen. Ich glaube nicht, dass er Schwierigkeiten macht.«

»Ich auch nicht, Herr Generalfeldmarschall«, sagte Hofer. »Gute Nacht.« Er ging.

Dougal Munro verbrachte diese Nacht auf einem schmalen Feldbett in der Ecke seines Baker-Street-Büros. Gegen drei Uhr früh schüttelte ihn Jack Carter vorsichtig wach. Munro öffnete sofort die Augen und fuhr hoch. »Was ist?«

»Die neuesten Listen aus Slapton, Sir. Sie wollten sie gleich sehen. Über hundert Tote werden immer noch vermisst.«

»Und keine Spur von Kelso?«

»Leider nicht. General Montgomery ist nicht gerade erbaut darüber, doch hat er sich von der Marine sagen lassen, dass die feindlichen Einheiten auf keinen Fall Überlebende hätten auffischen können. Dazu waren sie zu weit weg.«

»Leider zeigt sich im Leben immer wieder, dass irgendetwas, das eben doch als unmöglich bezeichnet wurde, im nächsten Moment prompt eintritt. Wann haben wir Sonnenaufgang?«

»Kurz vor sechs Uhr. Das dürfte die letzte Suche sehr erleichtern.«

»Lassen Sie für acht Uhr einen Wagen bereitstellen. Wir fahren nach Slapton und schauen uns dort um.«

»Jawohl, Sir. Wollen Sie weiterschlafen?«

»Nein, ich glaube nicht.« Munro stand auf und reckte sich. »Ich arbeite lieber noch ein paar Akten durch. Das Böse findet eben keine Ruhe, Jack.«

Am gleichen Morgen um sechs Uhr erwachte Kelso aus einem absonderlichen Traum, in dem er aus großer Entfernung von einem urzeitlichen Wesen gerufen wurde. Obwohl er völlig durchfroren war und kein Gefühl in Händen und Füßen hatte, brannte ihm das Gesicht, und seine Stirn war schweißbedeckt.

Er öffnete mühsam die Eingangsplane und schaute in die graue Morgendämmerung hinaus. Viel zu sehen war allerdings nicht, denn es herrschte dichter Nebel. In der Ferne brüllte wieder das Ungeheuer – das er nun als Nebelhorn erkannte. Er konnte es nicht wissen, doch handelte es sich um das Signal des Corbière-Leuchtturms an der Südwestspitze Jerseys – und ertönte bereits hinter ihm. Allerdings ahnte er Land, roch es förmlich – und fühlte sich eine Zeit lang beinahe frisch und munter.

Er hörte an einer unsichtbaren Küste Wellen auflaufen, dann riss der Wind ein Loch in den Nebelvorhang und zeigte ihm Klippen, von Geschützanlagen aus Beton gekrönt. Noirmont Point – ein Name, der Kelso nichts bedeutet hätte, und während sich der Nebel wieder verdichtete, trieb die Strömung ihn in die St.-Aubin's-Bucht und dicht an die Küste heran.

Wellen ergriffen ihn, seltsame, wirbelartige Strömungen, die ihn im Kreis herumdrehten. Seitlich brach eine Woge und ließ Gischt hoch aufsprühen, und ringsum erstreckte sich weißer Schaum, durch den Felsgestein sichtbar war. Im nächsten Augenblick war eine dünne, klare Stimme zu hören, und der Nebel stieg und offenbarte ihm einen kleinen Strand, dahinter Steinformationen, die steil zu einem Kiefernwäldchen anstiegen. Da war jemand – am Strand lief ein Mann in einem schweren Seemannsmantel und Gummistiefeln, eine Wollmütze auf dem Kopf.

Das Rettungsfloß bewegte sich seitlich durch die Brandung, wurde hochgehoben und gegen Felsen geschleudert und ließ Kelso mit dem Kopf voran durch die Einstiegsöffnung ins Wasser stürzen. Er versuchte aufzustehen, und die Brandung übertönte seinen Aufschrei, als das rechte Bein ihn nicht halten wollte – aber schon war der Mann ins knietiefe Wasser gewatet und stützte ihn. Erst in diesem Moment erkannte er, dass es sich um eine Frau handelte.

»Alles in Ordnung. Ich halte Sie fest.«

»Bein«, murmelte er. »Gebrochenes Bein.«

Er wusste nicht mehr genau, was danach geschah. Als er wieder zu sich kam, lag er im Schutz einiger Felsen. Die Frau zerrte das Rettungsfloß aus dem Wasser. Als er sich aufzurichten versuchte, kam sie auf ihn zu und kniete neben ihm nieder. »Wo bin ich?«, fragte Kelso. »In Frankreich?«

»Nein«, erwiderte sie. »Auf Jersey.«

Er schloss kurz die Augen und erschauderte. »Sie sind Britin?«

»Das hoffe ich doch! Als ich das letzte Mal von meinem Mann hörte, war er Major im Tank-Korps und diente in der westlichen Sahara. Ich heiße Helen de Ville.«

»Colonel Hugh Kelso.«

»Amerikanische Air Force? Wo ist denn Ihre Maschine abgestürzt?«

»Ist sie nicht. Ich bin Offizier der Army.«

»Army-Offizier? Aber das ergibt doch keinen Sinn. Um alles auf der Welt, wo kommen Sie denn her?«

»Aus England. Von einem Schiff, das in der Lyme-Bucht torpediert wurde.« Der Schmerz stach ihm wie mit Messern ins Bein, und er ächzte und verlor beinahe das Bewusstsein.

Sie schlug das zerrissene Hosenbein auf und runzelte die Stirn. »Sieht schlimm aus. Sie müssen ins Krankenhaus.«

»Komme ich da mit Deutschen in Berührung?«

»Leider.«

Seine Hände packten ihren Marinemantel. »Nein – keine Deutschen!«

Sie löste seine Hände und schob ihn sanft zurück. »Bleiben Sie ruhig. Ich muss Sie eine Weile allein lassen, ein Gespann holen.«

»Gut«, sagte er. »Aber keine Deutschen. Die dürfen mich nicht in die Finger bekommen. Das müssen Sie mir versprechen! Wenn Sie das nicht können, müssen Sie mich töten. Hier, hier habe ich eine Browning-Pistole.«

Er zerrte daran, und sie beugte sich mit entschlossenem Gesicht über ihn und zog die Waffe aus dem Halfter am linken Oberschenkel. »Sie werden nicht sterben – und die Deutschen kriegen Sie auch nicht. Mehr kann ich Ihnen nicht versprechen. Warten Sie auf mich.«

Energisch schob sie sich die Pistole in die Tasche, machte kehrt und eilte fort. Kelso blieb am nebelverhangenen Strand liegen und versuchte sich zu fassen. Nach einiger Zeit begann das Bein wieder zu schmerzen und erinnerte ihn an das Morphium im Notkasten. Er begann auf das Rettungsfloß zuzukriechen. Aber damit hatte er sich zu viel zugemutet. Dunkelheit hüllte ihn ein.

4

Helen de Ville verließ den ausgefahrenen Strandweg und wählte eine Abkürzung durch den Kiefernwald; dazu musste sie den steilen Küstenhang erklimmen. Allerdings war sie ziemlich drahtig und gut in Form, was nach vier Jahren deutscher Besetzung nicht verwunderte; die Versorgungsengpässe hatten sie beinahe dreißig Pfund gekostet. Scherzhaft bemerkte sie dazu, dass sie nun wieder genauso schlank war wie damals mit achtzehn, ein unerwarteter Bonus für ihre zweiundvierzig Jahre. Außerdem hatte das Fehlen eines Autos und eines öffentlichen Verkehrssystems zur Folge, dass sie es gewöhnt war, jede Woche viele Kilometer zu Fuß zurückzulegen.

Am Waldrand blieb sie stehen und blickte zum Haus hinüber. Das De-Ville-Anwesen gehörte nicht zu den größten Herrenhäusern auf der Insel. Einst, als die Familie ihre Hochblüte erlebte, war es der größte Bau gewesen, doch hatte Ende des neunzehnten Jahrhunderts ein katastrophaler Brand einen ganzen Flügel vernichtet. Es war ein sehr altes Haus aus Jersey-Granit, der schon ziemlich verwittert aussah. Zu beiden Seiten des Eingangs erstreckten sich Reihen von Verandatüren, und eine Granitmauer trennte das Haus von einem seitlich gelegenen Hof.

Helen de Ville nahm sich Zeit, denn im Hof parkte ein alter Morris – eines der Automobile, die vom Feind beschlagnahmt worden waren. Seit zwei Jahren hatten sich deutsche Manneoffiziere bei ihr im Haus einquartiert. Sie blieben unterschiedlich lange, manche Männer nur ein oder zwei Nächte, wenn etwa Einheiten der 5. Schnellboot-Flottille von Guernsey herüberkamen.

Die meisten aber waren Stammgäste, junge Offiziere, die bei verschiedenen Marineeinheiten auf Jersey dienten. Auch unter ihnen wütete der Krieg. Oft kam es im Bereich der Kanalinseln zu Zusammenstößen mit britischen Torpedobooten, außerdem griff die RAF ständig Konvois an, die nach Granville, St. Malo und Cherbourg unterwegs waren, sogar nachts. Viele Offiziere fielen, andere überlebten. Als Helen über den Rasen auf das Haus zuging, öffnete sich die Tür, und einer dieser Männer trat ins Freie.

Er trug einen weißen Sweater, einen alten Fischermantel und Matrosenstiefel; in der einen Hand hielt er einen Seesack. Das Gesicht unter der salzbefleckten Marinemütze war attraktiv und verhieß Kühnheit und Aufgeschlossenheit. Ein tollkühner Bursche, der geradewegs aus dem sechzehnten Jahrhundert zu kommen schien. Er trug eine weiße Mütze, wie es vorwiegend deutsche U-Boot-Kommandeure taten; Leutnant Guido Orsini passte eben in keine Schublade. Als Italiener zur deutschen Marine abgestellt, war er, als Italien kapitulierte, im falschen Augenblick am falschen Ort gewesen. Helen de Ville hatte es längst aufgegeben, so zu tun, als empfinde sie mehr als nur freundschaftliche Zuneigung zu ihm.

»Guten Morgen, Guido.«

»Helen, cara mia.« Er warf ihr einen Handkuss zu. »Ich bin wie immer der Letzte.«

»Wohin geht es heute?«

»Nach Granville. Wird lustig bei diesem Nebel. Andererseits bleiben dann die Tommies zu Hause. Bin morgen zurück. Möchten Sie nach St. Heller? Kann ich Sie mitnehmen?«

»Nein, danke. Ich suche Sean.«

»Den General habe ich vor knapp zehn Minuten mit einer langen Axt aus der Südscheune kommen sehen. Er schien zu seinem Haus zu wollen. Bis morgen dann. Ich muss mich beeilen. Ciao, cara.«

Er verschwand durch die kleine Tür auf dem Hof. Kurze Zeit später hörte Helen den Morris anspringen und abfahren. Gleich darauf ging sie selbst über den Hof, passierte eine Zaunpforte und lief einen Waldweg entlang. Sean Gallaghers Häuschen, das zum Gut gehörte, stand in einer Senke an einem Bach. Und schon konnte sie ihn Holz hacken sehen; er trug eine alte Kordhose und Reitstiefel und hatte das karierte Hemd über muskulösen Ärmeln aufgekrempelt.

»Sean!«, rief sie und wäre beinahe gestolpert.

Er ließ die Axt sinken, drehte sich um und schob eine rötlichbraune Haarlocke aus der Stirn. Dann ließ er die Axt fallen und fing sie auf, denn sie verlor schon wieder das Gleichgewicht.

Sean Martin Gallagher war zweiundfünfzig Jahre alt und als irischer Bürger in diesem Krieg offiziell neutral. Er war 1892 in Dublin geboren, wo sein Vater am Trinity College Professor für Chirurgie war, ein Mann, der sich nicht für Frauen interessierte, bis er während einer beruflich bedingten Reise nach Jersey die junge Krankenschwester Ruth le Brocq kennen lernte. Kaum einen Monat später hatte er sie geheiratet und mit nach Dublin genommen.

Im nächsten Jahr war sie bei Seans Geburt gestorben, und der Knabe verbrachte die langen Sommermonate seiner Jugend bei den Großeltern auf Jersey, den Rest der Zeit bei seinem Vater in Dublin. Vom Ehrgeiz erfüllt, Schriftsteller zu werden, studierte er Literatur an der Universität seines Vaters, am Trinity College. Das Leben aber bestimmte ihn zum Soldaten, denn er war gerade mit dem Studium fertig, als der Erste Weltkrieg ausbrach.

Er schloss sich den irischen Füsilieren an und hatte 1918 für seine sechsundzwanzig Jahre schon viel erlebt. Er war Major, zweimal verwundet und Träger des Military Cross, nachdem er sich an der Somme durch Tapferkeit ausgezeichnet hatte. Seine eigentlichen Kriegserfahrungen sammelte er aber erst später, als er mit der IRA in Irland unter Michael Collins' Führung kämpfte, als Kommandeur einer fliegenden Kolonne in der Grafschaft Mayo.

Der Vertrag mit der britischen Regierung, der den Konflikt 1922 beendete, erwies sich als Vorspiel zu einem heftigen, blutigen Bürgerkrieg zwischen IRA-Gruppen, die den Vertrag nicht anerkennen wollten, und anderen, die für einen freien irischen Staat unter Collins kämpfen wollten. Sean Gallagher hatte sich für den Freistaat entschieden – und war mit dreißig als General durch die westlichen Gebiete Irlands gezogen, um rücksichtslos Jagd auf alte Kameraden zu machen.

Des Tötens überdrüssig, war er später durch die Welt gereist. Dabei lebte er vom Erbe seines Vaters, schrieb Romane, wenn ihm der Sinn danach stand, und ließ sich schließlich 1930 auf Jersey nieder. Ralph de Ville war ein Jugendfreund von ihm, und Helen liebte er inbrünstig und hoffnungslos, seit er ihr zum ersten Mal begegnet war. Sein Zuhause in St. Lawrence im Inneren der Insel war 1940 von den Deutschen beschlagnahmt worden. Während Ralph bei den Briten diente, brauchte Helen einen Mann zum Zupacken – und so wohnte er nun auf dem Anwesen im Witwenhäuschen. Und liebte sie wie eh und je – und immer noch ohne Aussicht auf Gegenliebe. Der alte Karren hatte schon bessere Tage gesehen, und das Pferd, das sich damit den Weg zum Wasser hinabmühte, wirkt sichtlich abgemagert. Sean Gallagher führte das Tier am Zügel, Helen ging neben ihm.

»Wenn die Sache schief geht«, sagte er ernst, »wenn sie rausfinden, dass du diesem Mann hilfst, kannst du nicht mehr mit Gefängnis rechnen. Dann kommst du vor das Erschießungskommando oder in so ein Konzentrationslager, von denen immer wieder die Rede ist.«

»Und was ist mit dir?«

»Jesus, Frau! Ich bin neutral – sage ich dir das nicht immer wieder?« Er lächelte schelmisch, und seine grauen Augen funkelten. »Wenn die Deutschen de Valera, diesen alten Bastard, in Dublin bei Laune halten wollen, müssen sie mich mit Samthandschuhen anfassen. Andererseits wäre es ihm vielleicht ganz lieb zu hören, dass man mich hier aufs Korn nehmen will – so wie ich ihn im Bürgerkrieg durch ganz Irland gescheucht habe.«

Helen de Ville musste lachen. »Ich liebe dich, Sean Gallagher. Es gelingt dir immer wieder, mich aufzumuntern, selbst im schlimmsten Augenblick.« Sie legte dem kleinen, hageren Mann einen Arm um die Schultern und küsste ihn auf die Wange.

»Wie ein Bruder«, sagte er. »Du liebst mich wie einen Bruder, das sagst du mir immer wieder – also bezwinge deine Leidenschaft, Frau, und konzentriere dich. Was hat er gesagt – Colonel Hugh Kelso, amerikanischer Army-Offizier, torpediert vor der Devon-Küste?«

»Genau.«

»Und was sollte das Gerede, die Deutschen dürften ihn auf keinen Fall erwischen?«

»Ich weiß nicht. Er war halb weggetreten, und sein Bein sieht schlimm aus, aber als ich andeutete, er müsste ins Krankenhaus, drehte er durch und sagte, dann wäre es besser, ihn gleich zu erschießen.«

»Scheint eine vertrackte Sache zu sein«, bemerkte Gallagher und führte das Pferd zum nebelverhangenen Strand.

Das Meer war ruhig, und es war so still, dass das Pfeifen eines deutschen Militärzuges zu hören war, der auf der anderen Seite der Bucht von St. Helier nach Millbrook fuhr.

Hugh Kelso lag mit dem Gesicht nach unten bewusstlos im Sand. Sean Gallagher drehte ihn vorsichtig um und schaute sich das Bein an. Dann pfiff er leise durch die Zähne. »Einen Arzt braucht er, dieser Bursche. Ich lege ihn auf den Wagen, solange er noch bewusstlos ist. Du sammelst Treibholz, so viel du finden kannst, beeil dich.«

Sie hastete fort, und Gallagher hob Kelso hoch. Dies bereitete ihm keine Mühe, denn er war zwar klein, aber überraschend kräftig. Kelso stöhnte, kam aber nicht zu sich, und der Ire schob ihn zwischen die Säcke im Wagen und deckte ihn mit dem groben Leinengewebe zu.

Helen schleppte einen Armvoll Holz herbei.

»Deck ihn damit zu, während ich mich um das Rettungsfloß kümmere.«

Das Gebilde hüpfte noch im flachen Wasser herum, und Gallagher watete hinüber und zerrte das Floß an Land. Er schaute hinein, nahm den Notkasten heraus und stach dann energisch mit seinem Klappmesser auf die aufgeblasene Zelle ein. Fauchend entwich die Luft, und er rollte das Material zusammen, brachte es zum Wagen und schob es in ein Fach unter der Ladefläche.

Helen brachte eine zweite Ladung Holz, die sie vorsichtig verlud. »Reicht das?«

»Ich glaube schon. Bei der Pferdekoppel halte ich kurz an, dort können wir das Boot in den alten Brunnen werfen. Komm, wir wollen los.«

Langsam fuhren sie den Weg hinauf; Helen saß auf

der Deichsel, Sean führte das Pferd. Plötzlich war von oben Gelächter und Hundegebell zu hören. Der Ire blieb stehen und zündete sich in aller Ruhe eine seiner übel riechenden französischen Zigaretten an. »Mach dir jetzt keine Sorgen, ich schaff das schon«, sagte er zu Helen.

Der Schäferhund kam als Erster, ein prächtiges Tier, das nur einmal kurz bellte, ehe es Gallagher als alten Freund erkannte und ihm die Hand leckte. Gleich darauf erschienen zwei deutsche Soldaten in feldgrauen Uniformen, Helm auf dem Kopf, Gewehr übergehängt. »Guten Morgen, Herr General!«, riefen sie freundlich.

»Euch auch einen guten Morgen, ihr Dummköpfe!«, rief Gallagher auf Englisch, lächelte liebenswürdig und ließ das Pferd weitergehen.

»Sean, du bist nicht bei Verstand!«, fauchte Helen.

»Ganz und gar nicht. Von den beiden Burschen spricht keiner ein Wort Englisch. Wäre allerdings lustig gewesen, wenn sie bei uns noch in den Wagen geschaut hätten.«

»Wohin mit ihm?«, wollte sie wissen. »Im Moment ist niemand im Anwesen.«

Anders wurde das große Haus nie genannt.

»Ist denn Mrs. Vibert nicht da?«

»Ich habe ihr heute frei gegeben. Du weißt doch, ihre Nichte hat letzte Woche ein Kind bekommen.«

»Ungezogenes Mädchen«, sagte Gallagher. »Dabei dient ihr Mann bei den Briten und ist fern von hier. Ich wüsste zu gern, was er sagt, wenn er nach Hause kommt und einen strammen Jungen mit blauen Augen und blondem Haar vorfindet – namens Fritz.«

»Sei nicht gemein, Sean. Sie ist kein schlechtes Mädchen. Vielleicht ein bisschen willensschwach. Viele Menschen sind einsam.«

»Das musst ausgerechnet du mir sagen!«, rief Gallagher lachend. »Ich habe diese Woche noch nichts davon gemerkt, dass du mich durch die Scheune gejagt hättest!«

»Red keinen Unsinn«, sagte sie. »Also: Wohin bringen wir ihn? Für den Notfall haben wir noch unser Geheimzimmer.«

Während des englischen Bürgerkrieges war Charles de Ville, der damalige Gutsbesitzer, für die Royalisten eingetreten. Er hatte unter dem Dach ein Zimmer einrichten lassen, zu dem vom großen Schlafzimmer eine versteckte Treppe hinaufführte – dieser Raum war in der Familie als das Geheimzimmer bekannt. Ihm verdankte Charles sein Leben, als er unter Cromwell als Verräter gesucht wurde.

»Nein, das wäre im Augenblick zu schwierig. Er braucht schnelle Hilfe. Wir bringen ihn zuerst in mein Haus.«

»Und ein Arzt?«

»George Hamilton. Wem könnte man sonst vertrauen? Wart mal einen Moment – ich will nur das Rettungsfloß in den Brunnen werfen.«

Er zerrte das zusammengefaltete Gebilde hervor und verschwand damit zwischen den Bäumen. Sie wartete und hörte ihren unregelmäßigen Atem in der Stille des Waldes. Unter Säcken und Holzstücken hinter ihr begann Kelso zu stöhnen und sich zu rühren.

In Slapton Sands begann kurz vor Mittag die Flut aufzulaufen, und einige weitere Leichen wurden angetrieben. Dougal Munro und Carter saßen im Windschatten einer Düne, verzehrten eine frühe Mittagsmahlzeit aus belegten Broten und teilten sich eine Flasche Bier. Am Strand stapften Soldaten auf und ab und wurden von ihren Offizieren ins seichte Wasser geschickt, wenn ein weiterer Toter in Sicht kam. Etwa dreißig lagen schon im Sand.

»Jemand hat mal gesagt«, bemerkte Munro, »das erste Opfer des Krieges sei stets die Wahrheit.«

»Ich weiß genau, was Sie meinen, Sir«, erwiderte Carter.

In diesem Augenblick erschien ein junger amerikanischer Offizier und grüßte. »Der Strand wäre wieder geräumt, Sir. Dreiunddreißig seit Tagesanbruch. Keine Spur von Colonel Kelso.« Er zögerte. »Möchte der Brigadier sich die Beerdigungsarrangements anschauen? Es ist nicht weit.«

»Nein danke«, antwortete Munro. »Ich glaube, es geht auch ohne.«

Der Offizier grüßte wieder und trat ab. Munro stand auf und half Carter hoch. »Kommen Sie, Jack. Hier können wir doch nichts ändern.«

»Jawohl, Sir.«

Während sich Carter auf seinen Stock stützte, steckte Munro die Hände in die Taschen und blickte auf das Meer hinaus. Plötzlich erschauderte er. »Stimmt etwas nicht, Sir?«, fragte Carter.

»Ich glaube, da ist nur eben jemand über mein Grab gewandert, Jack. Ich will ganz ehrlich sein – ich habe in der Sache ein ungutes Gefühl. Ein sehr ungutes Gefühl. Kommen Sie, fahren wir nach London zurück.« Er machte kehrt und verließ den Strand.

»Also, Berger – verstehen Sie, was ich Ihnen damit sagen will?«, fragte Konrad Hofer.

Heini Baum hatte Haltung angenommen. Stramm stand er in dem Büro, das der Kommandant von Campeaux dem Generalfeldmarschall bereitwillig überlassen hatte, und versuchte die Tatsache zu übersehen, dass Rommel am Fenster stand und in den Garten hinausschaute.

»Ich glaube schon – aber ich bin mir meiner Sache nicht sicher, Herr Major.«

Rommel drehte sich um. »Stellen Sie sich nicht blöd, Berger. Sie sind ein intelligenter Mann, das sehe ich, und ein mutiger dazu.« Mit der Spitze seiner Gerte berührte er das Eiserne Kreuz Erster Klasse und das Band mit den Frakturbuchstaben am linken Ärmel. »Der Ärmelstreifen des Afrikakorps, soso. Wir sind also alte Kameraden. Waren Sie bei Alamein dabei?«

»Nein, Herr Generalfeldmarschall. Ich wurde in Tobruk verwundet.«

»Gut. Ich bin ein einfacher Mann, also hören Sie gut zu. Sie haben mich da gestern Abend hervorragend nachgemacht – im Aussehen wie auch stimmlich. Sehr professionell.«

»Vielen Dank.«

»Ich benötige nun aber einen zweiten Auftritt. Am Freitag werden Sie übers Wochenende mit Major Hofer nach Jersey fliegen. Was meinen Sie, Berger – können Sie die Leute in Jersey so lange zum Narren halten? Als König für einen Tag? Würde Ihnen das keinen Spaß machen?«

Berger lächelte. »Ja, ich glaube schon, Herr Generalfeldmarschall.«

Rommel wandte sich an Hofer. »Na bitte. Einsichtig und intelligent, wie ich gesagt habe. Treffen Sie alle Vorbereitungen, Konrad, dann wollen wir von hier verschwinden.«

Das Häuschen war aus den gleichen Granitblöcken gebaut wie das Haupthaus. Größter Raum war ein Wohnzimmer mit Holzbalkendecke; hier stand in einer Fensternische der Esstisch mit einem halben Dutzend Stühle. Die Küche lag auf der anderen Seite des Flurs. Oben befanden sich ein großes Schlafzimmer, ein Lagerraum und ein Badezimmer.

Gallagher hatte sich die Treppe nicht zugetraut, sondern Kelso im Wohnzimmer auf ein langes, bequemes Sofa gebettet. Der Amerikaner war noch immer bewusstlos. Gallagher ertastete seine Brieftasche und öffnete sie. Militärausweis mit Foto, Schnappschüsse von einer Frau und zwei Mädchen, offenbar die Angehörigen, und zwei Briefe, die so eindeutig privat waren, dass Gallagher sie sofort wieder zusammenfaltete. Er hörte Helens Stimme, die in der Küche telefonierte. Da öffnete Kelso plötzlich die Augen, starrte ihn ausdruckslos an und bemerkte dann die Brieftasche in Gallaghers Hand.

»Wer sind Sie?« Er griff ziellos danach. »Geben Sie her.«

Helen trat ein, setzte sich auf das Sofa und legte ihm eine Hand auf die Stirn. »Alles geregelt. Sie müssen nur ruhig liegen bleiben. Das Fieber zehrt Sie ja förmlich auf. Erinnern Sie sich an mich, Helen de Ville?«

Kelso nickte langsam. »Die Frau am Strand.«

»Dies ist ein Freund von mir, General Sean Gallagher.«

»Ich habe mir gerade seine Papiere angesehen«, sagte Gallagher zu ihr. »Der Ausweis ist ein bisschen nass. Ich lasse ihn draußen, damit er trocknen kann.«

»Wissen Sie noch, wo Sie sind?«, wandte sie sich an Kelso. »Auf Jersey.« Er rang sich ein Lächeln ab. »Keine Angst – ich habe noch nicht völlig den Verstand verloren. Wenn ich mich konzentriere, kann ich noch logisch denken.«

»Also gut, dann hören Sie zu«, sagte Sean Gallagher. »Ihr Bein sieht schlimm aus. Sie müssen dringend ins Krankenhaus zu einem guten Chirurgen.«

Kelso schüttelte den Kopf. »Unmöglich. Wie ich dieser Dame schon sagte, dürfen mich die Deutschen nicht in die Finger bekommen. Da wäre es besser, mich zu erschießen.«

»Warum?«, wollte Sean Gallagher wissen.

»Sie hat Sie General genannt. Stimmt das?«

»Ich war General in der irischen Armee und habe im letzten Krieg bei den Briten gedient. Macht das einen Unterschied?«

»Vielleicht.«

»Na schön, zu welcher Einheit gehören Sie?«

»Pioniere – Angriffspioniere. Wir bereiten Küstenlandungen vor.«

Sean Gallagher wusste sofort Bescheid. »Die Invasion?«

Kelso nickte. »Steht unmittelbar bevor.«

»Das ist allgemein bekannt«, bemerkte Gallagher.

»Ja, aber ich weiß, wo und wann. Können Sie sich vorstellen, was es bedeuten würde, wenn die Deutschen das aus mir herausbekämen? Alle Abwehrkräfte am richtigen Ort konzentriert. Wir kämen nie vom Strand weg.«

Er war sehr erregt. Seine Stirn leuchtete vor Schweiß. Helen beruhigte ihn. »Es wird alles gut werden, das verspreche ich Ihnen.«

»Kommt George Hamilton?«, erkundigte sich Gallagher.

»Er war unterwegs. Seiner Haushälterin habe ich gesagt, du brauchst ihn dringend, weil du dich am Bein verletzt hast und wohl genäht werden müsstest.«

»Wer ist Hamilton?«, fragte Kelso.

»Ein Arzt«, erwiderte Helen. »Und ein enger Freund von uns. Er ist bald hier und kümmert sich um Ihr Bein.«

Kelso wurde wieder vom Fieber übermannt und begann zu zittern. »Habe an wichtigere Sachen zu denken. Sie müssen sich sofort an den hiesigen Widerstand wenden. Die Leute sollen sich ans Funkgerät setzen und den Geheimdienst in London verständigen, dass ich hier bin. Man muss versuchen, mich rauszuholen.«

»Aber es gibt auf Jersey keine Widerstandsbewegung«, sagte Helen. »Ich meine, natürlich gibt's hier viele Leute, denen die Besetzung zuwider ist und die dem Feind das Leben möglichst schwer machen – aber nichts, was sich mit der französischer Résistance vergleichen ließe, wenn Sie das meinen.«

Kelso starrte sie verblüfft an, und Gallagher fügte hinzu: »Die Insel ist ungefähr fünfzehn Kilometer lang und acht Kilometer breit. Mit etwa fünfundvierzigtausend Zivilisten ist das ein besserer Marktflecken, mehr nicht. Wie lang würde sich der Widerstand halten – was meinen Sie? Keine Berge, in denen man sich verstecken könnte, keine sonstigen unzugänglichen Gebiete. Genau genommen nichts!«

Kelso schien Mühe zu haben, die Situation zu begreifen. »Es gibt also keinen Widerstand. Keine Funkgeräte?«

»Keine Verbindung nach London«, bestätigte Gallagher.

»Und Frankreich?«, fragte Kelso verzweifelt. »Granville, St. Malo? Die liegen doch nur wenige Schiffsstunden entfernt, oder? Dort muss es doch Gruppen der Résistance geben.«

Es trat ein viel sagendes Schweigen ein, dann wandte sich Helen an Gallagher. »Savary könnte in Granville mit den richtigen Leuten sprechen. Er kennt sie – und du ebenfalls.«

»Ja.«

»Als ich vom Strand zurückkam, brach Guido auf«, fuhr sie fort. »Er sagte, man will heute Nachmittag einen Vorstoß nach Granville machen. Um den Nebel auszunutzen.« Sie schaute auf die Uhr. »Hochwasser haben wir erst gegen Mittag. Du könntest den Lieferwagen nehmen und die bereitliegenden Kartoffelsäcke nach St. Helier zur Truppenversorgung und auf den Markt bringen.«

»Schon überredet«, sagte Gallagher. »Aber wenn ich Savary richtig einschätze, will er mit solchen Dingen nichts zu tun haben, jedenfalls nicht aus erster Hand.

Das heißt, dass wir alles aufschreiben müssten, und das ist verdammt riskant.«

»Wir haben keine andere Wahl, Sean«, sagte sie schlicht.

»Ja, ich glaube, du hast Recht.« Gallagher lachte. »Ach, was ich alles für England mache! Kümmere dich um unseren Freund. Ich komme so schnell wie möglich zurück.«

Er war schon an der Tür, da rief sie: »Sean?«

Er drehte sich um. »Ja?«

»Vergiss nicht, rechts zu fahren.«

Der Witz hatte einen Bart, war aber nicht ganz unangebracht. Nach der Besetzung Jerseys hatten die Besatzungstruppen als Erstes verfügt, dass der Verkehr nicht mehr auf der linken, sondern auf der rechten Straßenseite zu fließen habe. Nach vier Jahren hatte sich Gallagher noch immer nicht daran gewöhnt, zumal er nicht oft fuhr. Den alten Ford-Lieferwagen durfte er auf Sonderschein behalten, weil der landwirtschaftliche Betrieb der de Villes den deutschen Streitkräften Lebensmittel lieferte. Die knappe Benzinration verhinderte ohnehin, dass der Wagen in der Woche mehr als zwei- oder dreimal benutzt wurde. Gallagher nutzte jeden Tropfen, indem er die Berge mit abgeschaltetem Motor hinabrollte, außerdem war auf dem Schwarzmarkt immer ein wenig Benzin zu haben, wenn man die richtigen Leute kannte.

Er fuhr durch das winzige, malerische St. Aubin und folgte der Bucht nach Bel Royal. In der Ferne war bereits St. Helier zu sehen. Unterwegs kam er an mehreren Artilleriestellungen vorbei, in deren Umfeld sich Soldaten bewegten, doch ansonsten zeigte sich die Victoria Avenue verlassen. Einer der französischen Züge, die die Deutschen auf die Insel geholt hatten, kam ihm an der Straße nach Millbrook entgegen – das einzige

Zeichen von Leben, ehe er das *Grand Hotel* erreichte. Er schaute auf die Uhr. Es war kurz vor elf. Da er noch gut Zeit hatte, Savary zu sprechen, ehe die *Victor Hugo* nach Granville ablegte, bog er nach links in die Gloucester Street ein und fuhr zum Markt.

Es waren nicht viele Leute unterwegs, hauptsächlich wegen des Wetters. Die rotschwarze Hakenkreuzfahne hing schlaff über dem Rathauseingang. Aus dem deutschen Wort »Rathaus« war bei den Einheimischen längst »Rattenhaus« geworden.

Gallagher stellte den Wagen vor der Markthalle in der Beresford Street ab. Es waren nur eine Hand voll Besucher und deutsche Soldaten zu sehen. Offiziell war der Markt geschlossen, die Öffnungszeiten auf zwei Stunden am Samstagnachmittag begrenzt. Dann würde hier allerdings großes Gedränge herrschen, denn jeder hoffte natürlich auf frisches Gemüse und Obst.

Gallagher lud zwei Säcke Kartoffeln vom Wagen, stieß das Tor auf und trat ein. Die meisten Verkaufsstände in der alten viktorianischen Markthalle waren leer, nur wenige Leute arbeiteten. Er marschierte zur anderen Seite und dort auf eine Bude mit der Aufschrift *D. Chevalier* zu, vor der ein großer, liebenswürdig aussehender Mann in dickem Pullover stand, eine Stoffmütze auf dem Kopf, und weiße Rüben aufreihte.

»Aha, heute gibt's Rüben?«, fragte Gallagher.

»Gut für Sie, General«, erwiderte Chevalier.

»Meinen Sie! Mrs. Vibert hat mir erst neulich Rübenmarmelade zum Frühstück vorgesetzt.« Gallagher schüttelte sich. »Den Geschmack habe ich heute noch auf der Zunge. Zwei Säcke Kartoffeln hab ich für Sie.«

Chevaliers Augen begannen zu leuchten. »Ich wusste doch, dass Sie mich nicht enttäuschen würden, General! Nach hinten.«

Gallagher schleppte seine Last in den rückwärtigen

Raum, und Chevalier öffnete einen Schrank und nahm einen alten Leinenbeutel heraus. »Vier Weißbrote.«

»Jesus!«, rief Gallagher. »Wen mussten Sie dafür umbringen?«

»Außerdem ein Viertelpfund China-Tee und einen Schweineschinken. Okay?«

»Es ist angenehm, mit Ihnen Geschäfte zu machen«, sagte Gallagher. »Bis nächste Woche.«

Anschließend fuhr er zum Truppenversorgungsdepot in der Wesley Street. In der ehemaligen Reparaturwerkstatt standen jetzt ein halbes Dutzend Lkws. Es tat sich nicht viel, doch saß ein stämmiger Feldwebel namens Klinger in seinem kleinen Glasverschlag und aß ein belegtes Brot. Er winkte, öffnete die Tür und kam die Treppe herab.

»Herr General«, sagte er freundlich.

»Oha, Hans, Sie sorgen aber gut für sich«, sagte Gallagher in ausgezeichnetem Deutsch und klopfte dem anderen auf den rundlichen Bauch.

Klinger lächelte. »Man muss ja leben. Wir sind doch erfahrene Soldaten, Herr General, Sie und ich. Wir verstehen einander. Sie haben etwas für mich?«

»Zwei Säcke Kartoffeln für die offizielle Ablieferung.«

»Und?«

»Einen dritten Sack für Sie, wenn Sie Interesse haben.«

»Und dafür wollen Sie …?«

»Benzin.«

Der Deutsche nickte. »Zwanzig Liter.«

»Zweimal zwanzig«, forderte Gallagher.

»General.« Klinger ging zu einer Reihe Benzinkanister, die aus britischen Armeebeständen kamen, und brachte zwei zum Lieferwagen hinaus. »Was wäre, wenn ich Sie anschwärzte? Sie verlangen zu viel.«

»Ich käme ins Gefängnis und Sie könnten auf Urlaub

gehen«, antwortete Gallagher. »Die russische Front soll um diese Jahreszeit sehr angenehm sein.«

»Wie immer denken Sie überaus praktisch.« Klinger zerrte die drei Säcke von der Ladefläche. »Irgendwann schaut eine Patrouille mal in Ihren Tank – und dann kommt raus, dass Ihr Benzin die falsche Farbe hat.«

»Ich bin aber ein Zauberer, mein Freund. Habe ich Ihnen das noch nicht gesagt?« Mit diesen Worten stieg Gallagher ein und fuhr weiter.

Wehrmachtsbenzin war rot eingefärbt, grün die Ration für landwirtschaftliche Nutzung, und Ärzte erhielten eine rosarote Tankfüllung. Klinger wusste offenbar noch nicht, dass es ein Kinderspiel war, die alte Farbe zu entfernen, indem man das Benzin durch den Filter der Gasmaske laufen ließ, die zu Beginn des Krieges an jeden Inselbewohner ausgegeben worden war. Ein schwacher grüner Zusatz verwandelte Militärbenzin sofort in landwirtschaftlich zugelassenen Treibstoff.

Ja, es ging ums Überleben. Jersey war eine alte Insel, und das Le-Brocq-Blut, das in seinen Adern floß, machte ihn ungemein stolz auf diese Tatsache. Im Lauf der Jahrhunderte hatte Jersey viel erdulden müssen. Vor dem Hotel *Pomme d'Or*, dem Marinehauptquartier der Deutschen, warf er einen Blick auf die Naziflagge und sagte leise: »Und wir werden noch hier sein, wenn ihr Schweinehunde längst wieder verduftet seid!»

5

Gallagher stellte den Lieferwagen vor der Brückenwaage ab, ging den Albert-Pier entlang und erstieg die Treppe zum höchsten Punkt. Unterwegs blieb er stehen, um sich eine seiner französischen Zigaretten anzuzünden und einen Blick über die Bucht zu werfen. Der Nebel war jetzt weniger dicht und ließ das Elizabeth Castle auf seiner Insel fremd und märchenhaft erscheinen. Einst hatte dort Walter Raleigh als Gouverneur geherrscht. Jetzt die Deutschen mit ihren Betonbunkern und Artilleriestellungen.

Gallagher schaute in den Hafen hinab. Wie immer herrschte dort ein lebhaftes Treiben. Unter anderem setzten die Deutschen Binnenfrachter ein, um die Kanalinseln zu versorgen. Auf der anderen Seite, am neuen Nordkai, waren mehrere davon vertäut. Außerdem lagen mehrere Einheiten der 2. Vorpostenbootsflottille und zwei M40-Minensuchboote der 24. Minensuchflottille im Hafen. An der Albert-Pier hatten mehrere größere Schiffe festgemacht, vorwiegend Küstenfrachter, darunter die SS *Victor Hugo.*

1920 von den Ferguson Brothers in Glasgow für eine französische Küstenhandelsfirma erbaut, hatte die *Victor Hugo* ihre beste Zeit ganz offensichtlich hinter sich. Der Schornstein wies an mehreren Stellen Einschläge auf; vor zwei Wochen hatten RAF-Beaufighter wieder einmal den Nachtkonvoi von Granville angegriffen und ihre Spuren hinterlassen. Als Kapitän gebot Savary über eine zehnköpfige französische Mannschaft. Die Luftabwehr des Schiffes bestand aus zwei MGs und einem Bofors-Geschütz, bemannt von sieben deutschen Maaten, die unter dem Kommando von Guido Orsini standen.

Gallagher sah den Offizier auf der Brücke stehen und rief auf Englisch: »He, Guido! Ist Savary da?«

Guido legte die Hände wie einen Trichter vor den Mund: »Im Café!«

In dem Häuschen, das weiter unten am Pier als Café diente, war nicht viel los. An einem Tisch spielten vier französische Seeleute Karten, an einem anderen drei deutsche Matrosen. Robert Savary, ein großer, bärtiger Mann, trug eine Seemannsjacke und Stoffmütze und hatte sich ein schmieriges Tuch um den Hals geknotet. Er saß allein an einem Fenstertisch und rauchte eine Zigarette. Vor ihm stand eine Schale Kaffee.

»Robert, wie geht's?«, fragte Gallagher auf Französisch und setzte sich.

»Kommt ja nur selten vor, dass man Sie hier unten sieht, mein General, was nur bedeuten kann, dass Sie etwas wollen.«

»Sie sind ein schlauer alter Bursche.« Gallagher reichte dem anderen unter dem Tisch einen Umschlag. »Haben Sie ihn?«

»Was ist das?«

»Stecken Sie das Ding weg, stellen Sie keine Fragen. In Granville gehen Sie in die Altstadt und suchen dort ein Café namens *Sophie's Bar* auf. Sie kennen es?«

Savary war bereits merklich bleicher geworden. »Natürlich.«

»Sie kennen die gute Sophie Cresson und ihren Mann Gérard?«

»Ich bin ihnen begegnet.« Savary versuchte den Umschlag unter dem Tisch zurückzugeben.

»Dann wissen Sie auch, dass die beiden sich dem

Terrorismus verschrieben haben, und zwar bis ins Extrem. Sie schießen nicht nur Boches nieder, sondern statuieren auch gern ein Exempel an Kollaborateuren – ach, ist das nicht ein hübscher Satz? Ich an Ihrer Stelle wäre also vernünftig. Nehmen Sie den Brief mit. Ich brauche nicht erst zu sagen, dass Sie ihn nicht lesen sollen. Wenn Sie es tun, werden Sie vermutlich nie wieder ruhig schlafen können. Geben Sie ihn Sophie und richten Sie ihr meine Grüße aus. Bestimmt gibt sie Ihnen eine Antwort für mich mit – die Sie mir übermitteln, sobald Sie zurück sind.«

»Der Teufel soll Sie holen, General!«, knurrte Savary vor sich hin und steckte den Umschlag in die Tasche.

»Das hat er sich schon vor langer Zeit vorgenommen. Sie brauchen sich keine Sorgen zu machen. Guido Orsini ist ein anständiger Bursche.«

»Der Graf?« Savary zuckte die Achseln. »Ein angeberischer italienischer Zuhälter. Ich hasse Aristokraten.«

»Faschist ist Guido bestimmt nicht, und er hat vermutlich mehr gegen Hitler als Sie. Haben Sie anständige Zigaretten in Ihrem Seesack? Den schmutzigen Tabak, der neuerdings auf Ration geliefert wird, habe ich satt.«

Savary machte ein verschmitztes Gesicht. »Nichts Besonderes. Nur ein paar Gitanes.«

»›Nichts Besonderes‹ sagt er!«, ächzte Gallagher. »Los, los, ich nehme zweihundert.«

»Und was bekomme ich?«

Gallagher öffnete den Beutel, den Chevalier ihm mitgegeben hatte. »Einen Schweineschinken?«

Savary klappte die Kinnlade herunter. »Mein Gott – da hängt einem ja gleich die Zunge heraus. Her damit!«

Gallagher reichte seine Gabe unter dem Tisch weiter und empfing dafür eine Stange Zigaretten. »Sie kennen meine Telefonnummer im kleinen Haus. Rufen Sie an, sobald Sie zurück sind.«

»Okay.«

Savary stand auf, und zu zweit traten sie ins Freie. Gallagher konnte nicht länger warten, riss ein Päckchen Gitanes auf und zündete eine an. »Herrlich!«

»Ich gehe dann.« Savary wandte sich der Gangway der Victor Hugo zu.

Gallagher sagte leise: »Wenn Sie mich in dieser Sache enttäuschen, bringe ich Sie um, mein Freund. Verstanden?«

Savary fuhr verblüfft herum, aber Gallagher lächelte ihn schon wieder fröhlich an und marschierte den Pier entlang.

George Hamilton war ein großer, breitschultriger Mann, dem der alte Harris-Tweed-Anzug offensichtlich eine Nummer zu groß war. Als angesehener Mediziner, emeritierter Professor für Pharmakologie an der Londoner Universität und beratender Arzt im Guy's Hospital hatte er sich kurz vor Kriegsausbruch auf Jersey zur Ruhe gesetzt. Als 1940 täglich mit dem Eintreffen der Deutschen gerechnet wurde, hatten viele Leute die Insel verlassen, darunter auch Ärzte. Dies war der Grund, warum Hamilton, promovierter Arzt und Fellow des Royal College of Physicians, im Alter von siebzig Jahren noch praktizierte.

Er schob sich das dichte weiße Haar aus der Stirn und stand auf, den Blick auf Kelso gerichtet, der vor ihm auf der Couch lag. »Sieht nicht gut aus. Er müsste ins Krankenhaus. Um ganz sicherzugehen, brauche ich eine Röntgenaufnahme, aber ich würde sagen, das Schienbein ist mindestens zweimal gebrochen, vielleicht sogar dreimal.«

»Krankenhaus kommt nicht in Frage«, sagte Kelso schwach.

Hamilton gab Helen und Gallagher ein Zeichen, ihm in die Küche zu folgen. »Wären die Wunden offen

– mit anderen Worten, gäbe es irgendwo einen Hautdurchstich der Knochen, hätten wir keine andere Wahl, denn dann wäre das Infektionsrisiko – nach allem, was er durchgemacht hat – sehr groß. Sein Bein wäre in einem solchen Fall nur zu retten, wenn man es in einem Krankenhausbett strecken könnte.«

»Und was heißt das nun genau, George?«, fragte Gallagher.

»Nun ja, wie Sie sehen, ist die Haut intakt. Es handelt sich, wie wir sagen, um Splitterbrüche. Vielleicht ist es möglich, das Bein auch so zu richten und einzugipsen.«

»Schaffen Sie das?«, fragte Helen.

»Ich könnt's versuchen, aber nur unter vernünftigen Arbeitsbedingungen. Auf keinen Fall ohne Röntgenaufnahme.« Hamilton zögerte. »Es gäbe da eine Möglichkeit.«

»Ja?«, fragte Gallagher.

»Pine Trees. Ein kleines Pflegeheim in St. Lawrence, betrieben von katholischen Ordensschwestern, vorwiegend irischer und französischer Abstammung. Die haben ein Röntgengerät und einen ordentlichen Operationssaal. Die Leiterin, Schwester Maria Teresa, kenne ich gut und könnte sie anrufen.«

»Arbeiten die Deutschen mit dem Heim?«, fragte Helen.

»Ab und zu. Normalerweise brauchen sie es für junge Frauen mit pränatalen Problemen – für Abtreibungen also. Die Nonnen sind damit natürlich ganz und gar nicht einverstanden, aber was sollen sie tun?«

»Könnte er dort bleiben?«

»Ich glaube nicht. Es gibt nur wenige Betten, außerdem wäre es bestimmt zu gefährlich. Wenn wir Glück haben, können wir ihn zusammenflicken und hierher zurückschaffen.«

Gallagher sagte: »Wenn Sie uns helfen, gehen Sie ein verdammt großes Risiko ein, George.«

»Das gilt hier doch wohl für uns alle«, erwiderte Hamilton.

»Es ist lebenswichtig, dass Colonel Kelso dem Feind nicht in die Hände fällt«, sagte Helen.

Hamilton schüttelte den Kopf. »Ich will nichts davon wissen, Helen, sagen Sie's mir lieber nicht. Und die Nonnen dürfen auch nicht hineingezogen werden. Für Schwester Maria Teresa muss der Mann ein Hiesiger sein, der einen Unfall hatte. Es wäre von Vorteil, wenn wir einen Ausweis vorzeigen könnten, für alle Fälle.«

Helen wandte sich an Gallagher. »Kannst du da etwas machen? Ach, erinnerst du dich an den spanischen Kommunisten vom letzten Jahr. Er floh von der Zwangsarbeit in den Tunneln, die in St. Peter gebaut werden. Du konntest ihm einen Ausweis verschaffen.«

Gallagher trat an den alten Kieferntisch in der Ecke, zog die vordere Schublade auf, griff hinein und holte ein Kästchen heraus, wie man sie früher zum Aufbewahren von Wertsachen verwendete. Drinnen lagen mehrere Ausweisformulare – komplett mit Stempel und Unterschrift der Nazis.

»Du meine Güte, wo haben Sie die her?«, fragte Hamilton erstaunt.

»Ein Ire aus meiner Bekanntschaft, Barmann in einem Hotel in der Stadt, hat einen Deutschen zum Freund, wenn Sie verstehen, was ich meine. Schreiber in der Feldkommandantur. Ich tat ihm letztes Jahr einen großen Gefallen, dafür gab er mir diese Ausweise. Ich trage Angaben ein, die auf Kelso passen. Wir müssen ihm einen guten Jersey-Namen geben. Wie wär's mit Le Marquand?« Er griff nach Feder und Tinte und setzte sich an den Küchentisch. »Henry Ralph Le Marquand. Adresse?«

Er schaute zu Helen auf.

»Home Farm, De-Ville-Anwesen«, sagte sie.

»Klingt gut. Ich will seine Augen- und Haarfarbe erfahren, und du kannst schon in Pine Trees anrufen.« An der Tür blieb er stehen. »Als Beruf gebe ich Fischer an. Dann kann er sagen, es war ein Bootsunfall. Und noch etwas, George.«

»Ja?«

»Ich begleite Sie. Wir schaffen ihn im Lieferwagen hinüber. Keine Widerrede. Entweder werden wir alle erwischt oder keiner.« Er lächelte kurz und verließ das Zimmer.

Pine Trees war ein hässliches Bauwerk, offenbar aus spätviktorianischer Zeit. Die Mauern waren nachträglich verputzt worden, eine Schicht, die an vielen Stellen rissig und auch schon in Fladen abgeplatzt war. Gallagher fuhr den Wagen vor das Haus. Als die beiden Männer ausstiegen – Hamilton hatte neben ihm gesessen –, ging die Vordertür auf und Schwester Maria Teresa eilte die Betonrampe herab. Die kleine Frau trug eine schlichte schwarze Tracht und hatte, obwohl sie über sechzig sein musste, ein völlig faltenloses Gesicht. Ihre Augen blickten ruhig.

»Dr. Hamilton.« Ihr Englisch war gut, auch wenn sie es mit starkem französischem Akzent sprach.

»Dies ist General Gallagher. Er leitet das De-Ville-Anwesen, auf dem der Patient angestellt ist.«

»Wir brauchen eine Rollbahre«, sagte Gallagher.

»Steht gleich hinter der Tür.«

Er holte das Gefährt und rollte es hinter den Lieferwagen. Er öffnete die Doppeltür, hinter der Kelso auf einer alten Matratze lag. Gemeinsam hoben sie ihn vorsichtig auf die Bahre.

Schwester Maria Teresa ging voraus. Während er die Bahre über die Rampe schob, flüsterte Gallagher Kelso zu: »Vergessen Sie nicht, Sie müssen den Mund halten, und wenn Sie vor Schmerzen stöhnen, darf sich das nicht amerikanisch anhören!«

Hamilton stand im Operationsraum und betrachtete die Röntgenaufnahmen, die ihm die junge Schwester Bernadette gebracht hatte. »Drei Brüche«, sagte Schwester Maria Teresa. »Sieht nicht gut aus. Der Mann gehört in ein Krankenhaus, Doktor, aber das muss ich Ihnen nicht sagen.«

»Also gut, Schwester, ich will Ihnen die Wahrheit sagen«, begann Hamilton. »Wenn er nach St. Helier kommt, wird man wissen wollen, wie das passiert ist. Darauf legen unsere deutschen Freunde großen Wert. Le Marquand war ohne Erlaubnis zum Fischen rausgefahren, als der Unfall passierte.«

»Und das könnte ihm drei Monate Gefängnis einbringen«, fügte Gallagher übergangslos hinzu.

»Verstehe.« Sie schüttelte den Kopf. »Ich wünschte, ich könnte Ihnen ein Bett anbieten, aber wir sind voll.«

»Sind Deutsche darunter?«

»Zwei Freundinnen«, sagte sie gelassen. »Das Übliche. Darum hat sich gestern einer der Heeresärzte gekümmert. Major Speer. Kennen Sie ihn?«

»Ich habe ab und zu im Krankenhaus mit ihm zusammengearbeitet«, antwortete Hamilton. »Es gibt Schlimmere. Wie dem auch sei, Schwester, wenn Sie mir bitte assistieren würden, Sie und Schwester Bernadette, können wir anfangen.«

Sie half ihm in den Kittel, und er begann sich am Becken in der Ecke die Hände zu waschen. Während ihm Schwester Bernadette beim Anlegen der Gummihandschuhe half, sagte er zu Maria Teresa: »Keine lang wirkende Betäubung. Chloroform auf einem Wattebausch müsste reichen.« Er trat an den Operationstisch und blickte auf Kelso nieder. »In Ordnung?«

Kelso biss die Zähne zusammen und nickte, und

Hamilton sagte zu Gallagher: »Sie warten am besten draußen.«

Gallagher wandte sich zum Gehen, doch im gleichen Augenblick ging die Tür auf, und ein deutscher Offizier trat ein.

»Ah, da sind Sie ja, Schwester«, sagte er auf Französisch, lächelte und wechselte ins Englische über. »Professor Hamilton, Sie hier?«

»Major Speer«, sagte Hamilton, die behandschuhten Hände ausstreckend.

»Ich habe nur kurz nach meinen Patientinnen gesehen, Schwester. Beiden geht es gut.«

Speer war ein großer, gut aussehender Mann mit einem gutmütigen Gesicht. Sein Überzieher stand offen, Gallagher bemerkte auf der linken Brust ein Eisernes Kreuz Erster Klasse und das Band, das die Teilnahme am russischen Winterfeldzug anzeigte. Dieser Mann war an der Front gewesen.

»Irgendetwas Interessantes, Doktor?«

»Schienbeinbruch. Ein Angestellter von General Gallagher. Kennen Sie sich?«

»Nein, aber ich habe schon oft von Ihnen gehört, General.« Speer knallte die Hacken zusammen und salutierte. »Ist mir ein Vergnügen.« Er hob die Röntgenaufnahme ans Licht und betrachtete sie. »Sieht nicht gut aus. Ganz und gar nicht. Dreifacher Splitterbruch des Schienbeins.«

»Ich weiß, der Mann müsste eigentlich ins Krankenhaus und gestreckt werden«, sagte Hamilton. »Aber wir bekommen leider kein Bett.«

»Ach, ich halte es für ohne weiteres vertretbar, das Bein zu richten und zu vergipsen.« Speer lächelte mit großem Charme und zog den Mantel aus. »Allerdings ist dies wohl kaum Ihre Spezialität, Herr Professor. Es wäre mir eine Freude, Ihnen die Kleinigkeit abnehmen zu können.«

Schon nahm er sich einen Kittel vom Haken und ging zum Waschbecken. »Wenn Sie darauf bestehen«, sagte Hamilton gelassen. »Zweifellos liegt dieser Fall mehr auf Ihrem Gebiet als auf meinem.«

Wenige Minuten später war Speer bereit und beugte sich vor, um das Bein zu untersuchen. Er blickte zu Schwester Maria Teresa auf. »Ich denke, jetzt können Sie das Chloroform verabreichen, Schwester. Nicht zu viel, wir werden schnell machen.«

Aus einer Ecke verfolgte Gallagher fasziniert die Operation.

Savary wanderte durch die kopfsteingepflasterten Straßen der Altstadt von Granville und war mit sich und dem Leben ganz und gar nicht zufrieden. Zum einen war die Nebelfahrt von Jersey zum Festland sehr anstrengend gewesen, zum anderen bedrückte ihn die Lage, in die Gallagher ihn gebracht hatte. Er erreichte einen ruhigen kleinen Platz. *Sophie's Bar* lag auf der anderen Seite, und durch die Verdunkelung waren einige Lichtstreifen zu sehen. Widerstrebend überquerte er den Platz und trat ein.

Gérard Cresson saß in seinem Rollstuhl und spielte Klavier, ein kleiner Mann mit dem bleichen, angespannten Gesicht des Invaliden, das schwarze Haar beinahe schulterlang. Er hatte zwei Jahre vor dem Krieg bei einem Unfall im Hafen einen Wirbelbruch erlitten und würde nie wieder gehen können, auch nicht auf Krücken.

In dem Lokal hockten etwa ein Dutzend Gäste; einige Seeleute kannte Savary sogar. Sophie saß zeitunglesend auf einem Hocker hinter dem Marmortresen, hinter sich einen verzierten Spiegel mit zahlreichen Flaschen. Sie war Ende dreißig und hatte zigeunerhaft schwarze Augen und ein bleiches Gesicht mit breitem, hellrot angemaltem Mund. Das dunkle Haar trug sie hoch gesteckt. Sie hatte hübsche Brüste, die besten, die Savary je gesehen hatte. Nicht dass es ihm etwas nützen würde. Mit Messer oder Flasche war sie unbezwingbar – und es gab in Granville mehrere Männer, die entsprechende Narben vorweisen konnten.

»Ah, Robert, es ist lange her. Wie geht es so?«

»Könnte schlimmer sein, könnte besser sein.«

Während sie ihm einen Cognac einschenkte, schob er ihr den Brief hin. »Was ist das?«, fragte sie.

»Ihr Freund Gallagher in Jersey benutzt mich jetzt schon als Postboten. Ich weiß nicht, was drinsteht, will es auch gar nicht wissen, aber er erwartet, dass ich ihm eine Antwort mitbringe. Wir legen morgen Mittag ab. Ich melde mich wieder.« Er kippte seinen Cognac hinunter und ging.

Sophie kam um den Tresen herum und rief einem der Gäste zu: »He, Marcel, pass mal für mich auf die Bar auf.«

Sie ging zu ihrem Mann, der zu spielen aufgehört hatte und sich eine Zigarette anzündete. »Was sollte das eben?«

»Wir wollen rasch nach hinten gehen und es herausfinden.«

Sie zog den Rollstuhl vom Klavier fort und schob ihn an der Bar entlang in das hinten gelegene Wohnzimmer. Gérard Cresson rollte sich zum Tisch und las Gallaghers Brief. Mit ernstem Gesicht schob er ihr schließlich den Bogen hin.

Sie las hastig, griff nach einer Flasche Rotwein und füllte zwei Gläser. »Diesmal steckt er wirklich in der Scheiße, unser guter General.«

»Kann man wohl sagen.«

Die beiden spielten seit etwa drei Jahren führende Rollen in der Widerstandsbewegung von Granville bis Avranches und St. Malo. Gérard hatte das Organisationstalent, Sophie wirkte als seine rechte Hand. Sie waren ein erfolgreiches Team. Ohne Erfolg wären sie längst erschossen worden.

»Du funkst die Sache nach London?«

»Selbstverständlich.«

»Was meinst du?«

»Vielleicht wird man uns bitten, diesen Yankee von Jersey wegzuholen«, sagte sie.

»Das wäre schon bei günstigen Verhältnissen schwierig«, erwiderte er. »Und unmöglich in der Verfassung, in der er ist.« Er hielt ihr zum Nachschenken das Glas hin. »Natürlich gibt es eine ziemlich klare Lösung. Die unter den gegebenen Umständen für alle Beteiligten viel besser wäre, würde ich meinen.«

»Ja?«

»Wir könnten jemanden rüberschicken, der ihm die Kehle durchschneidet.«

Ein kurzes Schweigen trat ein, dann sagte sie: »Der Krieg dauert schon lange.«

»Zu lange«, meinte er. »Fahr mich in den Lagerraum, ich verständige London.«

Major Speer wandte dem Waschbecken den Rücken zu und trocknete sich die Hände ab. Schwester Bernadette rührte bereits den Gips an. Der Militärarzt trat an den Operationstisch und blickte auf den bewusstlosen Kelso nieder.

»Ausgezeichnete Arbeit«, sagte George Hamilton.

»Ja, ich muss selbst sagen, ich bin ziemlich stolz auf mich.« Speer griff nach seinem Mantel. »Den Rest schaffen Sie bestimmt allein. Ich habe ein Essen im Offiziersklub und komme schon zu spät. Sie müssen mich unbedingt wissen lassen, wie die Heilung voranschreitet, Herr Professor. Herr General.« Er salutierte und verließ den Raum.

Hamilton starrte auf Kelso nieder; jede Kraft schien ihn plötzlich verlassen zu haben. Kelso begann zu sich zu kommen, stöhnte und sagte leise: »Janet, ich liebe dich.«

Der amerikanische Akzent war unverkennbar. Schwester Bernadette schien nichts gemerkt zu haben, dafür warf die ältere Schwester Hamilton und Gallagher einen scharfen Blick zu.

»Er scheint aufzuwachen«, sagte Hamilton, dem nichts anderes einfiel.

»Sieht so aus«, erwiderte sie. »Warum gehen Sie und General Gallagher nicht in mein Büro? Eine Schwester bringt Ihnen Kaffee. Dank Major Speer können wir echten Bohnenkaffee anbieten. Schwester Bernadette und ich werden den Gipsverband anbringen.«

»Das ist sehr nett von Ihnen, Schwester.«

Die beiden Männer verließen den Raum. Sie kamen an einer Küche vorbei, in der zwei Nonnen arbeiteten, und erreichten das Büro am Ende des Korridors. Hier setzte sich Hamilton hinter den Schreibtisch. Gallagher gab ihm eine seiner Gitanes und hockte sich ans Fenster. »Ich werde nie vergessen, wie er durch die Tür kam«, sagte der Ire.

»Wie ich schon sagte, er ist gar nicht übel«, bemerkte Hamilton. »Und ein verdammt guter Arzt.«

»Meinen Sie, dass Kelso gut durchkommt?«

»Warum nicht? Wir müssten ihn in etwa einer Stunde transportieren können. In den nächsten Tagen müssen wir ihn dann nur gut im Auge behalten. Die Möglichkeit einer Infektion ist nicht von der Hand zu weisen, aber im Notkasten seines Rettungsfloßes befanden sich einige Ampullen der neuen Wunderdroge Penicillin. Sollte er nicht gut reagieren, behandle ich ihn damit.«

»Schwester Maria Teresa – sie weiß, dass die Dinge anders sind, als sie aussehen.«

»Ja, und das bedrückt mich«, antwortete George Hamilton. »Als hätte ich sie hintergangen. Sie wird natürlich nichts verraten. Das wäre absolut gegen ihre Überzeugung.«

»Sie erinnert mich an die alte Tante in Dublin, die ich als Junge oft besuchte«, sagte Gallagher. »Weihrauch, Kerzen und heiliges Wasser.«

»Sind Sie noch gläubig, Sean?«, fragte Hamilton.

»Nicht mehr. Seit dem 1. Juli 1916 an der Somme«, entgegnete Gallagher. »Ich war damals einem Yorkshire-Regiment zugeteilt, den Leeds Pals. Die Idioten im Hauptquartier schickten die Jungs über den Berg, Rucksäcke umgeschnallt, mitten hinein ins schwere MG-Feuer. Gegen Mittag waren von achthundert noch etwa vierzig am Leben. Da habe ich mir gesagt, wenn es Gott wirklich gäbe, machte er auf meine Kosten einen schlechten Scherz.«

»Ich verstehe Ihre Einstellung«, sagte Hamilton ernst.

Gallagher stand auf. »Ich würde jetzt gern ein bisschen frische Nachtluft schnappen.« Er öffnete die Tür und ging.

George Hamilton legte den Kopf auf die verschränkten Arme auf dem Tisch und gähnte. Es war ein langer Tag gewesen. Er schloss die Augen und war nach wenigen Minuten eingeschlafen.

Kurz nach zweiundzwanzig Uhr arbeitete Dougal Munro noch an seinem Schreibtisch in der Baker Street, als die Tür aufging und Jack Carter mit ernstem Gesicht eintrat. Er legte dem Brigadier das dünne Blatt eines Funkspruchs auf den Tisch. »Halten Sie sich fest, Sir.«

»Was ist das?«, fragte Munro.

»Eine eben eingetroffene Nachricht von unserem Résistance-Kontaktmann in Granville. Das liegt in der Normandie.«

»Um Himmels willen, ich weiß, wo das liegt!« Munro begann den Text zu lesen und fuhr hoch. »Ich glaub das einfach nicht!«

Munro las den Text ein zweites Mal. »Schlimmer hätt's gar nicht kommen können! In Jersey gibt es keine Widerstandsbewegung. Niemanden, an den man sich wenden könnte. Ich meine, Mrs. de Ville und dieser Gallagher – wie lange können die wohl durchhalten, zumal wenn er krank ist? Und wie lange kann er sich auf einer so kleinen Insel verbergen? Es ist nicht auszudenken, Jack!«

Zum ersten Mal sah Carter seinen Vorgesetzten beinahe verzweifeln; er schien nicht zu wissen, was er tun sollte. »Ihnen wird schon etwas einfallen, Sir, Ihnen fällt doch immer etwas ein«, sagte Carter sanft.

»Vielen Dank für die Vorschusslorbeeren.« Munro stand auf und griff nach seinem Mantel. »Sie sollten jetzt lieber in der Hayes Lodge anrufen und mir einen Soforttermin bei General Eisenhower beschaffen. Geben Sie durch, dass ich schon unterwegs bin.«

Helen de Ville hatte besorgt auf das Brummen des zurückkehrenden Lieferwagens gewartet und lief sofort ins Freie, als er schließlich in den seitlichen Hof einfuhr. Gallagher und Hamilton stiegen aus, und sie rief: »Geht es ihm gut?«

»Er ist noch betäubt, aber das Bein ist in Ordnung«, antwortete Gallagher.

»Zurzeit ist niemand im Haus. Unsere Gäste sind entweder in Granville oder auf See oder im Offiziersklub. Wir können ihn problemlos nach oben schaffen.«

Gallagher und Hamilton holten Kelso aus dem Wagen, indem sie die Hände verschränkten und ihn zwischen sich trugen. So folgten sie Helen durch die Haustür, durch den breiten Parkettflur und die große Treppe hinauf. Sie öffnete die Tür des großen Schlafzimmers und trat als Erste ein. Die Einrichtung einschließlich des breiten Betts mit den vier Pfosten war im bretonischen Stil gehalten und stammte aus dem siebzehnten Jahrhundert. Rechts vom Bett führte eine Tür in ein Badezimmer, links erstreckte sich vom Boden bis zur Decke ein geschnitztes Regal voller Bücher. Ihre Finger fanden eine verborgene Feder, und ein Regalstück klappte zurück und gab den Blick auf eine Treppe frei. Gallagher und Hamilton folgten ihr nicht ohne Mühe, erreichten mit ihrem Patienten aber schließlich das Zimmer unter dem Dach. Die Wände waren mit Eichenbrettern verkleidet, und am Giebelende gab es ein Fenster. Ein Teppich sorgte für etwas Gemütlichkeit, der wesentliche Einrichtungsgegenstand war allerdings ein Bett.

Kelso wurde darauf abgelegt. »Hier finden Sie alles, was Sie brauchen«, sagte Helen. »Der Weg hierher führt nur durch mein Zimmer, Sie können sich also sicher fühlen. Ein Vorfahr von mir hat sich hier jahrelang vor Cromwells Häschern versteckt. Leider hat sich die Toilettensituation seither nicht verbessert. Die Eichenkommode dort drüben.«

»Danke, aber im Augenblick will ich nur schlafen«, sagte Kelso, dem die Erschöpfung und Anspannung anzumerken war.

Helen de Ville nickte Gallagher und dem alten Arzt zu, und die beiden Männer gingen nach unten. Hamilton sagte: »Ich verschwinde jetzt auch. Sagen Sie Helen, dass ich morgen vorbeischaue.«

Sean Gallagher ergriff seine Hand und hielt sie einen Augenblick lang fest. »George, Sie sind ein toller Bursche!«

»Gehört zum Arztberuf, Sean«, erwiderte Hamilton lächelnd. »Bis morgen.« Er verließ das Haus.

Gallagher ging durch den Flur nach hinten zur Küche. Dort stellte er den Kessel auf den Herd und schob gerade einige Holzstücke in die ausgehende Glut, als Helen ihm folgte.

»Alles in Ordnung mit ihm?«, fragte er.

»Schläft schon tief.« Sie setzte sich auf die Tischkante. »Was machen wir jetzt?«

»Nichts – bevor Savary nicht aus Granvillle zurück ist und uns irgendeine Nachricht übermittelt.«

»Und was soll werden, wenn keine Nachricht kommt?«

»Ach, dir fällt schon etwas ein. Jetzt setz dich und trink eine schöne Tasse Tee mit mir.«

Sie schüttelte den Kopf. »Heute Abend haben wir nur Brombeer- oder Rote-Bete-Tee, und auf beides habe ich keine Lust.«

»Ach, wie wenig Zuversicht haben doch die Menschen!«, äußerte Gallagher und hob das Päckchen China-Tee hoch, das ihm Chevalier am Morgen überlassen hatte.

Sie konnte nicht mehr zu lachen aufhören und legte ihm die Arme um den Hals. »Sean Gallagher – was würde ich ohne dich machen?«

Eisenhower war in Ausgehuniform. Als Munros Nachricht ihn erreichte, saß er gerade in großer Runde mit dem Premierminister beim Abendessen. Erregt marschierte er in der Bibliothek der Hayes Lodge auf und ab. »Gibt es denn keine Möglichkeit, jemanden rüberzubringen?«

»Wenn Sie damit eine Kommandoeinheit meinen, würde ich das verneinen, Sir. Die bestverteidigte Küste in Europa.«

Eisenhower nickte. »Mit anderen Worten – es ist unmöglich, ihn rauszuholen.«

»Nein, Sir, aber sehr, sehr schwierig. Die Insel ist klein, General. Man kann ihn nicht einfach auf einen Lkw laden und über Nacht fünfhundert Kilometer weit zu den Pyrenäen kutschieren. Oder dafür sorgen, dass eine unserer Lysandermaschinen ihn rausholt.«

»Na gut, dann schaffen Sie ihn nach Frankreich hinüber, wo solche Dinge möglich sind.«

»Nach unseren Informationen ist er nicht transportfähig.«

»Um Himmels willen, Munro, es könnte alles davon abhängen. Die ganze Invasion. Monatelange Planung.«

Munro räusperte sich und offenbarte eine ungewöhnliche Nervosität. »Wenn es zum Schlimmsten käme, General, wären Sie dann bereit, Colonel Kelso als entbehrlich anzusehen?«

Eisenhower blieb stehen. »Sie meinen, wir sollten ihn hinrichten lassen?«

»Etwas in der Art.«

»Gott steh mir bei, aber wenn es nicht anders geht, müssen wir das Problem so regeln.« Eisenhower blieb vor der riesigen Karte Westeuropas stehen. »Sechstausend Schiffe, tausende von Flugzeugen, zwei Millionen Soldaten, und der Krieg auf der Kippe. Wenn die Deutschen herausbekämen, wo wir landen wollen, würden sie dort alles zusammenziehen, was sie haben.« Er drehte sich um. »Unser Geheimdienst berichtete vor einigen Wochen von einer Rede Rommels, in der er genau dasselbe gesagt hat. Dass sich der Krieg am Strand der Invasion entscheiden werde.«

»Ich weiß, General.«

»Und Sie fragen, ob Kelso entbehrlich wäre?« Eisenhower seufzte schwer. »Wenn Sie ihn retten können, tun Sie's. Wenn nicht …« Er zuckte die Achseln. »Also, in Anbetracht dessen, was Sie mir über die Situation auf Jersey schon gesagt haben – wie würden Sie es anstellen, einen Agenten einzuschleusen? Ich könnte mir vorstellen, dass ein neues Gesicht dort besonders auffällt.«

»Das ist richtig, General. Wir werden darüber nachdenken müssen.«

Jack Carter, der respektvoll schweigend am Fenster

verharrt hatte, hüstelte. »Es gäbe eine Möglichkeit, Herr General.«

»Ja, Captain?«, fragte Eisenhower.

»Einen Baum versteckt man am besten im Wald. Ich würde sagen, am freiesten können Deutsche nach Jersey reisen und wieder zurück. Ich meine, es kommen doch bestimmt laufend neue Leute auf die Insel, um andere abzulösen.«

Eisenhower fuhr zu Munro herum. »Das ist ein Argument. Haben Sie Leute, die für solche Einsätze geeignet sind?«

Munro nickte. »Hier und dort, Sir. Solche Voraussetzungen findet man allerdings selten. Es geht ja nicht nur darum, dass der Betreffende fließend Deutsch spricht, er muss auch wie ein Deutscher denken können, und das ist nicht leicht.«

»Ich gebe Ihnen eine Woche Zeit, Brigadier«, sagte Eisenhower. »Eine Woche, dann erwarte ich, dass die Sache gelaufen ist.«

»Mein Wort darauf, Sir.«

Mit energischen Schritten verließ Munro den Raum. Carter folgte ihm humpelnd. »Jack, funken Sie Cresson in Granville an. Er soll Gallagher auf Jersey mitteilen, dass er spätestens Donnerstag Unterstützung bekommt.«

»Sind Sie sicher, Sir?«

»Natürlich!«, sagte Munro aufgekratzt. »Ihr Vorschlag eben war großartig, Jack. Einen Baum versteckt man am besten im Wald. Das gefällt mir.«

»Vielen Dank, Sir.«

»Ständig bringen die Deutschen neue Leute auf die Insel und ziehen andere ab. Was macht da ein Neuankömmling unter vielen – besonders, wenn man ihn mit der richtigen Geschichte ausstattet?«

»Dazu brauchen Sie aber einen ganz besonderen Mann, Sir.«

»Klar, Jack«, sagte Munro, als sie vor dem Gebäude in den Wagen stiegen. »Für diese Aufgabe kommt nur einer in Frage. Das wissen Sie, das weiß ich. Nur ein Mann kann den perfekten Nazi spielen und ist überdies kaltblütig genug, Kelso notfalls eine Kugel zwischen die Augen zu jagen. Harry Martineau.«

»Ich muss Sie allerdings daran erinnern, dass wir Colonel Martineau nach der Sache in Lyon versprechen mussten, auf seine Dienste nicht mehr zurückzugreifen. Schon aus gesundheitlichen Gründen dürfte die Sache unmöglich sein.«

»Unsinn, Jack, einer wahren Herausforderung konnte sich Harry noch nie entziehen. Treiben Sie ihn auf. Und noch etwas, Jack. Schauen Sie in den SOE-Akten nach, ob wir jemanden aus Jersey in den Unterlagen haben.«

»Nur Männer, Sir?«

»Grundgütiger Himmel, Jack, natürlich nicht! Seit wann interessieren wir uns in unserem Geschäft nur für Männer?«

Er klopfte an das Trennglas, und der Fahrer startete den Motor.

6

Das Häuschen in Dorset, unweit Lulworth Cove gelegen, war Harry Martineau von einem alten Freund aus Oxford überlassen worden. Es stand in einer Senke im oberen Teil der Küstenklippen, von wo der Weg zum Strand mit rostigem Stacheldraht versperrt war. Vor langer Zeit hatte hier ein Schild vor Minen gewarnt, die es aber nicht mehr gab. Das war das Erste, was der Wirt der Dorfkneipe ihm versicherte, als er das Haus bezog; und deshalb wanderte er nun am Morgen nach der Zusammenkunft zwischen Munro und Eisenhower den Strand entlang und warf Steine in die Brandung.

Harry Martineau war vierundvierzig Jahre alt und mittelgroß und trug eine alte Fallschirmspringer-Jacke, die seine breiten Schultern gut zur Geltung brachte. Das Gesicht war sehr bleich – die Haut schien sich gegen jede Bräunung zu sträuben – und lief nach unten spitz zu, die Augen leuchteten so dunkel, dass man ihre eigentliche Farbe nicht zu bestimmen vermochte. Der Mund war ausdrucksvoll und schien auf ein ironisches Lächeln festgelegt. So sah ein Mann aus, der das Leben enttäuschender gefunden hatte als erhofft.

Seit seiner Entlassung aus dem Krankenhaus waren drei Monate vergangen, und es war ihm schon lange nicht mehr so gut gegangen. Die Brustschmerzen hatten aufgehört, außer wenn er es wieder einmal übertrieb, dafür litt er unter entsetzlicher Schlaflosigkeit. Er konnte nachts nur selten schlafen. Kaum ging er zu Bett, schien sein Gehirn überaktiv zu werden. Aber damit musste man rechnen. Zu viele Jahre auf der Flucht, zu viele nächtliche Aktionen, zu viel Gefahr aus allernächster Nähe.

Er war für Munro nicht mehr einsatzfähig, das hatten die Ärzte klargestellt. Er hätte nach Oxford zurückkehren können, aber das war auch keine Lösung. Es kam auch nicht in Frage, an dem Buch weiterzuarbeiten, das er 1939 unterbrochen hatte. Wenn er im Krieg überhaupt etwas gelernt hatte, dann das. Also war er so gründlich ausgestiegen wie nur irgend möglich. Das Strandhäuschen in Dorset, jede Menge Bücher, genug Raum, um sich selbst zu finden.

»Teufel, aber wohin bist du verschwunden, Harry?«, fragte er mürrisch und nahm den Klippenweg in Angriff. »Ich finde dich nicht mehr!«

Das Wohnzimmer des alten Häuschens war recht gemütlich eingerichtet. Perserteppich auf Kachelboden, ein Esstisch und mehrere geflochtene Stühle, und überall Bücher, nicht nur in den Regalen, sondern auch in der Ecke gestapelt. Keines davon gehörte ihm. In diesem Haus gehörte ihm überhaupt nichts – außer ein paar Kleidungsstücken.

Links und rechts des Steinkamins standen Sofas. Er legte Holzbrocken in die Glut, kippte einen Scotch herunter und schenkte nach. Dann setzte er sich und griff nach dem Notizblock, den er auf dem Seitentisch hatte liegen lassen. Gedichtzeilen standen darauf, die er laut vorlas.

Der Bahnhof ist unheilvoll um Mitternacht. Die Hoffnung ist ein toter Brief. Er lächelte schief und ließ den Notizblock auf den Tisch fallen. »Gib's zu, Harry«, murmelte er, »du bist ein mieser Poet.«

Plötzlich machte sich der enorme Mangel an Schlaf

bemerkbar, die Müdigkeit überrollte ihn wie eine Woge. In der Brust, in der linken Lunge setzte ein leichter Schmerz ein, ein Druck, der ihn natürlich wieder nach Lyon zurückversetzte an jenen letzten, schicksalhaften Tag. Wäre er nur ein wenig aufmerksamer gewesen, hätte es nicht dazu kommen können. Aber so war der Kelch einmal zu viel zum Brunnen gegangen – oder vielleicht hatte ihn schlichtweg das Glück im Stich gelassen. Er sank in tiefen Schlaf, und die Bilder kehrten überdeutlich zurück.

Standartenführer Jürgen Kaufmann, Leiter der Gestapo in Lyon, trug Zivil, als er an jenem Tag die Rathaustreppe herabkam und hinten in den schwarzen Citroën einstieg. Sein Fahrer war ebenfalls in Zivil, denn donnerstags nachmittags besuchte Kaufmann seine Geliebte und wollte nicht auffallen.

»Nicht so schnell, Karl«, sagte er zu seinem Fahrer, einem Scharführer, der schon seit zwei Jahren unter ihm diente. »Wir sind ein bisschen früh dran. Ich habe ihr gesagt, ich würde nicht vor drei Uhr da sein, und sie mag keine Überraschungen.«

»Zu Befehl, Standartenführer.« Lächelnd fuhr Karl los.

Kaufmann öffnete eine Berliner Zeitung, die er am Morgen mit der Post erhalten hatte, und lehnte sich zurück. Der Wagen fuhr durch die Vororte und schließlich über Land. Es war eine schöne Gegend. Apfelplantagen säumten die Straße und erfüllten die Luft mit ihrem Geruch. Im Rückspiegel fiel Karl ein Motorrad auf, das hinter dem Wagen herfuhr und ihm auch auf die Nebenstraße nach Chaumont folgte.

Er sagte: »Seit einiger Zeit hängt ein Krad an uns dran, Standartenführer.« Er zog eine Luger aus der Tasche und legte sie neben sich auf den Sitz.

Kaufmann schaute durch das Rückfenster und lachte. »Sie scheinen über den Wolken zu leben, Karl. Das ist doch einer von uns.«

Der Motorradfahrer fuhr neben dem Wagen her und winkte. SS-Feldgendarmerie – Helm, dicker Uniform-Regenmantel, eine Schmeisser-MPi vor der Brust unmittelbar unter dem metallenen Ringkragen der SS-Feldgendarmerie, der nur getragen wurde, wenn der Mann im Dienst war. Das Gesicht hinter der Schutzbrille war nicht auszumachen. Wieder hob der Mann die behandschuhte Rechte.

»Er muss eine Nachricht für mich haben«, sagte Kaufmann. »Anhalten.«

Karl fuhr an den Straßenrand und bremste. Der Kradfahrer hielt vor dem Wagen. Er bockte die Maschine auf, und Karl stieg aus. »Was können wir für Sie tun?«

Aus der Seitentasche des Regenmantels hob sich eine Hand mit einer halbautomatischen Mauser-Pistole. Der Mann schoss Karl direkt ins Herz. Der Fahrer prallte gegen den Citroën und sank zu Boden. Der SS-Mann drehte ihn mit dem Stiefel um und schoss ihm noch einmal zwischen die Augen. Dann öffnete er die hintere Autotür.

Kaufmann war niemals unbewaffnet unterwegs; heute aber hatte er seinen Mantel ausgezogen und säuberlich in der Ecke zusammengefaltet. Seine Hand schloss sich um die Luger in der rechten Tasche, als der SS-Mann ihn in den Arm schoss. Kaufmann umklammerte seinen Ärmel, Blut sickerte zwischen den Fingern hervor.

»Wer sind Sie?«, rief er heftig. Der andere schob die Schutzbrille hoch, und Kaufmann starrte in die dunkelsten, kältesten Augen, die er je gesehen hatte.

»Ich heiße Martineau. Ich bin Major in der britischen Armee und diene in der SOE.«

»Sie sind also Martineau.« Kaufmann verzog das

Gesicht vor Schmerzen. »Ihr Deutsch ist ausgezeichnet. Fehlerfrei.«

»Kein Wunder«, antwortete Martineau. »Meine Mutter war Deutsche.«

Kaufmann sagte: »Ich habe mir schon lange gewünscht, Sie kennen zu lernen, aber unter anderen Umständen.«

»Das glaube ich Ihnen gern. Auch ich bin schon seit langem hinter Ihnen her. Genau genommen seit 1938, Sie waren im Mai 38 Hauptmann im Gestapo-Hauptquartier in Berlin. Damals verhafteten Sie eine junge Frau namens Rosa Bernstein. Vermutlich erinnern Sie sich gar nicht an sie.«

»Aber ich erinnere mich sehr gut!«, rief Kaufmann. »Sie war Jüdin und arbeitete für den sozialistischen Untergrund.«

»Man hat mir gesagt, als Sie mit ihr fertig waren, konnte sie nicht mal mehr aus eigener Kraft vor das Erschießungskommando treten.«

»Das stimmt nicht. Ein Erschießungskommando war nicht beteiligt. Sie wurde im Keller Nummer 3 gehängt. Das übliche Verfahren. Was bedeutete sie Ihnen?«

»Ich liebte sie.« Martineau hob die Pistole.

»Seien Sie kein Dummkopf!«, rief Kaufmann. »Wir können uns einigen. Ich kann Ihnen das Leben retten, Martineau, das müssen Sie mir glauben.«

»Ach, wirklich?«, fragte Martineau und tötete den Mann mit einem Schuss zwischen die Augen.

Er schob das schwere Motorrad vom Ständer und fuhr los. Er war völlig ruhig – leer. Er empfand nichts. Das Problem war, dass er Rosa Bernstein mit seiner Tat nicht wieder lebendig machen konnte – aber das war sowieso unmöglich.

Gut eine Stunde lang fuhr er über verschiedene Feldwege vorwiegend in westlicher Richtung. Schließlich bog er in einen schmalen Karrenweg ein, der von hohem Gras beinahe überwuchert war. Das Bauernhaus am Ende hatte schon bessere Zeiten gesehen; hier und dort waren Fenster zerbrochen und fehlten Schindeln. Martineau stieg von der Maschine, klappte den Ständer herunter und ging zur Vordertür.

»He, Pierre, aufmachen!« Er versuchte den Riegel anzuheben, dann hämmerte er mit der Faust gegen das Holz. Die Tür öffnete sich so plötzlich, dass er in die Knie brach.

Der Lauf einer Walther-Pistole zeigte zwischen seine Augen. Der Mann, der die Waffe hielt, war etwa vierzig Jahre alt und trug Baskenmütze, Kordjacke und Drillichhosen wie ein französischer Landarbeiter, sprach aber fehlerfreies Deutsch. »Bitte stehen Sie auf, Major Martineau, kommen Sie langsam herein.«

Er folgte Martineau durch den Korridor in die Küche. Dort saß Pierre Duval am Tisch. Man hatte ihn an den Stuhl gefesselt und mit einem Taschentuch geknebelt. Blut strömte ihm über das Gesicht, die Augen waren weit aufgerissen.

»Hände an die Wand, Beine breit«, forderte der Deutsche, durchsuchte Martineau geschickt und nahm ihm MPi und Mauser-Pistole ab.

Dann begab er sich zu dem altmodischen Telefon an der Wand und nannte der Vermittlung eine Nummer. Nach einer Welle sagte er: »Hier Schmidt. Er ist aufgetaucht. Ja, Martineau.« Der Mann nickte. »Gut. In einer Viertelstunde.«

»Ein Freund von Ihnen?«, fragte Martineau.

»Eigentlich nicht. Ich bin von der Abwehr. Kramer heiße ich. Das da eben war die Gestapo. Mir liegen diese Schweine nicht mehr als Ihnen, aber wir müssen alle unsere Pflicht tun. Runter mit Helm und Regenmantel! Machen Sie es sich gemütlich.«

Martineau gehorchte. Draußen brach der Abend herein, es wurde spürbar dunkler im Haus. Er legte

Helm und Mantel ab und blieb in SS-Uniform mitten im Zimmer stehen. Auf der anderen Seite des Tisches saß Pierre mit heftig funkelnden Augen; er lehnte sich in seinem Stuhl zurück und hob die Beine.

»Wie wär's mit etwas zu trinken?«, fragte Martineau.

»Mein Gott – man hatte mir schon gesagt, dass Sie Eiswasser in den Adern haben«, sagte Kramer bewundernd.

Im gleichen Augenblick hämmerte Pierre mit den Füßen gegen die Tischkante und rammte dem Deutschen die Platte in den Rücken. Mit der linken Hand schob Martineau die Pistole zur Seite, trat dicht an den Deutschen heran und ließ gleichzeitig das Knie hochfahren. Kramer drehte sich zur Seite, fuhr Martineau mit steifen Fingern unter das Kinn und drückte ihm den Kopf zurück. Martineau hakte einen Fuß hinter Kramers linkes Bein und ließ den anderen krachend zu Boden fallen; er folgte der Bewegung, griff gleichzeitig nach der Hand, welche die Pistole hielt, und knallte Kramer die andere Faust seitlich gegen den Hals. Die Pistole ging zwischen den beiden Männern los.

Es war deutlich zu hören, wie Knochen knackten, dann rührte sich der Deutsche nicht mehr. Er lebte noch, stöhnte aber nur leise vor sich hin. Als Martineau sich aufrichtete, fühlte er sich plötzlich schwach. Er zog die Tischschublade auf, deren Inhalt auf den Boden prasselte, und nahm ein Brotmesser heraus. Hastig trat er hinter Pierre und löste seine Fesseln. Der alte Franzose sprang auf und zog sich den Knebel aus dem Mund.

»Mein Gott, Harry, ich habe noch selten so viel Blut gesehen!«

Martineau senkte den Blick. Sein SS-Hemd war blutdurchtränkt.

Er ließ sich in den Stuhl sinken. »Das ist jetzt nicht wichtig.«

»Hast du ihn erwischt? Hast du Kaufmann erwischt?«

»O ja, Pierre«, sagte Martineau erschöpft. »Wann und wo ist Rendezvous?«

»Beim alten Aero-Club in Fleurie um neunzehn Uhr, kurz bevor es ganz dunkel ist.«

Martineau schaute auf die Uhr. »Das ist ja nur noch eine halbe Stunde. Du musst natürlich mitkommen. Wohin willst du sonst?«

Er stand auf und ging schwankend zur Tür, und der Franzose stützte ihn. »Du schaffst es nicht, Harry.«

»Bleibt mir gar nichts anderes übrig, denn in etwa fünf Minuten kommt die Gestapo den Weg herauf«, sagte Martineau und trat ins Freie.

Er schob das Motorrad vom Bock und hob ein Bein über den Sattel, dann startete er den Motor – und hatte dabei das seltsame Gefühl, dass sich alles in Zeitlupe abspielte. Pierre stieg hinter ihm auf, und sie fuhren vom Hof den überwachsenen Weg entlang.

Als sie am Ende auf die breitere Straße einbogen, sah Martineau von links zwei dunkle, geschlossene Wagen herbeirasen. Der erste stoppte mit quietschenden Bremsen und hätte ihn beinahe in den Graben gedrückt. Mit durchdrehenden Rädern bog er nach rechts ab, gab Gas, hörte Schüsse und einen plötzlichen Schrei Pierres, dessen Hände ihn losließen. Der alte Franzose fiel rücklings von der Maschine.

Martineau brauste auf den Kanal zu und bog auf den Treidelpfad ein. Ein Gestapowagen folgte dichtauf. Zweihundert Meter weiter befand sich eine Schleuse, über die ein schmaler Fußweg führte. Martineau fuhr problemlos auf die andere Seite. Der verfolgende Wagen musste anhalten. Die beiden Gestapoleute sprangen heraus und begannen wild zu schießen, doch er war längst außer Schussweite.

An die Einzelheiten seiner Überlandfahrt nach

Fleurie konnte er sich hinterher nicht klar erinnern, doch lief alles leichter als erwartet. Der Flugplatz hatte vor dem Krieg einen Aero-Club beherbergt, war allerdings lange nicht mehr benutzt worden und sah entsprechend verkommen aus.

Als Martineau auf das eigentliche Flugfeld fuhr, hörte er bereits Flugzeugmotoren brummen. Er wartete ab, und plötzlich raste die Lysander aus der Dunkelheit herbei, landete sanft, machte kehrt und rollte auf ihn zu. Er stieg vom Motorrad und ließ es zur Seite kippen. Dabei kam er selbst zu Fall, rappelte sich aber wieder auf und torkelte vorwärts. Die Seitentür wurde aufgeschwungen, der Pilot lehnte sich herüber und brüllte: »Ich war im Zweifel, als ich die Uniform sah.«

Martineau zerrte sich an Bord. Der Pilot griff an ihm vorbei, klappte die Tür zu und verriegelte sie. Martineau musste plötzlich husten, Blut lief ihm über das Kinn.

»Mein Gott!«, rief der Pilot. »Sie ersticken ja an Ihrem eigenen Blut!«

»Das tue ich praktisch schon seit vier Jahren«, antwortete Martineau.

Aber schon hatte der Pilot an anderes zu denken, denn mehrere Wagen rasten an den alten Gebäuden vorbei auf das andere Ende der Rollbahn zu. Doch sie kamen zu spät. Der Bristol-Perseus-Motor machte bei Vollgas keine Probleme. Die Westland-Lysander brauchte auf unebenem Boden bei voller Ladung für den Start nur zweihundertundvierzig Meter. An jenem Abend in Fleurie schaffte es der Pilot in zweihundert. Er raste über die Wagen am Ende der Startbahn hin und steuerte in die zunehmende Dunkelheit empor.

»Sehr gut«, sagte Martineau. »Das war nach meinem Geschmack.« Dann verlor er das Bewusstsein.

»Aha, er ist in Dorset«, sagte Munro. »Und was macht er?«

»Soweit ich herausbekommen habe, nicht viel.« Carter zögerte. »Immerhin hatte er eine Kugel in der linken Lunge stecken, Sir, und ...«

»Keine Trauergesänge, Jack, ich habe andere Dinge im Kopf. Sie haben sich mit meinen Anregungen beschäftigt, ihn nach Jersey zu schaffen? Was meinen Sie?«

»Nun, Sir, die Sache sieht mir ziemlich narrensicher aus, zumindest für einige Tage.«

»Länger brauchen wir auch nicht. Was haben Sie sonst noch für mich?«

»Ihren vorläufigen Planungen habe ich entnommen, Sir, dass Sie jemanden suchen, der ihn begleitet, um seine Rolle glaubhafter zu machen. Jemand, der Insel und Leute kennt?«

»Genau.«

»Da gibt es natürlich ein Problem. Wie rechtfertigt man das Auftauchen der beiden? Man kann sie nicht einfach nach vierjähriger Besetzung ohne jede Erklärung auf der Insel auftauchen lassen.«

»Durchaus richtig«, sagte Munro nickend. »Allerdings verrät mir Ihr eifriger Ton, dass Sie längst eine Lösung gefunden haben – also raus damit, Jack. Was haben Sir mir anzubieten?«

»Sarah Anne Drayton, Sir, neunzehn Jahre alt. Auf Jersey geboren. Verließ die Insel kurz vor dem Krieg, um nach Malaya zu gehen, wo ihr Vater eine Gummiplantage betrieb. Anscheinend war er Witwer. Der schickte sie einen Monat vor dem Fall Singapurs nach Hause.«

»Mit anderen Worten – seit wann ist sie nicht mehr auf Jersey gewesen?« Munro schaute in die Akte. »Seit 1938. Das ist in dem Alter eine lange Zeit. Da verändern sich Mädchen noch so sehr, dass man sie nicht wieder erkennt.«

»Jawohl, Sir.«

»Außerdem ist sie verflixt jung.«

»Wir haben schon öfter Leute dieses Alters eingesetzt, Sir.«

»Ja, aber nur selten und wenn wir sehr in Bedrängnis waren. Wo haben Sie sie gefunden?«

»Sie war vor zwei Jahren bei der SOE in der engeren Wahl, vor allem weil sie fließend Französisch spricht, mit bretonischem Akzent. Ihre Großmutter mütterlicherseits stammt aus der Bretagne. Natürlich wurde Sie wegen ihres Alters abgelehnt.«

»Wo ist sie jetzt?«

»Hier in London – als Schwesternschülerin im Cromwell-Hospital.«

»Ausgezeichnet, Jack.« Munro stand auf und griff nach seiner Jacke. »Wir besuchen sie. Bestimmt ist sie ein sehr patriotisches Mädchen.«

Dass die Luftwaffe vom Himmel über England verjagt worden war, dass die Bombenangriffe auf London vorbei seien – dies waren allenfalls Schlagzeilen in den Zeitungen. Im Frühling 1944 begannen neue Ju-88-Nachtangriffe mit schlimmen Folgen für London. Dieser Sonntag war keine Ausnahme. Gegen acht Uhr war die Notaufnahme des Cromwell-Hospitals überfüllt.

Sarah Drayton hätte ihren Dienst um sechs beenden sollen. Inzwischen war sie seit vierzehn Stunden im Einsatz, denn es herrschte ein großer Mangel an Schwestern und Ärzten. Sie kümmerte sich um die Patienten, die in den Korridoren lagen, und versuchte, die Bombenexplosionen und das schrille Klingeln der Feuerwehrfahrzeuge zu überhören.

Sie war ein kleines, konzentriert wirkendes Mädchen mit entschlossenem Gesicht und ernsten, haselnussbraunen Augen. Das dunkle Haar hatte sie unter der Schwesternhaube verschwinden lassen. Ihre Uniform war schmutzig und blutbefleckt, ihre Strümpfe voller Löcher. Sie kniete nieder, um der Stationsschwester bei der Injektion eines tobenden Mädchens zu helfen, das schlimme Schrapnellwunden erlitten hatte. Schließlich wurde die Verwundete fortgetragen.

»Ich dachte, diese Angriffe wären längst vorbei«, sagte Sarah.

»Sagen Sie das den Verletzten«, entgegnete die Stationsschwester. »Im März waren es beinahe tausend. Also, Sie hören jetzt auf, Drayton, sonst kippen Sie mir noch vor Müdigkeit um. Keine Widerworte.«

Erschöpft ging Sarah durch den Korridor und registrierte dabei, dass die Bombeneinschläge nun weiter südlich lagen, vermutlich auf der anderen Seite des Flusses. Jemand fegte Glasscherben zusammen. Sie machte einen Bogen darum und näherte sich dem Empfang, um sich abzumelden.

Die Nachtpförtnerin sprach mit zwei Männern. Sie sagte: »Ach, da kommt Schwester Drayton ja.«

»Miss Drayton«, sagte Jack Carter, »dies ist Brigadier Munro, und ich bin Captain Carter.«

»Was kann ich für Sie tun?« Ihre Stimme klang ziemlich tief und sehr angenehm.

Munro war sofort von ihr eingenommen. »Erinnern Sie sich an ein Gespräch vor zwei Jahren?«, fragte Carter. »Es ging um Geheimdienstfragen.«

»SOE?« Sie schaute ihn überrascht an. »Ich wurde abgelehnt.«

»Hm, nun ja, hätten Sie wohl einen Moment Zeit für uns? Wir würden gern mit Ihnen sprechen.« Carter führte sie zu einer Bank an der Wand, und die beiden Männer nahmen das Mädchen in die Mitte. »Sie sind auf Jersey geboren, Miss Drayton?«

»Ja.«

Carter nahm sein Notizbuch zur Hand und öffnete es. »Ihre Mutter hieß Margaret de Ville. Das interessiert uns besonders. Kennen Sie zufällig eine Mrs. Helen de Ville?«

»O ja. Eine Kusine meiner Mutter, auch wenn ich sie immer Tante Helen genannt habe. Sie war viel älter als ich.«

»Und Sean Gallagher?«

»Der General? Den kenne ich seit meiner Kindheit!« Sie war sichtlich verwirrt. »Was geht hier vor?«

»Alles zu seiner Zeit, Miss Drayton«, sagte Munro. »Wann haben Sie Ihre Tante oder General Gallagher zum letzten Mal gesehen?«

»1938. Damals starb meine Mutter, und mein Vater übernahm eine Arbeit in Malaya. Ich fuhr zu ihm.«

»Ja, das wissen wir«, sagte Carter.

Sie schaute ihn einen Augenblick lang stirnrunzelnd an, dann wandte sie sich an Munro. »Also, was soll das alles?«

»Die Sache ist im Grunde sehr einfach«, antwortete Dougal Munro. »Ich biete Ihnen eine Stellung bei der SOE an. Ich möchte, dass Sie für mich nach Jersey reisen.«

Sie starrte ihn erstaunt an, dann begann sie hilflos und beinahe hysterisch zu lachen. Sie hatte einen langen Tag hinter sich.

»Aber, Brigadier«, rief sie, »ich kenne Sie doch kaum!«

»Seltsamer Bursche, dieser Harry Martineau«, sagte Munro. »Ich kenne keinen, der so ist wie er.«

»So wie Sie ihn beschreiben – ich auch nicht«, sagte Sarah.

Der Wagen, der sie nach Lulworth Cove brachte, war ein großer Austin, und die Passagiere waren durch eine Glaswand vom Fahrer getrennt. Munro und Jack Carter saßen nebeneinander im Fond, Sarah Drayton auf dem Klappsitz mit dem Rücken in Fahrtrichtung.

Sie trug ein Tweedkostüm mit Faltenrock, braune Strümpfe und schwarze Halbschuhe mit nicht ganz flachen Absätzen und eine cremefarbene Seidenbluse mit schwarzem Binder. Ihre Wangen waren gerötet, ihr Blick huschte aufgeregt hin und her, und sie wirkte sehr attraktiv. Und überaus jung.

»Vorletzte Woche hatte er Geburtstag«, sagte Carter.

»Wie alt ist er geworden?«, fragte sie interessiert.

»Vierundvierzig.«

»Ein Kind dieses Jahrhunderts, wie es so schön heißt«, schaltete sich Munro ein. »Geboren am 17. April 1900. Er muss ihnen schrecklich alt vorkommen.«

»Widder«, stellte sie fest.

Munro musste lächeln. »Stimmt. Vor unserer so genannten Aufklärung galt die Astrologie als Wissenschaft. Wussten Sie das?«

»Nein.«

»Zum Beispiel kamen bei den alten Ägyptern als Generäle nur Männer in Frage, die als Löwen geboren waren.«

»Ich bin Löwe«, sagte sie. »27. Juli.«

»Ach, dann steht Ihnen ja ein kompliziertes Leben bevor. Eine Art Hobby von mir. Nehmen wir mal Harry. Sehr begabt, ein brillanter, analytischer Verstand. Mit achtunddreißig Professor an der besten Universität der Welt. Und nun schauen Sie sich an, was er in seiner Lebensmitte ist.«

»Wie erklären Sie sich das?«, wollte sie wissen.

»Die Astrologie liefert uns die Erklärung. Widder – das ist ein Sternzeichen für Krieger, doch im Allgemeinen sind Menschen, die etwa Harrys Alter haben, an der Oberfläche etwas anderes als tief drinnen. Mars herrscht über die Zwillinge, müssen Sie wissen.«

»Und?«

»Nun ja, solche Leute können irgendwie schizophren sein. Auf einer Ebene ist er Harry Martineau,

Gelehrter, Philosoph, Poet, von Vernunft durchdrungen, dagegen auf der dunklen Seite seines Wesens …« Er zuckte die Achseln. »Ein kaltblütiger, rücksichtsloser Killer. Ja, auf seltsame Weise mangelt es ihm an Gefühl, finden Sie nicht auch, Jack? Natürlich ist das bei den Aufgaben, die er in den letzten vier Jahren lösen musste, ungemein nützlich gewesen. Vermutlich ist er darum am Leben geblieben, während die meisten anderen gestorben sind.«

»Zwei Dinge muss ich klarstellen«, sagte Carter, »für den Fall, dass Sie einen schlechten Eindruck von Harry Martineau gewinnen sollten. Seine Mutter wurde zwar in den Vereinigten Staaten geboren, doch war sie deutscher Abstammung, und Harry lebte als Junge lange in Dresden und Heidelberg. Sein Großvater, Professor für Chirurgie, war aktiver Sozialist. Er stürzte vom Balkon seiner Wohnung und starb. Ein schlimmer Unfall.«

»Ermöglicht durch zwei Gestapo-Unholde, die ihn an Armen und Beinen hielten und über das Geländer schleuderten«, fügte Munro hinzu.

»Dann gab es da eine junge Jüdin namens Rosa Bernstein.«

»Aha«, warf Sarah ein. »Ich begann mich schon zu fragen, ob Frauen in seinem Leben gar keine Rolle spielten. Von Ehe war bisher nicht die Rede.«

»Er lernte Rosa Bernstein 1932 kennen, als sie ein Jahr in St. Hugh's in Oxford studierte. Damals verbrachte er schon regelmäßig einige Zeit auf dem Kontinent. Beide Eltern waren tot. Der Vater hatte ihn finanziell ziemlich gut gestellt, und als einziges Kind hatte er keine engen Verwandten.«

»Aber er und Rosa haben nicht geheiratet?«

»Nein«, antwortete Munro und fügte offen hinzu: »Vorurteile findet man oft auf beiden Seiten, meine Liebe. Rosas Eltern waren orthodoxe Juden und konnten sich nicht mit dem Gedanken anfreunden, dass ihre

Tochter einen Nichtjuden heiraten wollte. Einige Jahre lang gab es zwischen ihr und Harry, was man wohl eine stürmische Affäre nennen müsste. Ich kannte beide recht gut. Ich war damals selbst in Oxford.«

»Was passierte dann?«

Carter übernahm die Antwort: »Sie war im sozialistischer Untergrund aktiv. Fuhr als Kurier immer wieder zwischen England und Deutschland hin und her. Im Mai 1938 wurde sie festgenommen und ins Gestapo-Hauptquartier in der Berliner Prinz-Albrecht-Straße gebracht. Dort wurde sie überaus brutal verhört und unseren Informationen zufolge hingerichtet.«

Ein langes Schweigen trat ein. Sarah schien ihren Gedanken nachzuhängen, während sie aus dem Fenster schaute. »Sie sind nicht entsetzt?«, fragte Munro. »Das finde ich seltsam, bei Ihrem Alter.«

Sie schüttelte den Kopf. »Ich bin jetzt seit zwei Jahren Krankenschwester. Täglich sehe ich den Tod. Harry Martineau mag also die Deutschen nicht?«

»Da muss man differenzieren«, antwortete Carter. »Er mag keine Nazis.«

»Ja, das verstehe ich.«

Wieder blickte sie aus dem Fenster. Sie war irgendwie unruhig, gereizt – ein Zustand, der allein mit Martineau zu tun hatte, einem Mann, den sie noch gar nicht kannte. Er beschäftigte sie. Ließ sie nicht wieder los.

»Eine Frage haben wir Ihnen bisher noch nicht gestellt«, sagte Carter. »Ich hoffe, Sie haben nichts dagegen, dass ich persönlich werde, aber gibt es im Augenblick jemanden in Ihrem Leben? Jemanden, der Sie vermissen würde?«

»Ein Mann?« Sie lachte gepresst. »Himmel, nein! Im Cromwell arbeite ich selten weniger als zwölf Stunden am Tag. Da bleibt gerade Zeit, ein Bad zu nehmen und etwas zu essen, ehe man ins Bett fällt. Für Männer habe ich keine Zeit. Mein Vater sitzt in einem japanischen Lager. Ich habe eine alte Tante in Sussex, seine ältere Schwester – aber das wär's auch schon. Niemand würde mich vermissen. Ich gehöre ganz Ihnen, meine Herren.«

Sie äußerte diese Worte forsch und mit einem Anschein der Welterfahrenheit, der bei einem so jungen Menschen anrührend wirkte.

Munro fühlte sich unbehaglich, was selten vorkam. »Es ist wichtig, das müssen Sie mir glauben.« Er beugte sich vor und legte ihr eine Hand auf den Arm. »Sonst würden wir nicht danach fragen.«

Sie nickte. »Ich weiß, Brigadier, ich weiß.« Sie wandte sich ab und starrte wieder auf die vorbeihuschende Landschaft. Ihre Gedanken galten Martineau.

Als er erwachte, hatte er einen unangenehmen Geschmack im Mund und spürte einen dumpf pochenden Schmerz hinter dem rechten Auge. Dagegen gab es nur ein Mittel. Er zog einen alten Trainingsanzug an, schnappte sich ein Handtuch, verließ das Haus und trabte zum Meer hinab.

Dort zog er sich aus, watete durch das flache Wasser und stürzte sich in die Brandung. Der Morgen war eigentlich alles andere als angenehm. Der Himmel dräute schiefergrau, der Wind roch nach Regen. Trotzdem erlebte er unvermutet einen ganz besonderen Augenblick. Meer und Himmel schienen miteinander zu verschmelzen. Während er sich durch die Wogen kämpfte, verklangen für kurze Zeit alle Geräusche. Nichts war mehr wichtig. Weder die Vergangenheit noch die Zukunft. Nur das Hier und Jetzt. Als er sich auf den Rücken drehte, flog eine Möwe über ihn hinweg, und es begann zu regnen.

»Macht's Spaß, Harry?«, rief eine Stimme.

Martineau drehte sich zum Ufer und erblickte Munro in einem alten Tweedmantel, auf dem Kopf einen verbeulten Hut, in der Hand einen aufgespannten Regenschirm. »Mein Gott!«, rief er. »Du, Dougal?«

»Ganz der Alte, Harry. Komm rauf ins Haus. Ich möchte dich jemandem vorstellen.«

Nach dieser Äußerung wandte er sich um und überquerte den Strand. Martineau blieb noch einen Moment in den Wellen und hing seinen Gedanken nach. Dougal Munro kam ihn nicht ohne Grund besuchen – nicht die weite Strecke von London hierher. Erregung durchströmte ihn, und er watete aus dem Wasser, rieb sich energisch ab, zog den Trainingsanzug über und lief den Klippenweg hinauf. Jack Carter stand zigaretterauchend auf der Veranda und schaute dem Regen zu.

»Was – Sie auch, Jack?« Martineau lächelte ehrlich erfreut und ergriff die ausgestreckte Hand. »Will mich der alte Knabe wieder in den Dienst schicken?«

»Etwas in der Art.« Nach kurzem Zögern fügte Carter hinzu: »Harry, ich finde, Sie haben genug getan.«

»Ein solches Wort gibt's bei mir nicht, Jack, nicht bevor man meinen Sarg zunagelt und in der Erde versenkt.« Martineau schob sich an Carter vorbei und trat ein.

Munro saß am Feuer und studierte den Notizblock, den er auf dem Tisch gefunden hatte. »Du dichtest noch immer mehr schlecht als recht?«

»Hab ich doch immer getan.« Martineau nahm dem anderen den Block fort, riss das oberste Blatt ab, knüllte es zusammen und warf es in den Kamin. Erst jetzt bemerkte er Sarah Drayton, die an der Küchentür stand.

»Ich mache Tee für alle. Hoffentlich ist Ihnen das Recht, Colonel Martineau. Ich bin Sarah Drayton.«

Sie ersparte es sich, ihm die Hand zu reichen, die viel zu stark gezittert hätte. Sie spürte, dass sie den Tränen nahe war. Vor Aufregung hatte sie ein flaues Gefühl im Magen, die Kehle war ihr wie zugeschnürt. *Coup de foudre,* so nannten es die Franzosen. Der Donnerschlag. Die beste Art zu lieben. Übergangslos und unwiderruflich.

Im ersten Moment reagierte er auch, wischte sich eine schwarze Haarlocke aus der bleichen Stirn und lächelte charmant mit aufleuchtenden Augen; dann aber verschwand das Lächeln wieder, und in seiner Stimme lag unterdrückter Zorn, als habe er Munro durchschaut.

»Mein Gott, was bist du doch für ein Schweinehund, Dougal. Nehmen wir jetzt schon Schulmädchen?«

Es dauerte nicht lange, Hugh Kelsos Missgeschick zu schildern, doch das war nicht alles, was Munro zu berichten hatte.

»Neulich haben wir in Paris einen gewissen Braun über die Klinge springen lassen. Jack weiß die Einzelheiten. Ich glaube, die Sache wird dich interessieren.«

»Gestapo?«

»Nein, SD.« Carter wandte sich an Sarah Drayton, die auf der anderen Seite des Kamins saß. »Gemeint ist der Sicherheitsdienst der SS, direkt Himmler unterstellt. Mächtiger als jede andere Organisation in Deutschland.«

»Was ist mit Braun?«, fragte Martineau.

»Nun ja, seinen Papieren zufolge war er RFSS.« Wieder schaute Carter zu Sarah hinüber. »Das heißt: ›Reichsführer SS‹. Es handelt sich dabei um eine Binde, die Angehörige von Himmlers persönlichem Stab am Uniformärmel tragen.« Er zog einen Umschlag aus der Akte, die er in der Hand hielt, und reichte ihn Martineau. »Offenbar war Braun eine Art reisender Botschafter und ermächtigt, Nachforschungen anzustellen, wo es ihm beliebte.«

»Mit einer Vollmacht, die ihn über alle stellte, mit denen er es zu tun bekam«, fuhr Munro fort. »Lies mal diesen Brief.«

Martineau zog das Blatt aus dem Umschlag und entfaltete es.

Das Briefpapier war von vorzüglicher Qualität, der Briefkopf schwarz geprägt.

DER REICHSFÜHRER-SS
Berlin, den 9. November 1943

SS-Sturmbannführer
Braun, Erwin, SS-Nr. 107 863

Der oben genannte Offizier handelt auf persönlichen Befehl in einer Angelegenheit von größter Bedeutung für das Reich. Alle militärischen und zivilen Dienststellen werden hiermit unabhängig von ihrem Rang angewiesen, Sturmbannführer Braun in jeder ihm geeignet erscheinenden Weise zu unterstützen.

H. Himmler

Ein bemerkenswertes Dokument. Noch erstaunlicher aber war der Umstand, dass es eine zusätzliche Unterschrift trug: *Adolf Hitler, Führer und Reichskanzler.*

»Offensichtlich besaß er einen gewissen Einfluss«, sagte Martineau trocken und reichte Carter den Brief.

»Nun ja, der Schweinehund ist tot«, sagte Munro, »aber unsere Pariser Leute konnten ihm noch einige nützliche Informationen entlocken, ehe er uns verließ.«

»Darauf möchte ich wetten«, sagte Martineau und zündete sich eine Zigarette an.

»Himmler schickt etwa ein Dutzend solcher Sonderbeauftragter in ganz Europa herum. Diese Männer sollen überall Todesängste verbreiten. Streng geheim. Niemand kennt sie. Unsere Fälschungsabteilung sitzt schon an einem kompletten Satz Dokumente für dich. SD-Ausweis, eine Kopie dieses Briefes, was immer du brauchst. Auf den Namen Max Vogel. Um die Sache zu schmieren, haben wir dich ein bisschen befördert – zum Standartenführer.« Er wandte sich an Sarah. »Entspricht einem Colonel.«

»Ich verstehe«, sagte Martineau. »Ich erscheine auf Jersey und jage allen einen Todesschrecken ein.«

»Mein lieber Freund, du weißt so gut wie ich, dass nichts Furcht erregender ist als ein zum Revolutionär gewordener Lehrer im Ledermantel. Angefangen mit Lenin. Außerdem musst du zugeben, dass du einen ausgezeichneten Nazi abgibst, Harry.«

»Und das Kind?«, fragte Martineau. »Wie passt die Kleine ins Bild?«

»Du brauchst jemanden, der dich bei Mrs. de Ville und diesem Gallagher ins rechte Licht rückt. Sarah ist mit der Dame verwandt und kennt den Mann. Noch etwas – sie war zuletzt vor sechs Jahren auf Jersey, möglicherweise in Zöpfen und bunten Socken, denn damals war sie dreizehn. Doch ist sie sich selbst noch ähnlich genug, dass Helen de Ville und Gallagher sie erkennen müssten, andererseits aber so verändert, dass sie bei Außenstehenden als Fremde durchgeht, besonders wenn wir sie präpariert haben.

»Was soll das heißen?«

»Nun ja, zwischen Frankreich und Jersey herrscht ein ziemlich lebhafter Verkehr an Nachtschattengewächsen.«

»Huren, meinst du? Du willst sie doch nicht im Ernst als Hure verkaufen?«

»Die meisten höheren deutschen Offiziere in Frankreich haben französische Freundinnen. Warum dich zur Ausnahme machen? Vor allem spricht Sarah ausgezeichnet Französisch mit bretonischem Akzent, den sie von ihrer Großmutter hat. Wenn unsere Leute in Berkley Hall mit ihr fertig sind, ihr eine andere Haarfarbe und die richtigen Sachen verpasst haben ...«

»Du meinst, sie in eine kleine französische Hure verwandelt haben?«, unterbrach Martineau.

»So etwa. Wäre doch eine perfekte Tarnung.«

»Und wann soll die Sache losgehen?«

»Übermorgen. Absetzung mit einer Lysander bei Granville. Zwei Stunden Flug, Harry. Kleinigkeit. Sophie Cresson holt euch ab. Hinterher benutzt du deine Papiere, um mit einem der Nachtschiffe von Granville nach Jersey überzusetzen. Bist du erst dort, lässt du dich von den Umständen leiten. Du hast bis maximal Sonntag Zeit.«

»Und wenn wir ihn nicht rauskriegen?«

»Liegt an dir.«

»Verstehe. Soll ich wieder den Henker für dich spielen?« Er wandte sich zu Sarah um. »Was halten Sie von der Sache?«

In seiner Wut wirkte das Gesicht bleicher denn je, die Augen sehr dunkel. »Ach, ich weiß nicht«, antwortete sie. »Könnte doch ganz interessant werden.«

In gewisser Weise sollte die schnoddrige Antwort dazu dienen, die eigenen Gefühle in den Griff zu bekommen. Als sie kehrtmachte und zum Tisch ging, um sich Tee nachzugießen, zitterte ihre Hand ein wenig. Der Tod der Mutter hatte ihr ein Leben beim Vater auf einer Plantage tief im malaiischen Dschungel eingebracht. Ein unbequemes und ziemlich gefährliches Leben, ungewöhnliche Umstände für ein dreizehnjähriges Mädchen – trotzdem hatte sie jede Minute genossen. Bei Gefahr schien sie erst richtig zu erwachen. Später das Krankenhaus bei Nacht, die Bombenangriffe, die Opfer, die ihre Hilfe brauchten. Wieder genoss sie fast jeden Augenblick.

Und jetzt dies. Es war nicht nur die körperliche Anziehung, auch wenn sie reif genug war, um zu erkennen, dass sie Martineau begehrte. Vielmehr ging es ihr um das, was dieser absonderliche, nervöse, innerlich zerrissene Mann zu bieten hatte. Die Verheißung von Gefahr, eine Art Erregung, wie sie sie nie für möglich gehalten hätte.

»›Ganz interessant‹? Grundgütiger Himmel!« Martineau goss sich einen Scotch ein. »Haben Sie schon mal was von Heidegger gelesen, Jack?«

»Ich kenne ihn.«

»Ein interessanter Mann. Er glaubte, um wirklich zu leben, muss sich der Mensch resolut dem Tod stellen können.«

»Klingt doch ganz in Ordnung«, bemerkte Munro.

»Ach, wirklich?« Munro lachte gepresst. »So wie ich die Dinge sehe, waren es Idioten wie er, die mir die Philosophie verleidet haben.« Er hob das Glas und prostete seinen Besuchern zu. »Also los. Nächster Bahnhof Berkley Hall.«

7

Der Schießstand befand sich im Keller von Berkley Hall. Als Waffenmeister fungierte ein Staff-Sergeant der Irischen Garde namens Kelly, längst zu alt für den aktiven Dienst. Aber im Krieg wurden alle gebraucht. Unten am anderen Ende lehnten Nachbildungen angreifender Deutscher an Sandsäcken, und es herrschte gutes Licht. Kelly und Sarah Drayton waren die einzigen Anwesenden. Man hatte ihr einen Kampfanzug zur Verfügung gestellt, Hose und Bluse aus blauem Serge, eine Ausstattung, wie sie die weiblichen Hilfstruppen der Air Force trugen. Sie hatte sich das Haar hochgebunden und unter die Schirmmütze gesteckt, sodass ihr Nacken freilag. Mit dieser Frisur sah sie sehr verwundbar aus.

Kelly hatte ihr verschiedene Waffen auf dem Tisch bereitgelegt. »Haben Sie schon mal eine Handfeuerwaffe abgeschossen, Miss?«

»Ja«, antwortete sie. »In Malaya. Mein Vater leitete dort eine Gummiplantage. Da er oft unterwegs war, sorgte er dafür, dass ich mit einem Revolver umgehen konnte. Ich habe auch schon mehrmals mit der Schrotflinte geschossen.«

»Kommt Ihnen hier irgendetwas bekannt vor?«

»Der Revolver da.« Sie wies auf die Waffe. »Sieht aus wie die Smith & Wesson, die meinem Vater gehörte.«

»Genau das ist es auch, Miss«, sagte Kelly. »Unter normalen Umständen würde man Sie an mehreren Waffen gründlich schulen, aber in Ihrem Fall fehlt uns dazu die Zeit. Ich beschränke mich also darauf, Ihnen ein paar Sachen zu zeigen, damit Sie wenigstens mit einigen einfachen Waffen vertraut sind, die Ihnen unterkommen können. Anschließend können Sie ein paar Schüsse abgeben, das muss genügen.«

»Einverstanden«, sagte Sarah.

»Gewehre sind einfach«, sagte er. »Auf die wollen wir keine Zeit verschwenden. Hier haben wir zwei gebräuchliche Maschinengewehre: die britische Sten, die bei unseren Streitkräften allgemein im Einsatz ist, und dies ist eine Mark 11 S, mit Schalldämpfer, entwickelt für französische Widerstandsgruppen. Zweiunddreißig Schuss im Magazin. Dauerfeuer lässt den Schalldämpfer durchbrennen – also bitte halbautomatisch oder mit Einzelschuss benutzen. Möchten Sie's mal probieren?«

Die Waffe war erstaunlich leicht und machte ihr, an der Schulter angelegt, keine Probleme. Das einzige Geräusch kam vom hin- und herschnappenden Bolzen. Sie zerfetzte einen Sandsack seitlich des Ziels, das sie aufs Korn genommen hatte.

»Besonders treffsicher bin ich nicht«, sagte sie.

»Das ist selten jemand mit diesen Dingern. Sinnvoll sind die auf kurze Entfernungen, wenn man es mit mehreren Leuten zu tun hat – das ist alles.« Kelly fuhr fort: »Die andere MPi ist deutscher Herkunft, eine MP 40, im Volksmund auch Schmeisser genannt. Die ist beim Widerstand ebenfalls verbreitet.«

Nun ging Kelly mit ihr die Handfeuerwaffen durch, Revolver und automatische Waffen. Als sie mit der Smith & Wesson am langen Arm zu schießen versuchte, traf sie bei sechs Schüssen das Ziel nur einmal an der Pappschulter.

»Ich fürchte, Miss, im Ernstfall wären Sie jetzt tot.«

Während Kelly nachlud, fragte sie: »Was ist mit Colonel Martineau? Kann er gut schießen?«

»Das kann man wohl sagen, Miss. Ich wüsste keinen, der mit der Handfeuerwaffe besser umgeht als er. Nun versuchen Sie's mal so.« Er nahm die Füße auseinander und stellte sich geduckt auf, die Waffe mit beiden Händen fassend. »Verstehen Sie, was ich meine?«

»Ich glaube ja.« Sie machte es ihm nach und hielt die Waffe mit beiden Händen vor sich.

»Jetzt durchziehen, einen halben Atemzug Pause nach jedem Schuss.«

Diesmal schnitt sie besser ab; sie traf das Ziel einmal in die Schulter und einmal in die linke Hand.

»Großartig«, sagte Kelly.

»Wohl kaum, wenn man annehmen muss, dass sie aufs Herz gezielt hat.«

Martineau war lautlos eingetreten. Er trug einen dunklen Rollkragenpullover und schwarze Kordhosen. Er trat an den Tisch und betrachtete die Waffen. »Da ich mich um dieses Kleinkind kümmern muss und die Zeit knapp ist, haben Sie hoffentlich nichts dagegen, wenn ich mich ein bisschen einmische.«

»Bitte sehr, Sir.«

Martineau nahm eine Pistole zur Hand. »Walther PPK, halbautomatisch. Das sieben Schuss fassende Magazin wird in den Griff geschoben. Wenn Sie den Schlitten zurückziehen, kann es ernst werden. Das Ding ist nicht allzu groß. In Ihrer Handtasche würde es nicht weiter auffallen, aber seinen Zweck erfüllen, und darauf kommt es an. Jetzt gehen wir ein bisschen näher an die Ziele heran.«

»Gut.«

Sie schritten durch den Tunnel, bis die Figuren nur noch zehn, zwölf Meter entfernt waren. »Wenn er ganz dicht neben Ihnen steht, sodass Sie ihm beim Schießen die Waffe auf die Haut drücken können, tun Sie's, aber Sie sollten niemals weiter entfernt sein als jetzt. Nehmen Sie einfach den Arm hoch und richten Sie die Waffe auf ihn. Beide Augen offen lassen und sehr schnell schießen.«

Diesmal traf sie das Ziel sechsmal in Brust und Bauch. »Au ja«, sagte sie aufgeregt. »Das war nicht übel, oder?«

Als sie zum Ausgangspunkt zurückgingen, sagte er: »Ja – aber könnten Sie im Ernstfall auch wirklich schießen?«

»Das kann ich ja wohl erst beantworten, wenn es so weit ist«, entgegnete sie. »Aber was ist mit Ihnen? Man hört viel Gerede, sieht aber nicht viel Konkretes.«

Auf dem Tisch lag eine zweite Walther, an deren Lauf ein rundes schwarzes Stahlrohr befestigt war. »Dies ist ein so genannter Carswell-Schalldämpfer«, erklärte Martineau. »Speziell für SOE-Agenten entwickelt.«

Sein Arm zuckte hoch. Er schien gar nicht zu zielen, schoss zweimal in schneller Folge und traf ins Herz der Zielfigur. Zu hören waren nur zwei dumpfe Laute – eine eindrückliche Vorführung.

Er hatte die Waffe wieder gesenkt und drehte sich um. Die Augen in dem bleichen Gesicht waren ausdruckslos. »Ich habe noch zu tun. Dougal möchte uns in einer halben Stunde in der Bibliothek sprechen. Bis dann.«

Er verließ den Kellerraum. Ein bedrückendes Schweigen trat ein. »Er schien wütend zu sein«, sagte Sarah.

»So ist der Colonel nun mal, Miss. Ich glaube, manchmal gefällt ihm der Mensch nicht, den er in sich spürt. Letzten November hat er den Gestapo-Chef von Lyon getötet, einen gewissen Kaufmann. Einen Schlächter. Eine Lysander brachte ihn zurück, und er blutete grauenhaft. Zwei Lungensteckschüsse und andere Wunden. Seither ist er nicht mehr der Gleiche.«

»Inwiefern?«

»Ich weiß nicht recht, Miss.« Kelly runzelte die Stirn. »He, dass Sie sich seinetwegen keine Flausen in den Kopf setzen! Ich weiß, wozu ihr modernen Mädchen fähig seid. Ich habe eine Tochter in Ihrem Alter bei einer Luftabwehrbatterie in London. Vergessen Sie nicht, dass er fünfundzwanzig Jahre älter ist als Sie.«

»Wollen Sie damit sagen, dass er zu alt ist?«, fragte Sarah. »Ist das nicht dasselbe, als wollte man die Liebe zu jemandem verbieten, nur weil er Katholik oder Jude oder Amerikaner ist? Wo liegt da der Unterschied?«

»Solche Redereien übersteigen meinen Horizont.« Kelly zog eine Schublade auf und legte ein Stoffbündel auf den Tisch, das er vorsichtig aufschlug. »Ein kleines Geschenk für Sie, Miss, mag der Colonel denken, was er will.« Zum Vorschein kam eine kleine schwarze Automatic, sehr leicht, eine Waffe, die beinahe in Sarahs Hand verschwand. »Belgisches Fabrikat. Nur Kaliber .25, aber im Notfall gut zu gebrauchen. Bei der Größe lässt sich das Ding gut verstecken.« Er schaute Sarah nervös an. »Ich kenne Damen, die sich die Waffe oben in den Strumpf stecken – ich will Ihnen damit nicht zu nahe treten, Miss.«

Sie beugte sich vor und gab ihm einen Kuss auf die Wange. »Ich finde Sie wundervoll!«

»Das dürfen Sie nicht, Miss, wo Sie doch Offizier sind. Ist gegen die Vorschriften.«

»Aber ich bin kein Offizier, Sergeant.«

»Ich glaube doch, Miss. Wahrscheinlich gehört das zu den Dingen, die der Brigadier Ihnen sagen will. An Ihrer Stelle würde ich jetzt Schluss machen und in die Bibliothek gehen.«

»Schön, und vielen Dank.«

Sie ging, und Kelly machte sich seufzend daran, die Waffen wegzuräumen.

Munro, Carter und Martineau saßen bereits beim Nachmittagstee, als Sarah die Bibliothek betrat. »Da sind Sie ja«, sagte Munro. »Setzen Sie sich. Der Kuchen ist lecker.«

Carter schenkte Tee ein. Sarah sagte: »Kelly sprach davon, ich sei jetzt Offizier. Was hat er damit gemeint?«

»Nun ja«, erwiderte Munro, »wir haben es gern, wenn unsere weiblichen Agenten eine Art Offiziersrang besitzen. Theoretisch kann das vorteilhaft sein, wenn man in feindliche Hände fällt.«

»Praktisch nützt es gar nichts«, schaltete sich Martineau ein.

»Wie dem auch sei, Sie sind jetzt jedenfalls Flight Offizier im Frauenhilfskorps der Air Force«, erklärte Munro. »Sie sind hoffentlich damit einverstanden. Jetzt wollen wir uns die Landkarte anschauen.«

Alle standen auf und gingen zu dem Tisch, auf dem mehrere Karten im großen Maßstab lagen; sie vermittelten einen Überblick über Südengland, den Ärmelkanal und den Bereich der Kanalinseln, der Normandie und der Bretagne.

»In den flotten Filmen, die in Elstree gedreht werden, landen unsere mutigen Geheimagenten meistens mit dem Fallschirm in Frankreich. In Wirklichkeit setzen wir die Leute nach Möglichkeit mit dem Flugzeug ab.«

»Verstehe«, sagte sie.

»Dabei ist uns die Lysander am liebsten. Seit neuestem fliegen die Piloten sogar allein und können daher bis zu drei Passagiere mitnehmen. Sie gehören zu einer Sonderstaffel in Hornley. Nicht weit von hier.«

»Wie lange dauert der Flug?«

»Anderthalb Stunden, vielleicht weniger, je nach Wind. Landung in der Nähe von Granville. Widerständler aus der Stadt werden sich um euch kümmern. Meistens sind die frühen Morgenstunden am geeignetsten. Vier oder fünf Uhr.«

»Und was dann?«

»Am Abend des gleichen Tages verlassen Sie Granville und fahren mit dem Schiff nach Jersey. Die meisten Konvois legen jetzt nachts ab. Weil wir während des Tages die Luftüberlegenheit haben.« Er wandte sich an Martineau. »Natürlich muss Standartenführer Max Vogel die Überfahrt noch arrangieren, aber ich kann mir nichts anderes vorstellen, als dass die Leute kopflos im Kreis herumlaufen, wenn du deine Vollmacht vorzeigst.«

Martineau nickte. »Wären in Schwierigkeiten, wenn sie es nicht täten.«

»Was deinen Kontakt zu Mrs. de Ville und General Gallagher angeht, nun, da wird Sarah für dich sprechen.«

»Und Kelso?«

»Das überlasse ich ganz dir, mein Junge. Du bist der Offizier im Felde. Was immer du entscheidest, ich stehe dazu. Du weißt, wie kritisch die Lage ist.«

»Begriffen.«

Munro hob das Telefon ab, das neben ihm stand. »Sie können jetzt Mrs. Moon hereinschicken.« Er legte auf und sagte zu Sarah: »Mrs. Moon ist ein Glücksfall für uns. Alexander Korda hat sie uns aus den Denham-Studios ausgeliehen. Sie weiß alles über Make-up, Kleidung und so weiter.«

Hilda Moon war eine große dicke Frau, die Cockney-Dialekt sprach. Ihr Äußeres war nicht gerade Vertrauen einflößend, ihr Haar war rot gefärbt und an den Wurzeln schon dunkel nachgewachsen, und sie hatte zu dick Lippenstift aufgetragen. Im Mundwinkel baumelte eine Zigarette und verstreute Asche auf dem massigen Busen.

»Ja.« Sie nickte und ging um Sarah herum. »Sehr hübsch. Natürlich muss ich das Haar verändern.«

»Meinen Sie wirklich?«, fragte Sarah besorgt.

»Mädchen, die sich so durchs Leben schlagen, wie Sie es in dieser Rolle tun, tragen das Haar immer vorn.

Sie leben davon, Männern zu gefallen – mit anderen Worten, Sie müssen Ihre natürlichen Vorzüge zur Geltung bringen. Verlassen Sie sich auf mich, ich weiß, was gut für Sie ist.«

Sie nahm Sarah am Arm und führte sie aus der Bibliothek. Als die Tür sich hinter ihr schloss, sagte Martineau: »Wahrscheinlich werden wir sie gar nicht wieder erkennen.«

»Natürlich nicht«, sagte Munro, »aber schließlich ist das ja der Zweck der Übung, oder?«

Am frühen Abend klingelte in Gallaghers Haus das Telefon. Er arbeitete gerade am Küchentisch an der Buchführung des Gutes und meldete sich sofort.

»Hier Savary, General. Das Paket, über das wir gesprochen haben ...«

»Ja.«

»Mein Kontaktmann in Granville hat sich mit der Hauptverwaltung in Verbindung gesetzt. Sieht so aus, als würde spätestens Donnerstag jemand zu Ihnen kommen, um Ihnen den benötigten Rat zu geben.«

»Sind Sie sicher?«

»Absolut.«

Am anderen Ende wurde aufgelegt. Gallagher schaute nachdenklich ins Leere, zog schließlich seine alte Kordjacke an und ging zum De-Ville-Anwesen hinauf. Helen und Mrs. Vibert waren in der Küche mit der Vorbereitung des Abendessens beschäftigt. Die alte Frau wohnte nicht auf dem Hof, sondern zusammen mit einer Nichte und ihrer jungen Tochter weiter unten an der Straße in einem anderen Gesindehaus. Sie war Witwe, eine gutmütige Frau von fünfundsechzig Jahren und Helen sehr zugetan.

Sie trocknete sich die Hände ab und ergriff einen Mantel, der hinter der Tür hing. »Wenn das alles ist, gehe ich jetzt, Mrs. de Ville.«

»Bis morgen«, antwortete Helen.

Als sich die Tür hinter ihr schloss, sagte Gallagher: »Sie weiß doch nichts, oder?«

»Nein, und so soll es auch bleiben. Für sie und alle anderen ist es besser so.«

»Eben hat Savary angerufen. Man ist nach London durchgekommen. Bis Donnerstag soll jemand hier sein.«

Sie fuhr herum. »Bist du sicher?«

»So sicher wie nur möglich. Wie geht es unserem Colonel?«

»Er fiebert noch. George hat ihn heute Nachmittag besucht. Er scheint ganz zufrieden zu sein. Er probiert es mit diesem neumodischen Penicillin.«

»Eigentlich überraschend, dass Savary so schnell zurück war. Sie müssen die Überfahrt heute Nachmittag gewagt haben.«

»O ja«, sagte sie. »Wieder im Schutz des Nebels. Im Lauf der letzten Stunde sind die meisten meiner Offiziere hier aufgekreuzt.«

»Die meisten?«

»Zwei Gefallene. Bohlen und Wendel. Zwei Schiffe wurden von Hurricanes angegriffen.«

In diesem Augenblick öffnete sich die grün bespannte Tür, die zum Esszimmer führte. Guido Orsini trat ein. Er trug seine Ausgehuniform. Sein Haar war noch feucht, und er machte einen sehr adretten Eindruck. Er trug die italienische Tapferkeitsauszeichnung in Gold, ein Orden, der dem britischen Victoria Cross entsprach und nur sehr selten vergeben wurde. Auf der linken Brust hatte er außerdem das Eiserne Kreuz Erster Klasse befestigt.

Gallagher fragte auf Englisch: »Noch alles dran an Ihnen? Wie man hört, ging es rau zu.«

»Hätte schlimmer sein können«, erwiderte Guido. »Jetzt sitzen sie alle da drinnen und führen ihr Trauerspiel auf.« Er stellte eine Tüte auf den Tisch. »Ein Dutzend Flaschen Sancerre aus Granville.«

»Sie sind ein lieber Junge«, sagte Helen.

»Und ob. Finden Sie nicht auch, dass ich heute Abend recht hübsch aussehe?«

»Durchaus möglich.« Wie immer scherzte er mit ihr. »Jetzt machen Sie bitte Platz, ich muss auftragen.«

Guido öffnete die Durchreiche zum Esszimmer und flüsterte Gallagher zu: »Kommen Sie, sehen Sie sich das an!«

Der Saal war mit dunkler Eiche verkleidet, die eine gediegene Atmosphäre schuf. Der lange Eichentisch in der Mitte war groß genug für fünfundzwanzig Personen. Im Moment hatten nur acht Platz genommen, Marineoffiziere, die nicht zusammengerückt waren. Wo immer sich zwischen zwei Uniformierten ein freies Gedeck befand, stand eine Kerze am Teller. Insgesamt brannten sechs Kerzen, jede für ein gefallenes Mitglied der Messe. Es herrschte Trauerstimmung.

»Aus allem müssen sie eine Shakespeare-Tragödie machen«, bemerkte Orsini. »Im Grunde schrecklich langweilig. Wenn es mir nicht um Helens Küche ginge, würde ich umziehen. Ich habe da neulich Abend in St. Aubin's Bay ein erstaunlich gutes Schwarzmarktrestaurant entdeckt. Verblüffend, was man ohne Marken alles bekommen kann!«

»Das ist nun wirklich interessant«, bemerkte Gallagher. »Erzählen Sie mir davon.«

Während sich Mrs. Moon und ihre beiden Helferinnen mit Sarah beschäftigten, riss der Wortschwall der dicken Frau nicht ab. »Ich war schon überall. Denham, Elstree, Pinewood. Ich bin zuständig für das Make-up von Margaret Lockwood und von Mr. James Mason. Ach, und mit Mr. Coward habe ich auch schon gearbeitet. Der war ein richtiger Gentleman.«

Als der Trockner fortgeschwenkt wurde, traute Sarah ihren Augen nicht. Das dunkle Haar war goldblond geworden und lag ihr lockig dicht um das Gesicht. Mrs. Moon begann sofort mit dem Make-up, indem sie Augenbrauen auszupfte, bis nur noch zwei dünne Streifen übrig waren.

»Viel Rouge müssen Sie nehmen, meine Liebe. Ein bisschen zu viel, wenn Sie verstehen, was ich meine, und auch viel Lippenstift. Alles ein wenig übertrieben, darauf wollen wir hinaus. Also, wie finden Sie sich?«

Sarah starrte in den Spiegel. Das Gesicht einer Fremden schaute sie an. Wer bin ich? dachte sie. Hatte es Sarah Drayton überhaupt je gegeben?

»Nun probieren wir mal eins von diesen Kleidern an. Die Unterwäsche und jedes andere Stück muss natürlich aus Frankreich sein, im Augenblick brauchen wir aber nur das Kleid, um die Wirkung abzuschätzen.«

Das schwarze Seidenkleid saß sehr eng und war ziemlich kurz. Mrs. Moon half Sarah beim Anziehen und zog den Reißverschluss auf dem Rücken zu. »Ihr Busen wird auf jeden Fall betont, Liebes. Sieht sehr gut aus.«

»Ich weiß nicht recht. Ich kann kaum atmen.« Sarah zog ein Paar hochhackige Schuhe an und betrachtete sich im Spiegel. Sie musste kichern. »Wie eine Dirne, schrecklich!«

»Nun ja, genau darauf wollen wir ja hinaus, Schätzchen. Gehen Sie rüber, mal sehen, was der Brigadier dazu meint.«

Sarah kehrte in die Bibliothek zurück. Munro und Carter unterhielten sich leise vor dem Kamin. »Niemand hat mir gesagt, wie ich heißen soll«, bemerkte Sarah.

»Anne-Marie Latour«, antwortete Carter automatisch und hob erst dann den Blick. »Mein Gott!«, rief er.

Munro reagierte viel positiver. »Gefällt mir. Sehr sogar.« Sarah drehte sich vor ihm im Kreis. »Ja, Sie werden Anklang finden im deutschen Offiziersclub in St. Helier.«

»Oder bei der Army und Navy in London, würde ich meinen«, bemerkte Carter leichthin.

Die Tür ging auf, und Martineau trat ein. Sarah stemmte die Hände in die Hüften und wirbelte zu ihm herum. »Na?«

»Na was?«

»Ach, Sie sind unmöglich!« Sarah war so aufgebracht, dass sie mit dem Fuß aufstampfte. »Sie sind der irritierendste Mann, der mir je begegnet ist. Gibt's hier in der Nähe ein Dorf mit einer Kneipe?«

»Ja.«

»Führen Sie mich auf einen Drink aus?«

»Einfach so?«

»Soll das heißen, ich sehe nicht hübsch genug aus?«

»In Wirklichkeit übertreffen Sie alle Bemühungen von Mrs. Moon. Mädchen, Sie könnten keine Dirne sein, selbst wenn Sie's versuchten. Draußen in der Vorhalle in einer Viertelstunde.« Er machte kehrt und ging wieder.

Im Dorf fand ein Frühlingsfest statt, das wohltätigen Zwecken diente. Stände und kleine Bühnen erhoben sich auf dem Dorfplatz, zwei altmodische Karussells waren aufgebaut. Sarah trug einen Mantel über dem Kleid und hatte sich bei Martineau untergehakt. Offensichtlich fand sie es amüsant, sich durch die lärmende, gut gelaunte Menge zu schieben.

Plötzlich standen sie vor einem Zelt mit dem Schild *Wahrsagerei – Zigeuner-Sara.* »Sara ohne ›h‹«, sagte sie. »Das müssen wir ausprobieren.«

»Meinetwegen«, sagte er und ließ sich mitziehen.

Die Frau im Zelt verzichtete überraschenderweise

auf das übliche Zigeuner-Beiwerk; sie kam ohne Halstuch und Ohrringe aus. Sie war etwa vierzig Jahre alt, trug ein flottes Gabardine-Kostüm und hatte ein bleiches Gesicht und gepflegtes schwarzes Haar. Sie ergriff die Hand des Mädchens. »Nur Sie, meine Dame, oder Ihr Gentleman auch?«

»Aber er ist nicht mein Gentleman.«

»Er wird nie jemand anderem gehören, niemals eine andere Frau kennen.«

Sarah atmete tief durch, als versuche sie, sich zu sammeln. Martineau sagte: »Jetzt wollen wir aber die guten Nachrichten.«

Die Frau reichte Sarah einen Stapel Tarotkarten, verschränkte die Hände über Sarahs Fingern, mischte mehrmals die Karten und zog schließlich drei heraus.

Die erste zeigte den Mut, eine junge Frau, die furchtlos das Maul eines Löwen festhielt. »Es besteht die Möglichkeit, einen wichtigen Plan in die Tat umzusetzen, wenn man bereit ist, Risiken einzugehen«, sagte die Zigeuner-Sara.

Die nächste Karte zeigte den Stern, ein nacktes Mädchen, das an einem Teich kniete. »Ich sehe Feuer und Wasser, die sich miteinander vermengen. Ein Widerspruch – und doch überstehen Sie beides unverletzt.«

Sarah wandte sich an Martineau. »Das hatte ich schon letzten Monat in Cromwell. Brandbomben auf die Schwesternquartiere, und überall Wasser aus den Löschschläuchen.«

Die dritte Karte war der Gehenkte. Die Frau sagte: »Er wird sich nicht verändern, mag er auch noch so lange im Baum hängen. Er kann das Spiegelbild nicht verändern, so sehr er es auch fürchtet. Sie müssen allein reisen. Widrige Umstände werden stets Ihre Stärke sein. Liebe finden Sie nur, indem Sie sie ergreifen, das ist die Lektion, die Sie lernen müssen.«

Sarah sagte zu Martineau: »Jetzt Sie.«

Die Wahrsagerin sammelte die Karten ein. »Dem Herrn kann ich leider nichts sagen, was er nicht bereits wüsste.«

»Das Beste, was ich seit den Brüdern Grimm gehört habe.« Martineau schob eine Pfundnote über den Tisch und stand auf. »Gehen wir.«

»Sind Sie böse?«, fragte Sarah, als sie sich in Richtung Dorfkneipe langsam durch die Menge schoben.

»Warum sollte ich?«

»Es war doch nur ein Spaß. Nichts, was man ernst nehmen müsste.«

»Ich nehme nun mal alles ernst«, sagte er.

Obwohl im Gastraum der Bar ein lebhaftes Treiben herrschte, fanden sie in einer Ecke am Kamin zwei Stühle, und er bestellte ihr einen Shandy und nahm selbst einen Scotch. »Nun also, was halten Sie bisher davon?«, fragte er.

»Schon ein bisschen interessanter als die Stationen im Cromwell-Hospital.«

»Unter normalen Umständen würde man Sie etwa sechs Wochen lang ausbilden«, berichtete er. »Im schottischen Hochland würde man Ihnen Kondition antrainieren. Ihnen Lektionen in waffenloser Verteidigung erteilen und so weiter. Zwölf Methoden, einen Gegner mit bloßen Händen zu töten.«

»Das klingt ja sehr gruselig.«

»Ist aber wirkungsvoll. Ich erinnere mich an einen unserer Agenten, im Zivilleben Journalist, der nicht mehr ins Gasthaus ging, wenn er zu Hause war. Er hatte Angst, sich im Streit zu vergessen und Schlimmes anzurichten.«

»Können Sie solche Dinge auch?«, fragte Sarah.

»Jeder kann das lernen. Bei diesem Spiel zählt allein das Köpfchen.«

An der Bar standen drei Männer in Khaki-Uniform, ein älterer Sergeant und zwei einfache Soldaten. Abgebrühte Männer, die die Köpfe zusammensteckten, zu Martineau hinüberblickten und immer wieder zu lachen begannen. Als er zur Bar ging und sich mit frisch gefüllten Gläsern wieder abwandte, rempelte ihn ein Uniformierter absichtlich an und verspritzte dabei ein wenig Bier.

»Seien Sie doch vorsichtig, Kumpel!«, sagte der junge Soldat.

»Wenn Sie meinen.« Martineau lächelte fröhlich, und der Sergeant legte dem jungen Mann eine Hand auf den Arm und murmelte etwas.

Als er sich setzte, sagte Sarah: »Jack Carter hat mir erzählt, dass Sie Freud noch kennen gelernt haben.«

»Ja, ich sah ihn zuletzt 1939 kurz vor seinem Tod.«

»Stehen Sie positiv zur Psychoanalyse?«

»Dass alles irgendwie auf Sex zurückzuführen ist? Der alte Freud hatte in dieser Richtung Gott weiß genügend eigene Probleme. Einmal unternahm er in den Staaten eine Vortragsreise mit Jung und erzählte diesem eines Tages, dass er immer wieder von Prostituierten träume. Jung fragte nur, warum er deswegen nichts unternehme. Freud war schockiert. ›Aber ich bin doch verheiratet!‹, sagte er.«

Sie musste lachen. »Das ist großartig!«

»Wo wir gerade von großen Männern sprechen, ich hatte auch mit Bertrand Russell zu tun, der den Damen wirklich sehr zugetan war – eine Einstellung, die er mit der festen persönlichen Überzeugung rechtfertigte, dass man eine Frau erst richtig kennen kann, wenn man mit ihr geschlafen hat.«

»Das klingt mir nicht sehr philosophisch gedacht«, meinte Sarah.

»Im Gegenteil.«

Sie stand auf und entschuldigte sich. »Ich bin gleich zurück.«

Die drei Soldaten schauten hinter ihr her, warfen einen Blick auf Martineau und lachten laut. Als Sarah von der Toilette zurückkam, griff der junge Soldat zu, der schon Martineau angerempelt hatte, und hielt sie am Arm fest. Sie versuchte, sich zu befreien, aber schon war Martineau aufgesprungen und zwängte sich zwischen anderen Gästen hindurch.

»Das reicht ja wohl.«

»Wer sind Sie – ihr Vater?«, wollte der junge Mann wissen.

Martineau packte sein Handgelenk und übte Druck aus, wie er es vor langer Zeit im Tötungskursus im schottischen Arisaig gelernt hatte. Der Junge verzog das Gesicht vor Schmerzen. »Lassen Sie los«, sagte der Sergeant. »Er wollte nichts Böses. War doch nur ein Spaß.«

»Ja, das sehe ich.«

Er führte Sarah zum Tisch zurück, und sie sagte: »Sie waren aber schnell zur Stelle.«

»Wenn ich fühle, handle ich. Ich bin ein sehr existentialistischer Mensch.«

»Existentialistisch?« Sie runzelte die Stirn. »Ich verstehe nicht, was Sie meinen.«

»Ach, das ist eine neue Art, das Leben zu sehen – ein Freund von mir hat sich gründlich damit beschäftigt. Ein französischer Autor namens Jean-Paul Sartre. Als ich vor drei Jahren in Paris untertauchen musste, versteckte ich mich zwei Wochen lang in seiner Wohnung. Er unterstützt die Résistance.«

»Aber was bedeutet das Wort?«

»Ach, viel. Mir gefällt vor allem die Forderung, sich seine Werte durch Handeln zu schaffen und jeden Augenblick des Lebens voll auszukosten.«

»Und damit haben Sie die letzten vier Jahre überstehen können?«

»So in etwa. Sartre hat es für mich nur in Worte umgesetzt.« Martineau half ihr in den Mantel. »Gehen wir.«

Draußen war es dunkel, und vom Jahrmarkt schallten Musik und Gelächter herüber, obwohl die meisten Buden wegen der Verdunkelungsvorschriften schon geschlossen hatten. Sarah und Martineau gingen über den leeren Parkplatz zu dem Auto, mit dem sie gekommen waren. Plötzlich waren schnelle Schritte zu hören. Er drehte sich um und sah die beiden jungen Soldaten im Laufschritt näher kommen. Der Sergeant erschien auf der Veranda hinter dem Gasthaus und schaute herüber.

»Also«, sagte der junge Soldat, der den Zwischenfall an der Bar provoziert hatte. »Wir beide sind noch nicht fertig miteinander. Sie haben eine Lektion verdient.«

»Ach wirklich?«, fragte Martineau. Als der junge Kerl zu einem heftigen Hieb ausholte, fing er ihn am Handgelenk ab, drehte es hoch und herum und hatte den Mann schnell im Schultergriff. Ein Muskel riss, und der Soldat schrie auf. Der andere Uniformierte brüllte erschrocken los, als sein Freund zu Boden sank. Zornig lief der Sergeant herbei.

»Sie Schweinehund!«, sagte er.

»Das trifft mich nicht, eher Sie, weil Sie die Sache haben laufen lassen.« Martineau zückte seinen Ausweis. »Ich glaube, Sie sollten sich das anschauen.«

Dem Sergeant stand der Mund offen. »Colonel, Sir!« Er nahm Haltung an.

»Schon besser. Sie brauchen einen Arzt. Sagen Sie dem Knäblein, wenn er wieder zuhören kann, dass ich hoffe, er hat etwas dazugelernt. Beim nächsten Mal könnt's um ihn geschehen sein.«

Im Wegfahren fragte Sarah: »Für Sie gibt's kein Zögern, wie?«

»Wozu auch?«

»Ich glaube, jetzt verstehe ich, was Jack Carter meinte. Ich finde auch, Sie haben das Talent zum Töten.«

»Worte«, antwortete er. »Spielereien im Kopf. Damit beschäftigte ich mich viele Jahre lang. Nur Gerede, nur Ideen. Wenden wir uns mal einigen Tatsachen zu. Hören wir auf, Spiele zu spielen in schwarzen Seidenkleidern mit künstlich blondem Haar. Wissen Sie, wie es die Gestapo anfängt, feindliche Agentinnen kleinzukriegen, die ihr in die Hände fallen?«

»Sie werden's mir sagen.«

»Mit mehrfacher Vergewaltigung. Wenn das nicht reicht, kommt als Nächstes die elektrische Schocktherapie. Ich hatte mal eine Freundin in Berlin. Sie war Jüdin.«

»Ich weiß. Carter hat mir von ihr erzählt.«

»Wie sie in den Gestapokellern in der Prinz-Albrecht-Straße gefoltert und dann ermordet wurde?« Martineau schüttelte den Kopf. »Er weiß nicht alles. Er weiß nicht, dass Kaufmann, der Gestapochef von Lyon, den ich letzten November umbrachte, 1938 in Berlin für Rosas Tod verantwortlich war.«

»Jetzt verstehe ich«, sagte Sarah leise. »Sergeant Kelly sagte, Sie wären anders als die anderen – und er hat Recht. Sie haben Kaufmann jahrelang gehasst, und als Sie sich schließlich an ihm rächten, mussten Sie feststellen, dass das keine Bedeutung mehr hatte.«

»Was für weise Worte!« Martineau lachte kalt. »Hinüber zu fliegen und gegen die Gestapo zu arbeiten hat nichts mit den Filmen zu tun, die in den Elstree-Studios gedreht werden. In Frankreich leben fünfzig Millionen Menschen. Wissen Sie, wie viele unserer Schätzung nach in der Résistance aktiv sind?«

»Nein.«

»Zweitausend, Sarah. Jämmerliche zweitausend!«, rief er angewidert. »Ich weiß nicht, warum wir uns überhaupt die Mühe machen.«

»Ja, warum? Nicht nur wegen Rosa oder Ihrem Großvater.«

Er schaute sie kurz an, und sie fuhr fort: »O ja, das weiß ich auch.«

Es trat ein Schweigen ein. Mit einer Hand öffnete er sein Zigarettenetui. »Möchten Sie eine? Eine schlechte Angewohnheit, aber doch sehr beruhigend, wenn es darauf ankommt.«

»Schön«, sagte sie und nahm eine Zigarette.

Er gab ihr Feuer. »Ich habe nie darüber gesprochen, aber ich sollte 1917 nach Harvard gehen. Aber dann ließ sich Amerika in den Krieg ziehen. Ich war siebzehn, noch nicht volljährig. Meldete mich ganz impulsiv und landete schließlich in den flandrischen Schützengräben.« Er schüttelte den Kopf. »Wenn von der Hölle auf Erden gesprochen wird – die Schützengräben waren die Hölle. So viele Tote, dass man nicht mehr mitzählen konnte.«

»Es muss schrecklich gewesen sein.«

»Und ich genoss jede Minute! Können Sie das verstehen? Ich lebte, fühlte an einem Tag mehr als sonst in einem ganzen Jahr. Das Leben erwies sich als etwas Reales, Blutiges, Aufregendes. Ich konnte nicht genug davon bekommen.«

»Wie eine Droge?«

»Genau. Ich war wie der Mann in dem Gedicht, ständig suchte ich den Tod auf dem Schlachtfeld. Und genau davor rückte ich schließlich aus – zurück nach Harvard und in die Abgeschiedenheit von Oxford, in die sichere Welt von Hörsälen und Büchern, den Dingen, die sich im Kopf abspielen.«

»Aber dann holte der Krieg Sie wieder ein.«

»Und Dougal Munro stieß mich in die reale Welt hinaus … und den Rest kennen Sie.«

Später lag er im Bett, rauchte eine Zigarette und lauschte auf den Regen am Fenster. Da hörte er eine Tür klappen. Leise sagte sie im Dunkeln: »Ich bin's nur.«

»Ach?«, fragte Martineau.

Sie zog den Morgenmantel aus und schob sich neben ihn ins Bett. Sie trug ein Baumwollnachthemd, und er legte automatisch den Arm um sie. »Harry«, flüsterte sie. »Darf ich dir ein Geständnis machen?«

»Ich kann dich nicht davon abhalten.«

»Ganz bestimmt hältst du mich wie alle anderen für eine empfindliche kleine Mittelschicht-Jungfrau. Leider stimmt das nicht.«

»Ach?«

»Ja, ich habe, letztes Jahr im Krankenhaus einen Spitfire-Piloten kennen gelernt. Er hatte ein gebrochenes Fußgelenk.«

»Und zwischen euch erblühte die wahre Liebe?«

»Eigentlich nicht. Eher war es ein gegenseitiges Begehren, aber er war ein netter Kerl, und ich bedaure nichts. Er wurde vor drei Monaten über dem Kanal abgeschossen.«

Aus unerfindlichem Grund musste sie weinen, und Martineau hielt sie eng umfangen und schwieg.

8

Am nächsten Tag, kurz nach der Mittagsstunde in Fermanville auf der Cherbourg-Halbinsel. Karl Hagan, Diensthabender Unteroffizier der mittleren Batterie der 15. Küstenartillerie-Einheit, lehnte an einem Betongeländer und genoss im schwachen Sonnenschein eine Zigarette. Plötzlich sah er einen schwarzen Mercedes heranbrausen. Da der Wagen ohne Eskorte kam, konnte es kein wichtiger Besuch sein – aber dann bemerkte er den Wimpel auf dem Kotflügel. Noch war der Wagen zu weit entfernt, um Einzelheiten auszumachen, doch brauchte ein erfahrener Soldat nicht mehr zu sehen. Hagan eilte in den Einsatzraum, wo Hauptmann Reimann mit geöffnetem Uniformrock am Tisch saß und ein Buch las.

»Es kommt jemand. Sieht nach einem hohen Tier aus. Vielleicht eine Überraschungsinspektion.«

»Verstanden. Geben Sie Sirenenalarm. Die Männer sollen sich vorsichtshalber aufstellen.«

Reimann knöpfte seinen Rock zu, legte das Koppel um und rückte seine Mütze zurecht. Als er auf den Betonvorsprung hinaustrat, hielt der Mercedes bereits unter ihm. Der Fahrer stieg aus. Ihm folgte ein Major des Heeres mit Stabsstreifen an der Hose. Dann erschien Generalfeldmarschall Erwin Rommel in einem Ledermantel, das weiße Halstuch locker verknotet, die Schutzbrille über den Mützenschirm hochgeschoben.

Reimann erlebte den größten Schock seines Lebens.

Im gleichen Augenblick hörte er die Stimme von Unteroffizier Hagan, und die Batteriebesatzung eilte im Laufschritt in den Hof und nahm Aufstellung. Während Reimann noch die Treppe hinabeilte, nahmen die beiden Leutnants der Batterie, Scheel und Planck, bereits ihre Positionen ein.

Reimann trat vor, erinnerte sich gerade noch rechtzeitig daran, was er von Rommel gehört hatte, und streckte nicht den Arm aus, sondern legte die Hand an die Mütze. »Herr Generalfeldmarschall. Sie erweisen uns eine große Ehre.«

Rommel klopfte sich mit der Spitze seines Marschallstabes an die Mützenkrone. »Sie heißen?«

»Reimann, Herr Generalfeldmarschall.«

»Major Hofer, mein Adjutant.«

Hofer sagte: »Der Generalfeldmarschall möchte sich alles anschauen, einschließlich der Nebenstellungen. Bitte gehen Sie voraus.«

»Zunächst inspiziere ich die Truppen, Major«, berichtigte Rommel. »Ein Heer ist nur so stark wie ihr schwächstes Glied, denken Sie immer daran.«

»Selbstverständlich, Herr Generalfeldmarschall.«

Rommel ging an der Formation entlang und blieb hin und wieder stehen, um sich mit einem Mann zu unterhalten, der ihm irgendwie auffiel. Schließlich machte er kehrt. »Guter Antritt. Sehr zufrieden stellend. Dann wollen wir mal.«

Eine Stunde lang marschierte er, geführt von Reimann, auf den Klippen von einer Stellung zur nächsten. Funkräume, Unterkünfte, Munitionsvorräte, sogar die Toiletten. Nichts entging seiner Aufmerksamkeit.

»Ausgezeichnet, Reimann«, sagte er zu dem jungen Artillerie-Offizier. »Ausgezeichneter Zustand. Ich werde Ihren Feldbericht persönlich abzeichnen.«

Reimann wurde schwach vor Freude. »Herr Generalfeldmarschall – da fehlen mir die Worte.«

Er ließ die Ehrenformation Haltung annehmen, Rommel tippte sich wieder mit dem Stab an die Mütze und stieg in seinen Mercedes. Hofer setzte sich neben ihn, und als der Wagen losfuhr, überzeugte sich der Major, dass die Glaswand zum Fahrer geschlossen war.

»Ausgezeichnet«, sagte Hofer. »Ich finde, Sie haben das ausgezeichnet gemacht, Berger.«

»Wirklich, Herr Major?«, fragte Heini Baum. »Dann bekomme ich also die Rolle?«

»Nach einem letzten Test, würde ich sagen. Etwas noch Anspruchsvolleres. Sagen wir, Abendessen in irgendeiner Offiziersmesse. Ja, das wäre gut. Dann sind Sie vorbereitet auf Jersey.«

»Zu Befehl.« Baum lehnte sich zufrieden zurück.

»Jetzt aber zurück zum Generalfeldmarschall und Bericht erstatten«, sagte Konrad Hofer.

Als Sarah und Martineau die Bibliothek von Berkley Hall betraten, saß Carter vor den ausgebreiteten Landkarten.

»Ah, da sind Sie ja«, sagte er. »Brigadier Munro ist nach London gefahren, um General Eisenhower Meldung zu machen, aber er ist heute Abend zurück. Wir werden Sie beide nach Hornley Field begleiten und verabschieden. Irgendwelche Probleme?«

»Mir will keins einfallen.« Martineau wandte sich an Sarah. »Und du?«

»Ich glaube nicht.«

»Ihre Kleidung ist mehrmals gründlich überprüft worden – alles stammt aus Frankreich«, fuhr Carter fort. »Das wäre abgehakt. Hier sind Ihre Papiere, Sarah. Ein französischer Ausweis mit Foto, dazu ein deutscher Ausweis mit einem anderen Foto. Jetzt wissen Sie, warum man Sie gebeten hat, sich zwischen den Aufnahmen umzuziehen. Lebensmittelmarken. Ach, hier auch Tabakbezugsmarken.«

»Die bekommt man, selbst wenn man nicht raucht«, sagte Martineau.

»Diese Dokumente sind hundertprozentig«, sagte Carter. »Das richtige Papier, die gleichen Wasserzeichen. Schreibmaschinen, Tinte, alles perfekt. Ich versichere Ihnen, auch der geschickteste Fachmann der Abwehr oder Gestapo kann daran nichts aussetzen.« Er reichte ihr einen Streifen Papier. »Hier Ihre persönlichen Angaben. Anne-Marie Latour. Wir haben Ihnen das Geburtsdatum gelassen. Natürlich in der Bretagne geboren, um Ihren Akzent zu erklären. Als Geburtsort haben wir Ihnen Paimpol an der Küste ausgesucht. Sie kennen den Ort gut?«

»Ja, meine Großmutter hat dort gewohnt. Ich habe oft die Ferien bei ihr verbracht.«

»Normalerweise hätten Sie viel Zeit, sich mit ihrer neuen Identität vertraut zu machen. In diesem Fall ist das einfach nicht möglich. Immerhin haben Sie Harry neben sich, außerdem dürfte die ganze Sache nicht länger als drei Tage dauern. Höchstens vier.«

»Ich verstehe.«

»Noch etwas. Ihre Beziehung zu Standartenführer Vogel muss glaubhaft sein. Ihnen ist klar, was das bedeuten könnte?«

»Dass ich ein Zimmer mit ihm teile?« Sie drehte sich schelmisch lächelnd zu Martineau um. »Ist Ihnen das recht, Colonel?«

Martineau reagierte gereizt, was selten geschah, und runzelte die Stirn. »Du kleine Hexe!«

Es war, als wären sie allein; sanft berührte sie sein Gesicht mit den Fingerspitzen. »Ach, Harry Martineau, du bist süß, wenn du dich ärgerst.« Sie blickte Carter an. »Sie können wohl davon ausgehen, dass es in diesem Punkt keine Probleme gibt, Captain.«

Verlegen stotterte Carter: »Schön. Dann lesen Sie dies bitte, Sie beide. Das ist Vorschrift, Sarah.«

Es war ein typischer SOE-Einsatzbefehl, in kalter, neutraler, präziser, direkter Formulierung. Auf dem Blatt war die vorgegebene Aufgabe genau definiert, die Vorgehensweise, der Kommunikationsweg über die Cressons in Granville. Alles war berücksichtigt, bis hin zu einer Kodebezeichnung für das Unternehmen: JERSEYMAN. Unten auf dem dünnen Zettel stand: SOFORT VERNICHTEN SOFORT VERNICHTEN.

»Alles klar?«, fragte Martineau.

Sie nickte, und er zündete ein Streichholz an und hielt es an das Papier, das er in den Aschenbecher fallen ließ. »Das wär's also«, sagte er. »Ich gehe jetzt packen. Bis später.«

In seinem Zimmer hatten die Leute von der Ausstattung einen Anzug mit Weste aus hellgrauem Tweed bereitgehängt, dazu Schuhe, mehrere weiße Hemden, zwei schwarze Krawatten. Außerdem erwartete ihn ein Militärmantel aus weichem schwarzen Leder, wie er von vielen SS-Offizieren getragen wurde.

Die graugrüne SS-Uniform hing hinter der Tür. Martineau überprüfte sie gründlich. Am linken Ärmel befand sich der RFSS-Streifen, der anzeigte, dass er Himmlers persönlichem Stab angehörte, darüber ein SD-Abzeichen. Die Waffenfarben, die Biesen an Uniform und Mütze, waren giftgrün und zeigten an, dass er dem SS-Sicherheitsdienst angehörte. Die silbern gestickten Rangabzeichen an den Kragenspiegeln hatten die Form von Eichenblättern. Auf der linken Brust war ein Eisernes Kreuz Erster Klasse befestigt. Die einzige andere sichtbare Auszeichnung war der Blutorden, eine Medaille speziell für alte Kameraden des Führers, die in den zwanziger Jahren wegen politischer Verbrechen im Gefängnis gesessen hatten.

Martineau beschloss, die Uniform anzuprobieren, und zog sich hastig aus. Jacke und Hose saßen ausgezeichnet. Er knöpfte den Rock zu und brachte das

Koppel an, ein seltenes Stück; der Adler auf der Schnalle hielt in einer Klaue ein Hakenkreuz und mit der anderen die SS-Runen. An der Mütze schimmerte das silberne Totenkopfabzeichen. Martineau fuhr mit dem Ärmel darüber, betastete einen kleinen Riss im Seidenfutter und klappte schließlich die Sprungfeder herunter, sodass der Mütze die Spannung genommen wurde. Viele Altgediente trugen ihre Kopfbedeckung so, auch wenn es gegen die Vorschriften war.

Er setzte die Mütze auf und rückte sie ein wenig schräg. Da sagte Sarah hinter ihm: »Du scheinst dich zu amüsieren. Ich habe langsam den Eindruck, du magst Uniformen.«

»Ich mag es, wenn alles stimmt«, antwortete er. »Ich habe oft das Gefühl, dass ich meine wahre Berufung verfehlt habe, dass ich eigentlich Schauspieler hätte werden sollen. Wichtig ist, dass alles zusammenpasst, Sarah. Man hat nur eine Chance.«

Ihr Gesicht wirkte bekümmert, als sie einen Schritt vortrat und seinen Arm umfasste. »Ich habe das Gefühl, du bist nicht mehr du selbst, Harry.«

»Richtig, nicht in dieser Uniform. Damit bin ich Standartenführer Max Vogel vom SD. Von den eigenen Leuten nicht weniger gefürchtet als von den Franzosen. Du wirst es erleben. Die Sache ist kein Spiel mehr.«

Erschaudernd umarmte sie ihn. »Ich weiß, Harry, ich weiß.«

»Hast du Angst?«

»Himmel, nein!« Sie lächelte ihn an. »Immerhin habe ich Zigeuner-Sara auf meiner Seite.«

Eisenhower saß an seinem Schreibtisch in der Hayes Lodge. Während er die Akte durcharbeitete, war ihm die Brille ziemlich weit heruntergerutscht. Schließlich lehnte er sich zurück, nahm die Brille ab und schaute Dougal Munro an.

»Ein erstaunlicher Mann, dieser Martineau. Außerordentliche Verdienste, außerdem Amerikaner.«

»Jawohl, Sir. Er hat mir einmal erzählt, seine Urgroßmutter sei in den fünfziger Jahren des letzten Jahrhunderts nach Virginia gekommen. Ich glaube, aus einer kleinen Stadt in Lancashire.«

»Für Lancashire klingt sein Name irgendwie exotisch.«

»Wäre aber nicht ungewöhnlich, General. Soweit ich weiß, geht er auf die Normannen zurück.«

Munro erkannte, dass Eisenhower Zeit gewinnen wollte, um die Lage zu durchdenken. Der General stand auf und schaute aus dem Fenster, dann drehte er sich um. »Flight Officer Drayton. Sie ist sehr jung.«

»Ich weiß, General. Allerdings ist sie auf ganz besondere Weise geeignet, uns zu helfen.«

»Natürlich. Und Sie meinen ehrlich, es könnte klappen?«

»Ich bin überzeugt, wir können Colonel Martineau und Flight Officer Drayton problemlos in Frankreich absetzen. Ich wüsste nicht, warum die beiden nicht mit dem Schiff nach Jersey gelangen sollten. Martineau ist zu einem ganz besonderen Autoritätsgebaren fähig. Niemand würde wagen, seine Rolle in Frage zu stellen. Wer Zweifel am persönlichen Abgesandten des Reichsführers hätte, müsste schon direkt beim Reichsführer in Berlin anrufen.«

»Ja, das sehe ich ein«, meinte Eisenhower.

»Sobald die beiden in Jersey sind, wendet sich das Blatt – dann ist das Spiel offen. Ich kann Ihnen keinerlei Zusicherungen über den weiteren Ablauf geben. Da sind wir völlig auf Martineau angewiesen.« Ein längeres Schweigen trat ein, dann fügte Munro hinzu: »Die beiden müssten Donnerstag auf Jersey sein. Dann hat Martineau bis Sonntag Zeit. Das ist sein Termin. Ein paar Tage, nicht mehr.«

»Von denen aber verdammt viel abhängt.« Eisenhower setzte sich wieder hinter den Tisch. »Also gut, Brigadier. Machen Sie weiter, doch halten Sie mich stets auf dem Laufenden.«

Hornley Field hatte vor dem Krieg einem privaten Fliegerclub gehört. Während der großen Luftschlacht um England war der Flugplatz auch vorübergehend von Kampfflugzeugen benutzt worden. Jetzt war er Ausgangspunkt aller Geheimeinsätze zum Kontinent, die vorwiegend mit Lysander-, ab und zu auch mit Liberator-Maschinen geflogen wurden. Die Rollbahn war grasbewachsen, aber lang genug. Es gab einen Tower, mehrere Häuschen und zwei Hangars.

Das Kommando führte Squadron Leader Barnes, ein ehemaliger Kampfflieger, der im Sommer 1940 den linken Arm verloren hatte. Ein Flight Lieutenant namens Peter Green sollte die Lysander fliegen. Sarah, die am Fenster stand, sah den Mann in seiner dicken Pilotenjacke neben der Maschine warten.

Es war 2.30 Uhr früh, und der Ofen verbreitete bullernde Hitze. »Möchten Sie noch einen Kaffee, Flight Officer?«, fragte Barnes.

Sarah drehte sich um und lächelte. »Nein danke. Ich kann mir nämlich nicht vorstellen, dass die Westland-Werke eine Toilette in die Maschine eingebaut haben.«

Er lächelte. »Nein, dazu reichte leider der Platz nicht.«

Martineau stand am Ofen und hatte die Hände in die Taschen seines Ledermantels gesteckt. Er trug den Tweedanzug, einen dunklen Schlapphut und rauchte eine Zigarette. Carter saß neben dem Ofen und klopfte mit seinem Stock nervös auf dem Boden herum.

»Ich fürchte, wir müssen die Aktion ankurbeln«, sagte Barnes. »Wenn Sie jetzt starten, sind die Verhältnisse am Ziel noch ideal. Warten wir, wird es zu hell sein.«

»Ich weiß nicht, wo der Brigadier steckt«, sagte Carter.

»Egal.« Martineau drehte sich zu Sarah um. »Fertig?«

Sie nickte und zog vorsichtig ihre schicken Lederhandschuhe an. Sie trug über dem Kleid einen ebenfalls sehr modischen schwarzen Mantel, an den Schultern breit, in der Taille eng geschnitten.

Barnes legte ihr eine weite, pelzgefütterte Pilotenjacke um die Schultern. »Vielleicht ist es kalt da oben.«

»Vielen Dank.«

Martineau ergriff die beiden Koffer, und sie traten ins Freie und näherten sich Green, der neben der Lysander stand. »Irgendwelche Probleme?«, fragte Martineau.

»Küstennebel, aber nur streckenweise. Leichter Gegenwind.«

Green schaute auf die Uhr. »Spätestens 4.30 Uhr sind wir am Ziel.«

Sarah stieg als Erste ein und schnallte sich fest. Martineau reichte die Koffer hinauf. Dann drehte er sich um und gab Carter die Hand. »Bis bald, Jack.«

»Sie kennen das Rufsignal«, sagte Carter. »Mehr braucht Cresson nicht zu senden. Wir schicken Ihnen dann am gleichen Abend 22.00 Uhr eine Lysander dorthin, wo Sie gelandet sind.«

Martineau setzte sich neben Sarah und zog den Sitzgurt fest. Er schaute sie nicht an, er sagte nichts, doch ergriff er ihre Hand, als Green sich in den Pilotensitz zwängte. Der Motor heulte auf. Die Maschine rollte ans Ende der Bahn, machte kehrt und nahm bereits zwischen den beiden Lichterreihen Fahrt auf, als der Austin-Prinzess vor dem Haupttor hielt, kurz überprüft wurde und dann über das Gras auf die Hütten zuraste. Als Dougal Munro ausstieg, schwebte die Lysander bereits über dem Baum am Ende der Rollbahn und wurde von der Dunkelheit verschluckt.

»Verdammt!«, rief er. »Wurde noch in der Baker Street aufgehalten. Gab ein Problem. Ich dachte, ich schaffe es noch.«

»Länger warten ging nicht, Sir«, entgegnete Barnes. »Hätte die Sache am anderen Ende erschweren können.«

»Natürlich«, sagte Munro.

Barnes entfernte sich, und Carter fragte: »Was hatte General Eisenhower dazu zu sagen, Sir?«

»Was sollte er wohl sagen, Jack? Was kann man zu dieser Sache schon sagen?« Munro zuckte die Achseln. »Nun liegt alles in Harry Martineaus Händen. Er muss das Ziel erreichen.«

»Und Sarah Drayton, Sir.«

»Ja. Die junge Frau gefiel mir irgendwie.« Er merkte, dass er in der Vergangenheitsform gesprochen hatte, und erschauderte, als sei dies ein schlechtes Vorzeichen. »Kommen Sie, Jack, wir fahren nach Hause.« Er machte kehrt und stieg in die Limousine.

Sophie Cresson wartete zehn Kilometer nordwestlich von Granville an einem Waldrand neben dem Feld, das als Landebahn vereinbart war. Sie stand allein neben einem alten Renault-Lieferwagen und rauchte hinter vorgehaltener Hand eine Zigarette. Die Tür des Lieferwagens stand offen, und auf dem Beifahrersitz lag griffbereit eine Sten-Maschinenpistole neben dem Peilsender. Sie hatte an der Bar gewartet, bis Gérard die Meldung empfing, dass die Maschine Homley verlassen hatte. In diesen Dingen kam es auf die richtige Zeitplanung an.

Gegen die Kälte hatte sie sich eine Wollmütze über die Ohren gezogen, außerdem trug sie Hosen und einen alten, pelzgefütterten Jagdmantel von Gérard. Wegen Patrouillen machte sie sich keine Sorgen. Sie kannte alle Soldaten der Gegend – und war bei ihnen bekannt. Was die Polizei betraf, so taten die Beamten, was man ihnen sagte. Es gab keinen, den sie nicht in der Hand gehabt hätte. Hinten im Lieferwagen lagen sicherheitshalber mehrere tote Hühner und Fasane. Notfalls konnte sie sich damit herausreden, wieder mal auf Schwarzmarkttour gewesen zu sein.

Sie schaute auf die Uhr und schaltete das Peilgerät ein. Dann nahm sie drei Lampen zur Hand, lief auf die breite Wiese und arrangierte sie zu einem Kopf stehenden »L«, dessen Querstrich auf der Windseite lag. Dann kehrte sie wieder zum Lieferwagen zurück und wartete.

Der Flug war völlig ereignislos verlaufen, vor allem weil Green ein alter Hase war und die Tour schon mehr als vierzigmal gemacht hatte. Er hielt nichts davon, der Empfehlung von oben zu folgen und die französische Küste unterhalb der Radarerfassung anzufliegen. Er hatte diese Taktik ein einziges Mal beherzigt und war prompt von Schiffen der Royal Navy beschossen worden. So überquerte die Lysander die Cherburgh-Halbinsel in gut tausend Metern Höhe und bog dann etwas nach Süden ab.

Green meldete sich über die Sprechanlage. »Noch eine Viertelstunde, halten Sie sich bereit.«

»Besteht die Gefahr, dass wir einem Nachtjäger vor die Rohre geraten?«, fragte Martineau.

»Das ist unwahrscheinlich. Das Oberkommando der Bomber fliegt heute Großangriffe auf verschiedene Ruhrstädte. Da haben die Deutschen bestimmt jeden Nachtjäger zum Schutz des Vaterlandes im Einsatz.«

»Sehen Sie!«, rief Sarah. »Ich sehe Lichter.«

Der L-Umriss war deutlich auszumachen, und

schon verlor die Maschine schnell an Höhe. »Unser Ziel«, sagte Green. »Meine dritte Landung, ich kenne mich also aus. Kurzes Gastspiel. Sie kennen den Drill, Colonel.«

Und schon schwebten sie über die Bäume ein, landeten und rollten auf die Lichter zu. Sophie Cresson eilte winkend herbei; in der einen Hand hielt sie die Sten. Martineau öffnete das Luk, warf die Koffer über Bord und sprang hinaus. Dann half er Sarah ins Freie. Green griff sofort nach der Tür, knallte sie zu und drehte den Riegel. Der Motor dröhnte kehlig auf, und schon raste die Lysander über die Wiese und schwang sich wieder in die Höhe.

»Kommen Sie«, sagte Sophie Cresson. »Wir müssen hier weg. Sammeln Sie die Koffer ein, während ich die Lampen hole.« Martineau und Sarah folgten ihr zum Lieferwagen, dessen Hecktür sie öffnete. »Hinter den beiden Fässern ist knapp Platz für Sie. Keine Sorge, ich kenne jeden Flic im Bezirk. Sollte ich angehalten werden, lässt sich das leicht mit einem Hühnchen bereinigen.«

»Manche Dinge ändern sich doch wirklich nie«, bemerkte Sarah.

»He, ein Mädchen aus der Bretagne!« Sophie leuchtete Sarahs Gesicht an und brummte vor sich hin. »Mein Gott, jetzt schickt man schon kleine Mädchen in den Einsatz!« Sie zuckte die Achseln. »Rein mit euch, damit wir wegkommen.«

Sarah kauerte sich hinter den Fässern nieder, und ihre Knie berührten Martineau. Sophie fuhr los. Jetzt begann er also, überlegte sie, der Ernstfall. Mit den Spielereien war es ein für alle Mal vorbei. Sie öffnete die Handtasche und tastete nach der Walther PPK. Die kleine belgische Automatic, die Kelly ihr überlassen hatte, lag im Koffer. Würde sie sie notfalls abdrücken können? Dies musste sich zeigen. Martineau zündete eine Zigarette an und reichte sie ihr. Den Rauch empfand sie als besonders wohltuend; so gut hatte ihr eine Zigarette noch nie geschmeckt. Sie lehnte sich an die Innenwand des Lieferwagens und fühlte prickelndes Leben durch ihre Adern pulsieren.

Als sie erwachte und sich zu recken begann, war es bereits Mittag. Das kleine Schlafzimmer unter dem Dach war einfach möbliert, aber gemütlich. Sie warf die Bettdecke zurück und trat ans Fenster. Der Blick über die Mauern zum Hafen hinab war eindrücklich. Die Tür hinter ihr ging auf, und Sophie trat ein. Sie brachte eine Schale Kaffee auf einem Tablett.

»Ah, Sie sind schon auf.«

»Es tut gut, wieder hier zu sein.« Sarah griff nach der Schale und setzte sich auf die Fensterbank.

Sophie zündete sich eine Zigarette an. »Sie waren schon mal hier?«

»Oft sogar. Meine Mutter war eine de Ville. Halb Jersey, halb Bretagne. Meine Großmutter stammt aus Paimpol. Als kleines Mädchen kam ich immer von der Insel hierher nach Granville. Am Kai lag ein Fischer-Café, da gab es die besten Croissants der Welt. Und den besten Kaffee.«

»Damit ist es leider vorbei«, sagte Sophie. »Der Krieg hat alles verändert. Schauen Sie mal da unten.«

Der Hafen war voller Schiffe. Binnenkähne, drei Küstenfrachter und etliche deutsche Kriegsschiffe. Es herrschte ein lebhaftes Treiben, Arbeiter entluden auf den Kais eine stattliche Anzahl von LKWs und beförderten die Lasten auf die Binnenfrachter.

»Die brechen ganz bestimmt heute Abend zu den Inseln auf?«, fragte Sarah.

»Gewiss. Einige nach Jersey, die anderen nach Guemsey.«

»Wie kommt ihr zurecht?«

»Mit den Boches?« Sophie zuckte die Achseln. »Ich versuche, vernünftig zu sein. Ich möchte niemanden hassen müssen. Sie sollen nur aus Frankreich verschwinden.«

»Man hört nur so viel Schlechtes über sie in England.«

»Stimmt«, sagte Sophie. »Was zur SS oder Gestapo gehört, Teufel – erschreckt aber den einfachen deutschen Landser nicht weniger als unsere Zivilbevölkerung. Wie dem auch sei, sogar bei uns gibt es Leute, die schlimmer sind als Gestapo-Beamte. Darnans *milice*. Franzosen, die für die Deutschen arbeiten und Franzosen verraten.«

»Schrecklich«, sagte Sarah.

»So ist aber nun mal das Leben, mein Kind. Die Konsequenz ist, dass man im Grund niemandem trauen kann. Jetzt ziehen Sie sich aber an, dann können wir unten zu Mittag essen.«

In Gavray, im ehemaligen Landhaus eines Grafen gleichen Namens, saß Heini Baum am Ende einer langen Tafel in der Offiziersmesse des 41. Panzergrenadierbataillons und ließ sich lächelnd zuprosten. Als der Applaus und die Hochrufe verklungen waren, nickte er dankend.

Der junge Oberst des Regiments war ein hoch dekorierter Veteran der russischen Front. Er stand auf und sagte: »Wenn Sie einige Worte sagen würden, Herr Generalfeldmarschall … Meinen Offizieren läge sehr daran.«

Hofer blickte Baum etwas besorgt an, der aber schlug alle Bedenken in den Wind, stand auf und zog seine Uniform glatt. »Meine Herren, der Führer hat uns eine einfache Aufgabe übertragen. Es gilt, den Feind von unseren Küsten fern zu halten. Ja, ich spreche von ›unseren‹ Küsten. Europa, geeint und unteilbar – das ist unser Ziel. Der Kampf wird an dieser Küste gewonnen werden. Wir können gar nicht verlieren. Das Geschick des Führers ist gottgewollt. Wer auch nur einen Funken Verstand besitzt, sieht das deutlich.« Die gebannt lauschenden Offiziere überhörten seine Ironie. Er hob das Glas. »Also, meine Herren, bringen Sie mit mir den Trinkspruch aus: auf unseren geliebten Führer Adolf Hitler.«

»Adolf Hitler!«, riefen die Männer im Chor.

Baum warf das Glas ins Feuer, und in aufwallender Begeisterung machten es ihm die Anwesenden nach. Dann klatschten sie wieder Beifall und standen Spalier, als er schließlich, gefolgt von Hofer, den Raum verließ.

»Eine ziemliche Verschwendung von Gläsern«, bemerkte Hofer auf der Rückfahrt zum alten Schloss von Cressy, wo Rommel sein vorläufiges Hauptquartier aufgeschlagen hatte.

»Sie waren nicht einverstanden?«, fragte Baum

»Das habe ich nicht gesagt. Ihre Rede war sogar ganz gut.«

»Wenn der Herr Major mir die Bemerkung gestattet, ich habe ziemlich chargiert, um es mal im Bühnenjargon auszudrücken.«

»Ich verstehe, was Sie meinen«, antwortete Hofer. »Es war übrigens genau das, was die Leute jetzt hören wollten.«

Verrückt, dachte Baum. *Bin ich denn der Einzige, der seinen Verstand noch beisammen hat?* Doch schon fuhr der Wagen in den Schlosshof. Mit schnellen Schritten erstieg er die Vortreppe und nickte, wenn er gegrüßt wurde. Hofer folgte ihm bis zur Zimmerflucht im ersten Stockwerk.

Rommel hatte sich im Arbeitszimmer eingeschlossen und machte erst auf, als er Hofers Klopfsignal hörte: »Wie ist es gelaufen?«

»Perfekt«, erwiderte Hofer. »Er hat die Prüfung mit

fliegenden Fahnen bestanden. Sie hätten mal die Rede hören sollen, die Sie gehalten haben!«

»Ausgezeichnet!« Rommel nickte. »Auf den Kanalinseln läuft alles nach Plan? Sie haben mit von Schmettow auf Guernsey gesprochen?«

»Persönlich, Herr Generalfeldmarschall. Wie Ihnen schon das Marine-HQ in Cherbourg mitteilte, wird der Verkehr zwischen den Inseln wegen der feindlichen Luftüberlegenheit hauptsächlich bei Nacht abgewickelt. Die Leute werden also schon Donnerstagnacht zur Konferenz nach Guernsey aufbrechen und Sonntagnacht zurückkehren.«

»Gut«, sagte Rommel. »Aber Sie und Berger müssen trotz der RAF-Überlegenheit, von der Sie sprechen, in einem Fieseler-Storch bei Morgendämmerung hinüberfliegen.« Er wandte sich an Baum. »Was halten Sie davon, Berger?«

»Ich glaube, es könnte ganz interessant werden, wenn der Herr Major und ich brennend ins Meer stürzten. Der Wüstenfuchs tot!« Er zuckte mit den Achseln. »Da täten sich absonderliche Möglichkeiten auf, das müssen Sie zugeben, Herr Generalfeldmarschall.«

Gérard Cresson saß im Rollstuhl am Tisch in seinem Wohnzimmer und schenkte Rotwein nach. »Nein, ich zerstöre ungern Ihre Illusionen«, sagte er zu Sarah, »aber draußen auf Jersey ist es nicht anders als in Frankreich und allen besetzten Ländern Europas – der eigentliche Feind ist der Kollaborateur. Ohne diese Leute könnte die Gestapo nichts erreichen.«

»Aber man hat mir gesagt, auf Jersey gebe es keine Gestapo«, wandte Sarah ein.

»Offiziell gibt's dort nur einen Posten der Geheimen Feldpolizei, die angeblich von der Abwehr, dem militärischen Geheimdienst, gesteuert wird. Das ist jedoch reine Taktik zur Klimaverbesserung, eine kosmetische

Operation, die die Leute hinters Licht führen soll. Man will uns Briten eben nicht gleich die Gestapo vor die Nase setzen.«

»Was Unsinn ist«, sagte Sophie, die frischen Kaffee aus der Küche brachte, »weil mehrere Leute, die auf Jersey für die GFP arbeiten, von der Gestapo ausgeliehen sind.«

»Wissen Sie, wo die Dienststelle liegt?«, fragte Sarah.

»Im Hotel *Silvertide* in Havre des Pas. Kennen Sie es?«

Sarah nickte. »O ja, als Kind habe ich oft in Havre des Pas gebadet.«

»Gestapo, geheime Feldpolizei, SD, Abwehr. Wo man auch ist, wer immer an die Tür klopft – für den armen Betroffenen ist es die Gestapo.«

»Auf Jersey läuft das nicht anders«, schaltete sich Gérard ein. »Für die Einheimischen sind es Gestapo-Leute, basta. Allerdings ist es ein lachhafter Laden im Vergleich zu Lyon oder Paris. Trotzdem sollten Sie einen gewissen Hauptmann Müller im Auge behalten. Er führt dort vorübergehend das Kommando und wird dabei von Inspektor Kleist unterstützt.«

»SS-Angehörige?«

»Ich weiß nicht. Wahrscheinlich nicht. Man hat sie nie in Uniform gesehen. Wahrscheinlich sind sie von irgendeiner Großstadt-Polizeidienststelle abgestellt worden. Sehr selbstbewusste Leute, entschlossen, etwas zu beweisen.« Er zuckte die Achseln. »Als Gestapo-Beamter muss man nicht in der SS sein. Man braucht nicht mal das Nazi-Parteibuch.«

»Stimmt«, sagte Martineau. »Aber wie bewerten Sie unsere Chance, Kelso von Jersey runterzuholen?«

»Eine sehr kitzlige Sache. Beim Transport von Zivilisten nimmt man es besonders genau. Mit kleinen Booten läuft im Moment überhaupt nichts.«

»Die SOE rechnet irgendwann am Wochenende mit einem Funkspruch von Ihnen«, sagte Martineau. »Die Lysander kann Sonntagnacht wieder zur Stelle sein.«

Gérard musste plötzlich lachen. »Ich hatte da eben einen tollen Einfall. Sie könnten Kelso doch verhaften. Suchen und verhaften Sie ihn, verstehen Sie? Bringen Sie ihn offiziell aufs Festland – und tauchen Sie dann mit ihm unter.«

»Schön und gut«, warf Sarah ein, »aber was würde mit Tante Helen und dem General geschehen? Müsste man die nicht mit verhaften?«

Martineau nickte. »Das ist so eine Idee, die sich gut ausmacht, bis man gründlicher nachdenkt. Egal. Uns fällt drüben schon etwas ein.«

»Etwa eine Kugel in den Kopf?«, fragte Cresson. »Ich meine, wenn dieser Mann wirklich so wichtig ist...«

»Er hat Anrecht auf eine Chance«, sagte Martineau. »Wenn ich die geringste Chance sehe, ihn herauszuholen, werde ich sie nutzen, wenn nicht ...« Er zuckte mit den Achseln. »Also, wie geht man vor, wenn man heute Nacht noch zur Insel übersetzen will?«

»In der grünen Hütte am Kai sitzt ein Transportoffizier, der gibt die Passagen aus. In Ihrem Fall bestimmt kein Problem.«

»Gut«, sagte Martineau. »Das dürfte dann alles sein.«

Sophie füllte vier Gläser mit Rotwein. »Ich werde Ihnen nicht Glück wünschen – ich möchte Ihnen nur etwas sagen.«

Sie legte Sarah einen Arm um die Schultern. »Das Mädchen hier gefällt mir. Was immer da drüben auch geschehen mag, Sie bringen Sie gesund zurück, ja? Sollten Sie es nicht tun und sich hier wieder blicken lassen, schieße ich Sie persönlich nieder.«

Sie lächelte freundlich und prostete Martineau zu.

9

Die 5. Schnellbootflottille war wie alle deutschen Torpedobooteinheiten kurzfristige Standortwechsel gewöhnt. Auf der Rückfahrt zum Stützpunkt Cherbourg nach dem Einsatz vor Slapton Sands waren drei Boote zum vorübergehenden Geleitschutz nach Guernsey beordert worden. Eines dieser Boote, S 92, lag jetzt am Kai in Granville.

Die Nacht brach herein, und die Vorbereitungen für den Konvoi liefen auf vollen Touren. Obermaat Hans Richter überprüfte die 40-mm-Bofors-Zwillingsflak am Heck und schaute zu den Hafenarbeitern hinüber, die auf der längsseits liegenden *Victor Hugo* arbeiteten. Die Laderäume waren bereits voll, sodass nun Säcke mit Kohle und Heuballen auf den Decks verstaut wurden, bis kaum noch Platz war.

Zur Luftabwehr war die *Hugo* mit Maschinengewehren und einem Bofors-Geschütz ausgerüstet, die allerdings nicht viel ausrichten konnten, wenn die verdammten Beaufighter der Tommies mit ihren strahlenden Suchscheinwerfern heranrasten, aber so war das nun mal, und auch die Luftwaffe schien nichts mehr dagegen tun zu können. Richter sah Savary, den Kapitän der *Hugo*, auf der Brücke stehen und mit dem italienischen Leutnant Orsini sprechen, der für die Verteidigung des Schiffes zuständig war. Mit seiner weißen Mütze und dem Halstuch sah er wie immer sehr flott aus. Trotzdem war er ein guter Seemann. Er hatte anscheinend vor Taranato einen britischen Zerstörer versenkt, ehe er als Kommandant zur 5. Schnellbootflottille abgestellt wurde. Neuerdings erhielt Richter nur noch untergeordnete italienische Soldaten, weil man den Italienern nicht mehr traute. Schließlich kämpften die meisten inzwischen für die Alliierten.

Richter schaute Guido Orsini nach, der nun die Leiter hinabstieg und über die Gangway den Kai betrat, um zum Häuschen des Hafenoffiziers zu gehen. Er wollte sich schon wieder der Kanone zuwenden, da rief eine Stimme: »Obermaat!«

Richter schaute über die Reling. Wenige Meter entfernt stand ein SS-Offizier in schwarzem Ledermantel und mit matt schimmerndem Totenkopfabzeichen an der Mütze. Als Richter den Eichenlaubkragen eines Obersten erblickte, sank ihm das Herz in die Hose.

Energisch schlug er die Hacken zusammen. »Standartenführer. Was kann ich für Sie tun?«

Die junge Frau neben dem Obersten sah mit ihrem schwarzen Hütchen und zugegürteten Regenmantel sehr hübsch aus. Sie hatte helles Haar wie seine Tochter in Hamburg. Zu jung für einen SS-Kerl wie den, fand Richter.

»Wie man mir gesagt hat, führt Ihr Vorgesetzter Kapitänleutnant Dietrich den Konvoi?«, fragte Martineau. »Ist er an Bord?«

»Im Augenblick nicht.«

»Wo ist er?«

»In der Hütte des Hafenoffiziers. Die grüne da hinten, Standartenführer.«

»Gut, ich spreche mit ihm.« Martineau deutete auf die beiden Koffer. »Sorgen Sie dafür, dass die an Bord kommen. Wir begleiten Sie bis Jersey.«

Was nun wirklich mal eine Abwechslung war. Richter blickte den beiden nach und nickte einem jungen Seeman zu, der das Gespräch interessiert verfolgt hatte. »Sie haben gehört, was der Mann gesagt hat. Holen Sie die Koffer rauf.«

»Der war vom SD«, bemerkte der Seemann. »Haben Sie's gesehen?«

»Ja«, erwiderte Richter. »Zufällig ja. Nun machen Sie schon!«

Erich Dietrich war dreißig Jahre alt und hatte in Hamburg als Architekt begonnen, ehe er seine eigentliche Berufung fand. Für ihn war es das höchste Glück, zur See zu fahren, vor allem als Kommandant eines Torpedobootes. Er hoffte, dass der Krieg nicht so schnell zu Ende ging. Dabei waren die Kämpfe an ihm ebenso wenig spurlos vorübergegangen wie an allen anderen. Im Augenblick war er allerdings bester Laune, während er sich mit Hafenoffizier Leutnant Schröder und Guido Orsini über den Kartentisch beugte.

»Windstärke maximal drei bis vier mit Regenschauern. Könnte schlimmer sein.«

»Der Geheimdienst rechnet heute wieder mit schweren Angriffen auf das Ruhrgebiet«, sagte Schröder. »Die RAF sollte uns also ziemlich in Ruhe lassen.«

»Wenn Sie das glauben, kann man Ihnen alles verkaufen«, bemerkte Orsini.

»Sie sind ein Pessimist, Orsini«, sagte Erich Dietrich. »Man muss nur an etwas Schönes glauben, dann tritt es auch ein. Hat meine Mutter immer gesagt.«

Hinter ihm ging die Tür auf. Schröders Gesicht zuckte, und Guido hörte auf zu lächeln. Dietrich drehte sich um und erblickte Martineau und Sarah.

»Kapitänleutnant Dietrich? Ich heiße Vogel.« Martineau überreichte seinen SD-Ausweis und zog Himmlers Brief aus dem Umschlag. »Wenn Sie dies auch gleich lesen würden.«

Sarah verstand kein Wort. Martineau war ihr plötzlich fremd, er bewegte sich anders, seine Stimme klang abweisend und nüchtern. Dietrich studierte den Brief, und Guido und Schröder schauten ihm dabei über die Schulter. Der Italiener zog eine Grimasse, und Dietrich gab Martineau das Dokument zurück. »Sie haben gesehen, dass der Führer diese Vollmacht persönlich unterschrieben hat.«

»So ein Papier habe ich in meinem ganzen Leben noch nicht gesehen, Standartenführer«, antwortete Dietrich. »Wie können wir Ihnen behilflich sein?«

»Ich brauche eine Passage für mich und Mademoiselle Latour nach Jersey. Da Sie der Konvoiführer sind, komme ich zu Ihnen an Bord. Ich habe Ihren Obermaat schon angewiesen, unsere Koffer zu verstauen.«

Ein solches Auftreten hätte Erich Dietrich sogleich auf die Palme gebracht, denn von allen Zweigen der deutschen Wehrmacht war die Kriegsmarine am wenigsten von den Nazis durchdrungen. Und auch Dietrich hatte nie etwas für die Partei übrig gehabt – was ihm Standartenführer kaum sympathisch machte. Aber leider gab es gewisse Grenzen. Doch einen Einwand konnte er zumindest erheben.

»Selbstverständlich gern, Standartenführer«, sagte er gewandt. »Leider gibt es da ein Problem. Die Marinevorschriften lassen es nicht zu, auf einem Kampfschiff Zivilisten mitzunehmen. Sie kann ich wohl unterbringen, die charmante junge Dame leider nicht.«

Dagegen ließ sich nicht viel sagen, denn er hatte Recht. Martineau ging das Problem an, wie man es von Vogel erwarten konnte, arrogant, fordernd, entschlossen, sich nicht unterkriegen zu lassen. »Was würden Sie vorschlagen?«

»Vielleicht auf einem der Konvoischiffe. Leutnant Orsini befehligt die Artilleriebesatzungen der SS *Victor Hugo,* deren Fracht für St. Helier auf Jersey bestimmt ist. Sie könnten dort mitfahren.«

Aber Vogel wollte nicht ganz das Gesicht verlieren.

»Nein«, sagte er ruhig. »Es ist vielleicht ganz gut, wenn ich mir mal anschaue, was Sie so machen, Kapitänleutnant. Ich komme zu Ihnen an Bord. Mademoiselle Latour dagegen kann auf der *Victor Hugo* Quartier beziehen, wenn Leutnant Orsini nichts dagegen hat.«

»O nein«, sagte Guido, der den Blick kaum von Sarah hatte losreißen können. »Es wäre mir eine große Freude.«

»Leider spricht Mademoiselle Latour kein Deutsch.« Martineau wandte sich zu ihr um und fuhr auf Französisch fort: »Wir müssen uns zur Überfahrt trennen, meine Liebe. Wegen der Vorschriften. Ich behalte dein Gepäck bei mir, darum brauchst du dir keine Sorgen zu machen. Dieser junge Offizier wird sich um dich kümmern.«

»Guido Orsini, zu Ihren Diensten, Signorina«, sagte er galant und hob die Hand an die Mütze. »Bitte folgen Sie mir, ich bringe Sie an Bord. Wir legen in einer halben Stunde ab.«

Sie schaute Martineau an. »Bis später, Max.«

»Auf Jersey.« Er nickte.

Sie verließ den kleinen Raum. Orsini hielt ihr die Tür auf. »Charmantes Mädchen«, sagte Dietrich.

»In der Tat.« Martineau beugte sich über den Kartentisch. »Bleiben wir heute unbelästigt? Wie man hört, werden Ihre Konvois oft von RAF-Nachtjägern angegriffen.«

»Laufend, Standartenführer«, antwortete Schröder. »Heute Nacht aber hat die RAF wohl anderweitig zu tun.«

»Bombenterror für die Zivilbevölkerung unserer großen Städte – wie immer«, sagte Martineau, weil so etwas von einem Parteifanatiker wie ihm erwartet wurde. »Und die Royal Navy?«

»Nun ja, deren Torpedoboote treiben sich oft in der

Gegend herum«, gab Dietrich zu und klopfte auf die Karte. »Stützpunkthäfen Falmouth und Devonport.«

»Und das macht Ihnen keinen Kummer?«

»Standartenführer, der Gegner ist zwar zahlenmäßig stärker geworden, doch sind unsere Torpedoboote noch immer die schnellsten Schiffe dieser Klasse – wie ich Ihnen bestimmt heute Nacht beweisen kann.« Er raffte die Karten zusammen. »Wenn Sie mir jetzt bitte folgen würden. Wir gehen an Bord.«

Der Konvoi lief kurz nach zweiundzwanzig Uhr aus und umfasste insgesamt elf Schiffe, einschließlich der Binnenfrachter. Die S 92 stampfte als erstes aus dem Hafen und vollführte dann einen Backbordschwenk. Es regnete leicht. Dietrich stand auf der Brücke und starrte mit seinem Zeiss-Nachtfernglas in die Dunkelheit. Martineau hielt sich rechts von ihm. Das tiefer gelegene Ruderhaus war noch enger; dort drängten sich Rudergänger und Maschinentelegraf und der kleine Tisch des Navigationsoffiziers dicht zusammen. Der Funkraum befand sich ein Stück achtern davon.

»Nicht viel Platz auf diesen Kähnen«, bemerkte Martineau.

»Bestehen ja auch praktisch nur aus Motoren«, antwortete Dietrich.

»Und die Bewaffnung?«

»Ja, die Torpedos. Eine Bofors-Zwillingsflak am Heck, eine 20-mm-Kanone auf dem Vorderdeck. Acht MGs. Wir schlagen uns so durch.«

»Und natürlich Radar?«

»Ja, aber das ist in diesen Gewässern eine schwierige Kiste. Jede Menge Riffe, Felsen, kleine Inseln. Bringt viel Kleinkram auf den Schirm. Wenn die Tommies sich hier blicken lassen, machen sie genau dasselbe wie ich, wenn ich von Cherbourg aus gegen Konvois vorgehe.«

»Nämlich?«

»Ich schalte das Radar aus, damit man mich nicht anpeilen kann, und halte Funkstille.«

Martineau nickte und schaute nach achtern auf die anderen Schiffe, die in der Dunkelheit als vage Umrisse sichtbar waren. »Wie schnell wird der Konvoi sein?«

»Sechs Knoten.«

»Sie müssen sich manchmal wie ein Rennpferd vorkommen, das man vor einen Karren gespannt hat.«

Dietrich lachte. »Ja, aber ich sitze hier auf zweitausend Pferdestärken.« Er schlug die Hand auf die Reling. »Es ist ein angenehmes Gefühl zu wissen, wie schnell die lospreschen können, wenn ich sie darum bitte.«

Die Brücke der *Victor Hugo* war auf das Angenehmste gegen Regen und Gischt abgeschirmt. Savary stand neben dem Rudergänger, und Sarah und Guido Orsini beugten sich über den Kartentisch.

»Dies ist die Konvoiroute ›Weg Ida‹, wie er von der Marine genannt wird, von Granville an den Chausey-Inseln vorbei.«

Gleich vom ersten Augenblick an, als sie ihn in dem Häuschen am Kai erblickte, hatte er ihr gefallen. Er sah wirklich gut aus, eigentlich ein wenig zu gut, wie es bei Südländern manchmal vorkommt, doch strahlte er auch Kraft und Entschlossenheit aus, und wenn er lächelte …

Seine Schulter berührte die ihre. »Kommen Sie in den Aufenthaltsraum«, sagte er. »Ich besorge Ihnen einen Kaffee, und wenn Sie wollen, können Sie sich in meiner Kabine ein bisschen hinlegen.«

»Geht im Moment nicht, Graf«, sagte Savary. »Ich will mal im Maschinenraum nach dem Rechten sehen. Sie übernehmen solange die Brücke.«

Er ging, und Sarah fragte: »Graf?«

»Ach, in Italien gibt es viele Grafen. Machen Sie sich deswegen keine Gedanken.«

Er bot ihr eine Zigarette an, und sie rauchten schweigend und blickten in die Nacht hinaus. Die Maschinen dröhnten dumpf. »Ich dachte, Italien hätte letztes Jahr kapituliert.«

»Hat es auch, mit Ausnahme von faschistischen Fanatikern, die weiter mit den Deutschen kämpfen wollten, besonders seit Otto Skorzeny Mussolini vom Berg herunterholte und ihn nach Berlin flog, um den heiligen Kampf fortzusetzen.«

»Sind Sie Faschist?«

Er schaute in das anziehende junge Gesicht und fühlte eine Zärtlichkeit in sich aufsteigen, die er noch bei keiner Frau empfunden hatte. Vielleicht sprach er deswegen so offen.

»Ich will ehrlich sein, ich bin gar nichts. Ich verabscheue die Politik. Dabei muss ich immer an den römischen Senator denken, der angeblich gesagt hat: ›Sagen Sie meiner Mutter nicht, dass ich in die Politik eingestiegen bin. Sie glaubt, ich bin Klavierspieler in einem Puff.‹«

Sie musste lachen. »Das gefällt mir.«

»Viele meiner ehemaligen Kameraden arbeiten jetzt mit den Briten und Amerikanern zusammen. Ich war zum Sonderdienst bei der 5. Schnellbootflottille in Cherbourg abkommandiert. Als Italien sich dazu durchrang, um Frieden zu bitten, konnte ich nicht viel dagegen tun, und ein Gefangenenlager schmeckte mir nicht. Natürlich ist das Vertrauen hin, und ich bekomme kein eigenes Torpedoboot mehr. Man befürchtet wohl, ich könnte damit nach England brausen.«

»Würden Sie das tun?«

In diesem Augenblick kehrte Savary auf die Brücke zurück, und der Italiener sagte: »Gehen wir nach unten und trinken unseren Kaffee.«

Er folgte ihr den Niedergang hinab und spürte dabei eine seltsame Erregung. Es hatte schon viele Frauen in seinem Leben gegeben – und viele, die viel hübscher waren als Anne-Marie Latour mit dem unvorteilhaft gefärbten Haar. Und auf jeden Fall erfahrener. Irgendetwas an diesem Mädchen stimmte nicht. Der Typ, den sie darstellte, war eine Sache, aber das Mädchen darunter, mit dem er sich unterhielt, war etwas ganz anderes.

»Heilige Mutter Gottes, Guido, was passiert mit dir?«, fragte er leise und folgte ihr.

Hauptmann Karl Müller, befehlshabender Offizier der Geheimen Feldpolizei auf Jersey, saß an seinem Schreibtisch im *Silvertide*-Hotel in Havre des Pas und arbeitete sich durch eine dicke Akte. Sie war gefüllt mit anonymen Briefen, ohne deren Hinweise seine Dienststelle kaum Erfolge hätte vorweisen können. Es ging um die unterschiedlichsten Vergehen – Besitz eines Radios, Unterstützung eines geflohenen russischen Zwangsarbeiters oder Aktivitäten auf dem Schwarzmarkt. Müller wies seine Leute grundsätzlich an, die Verfasser solcher anonymen Schreiben ausfindig zu machen, die ihm in mancher Hinsicht nützlich sein konnten, wenn man ihnen drohte, sie gegenüber Freunden und Nachbarn bloßzustellen.

Im Grund ging es um Kleinigkeiten, nicht zu vergleichen mit den Dingen, die er im Gestapo-Hauptquartier an der Rue des Saussaies in Paris bearbeitet hatte. Müller gehörte nicht der SS an, war allerdings Parteimitglied, ehemals Oberinspektor der Kriminalpolizei in Hamburg. Leider war ihm eine junge Französin während des Verhörs gestorben, ohne die Namen ihrer Komplizen preiszugeben. Da sie in den wichtigen Résistance-Kreisen von Paris verkehrt hatte, war es ein schwerwiegender Fall gewesen. Nach Auffassung seiner Vorgesetzten hatte sein Übereifer Schaden angerichtet. Die Folge war, dass er auf diese entlegene Insel geschickt wurde, wo er nun begierig auf eine Gelegenheit wartete, sich zu bewähren, um dorthin zurückzukehren, wo wirklich etwas los war.

Er stand auf. Obwohl er schon fünfzig war, schimmerte sein Haar noch dunkelbraun, und er war knapp einsachtzig groß. Er reckte sich und wollte gerade zum Fenster gehen, um nach dem Wetter zu schauen, als das Telefon klingelte.

»Ja?«

Das Knacken verriet ihm, dass der Anruf nicht von der Insel kam. »Hauptmann Müller? Hier spricht Schröder, Hafenoffizier von Granville.«

Zehn Minuten später stand Müller am Fenster und starrte in die Dunkelheit hinaus. Als es klopfte, drehte er sich um und setzte sich wieder hinter den Schreibtisch.

Die beiden Eintretenden trugen wie Müller Zivil, das war bei der Geheimen Feldpolizei üblich. Der Mann, der den Tisch als Erster erreichte, war breit und untersetzt und hatte ein slawisches Gesicht mit abweisenden grauen Augen. Inspektor Willi Kleist, Müllers Stellvertreter, war ebenfalls von der Gestapo abgestellt und hatte wie Müller bei der Hamburger Polizei gearbeitet. Die beiden kannten sich seit Jahren. Der zweite Mann war viel jünger und hatte blondes Haar, blaue Augen und einen Mund, der einen Hang zur Grausamkeit verriet; gegenüber Müller trat er aber beinahe unterwürfig auf. Feldwebel Ernst Greiser war vor sechs Monaten von der regulären Feldpolizei zur Geheimen Feldpolizei versetzt worden.

»Eine interessante Sache«, begann Müller. »Eben hat Schröder aus Granville angerufen. Sieht so aus, als wäre ein Standartenführer Vogel vom SD mit einer jungen Französin am Kai erschienen und wollte nach Jersey mitgenommen werden. Man hat die Frau an Bord der *Victor Hugo* genommen. Der Mann kommt mit Dietrich auf der S 92.«

»Aber warum, Herr Hauptmann?«, fragte Kleist. »Niemand hat uns verständigt. Was will er hier?«

»Das Schlimme ist«, fuhr Müller fort, »dass er auf besondere Vollmacht von Reichsführer Himmler reist. Schröder sagte, das Papier ist sogar vom Führer gegengezeichnet.«

»Mein Gott!«, rief Greiser.

»Also, Freunde, wir müssen vorbereitet sein.« Er wandte sich an Greiser. »Ernst, Sie wollten sich bei Ankunft des Konvois in St. Helier ohnehin um die Passagierkontrollen kümmern, nicht wahr?«

»Jawohl, Herr Hauptmann.«

»Inspektor Kleist und ich werden Ihnen beistehen. Egal, was für Gründe der Mann für seinen Besuch hat, ich will dabei sein. Bis später.«

Die beiden gingen. Müller zündete sich eine Zigarette an und trat ans Fenster. Sein Herz hatte seit Monaten nicht mehr so schnell geklopft.

Kurz nach dreiundzwanzig Uhr trug Helen de Ville ein Tablett in ihr Zimmer. Dazu benutzte sie die Hintertreppe, die von der Küche ausging. Die einquartierten Offiziere hielten sich strikt an ihren Teil des Hauses und hatten diesen Aufgang noch nie benutzt. Trotzdem war sie vorsichtig. Auf dem Tablett stand nur eine Tasse. Alles war für eine Person angerichtet. Wenn sie ihr Abendessen oben einnehmen wollte, war das allein ihre Sache.

Sie betrat das Schlafzimmer und verschloss die Tür hinter sich, öffnete den Geheimgang hinter den Bücherregalen, trat durch und erstieg die schmale Treppe, nicht ohne den Durchgang hinter sich zu schließen. Kelso hatte sich mit einigen Kissen abgestützt und las beim Schein einer Öllampe. Die Holzläden des Giebelfensters waren vorgelegt, ein dicker Vorhang sorgte für zusätzliche Abschirmung.

Er hob den Blick und lächelte. »Was haben wir denn da?«

»Nicht viel. Tee, aber wenigstens echten Tee, und ein Käsebrot. Ich mache den Käse neuerdings selbst – es bleibt Ihnen also nichts anderes übrig, als ihn zu mögen. Was lesen Sie da?«

»Eins von den Büchern, die Sie mir gebracht haben. Eliots *Vier Quartette*.«

»Sie lesen Lyrik – als Techniker?« Sie setzte sich ans Fußende des Bettes und zündete eine der Gitanes an, die Gallagher ihr überlassen hatte.

»Früher hatte ich kein Interesse an solchen Dingen – aber jetzt ist Krieg.« Er zuckte mit den Achseln. »Mir geht es vermutlich so wie vielen anderen: Ich möchte auf viele Fragen Antworten haben. ›In meinem Ende liegt mein Anfang‹, sagt dieser Mann. Aber was liegt dazwischen? Was hat das alles zu bedeuten?«

»Nun ja, Sie müssen es mir unbedingt erzählen, wenn Sie die Antwort wissen.« Helens Blick fiel auf das Foto von Frau und Töchtern auf dem Nachttisch, und sie betrachtete es eingehend. »Denken Sie oft an sie?«

»Die ganze Zeit. Sie bedeuten mir alles. Meine Ehe war wirklich ein Glücksfall – nicht mehr, nicht weniger. Ich hatte mir nie etwas anderes gewünscht – aber dann kam der Krieg und brachte alles durcheinander.«

»Ja, das hat er so an sich.«

»Trotzdem kann ich mich nicht beklagen. Ein bequemes Bett, gutes Essen, und die Petroleumlampe schafft eine hübsch altmodische Atmosphäre.«

»In diesem Teil der Insel wird der Strom genau um neun Uhr abgestellt«, sagte sie. »Ich kenne Leute, die wären froh, wenn sie eine solche Lampe hätten.«

»Ist die Lage wirklich so schlimm?«

»Aber ja!« Ein Anflug von Verärgerung lag in ihrer Stimme. »Was denken Sie? Sie können von Glück sagen, solchen Tee vorgesetzt zu bekommen. Überall auf der Insel muss man sich mit einem schlecht schmeckenden Ersatz aus Pastinak oder Brombeerblättern behelfen. Oder probieren Sie mal Eichelkaffee. Keine sensationelle Sache.«

»Und die sonstige Versorgung?«

»Man muss sich eben daran gewöhnen, mit viel weniger auszukommen. Das Gleiche gilt für Tabak.« Sie hob die Zigarette. »Das ist das echte Kraut – und natürlich vom Schwarzmarkt, aber man bekommt alles, wenn man die richtigen Verbindungen oder jede Menge Bargeld hat. Den Reichen geht es nach wie vor sehr gut. Die Banken rechnen allerdings nicht mehr in Pfund, sondern in Reichsmark ab.« Sie lächelte. »Möchten Sie wissen, wie es auf dem besetzten Jersey wirklich ist?«

»Ja, das wäre interessant.«

»Langweilig.« Sie schüttelte ihm das Kissen auf. »Ich lege mich jetzt hin.«

»Morgen ist der große Tag«, sagte er.

»Wenn wir Savarys Nachricht glauben wollen.« Sie nahm das Tablett auf. »Versuchen Sie zu schlafen.«

Orsini hatte Sarah seine Kabine überlassen. Sie war sehr klein und enthielt nur Schrank, Waschbecken und Einzelkoje. Die Luft war stickig. Das Bullauge war mit schwarzer Farbe verschmiert, und das Dröhnen der Motoren bereitete ihr Kopfschmerzen. Sie lag auf der Koje, hatte die Augen geschlossen und versuchte Ruhe zu finden. Plötzlich schien das Schiff zu torkeln. Natürlich täuschte sie sich! Sarah fuhr hoch, im nächsten Moment gab es eine Explosion.

Nun schien alles in Zeitlupe abzulaufen. Das Schiff kam völlig zur Ruhe, als warte es auf ein großes Ereignis – dann gab es wieder einen heftigen Ruck. Diesmal zitterten die Schiffswandungen von der Explosion. Sarah schrie auf und versuchte aufzustehen, aber da legte sich der Boden schräg und ließ sie gegen die Tür fallen. Ihre Handtasche fiel vom Schrank und lag neben ihr auf dem Boden. Automatisch griff sie danach und drückte den Türgriff herab, aber alles klemmte. Verzweifelt ruckelte sie am Griff, dann öffnete sich die Tür so plötzlich, dass sie heftig gegen die andere Wand prallte.

Orsini stand auf der Schwelle. Sein Gesicht war sehr blass. »Schnell!«, befahl er. »Kommen Sie! Wir haben keine Zeit zu verlieren.«

»Was ist los?«, fragte sie, aber schon packte er ihre Hand und zerrte sie mit.

»Torpedoangriff. Zwei Treffer. Wir haben nur noch wenige Minuten. Der alte Kahn säuft ab wie ein Stein.«

Sie eilten den Niedergang hinauf und durch den leeren Aufenthaltsraum. Orsini zog seinen Marinemantel aus und hielt ihn ihr hin. »Anziehen.« Nach kurzem Zögern gehorchte sie, dabei merkte sie, dass sie noch die Handtasche hielt, und stopfte sie in eine der großen Außentaschen des Mantels. Grob führte er ihre Arme durch die Öffnungen einer Schwimmweste und schnürte diese zu. Dann sicherte er sich auf gleiche Weise und lief schließlich voraus aufs Bootsdeck.

Hier herrschte ein unbeschreibliches Durcheinander. Die Besatzung versuchte, die Boote zu Wasser zu lassen, während die MG-Mannschaften in die Nacht hinausschossen. Antwortfeuer flackerte aus der Dunkelheit auf und streifte die Brücke, von der Savary Befehle brüllte. Angstvoll schrie er auf, sprang über das Schanzkleid und landete auf einigen Heuballen. Ein schweres Geschoss traf ein Rettungsboot und riss große Löcher in die Wandung.

Orsini drückte Sarah hinter einigen Kohlesäcken

nieder. Im gleichen Moment dröhnte eine neue Explosion, diesmal tief im Schiffsinneren, und am Heck begann sich das Deck aufzulösen, und Flammen stiegen in die Nacht auf. Das ganze Schiff ruckte nach Backbord, und die Decksladung – Kohlesäcke, Heuballen und anderlei andere Lasten – begann sich loszureißen und auf die Reling zuzurutschen.

Bisher hatte man noch kein einziges Boot zu Wasser bringen können, so schnell war die Katastrophe eingetreten. Die ersten Männer sprangen über Bord, Savary allen voran. Orsini verlor das Gleichgewicht, Sarah fiel auf den Rücken und spürte, wie sie über das rutschige Deck glitt, dann tauchte das Geländer unter, und sie war im Wasser.

Wenige Sekunden nach der ersten Explosion nahm das Torpedoboot Fahrt auf. Dietrich erforschte mit seinem Nachtfernglas die Dunkelheit. Als die S 92 lospreschte, verlor Martineau beinahe das Gleichgewicht und musste sich krampfhaft festhalten.

»Was ist?«

»Ich weiß nicht recht«, antwortete Dietrich, doch schon züngelten fünfhundert Meter entfernt Flammen empor. Der Kapitänleutnant richtete das Glas auf die *Victor Hugo.* Ein dunkler Umriss huschte vor dem Licht vorbei, gefolgt von einem zweiten. »Britische Torpedoboote. Die *Hugo* ist getroffen.«

Er drückte den Alarmknopf, und ein schriller Sirenenton übertönte das Lauterwerden der Mercedes-Benz-Motoren, die auf Höchsttouren kamen. Schon eilten die Männer auf ihre Stationen. Das Bofors-Geschütz und die Vorderdeck-Kanone begannen zu schießen, und Leuchtspurmunition zeichnete helle Kurven in die Nacht.

Martineau vermochte in diesen Sekunden nur an Sarah zu denken und packte Dietrich am Ärmel.

»Aber die Leute auf dem Schiff! Wir müssen ihnen helfen!«

»Später!« Achselzuckend löste sich Dietrich aus seinem Griff. »Die Sache ist ernst. Bleiben Sie mir unter den Füßen weg!«

Sarah machte verzweifelte Schwimmbewegungen und versuchte von der *Victor Hugo* fortzukommen, die immer mehr in Schieflage geriet. Am Heck brannte Öl im Wasser, und Männer versuchten von der Öllache, die sich unaufhaltsam ausbreitete, fortzukommen. Einer schaffte es nicht und ging schreiend unter.

Mantel und Schwimmweste, die sich bereits voll Wasser gesogen hatten, behinderten Sarah in ihren Schwimmbewegungen. Als die Kälte an ihren Beinen emporzukriechen begann, erkannte sie, warum Orsini ihr den Mantel gegeben hatte. Wo war er überhaupt? Sie drehte sich um und versuchte die verschmutzten Gesichter auszumachen. Ein Schnellboot raste um das Heck der *Victor Hugo* herum, und das schwappende Kielwasser hob einige Schwimmer in die Höhe. MGs ratterten.

Eine Hand ergriff ihre Schwimmweste von hinten. Sie fuhr herum und erblickte Orsini. »Dort hinüber, cara. Tun Sie, was ich Ihnen sage!«

Überall auf der Wasseroberfläche schwammen Gegenstände herum, vor allem Heuballen. Orsini schleppte Sarah zu einem dieser Gebilde und klammerte sich mit ihr an der Verschnürung fest.

»Was war das?«

»MTB-Schnellboote.«

»Engländer?«

»Oder Franzosen oder Holländer. Heimathafen Falmouth.«

Wieder raste ein Schnellboot zwischen Wrackteilen und Schwimmenden hindurch, Geschosse peitschten das Wasser auf. Im gleichen Augenblick stieg ein gekrümmter Feuerbogen durch die Nacht empor, und schon erhellte eine Fallschirmfackel die Szene.

In einiger Entfernung flohen zwei Torpedoboote vor dem deutschen Schnellboot. »Schnapp dir die miesen Schweine, Erich!«, brüllte Orsini.

Beinahe hätte sie mitgebrüllt. Mein Gott!, dachte sie. Was für ein Tod! Meine eigenen Leute versuchen mich umzubringen! Sie klammerte sich an der Schnur fest und fragte keuchend: »Mussten sie denn das tun? Mit dem MG auf Schiffbrüchige schießen?«

»Cara, der Krieg ist eine böse Sache. Er macht alle verrückt. Können Sie durchhalten?«

»Meine Arme werden müde.«

Kurze Zeit später schwamm ein Luk vorbei, und Orsini holte es. »Kommen Sie, steigen Sie hinauf.«

Es war mühsam, aber sie schaffte es. »Und Sie?«

»Ich halte mich hier unten fest.« Er lachte. »Keine Sorge, ich bin nicht zum ersten Mal über Bord gegangen. Und ich habe immer Glück, also halten Sie sich an mich.«

Da musste sie an das Frühlingsfest und Zigeuner-Sara denken und an die Prophezeiung von Feuer und Wasser, und begann zittrig zu lachen. »Alles in Ordnung?«, fragte er.

»Bestens. Geht doch nichts über die Kanalinseln, wenn man um diese Jahreszeit Urlaub machen will. Jede Gelegenheit, im Meer zu baden.« Erst jetzt merkte sie entsetzt, dass sie Englisch gesprochen hatte.

Orsini schwamm neben dem Luk und starrte zu ihr auf und sagte in ausgezeichnetem Englisch: »Hatte ich Ihnen schon gesagt, dass ich in Winchester zur Schule gegangen bin? Mein Vater war der Ansicht, nur eine englische Public School könnte mir das Rückgrat geben, das ich im Leben brauche.« Er lachte. »Ach, es ist ein schönes Gefühl, Recht zu haben – denn ich wusste vom ersten Moment an, dass Sie irgendwie ungewöhnlich waren, cara.« Wieder lachte er, diesmal aufgeregt. »Was bedeutet, dass auch unser lieber Standartenführer Vogel das nähere Anschauen lohnt.«

»Bitte!«, sagte sie verzweifelt.

»Keine Sorge, cara. Meine Liebe zu Ihnen erwachte, als Sie durch die Tür des Hafenmeisters kamen. Ich mag Sie. Die anderen mag ich nicht – wer immer sie sind. Wir Italiener sind ein sehr einfaches Volk.«

Er hustete und versuchte, sich Öl aus dem Gesicht zu reiben. Sie berührte seine Hand. »Sie haben mir das Leben gerettet, Guido.«

Motorengeräusch zeigte an, dass sich ein Schiff in langsamer Fahrt näherte. Guido erblickte einen bewaffneten Fischtrawler, der zu den Begleitschiffen des Konvois gehörte. »Ja«, sagte er, »wahrscheinlich haben Sie Recht, Gott sei Dank.«

Kurze Zeit später ragte der Trawler hoch neben ihnen auf. Ein Netz hing außen an der Bordwand. Zwei oder drei deutsche Seeleute kletterten herab, griffen nach Sarah und zogen sie hoch. Guido kletterte hinterher und sackte auf dem Deck neben ihr zusammen.

Ein junger Leutnant kam die Treppe von der Brücke herab und eilte nach vom. »Guido, sind Sie das?«, fragte er auf Deutsch.

»Ganz der alte, Bruno«, antwortete Guido in derselben Sprache.

»Und Sie, Fräulein, geht es Ihnen gut? Wir müssen Sie in meine Kabine schaffen.«

»Bruno, Mademoiselle Latour spricht kein Deutsch«, sagte Guido auf Französisch. Er lächelte Sarah an und half ihr hoch. »Jetzt bringen wir Sie unter Deck.«

10

Als Sarah den dicken weißen Pullover über den Kopf zog, wurde an Brunos Kabinentür geklopft. Sie öffnete. Ein junger Matrose sagte in schlechtem Französisch: »Leutnant Feldt lässt ausrichten, dass wir gleich in St. Heller einlaufen.«

Er schloss die Tür, und sie ging zum Waschbecken und versuchte ihr Haar zu verschönen, gab aber schnell wieder auf. Das Salzwasser hatte katastrophale Folgen: ihr Schopf war ein einziges strohgelbes Gewirr. Seufzend rollte sie die Marinehose bis zu den Knöcheln hoch.

Der Inhalt ihrer Handtasche, den sie noch in Orsinis Seemannsmantel hatte stopfen können, hatte den Zwischenfall erstaunlich gut überstanden. Ausweis und andere Papiere waren natürlich nass geworden, und sie hatte sie zum Trocknen auf die Heißwasserleitungen gelegt. Nun steckte sie alles wieder ein und zog die Walther PPK unter dem Kopfkissen hervor. Die belgische Pistole, die Sergeant Kelly ihr gegeben hatte, befand sich im Koffer an Bord des Schnellboots. Sie saß auf der Kante der Koje und zog alte Tennisschuhe an, die einer der jungen Matrosen ihr überlassen hatte.

Es klopfte, und Guido trat ein. »Wie geht es Ihnen?«, fragte er auf Französisch.

»Gut«, antwortete sie, »bis auf das Haar. Ich sehe aus wie eine Vogelscheuche.«

Im Arm hielt er einen Marinemantel. »Ziehen Sie den an. Es ist ein feuchter, kalter Morgen.«

Als sie aufstand, polterte die Handtasche zu Boden. Dabei fiel ein Teil des Inhalts mit der Walther heraus. Guido ergriff die Waffe und sagte leise: »Was für eine schwere Kanone für ein so kleines Mädchen! Bei Ihnen kommt man aus dem Staunen gar nicht mehr heraus.«

Sie nahm ihm die Waffe ab und steckte sie wieder in die Tasche. »Das gehört eben zu meinem tödlichen Charme.«

»Sehr tödlich, wenn es um solche Utensilien geht.«

Sein Blick ruhte ernst auf ihr, doch sie lächelte nur schwach und küsste ihn impulsiv auf die Wange. Dann verließ sie die Kabine, und er folgte ihr.

Die Szene war ihr aus der Kindheit vertraut. Der Hafen, Elizabeth Castle links an der Bucht, die Albert-Pier, die Häuser von St. Helier und auf dem Berg darüber Fort Regent. Es war wie früher und doch ganz anders. Überall Geschützstellungen, und der Hafen war gerammelt voll mit Schiffen, wie sie es noch nie gesehen hatte. Die Binnenfrachter des Konvois waren bereits sicher vertäut, doch die S 92 hatte noch nicht angelegt.

»Wo ist das Schnellboot?«, fragte Sarah, die neben Guido und Leutnant Feldt am Schanzkleid der Brücke lehnte.

»Sucht wahrscheinlich ein letztes Mal nach Überlebenden«, antwortete Guido. Das Schiff näherte sich langsam der Albert Pier.

Hafenarbeiter begannen bereits mit dem Löschen der Binnenfrachter, überall wimmelte es von Soldaten. Unten an der Reling standen etliche französische Besatzungsmitglieder der SS *Victor Hugo,* die vom Trawler noch nach Guido und Sarah aufgefischt worden waren. Sie trugen ebenfalls geliehene Kleidung. Zwei hatten Verbrennungen im Gesicht erlitten und waren verbunden. Ein weiterer Mann, der Öl geschluckt hatte, lag auf einer Trage.

»Von Savary keine Spur«, stellte Orsini fest.

»Vielleicht ist er von einem anderen Schiff aufgelesen worden«, meinte Bruno Feldt. »Da, die GFP steht schon bereit. Wie kommt es, dass man Polizisten immer gleich erkennt?«

»GFP?«, stellte sich Sarah unwissend. »Was ist denn das?«

»Geheime Feldpolizei«, erklärte Guido. »Wenn es Sie interessiert – der große Mann dort, Hauptmann Müller, ist eine Leihgabe der Gestapo. Ebenso der Unhold neben ihm, Inspektor Willi Kleist; Sie sehen schon am Körperbau, dass den so schnell nichts umhaut. Der junge blonde Bursche ist Feldwebel Ernst Greiser. Der kommt zur Abwechslung nicht von der Gestapo.«

»Am liebsten möchte er aber dorthin«, warf Bruno Feldt ein.

Die drei Männer kamen die Gangway herauf, sobald sie angelegt war. Greiser wandte sich den französischen Seeleuten zu, während Müller, gefolgt von Kleist, die Leiter zur Brücke erstieg. Plötzlich spürte Sarah, dass sich Guidos Hand von hinten in ihre Seitentasche schob und die Handtasche zu öffnen versuchte. Sie schaute sich kurz nach ihm um. Als sie erkannte, dass er die Walther suchte, war es bereits zu spät. Müller betrat die Brücke.

»Herr Leutnant.« Er nickte Feldt zu und sagte zu Orsini: »Wie zu hören ist, haben Sie eine ziemlich lebhafte Nacht hinter sich.« Er trug einen alten Burberry-Mantel mit Filzhut und wirkte ausgesprochen höflich und sanft, als er sich Sarah näherte und auf Französisch sagte: »Sie waren Passagier an Bord der *Hugo,* Mademoiselle …?«

»Latour«, warf Orsini ein. »Wir wurden zusammen ins Wasser geschleudert.«

»Eine bemerkenswerte Rettung«, sagte Müller nickend. »Sie haben Ihre Papiere verloren?«

»Nein«, gab sie zurück. »Hier.« Sie zog die Handtasche heraus und wollte sie öffnen, aber Müller streckte die Hand aus. »Mademoiselle, bitte geben Sie sie mir.«

Sarah zögerte kurz, und alle schienen den Atem anzuhalten, dann reichte sie dem Offizier die Tasche. »Aber gern.«

Müller sagte zu Bruno Feldt: »Wenn Sie nichts dagegen haben, benutzen wir mal eben Ihre Kabine.«

Seine Worte klangen ungemein logisch und verbindlich – dabei hatten die meisten Umstehenden offensichtlich Todesangst vor ihm. Nicht Guido, o nein, der lächelte nur und drückte ihr aufmunternd den Arm. »Ich warte auf Sie, cara, und wenn der Oberst nicht kommen sollte, kann ich Sie unterbringen, wo auch ich einquartiert bin, auf dem De-Ville-Anwesen. Die Dame des Hauses wird sich hervorragend um Sie kümmern, das verspreche ich Ihnen. Alles sehr vornehm. Nur Marineoffiziere.«

Sarah stieg den Niedergang hinab und betrat Leutnant Feldts Kabine. Müller folgte ihr, und Kleist lehnte sich an die offene Tür.

»Also, Mademoiselle.« Müller setzte sich auf das Bett, drehte die Handtasche um und schüttelte den Inhalt aus. Papiere fielen heraus, Make-up-Kasten, Puderdöschen und Kamm, außerdem die Walther-Pistole. Müller schwieg. Er öffnete den französischen Ausweis und untersuchte ihn, ebenso den deutschen Ausweis und die Lebensmittelkarten. Sorgsam legte er alles in die Tasche zurück und zündete sich eine Zigarette an. Erst dann griff er nach der Walther, indem er einen Finger durch den Bügel hakte. »Sie wissen natürlich, dass es nur eine Strafe gibt, wenn ein Zivilist mit einer Waffe erwischt wird?«

»Ja«, antwortete Sarah.

»Die Pistole gehört Ihnen?«

»Gewiss. Sie wurde mir von einem Freund geschenkt. Er war besorgt um meine Sicherheit. Wir leben in unruhigen Zeiten, Herr Hauptmann.»

»Und was für ein Freund würde Sie dazu ermutigen, ein so strenges Gesetz zu übertreten? Macht ihn das nicht ebenso schuldig wie Sie?«

Von hinten sagte eine kalte Stimme auf Deutsch: »Vielleicht sollten Sie diese Frage mir stellen.«

Harry Martineau stand in der Tür. Guido schaute ihm über die Schulter. In der SS-Uniform unter dem schwarzen Ledermantel wirkte er ausgesprochen bedrohlich. Der silberne Totenschädel schimmerte an der zerdrückten Mütze.

Karl Müller wusste, wenn er den Rückzug antreten musste. Er sprang auf. »Standartenführer!«

»Sie heißen?«

»Hauptmann Karl Müller, Leiter der Geheimen Feldpolizei auf Jersey. Dies ist mein Stellvertreter Inspektor Kleist.«

»Ich heiße Vogel.« Martineau zog seinen SD-Ausweis. Nach kurzer Prüfung reichte Müller ihn zurück. Als Nächstes legte Martineau die Himmler-Vollmacht vor. »Lesen Sie das – Sie beide.«

Müller gehorchte. Kleist schaute ihm über die Schulter und warf schließlich einen ehrfürchtigen Blick auf Martineau. Müller zeigte sich gelassener, faltete den Brief schließlich zusammen und überreichte ihn. »Wie kann ich Ihnen behilflich sein, Standartenführer?«

»Mademoiselle Latour reist unter meinem Schutz.« Martineau ergriff die Walther und schob sie wieder in ihre Handtasche. »Sie hat mir die Ehre erwiesen, sich für meine Freundschaft zu entscheiden. Es gibt aber

Landsleute von ihr, die damit nicht einverstanden sind. Da ist mir wohler, wenn sie sich im Notfall verteidigen kann.«

»Selbstverständlich, Standartenführer.«

»Gut, dann erwarten Sie mich bitte an Deck.«

Müller zögerte nicht. »Jawohl, Standartenführer.« Er nickte Kleist zu und folgte ihm durch den Korridor.

Martineau schloss die Tür und wandte sich um. Plötzlich lächelte er und ließ aus Vogel wieder Harry werden. »Du siehst schrecklich aus! Alles in Ordnung?«

»Ja«, antwortete sie. »Dank Guido.«

»Ach, Guido nennst du ihn?«

»Er hat mir das Leben gerettet, Harry. Es sah nicht gut aus, als wir untergingen. Brennendes Öl, sterbende Männer.« Sie erschauderte. »Und die britischen Torpedoboote schossen auf die Schiffbrüchigen im Wasser! Ich dachte, so etwas tun nur die Deutschen?«

»Im Kino, Schätzchen.« Er gab ihr eine Zigarette. »Im wirklichen Leben tut das jeder.«

»Wir haben ein Problem«, sagte sie. »In Wasser habe ich Guido plötzlich auf Englisch angeredet.«

»Mein Gott!«

Sie hob abwehrend die Hand. »Es herrschte ein schreckliches Durcheinander – und das ist noch milde ausgedrückt. Aber er spricht auch gut Englisch. Anscheinend ist er in Winchester zur Schule gegangen.«

»Hör auf«, sagte Martineau. »Das wird ja immer schlimmer.«

»So sehe ich das nicht. Als wir gerettet waren, erzählte er dem Schiffsführer, dass ich nur Französisch spräche. Außerdem wusste er von der Walther und hat mich nicht verraten.«

»Du bist aber ziemlich leichtsinnig gewesen.«

»Er ist kein Faschist, Harry, sondern ein italienischer

Aristokrat, dem Politik piepegal ist und der hier festsitzt, weil er zufällig am falschen Ort war, als die italienische Regierung kapitulierte.«

»Verstehe. Aber warum sollte er sich deinetwegen in Lügen verstricken?«

»Er mag mich.«

»Er mag dich! Er hat dich doch erst gestern Abend kennen gelernt.«

»Du weißt ja, wie diese Südländer sind.«

Sie lächelte keck, und Martineau schüttelte den Kopf. »Du sollst erst neunzehn sein? Ich würde dich eher auf hundertundneunzehn schätzen.«

»Noch etwas, Harry. Guido ist bei Tante Helen auf dem De-Ville-Anwesen einquartiert. Anscheinend wohnen dort mehrere deutsche Marineoffiziere. Wenn du nicht gekommen wärst, hätte er mich dorthin mitgenommen.«

»Ausgezeichnet«, erwiderte Martineau. »Was die andere Sache angeht, so werden wir ihm erzählen, dass deine Mutter Engländerin war. Du hast dies während der Besetzung bisher verschwiegen, um keine Schwierigkeiten zu bekommen.«

»Wird er mir glauben?«

»Warum nicht? Wie bist du mit Kleidung versorgt‹«

»Ganz gut. Im großen Koffer habe ich noch einen Mantel, Schuhe, einen Hut. Nur gut, dass das Gepäck bei dir auf dem Schnellboot war.«

Sie erstiegen den Niedergang. Müller stand auf der Brücke und unterhielt sich mit Feldt und Orsini. Unten führten Kleist und Greiser die französischen Seeleute an Land.

Martineau sagte auf Französisch zu Orsini: »Anne-Marie hat mir erzählt, dass Sie ein gutes Quartier haben. Ein Landhaus namens De-Ville-Anwesen?«

»Richtig, Colonel.»

Martineau wandte sich an Müller. »Das scheint genau das Richtige für mich zu sein. Hätten Sie irgendwelche Einwände?«

Müller, der dem hohen Besuch den Weg ebnen wollte, sagte: »Durchaus nicht, Standartenführer. Die Quartiere dort stehen üblicherweise nur Offizieren der Kriegsmarine zur Verfügung. Im Augenblick aber ist Mrs. de Ville, die Besitzerin, sieben oder acht Mann unter Sollbelegung.«

»Das wäre also geregelt.«

»Wenn Sie wollen, bringe ich Sie gleich hinauf«, schlug Orsini vor. »Ich habe einen Wagen am Ende der Pier stehen.»

»Gut«, antwortete Martineau. »Dann wollen wir fahren.»

Die Gruppe ging über die Gangway an Land, gefolgt von einem Seesoldaten mit den beiden Koffern. Orsini und Sarah gingen voraus, Martineau folgte, mit Müller an seiner Seite.

»Sobald ich mich eingerichtet habe, komme ich natürlich in die Stadt, um dem Militärkommandanten meine Aufwartung zu machen. Oberst Heine, nicht wahr?»

»Richtig, Standartenführer. Wie ich gehört habe, bricht er aber morgen früh nach Guernsey auf, weil General von Schmettow für das Wochenende eine Besprechung angesetzt hat.»

»Ich will ihm nur einen Höflichkeitsbesuch abstatten, weiter nichts», sagte Martineau. »Einen Wunsch habe ich allerdings – ein Beförderungsmittel. Ein Kübelwagen wäre genau das Richtige, für den Fall, dass ich auch mal ins freie Gelände muss.«

»Kein Problem, Standartenführer. Ich stelle Ihnen auch gern einen meiner Leute als Fahrer zur Verfügung.«

»Das ist nicht nötig«, gab Martineau zurück. »Ich mache lieber alles selbst, Müller. Sie können mir glauben, auf dieser kleinen Insel finde ich mich schon zurecht.«

»Wenn Sie mir nur andeuten können, weshalb Sie hier sind …«, sagte Müller.

»Ich handle auf Sonderbefehl von Reichsführer Himmler persönlich, gegengezeichnet vom Führer. Sie haben meine Vollmacht gesehen. Wollen Sie sie in Zweifel ziehen?«

»Natürlich nicht.«

»Gut.« Sie standen inzwischen vor Guidos Morris, und der Seemann verstaute die Koffer. »Wenn es so weit ist, wird man Sie informieren, falls erforderlich. Durchaus möglich, dass ich später noch mal bei Ihnen vorbeischaue. Wo befindet sich Ihr Hauptquartier?«

»Im *Silvertide-Hotel,* Havre des Pas.»

»Das finde ich. Lassen Sie mir den Kübelwagen bringen.»

Sarah hatte bereits hinten Platz genommen. Martineau stieg vorne ein, und Orsini schob sich hinter das Steuer und fuhr los.

Auf der Victoria Avenue, die nur durch die Militärgleise von der Bucht getrennt wurde, drehte Martineau das Seitenfenster herunter und zündete sich eine der Gitanes an, die er von den Cressons erhalten hatte. »Gefällt es Ihnen hier?«, fragte er Orsini.

»Es gibt schlimmere Orte, um auf das Kriegsende zu warten. Im Sommer ist es hier besonders schön.«

»Ich glaube, wir müssen da ein kleines Missverständnis aufklären«, fuhr Martineau fort. »Anne-Marie hatte einen bretonischen Vater, aber eine englische Mutter. Sie hielt es für sinnvoll, diesen Umstand zu verschweigen, damit sie mit der Besatzungsmacht keine Schwierigkeiten bekam. Es war dann einer meiner Leute, der die Wahrheit herausfand – ein Glücksumstand, weil der uns zusammenführte. Ist es nicht so, mein Schätzchen?«

»Eine interessante Geschichte, Herr Oberst«, antwortete Orsini. »Sie können sich auf meine Diskretion verlassen. Ich will Mademoiselle Latour wirklich nicht in Schwierigkeiten bringen.«

»Gut«, sagte Martineau. »Ich wusste gleich, dass Sie mich verstehen würden.«

Ins *Silvertide-Hotel* zurückgekehrt, setzte sich Müller an seinen Schreibtisch, um die Situation zu überdenken. Nach einer Weile drückte er den Knopf seines Sprechgeräts. »Inspektor Kleist und Feldwebel Greiser zu mir.«

Er ging zum Fenster und schaute hinaus. Die Wolken waren verschwunden, der Himmel leuchtete überraschend blau. Die noch immer auslaufende Flut umspülte die Felsen mit weißer Gischt. Die Tür ging auf, und die beiden Polizisten traten ein.

»Sie wollten uns sprechen, Herr Hauptmann«, sagte Kleist.

»Ja, Willi.« Müller setzte sich, lehnte sich im Stuhl zurück, zündete eine Zigarette an und blies den Rauch zur Decke.

»Was ist?«, fragte der Inspektor.

»Erinnern Sie sich an den alten Dieckhoff, den Chef der hamburgischen Kriminalpolizei?«

»Wie könnte ich den vergessen?«

»Gerade heute muss ich an seine erste Grundregel denken, die er mir als junger Kriminalbeamter immer wieder eingebläut hat. Dieckhoffs Gesetz, wie er es nannte.«

»Ein Ei mag noch so gut aussehen«, reagierte Kleist, »wenn es stinkt, stimmt etwas nicht.«

»Genau!« Müller nickte lebhaft. »Und diese Sache stinkt, Willi.« Er stand auf und marschierte im Zimmer hin und her. »Dabei habe ich keine Beweise oder greifbare Indizien, nur meinen Instinkt als Kriminalbeamter – und der sagt mir, dass die Dinge nicht so sind, wie sie scheinen. Ich würde gern mehr über Standartenführer Vogel in Erfahrung bringen.«

Kleist reagierte nervös. »Aber Herr Hauptmann! Seine Papiere sind einwandfrei! Und Sie können nicht einfach bei Reichsführer Himmler anrufen und sich nach seinem persönlichen Abgesandten erkundigen.«

»Nein, natürlich nicht.« Müller machte kehrt. »Aber es gibt eine andere Möglichkeit. Ernst, Ihr Bruder hat doch früher im Berliner Gestapo-Hauptquartier in der Prinz-Albrecht-Straße gearbeitet?«

»Peter?«, antwortete Greiser. »Jawohl, Herr Hauptmann, aber inzwischen wurde er ins Stuttgarter HQ versetzt. In die Registratur.«

»Bestimmt hat er noch Verbindungen zu Berlin. Melden Sie ein Gespräch mit ihm an. Erkundigen Sie sich nach Vogel. Ich will wissen, wie wichtig er ist.«

»Soll ich den Fernschreiber benutzen? Das ginge schneller.«

»Habe ich nicht gesagt, wir müssen vorsichtig sein?«, fragte Müller gereizt. »Es darf kein offizielles Vorgehen geben.«

»Aber Sie wissen selbst, Herr Hauptmann, dass Telefonate mit Deutschland über Cherbourg und Paris geschaltet werden. Zuletzt hat es bei eiligen Gesprächen fünfzehn, sechzehn Stunden gedauert.«

»Dann melden Sie das Gespräch sofort an, Ernst.« Der junge Mann verließ das Büro, und Müller sagte zu Kleist: »Kümmern Sie sich um den Kübelwagen. Lassen Sie ihn zum De-Ville-Anwesen bringen. Zunächst wollen wir den Mann zufrieden stellen.«

Helen rollte gerade den Kartoffelmehlteig aus, als Gallagher in die Küche trat. »Gut, du kannst gleich den Fisch ausnehmen«, sagte sie.

Auf der Marmorplatte neben der Spüle lagen einige

Schollen. Gallagher zog sein Springmesser aus der Tasche. Der Griff bestand aus gelb schimmerndem Elfenbein. Er drückte mit dem Finger darauf und ließ eine rasiermesserscharfe Klinge hervorspringen.

»Du weißt, wie wenig ich das Ding mag«, sagte sie.

»Mit zwölf Jahren ging mein Großvater Harvey Le Brocq auf seine erste Schonerfahrt von Jersey zur großen Neufundlandbank, um Kabeljau zu fangen. Damals schenkte ihm sein Vater dieses Messer. Er hat es mir testamentarisch hinterlassen. Messer, Feuerwaffen – es kommt darauf an, wie man sie einsetzt, Helen.«

»Was soll ich jetzt tun – dir Beifall spenden?«, fragte sie, während er begann, den Fisch abzuschuppen. In diesem Moment hielt ein Auto vor dem Haus. »Wahrscheinlich Guido. Ob er wohl eine ruhige Überfahrt hatte?«

Im Korridor klangen Schritte auf, es wurde angeklopft, dann trat Guido ein, in jeder Hand einen Koffer. Er stellte das Gepäck ab und richtete sich auf.

»War die Überfahrt gut?«, fragte Helen.

»Nein. Die *Hugo* wurde torpediert. Savary wird noch vermisst, drei Besatzungsmitglieder und vier von meiner Geschützmannschaft sind gefallen.« Sarah erschien an der Tür, gefolgt von Martineau, und Orsini fuhr fort: »Dies ist Anne-Marie Latour. Sie war als Passagier auf der *Hugo.* Wir konnten uns zusammen retten.« Er nickte Martineau zu. »Standartenführer Vogel.«

Helen schaute ihn verwirrt an. »Was kann ich für Sie tun?«

»Uns unterbringen, Mrs. de Ville«, sagte Martineau auf Englisch. »Ich bin nur einige Tage auf der Insel. Wir brauchen ein Quartier.«

»Unmöglich«, sagte Helen. »Mein Haus steht ausschließlich Offizieren der Kriegsmarine zur Verfügung.«

»Und ist im Moment ziemlich unterbelegt«, fuhr Martineau fort. »So ungelegen es Ihnen auch kommen mag, die Sache ist entschieden. Wenn Sie also so nett wären, uns ein passendes Zimmer zuzuweisen.«

Helen konnte sich nicht erinnern, wann sie zuletzt so wütend gewesen war – über das eiskalte Selbstbewusstsein des Mannes, seine SS-Uniform, über das dumme Ding mit dem zerstrubbelten Haar, das ihn begleitete.

Hastig sagte Guido: »Also, ich gehe jetzt baden und schlafe mich aus. Bis später.«

Die Tür fiel hinter ihm zu. Gallagher stand mit dem Messer in der Hand am Spülbecken. Helen schob ihn zornig zur Seite und wusch sich das Kartoffelmehl von den Händen. Aus den Augenwinkeln sah sie den Offizier und das Mädchen an der Tür stehen.

Eine leise Stimme sagte plötzlich: »Tante Helen, erkennst du mich nicht wieder?« Helen erstarrte. Erstaunt schaute Gallagher über die Schulter. »Onkel Sean?« Und als Helen sich umdrehte: »Ich bin's, Tante Helen, Sarah!«

Helen ließ das Handtuch fallen, trat vor, fasste das Mädchen an den Schultern und schaute sie forschend an. Als sie das Gesicht erkannte, schossen ihr die Tränen in die Augen. Sie lachte unsicher und fuhr Sarah mit den Fingern durch das Haar.

»Oh, mein Gott, Sarah, was hat man dir angetan!« Und schon lagen sich die beiden in den Armen.

»Und was passiert nun?«, fragte Hugh Kelso. »Ihr beide habt offenbar schon größte Probleme gehabt, nach Jersey zu kommen – wie geht es nun weiter?«

»Zunächst nimmt Sarah ein heißes Bad«, sagte Helen de Ville. »Ihr drei könnt unterdessen in aller Ruhe beraten.«

»Ich habe mir etwas überlegt«, sagte Gallagher,

»Mrs. Vibert kommt heute Nachmittag. Vielleicht wäre es gut, ihr ein paar Tage frei zu geben.«

»Du hast Recht«, meinte Helen. »Übernimm du das.«

Die beiden Frauen verließen das Zimmer, und Kelso fragte: »Was passiert jetzt?« Seine Stimme klang ungeduldig.

»Ich bin doch eben erst angekommen, guter Freund«, sagte Martineau. »Lassen Sie mich erst zu Atem kommen. Wenn es Zeit wird zum Handeln, erfahren Sie das als Erster.«

»Schließt das eine Kugel in den Kopf ein, Colonel?«, wollte Kelso wissen. »Sollte die Entscheidung so aussehen – reden wir dann vorher darüber, oder passiert es einfach?«

Martineau ersparte sich die Antwort. Er verschwand nach unten und wartete im großen Schlafzimmer, bis Gallagher ihm folgte. Der Ire schloss die Geheimtür und zuckte die Achseln. »Er hat Schlimmes erlebt, und das Bein tut sehr weh.«

»Auf die eine oder andere Weise müssen wir alle mit Schmerzen fertig werden«, bemerkte Martineau.

Er wollte die Tür zum Flur öffnen, da legte ihm Gallagher eine Hand auf die Schulter. »Hat er etwa Recht? Mit der Kugel in den Kopf, meine ich.«

»Möglich«, sagte Martineau. »Wir werden sehen, wie sich die Dinge entwickeln, ja? Jetzt hätte ich auch Lust auf ein Bad.«

Dougal Munro war in seiner Londoner Wohnung gerade mit dem Frühstück fertig, als Jack Carter eintrat. »Nachrichten wegen Jerseyman – gute und schlechte.«

»Fangen Sie mit den schlechten an, Jack.«

»Wir haben von Cresson gehört. Es ist alles planmäßig gelaufen. Martineau und Sarah haben Granville gestern Abend verlassen.«

»Und?«

»Eine zweite Meldung von Cresson besagt, dass der Konvoi wohl in Schwierigkeiten geraten ist. Torpedoboot-Angriff. Konkretes war drüben nicht bekannt.«

»Wissen Sie mehr?«

»Ich habe mich beim Marine-Geheimdienst erkundigt. Offenbar wurde der Konvoi gestern von Torpedobooten der Königlich Niederländischen Marine angegriffen, Heimathafen Falmouth. Ein Frachter soll versenkt worden sein, ehe die Begleitschiffe eingreifen konnten.«

»Himmel, Jack, Sie wollen doch nicht behaupten, dass Harry und die junge Drayton auf diesem Schiff waren?«

»Wir wissen es nicht, Sir, außerdem gibt es keine Möglichkeit, Gewissheit zu erlangen.«

»Völlig richtig – also hören Sie auf, sich deswegen Sorgen zu machen. Hier, trinken Sie eine Tasse Tee. Wissen Sie, was mit Ihnen nicht stimmt?« Munro griff nach einem Toast. »Sie sind nicht genug zuversichtlich.«

Mit selbst gemachter weicher Seife, die Helen ihr zur Verfügung gestellt hatte, wusch Sarah sich die Haare. Trotzdem blieb die Frisur unansehnlich, und als Helen das Badezimmer betrat, sagte sie: »Es nützt nichts, du musst zum Frisör.«

»Ist so etwas denn noch möglich?«

»Durchaus – in St. Helier. Im Großen und Ganzen sind die Läden noch geöffnet, nur nicht mehr so lange wie früher. Meistens je zwei Stunden vormittags und nachmittags.«

Sie versuchte, Sarahs Haaren eine Form zu geben. »Wie war es hier denn so?«, fragte das Mädchen.

»Nicht gut, aber auch nicht unerträglich, wenn man sich beherrschen kann. Viele Leute finden die Deutschen ganz in Ordnung, und oft sind sie das auch, aber beim geringsten Verstoß gegen die Vorschriften ist der Teufel los. Man muss eben tun, was einem gesagt wird. Die Jersey-Staaten wurden sogar gezwungen, antisemitische Gesetze zu erlassen. Viele versuchen das damit zu entschuldigen, dass ja sowieso alle Juden fort seien – aber ich weiß zum Beispiel von zweien, die sich in der Nähe verstecken.«

»Was geschieht, wenn die Deutschen sie finden?«

»Das weiß Gott allein. Wir haben es oft genug erlebt, dass Leute in den berüchtigten Konzentrationslagern verschwanden, nur weil sie geflohenen russischen Zwangsarbeitern halfen. Der Vater einer Freundin von mir, Lehrerin am Jersey-Mädchen-College, besaß ein Radio – was verboten ist. Sie gab ihren Freundinnen die BBC-Nachrichten weiter, bis ein anonymer Brief die Gestapo ins Haus brachte. Man schickte sie ein Jahr lang nach Frankreich ins Gefängnis.«

»Ein anonymer Brief? Du meinst, von einem Einheimischen? Das ist ja schrecklich!«

»In jedem Fass befinden sich auch faule Äpfel, Sarah. Jersey bildet in dieser Beziehung keine Ausnahme. Die andere Sorte ist auch vertreten. Zum Beispiel Postbeamte, die bei der Verteilung möglichst viele an die Gestapo gerichtete Briefe verschwinden lassen.« Sie hörte auf zu kämmen. »Also, besser bekomme ich es nicht hin.«

Sarah setzte sich, zog Seidenstrümpfe an und machte sie fest. »Mein Gott!«, rief Helen. »So etwas habe ich seit vier Jahren nicht mehr gesehen. Und das Kleid!« Sie half Sarah, das Kleid über den Kopf zu ziehen, und machte den Reißverschluss zu. »Du und Martineau – wie steht's mit euch? Er ist alt genug, um dein Vater zu sein.«

»Mein Vater ist er auf keinen Fall.« Sarah lächelte und zog die Schuhe an. »Für mich ist er der irritierendste Mann, den ich je kennen gelernt habe – und der faszinierendste.«

»Und du schläfst mit ihm?«

»Tante Helen, ich bin nach außen hin Vogels Schätzchen.«

»Wenn ich mir vorstelle, dass du noch Zöpfe trugst, als ich dich das letzte Mal sah!«, rief Helen.

In der Küche tat sie zwei Löffel ihres kostbaren China-Tees in die Kanne, aber Gallagher wollte gehen. »Ich muss Mrs. Vibert sehen und ihr frei geben«, meinte er. »Ihre Anwesenheit würde alles unnötig kompliziert machen. Es bestünde immer die Gefahr, dass Sie dich erkennt, Sarah. Schließlich hat Sie dich weiß Gott gut gekannt.«

Er verschwand, und Helen, Sarah und Martineau setzten sich an den Tisch und tranken Tee und rauchten. Plötzlich klopfte es. Helen machte auf und sah sich Willi Kleist gegenüber.

Martineau stand auf. »Sie wollen zu mir?«

»Wir bringen Ihnen den Kübelwagen, Standartenführer«, meldete Kleist.

Martineau eilte ins Freie, um sich das Fahrzeug anzusehen. Das Leinendach war hochgeklappt, und die Karosserie mit Tarnfarben bemalt. Er schaute ins Innere und sagte. »Sieht ordentlich aus.«

Ernst Greiser saß am Steuer eines schwarzen Citroën. Kleist sagte: »Wenn wir sonst noch etwas für Sie tun können …«

»Ich glaube nicht.«

»Ach, Hauptmann Müller lässt Ihnen noch ausrichten, dass er mit Oberst Heine gesprochen hat, unserem Militärkommandanten. Offenbar wird er heute Nachmittag im Rathaus sein. Wenn Sie ihn dort besuchen wollen …«

»Vielen Dank, das mache ich.«

Die beiden fuhren ab, und Martineau kehrte ins Haus zurück. »Unsere Transportprobleme wären gelöst. Ich fahre heute Nachmittag in die Stadt und schaue beim Militärkommandanten und anschließend bei Müller und seinen Freunden im *Silvertide-Hotel* vorbei.«

»Am besten begleitest du ihn, um dir das Haar machen zu lassen«, sagte Helen zu Sarah. »In Charing Cross haben wir eine gute Friseuse. Du kannst ihr sagen, ich hätte dich geschickt.« Sie schaute Martineau an. »Liegt sehr günstig. Dicht beim Rathaus.«

»Einverstanden«, bemerkte er. »Nur eins darf sie nicht tun – sie darf nicht sagen, Sie hätten sie geschickt, Mrs. de Ville. Unter den gegebenen Umständen wäre das falsch.« Er stand auf. »Mir ist nach frischer Luft. Wie wär's, wenn du mich ein wenig auf dem Gut herumführtest, Sarah?«

»Gute Idee«, sagte Helen. »Ich habe zu tun. Vor eurer Ankunft musste ich schon für acht Mann kochen – also, ich muss mich sputen. Bis später.«

Kleist und Greiser fuhren die Straße entlang, die vom De-Ville-Anwesen fortführte, doch schon nach einem halben Kilometer berührte der Inspektor seinen jungen Begleiter am Arm. »Wir wollen anhalten, Ernst. Fahren Sie den Wagen dort auf dem Seitenweg in Deckung. Wir gehen durch den Wald zurück.«

»Gibt's dafür einen besonderen Grund?«

»Nein, ich möchte mich nur mal umschauen.«

Der Feldweg war ziemlich bewachsen. Greiser hielt an, als der Wagen von der Straße nicht mehr zu sehen war. Die beiden Männer stiegen aus, um einen Waldstreifen zu durchqueren, der sich über das Land der de Villes zog. Es war still und eigentlich sehr angenehm. Zu hören war nur Vogelgezwitscher. Plötzlich tauchte eine junge Frau hinter der hohen Granitmauer eines

Feldes auf. Sie trug einen Korb. Ihr Gesicht war nicht auszumachen. Sie trug ein Kopftuch, doch spannte sich der alte Baumwollrock so sehr, dass eine volle, reife Figur auszumachen war. Sie hatte die Männer nicht bemerkt und folgte dem Weg in den Wald.

»Das ist ja wirklich interessant«, sagte Kleist und lächelte Greiser an. »Meinen Sie nicht auch, dass wir der Sache nachgehen sollten, Herr Feldwebel?«

»Ganz entschieden, Herr Inspektor«, antwortete der jüngere Mann eifrig, und die Männer liefen schneller.

Die junge Frau war Mary, Mrs. Viberts Tochter. Nachdem Sean Gallagher im Haus gewesen war und ihr vorgeschlagen hatte, das Wochenende frei zu nehmen, waren der alten Frau die Eier eingefallen, die sie Helen de Ville für das Abendessen versprochen hatte. Das junge Mädchen sollte die Eier zum Haupthaus bringen.

Sie war erst sechzehn und körperlich bereits voll erblüht, wenn auch geistig nicht sehr weit entwickelt, was in ihrem schlichten, freundlichen Gesicht zum Ausdruck kam. Sie liebte das Land, die Blumen, die Vögel und war stets am glücklichsten, wenn sie allein durch den Wald streifen konnte. Auf einer Lichtung stand eine alte leere Scheune mit defektem Dach und schief hängenden Türen. Das Gebäude erfüllte sie stets mit Unbehagen, übte aber zugleich eine seltsame Anziehung auf sie aus. Sie blieb stehen und ging langsam durch das hohe Gras darauf zu, um ins dunkle Innere zu schauen.

»He!«, rief da eine laute Stimme. »Was machen Sie denn da?«

Hastig drehte sie sich um und sah Kleist und Greiser auf sich zukommen.

Auf dem Rückweg von Mrs. Vibert machte Sean Gallagher einen Umweg über die Südweide, wo er drei junge Kühe hatte, die nach Art der Jersey-Bauern an langen Ketten festgemacht waren. Kühe waren in dieser schlechten Zeit ein kostbarer Besitz, und er setzte sich eine Weile am Wiesenrand in den Sonnenschein, ehe er sich auf den Rückweg machte.

Er musste noch zwei Felder überqueren, da sah er die beiden Deutschen hinter Mary auf den Wald zugehen. Er blieb stehen, legte eine Hand über die Augen und schaute dem Mädchen nach, das zwischen den Bäumen verschwand, gefolgt von den Deutschen. Von einer seltsamen Unruhe getrieben, begann er schneller zu gehen. Er hatte das Feld kaum halb überquert, als er schon den ersten Schrei hörte. Fluchend rannte er los.

Sarah und Martineau machten ihren Spaziergang bei schönstem Frühlingswetter. Es war angenehm warm, und überall blühten Krokusse, Maiglöckchen und Kamelien. Sie erreichten das Kiefernwäldchen, durch das sie das blaugraue Wasser der Bucht schimmern sahen. Überall sangen Vögel.

Sarah hatte sich bei ihm untergehakt. »Himmel, was für ein herrlicher Geruch! Er versetzt mich geradewegs zurück in meine Kindheit mit ihren langen, heißen Sommern. Heute frage ich mich, ob es sie je gegeben hat oder ob sie nur ein unmöglicher Traum waren.«

»Nein«, antwortete er, »sie waren die einzige Realität. Der Albtraum, das waren die letzten vier Jahre.«

»Ich liebe diese Insel«, sagte Sarah. »Hier lebt eine alte Rasse von normannischer Herkunft, und die de Villes gehören mit zu den ältesten Familien. Unser Stammbaum lässt sich sehr weit zurückverfolgen. Robert de Ville kämpfte in der Schlacht von Hastings mit Herzog William von Normandy.«

»Mit dem guten alten William dem Eroberer?«

»Genau. Er herrschte über Jersey, ehe er König von England wurde – wenn du willst, waren wir es also, die England kolonisierten, und nicht umgekehrt.«

»Das nenne ich arrogant.«

»Hier sind meine Wurzeln«, fuhr sie fort. »Hierher gehöre ich. Dies ist meine Heimat. Wo bist du zu Hause, Harry?«

»Ich bin staatenlos, das passt zu mir«, antwortete er leichthin. »Ein Amerikaner, der seit Jahren in Europa lebt und arbeitet. Ohne nennenswerte Familie.«

»Weltbürger?«

»Nein, kann man nicht sagen.« Martineau war innerlich aufgewühlt, das zeigte sich an seiner überraschend ärgerlichen Reaktion. »Mir fehlt nur jedes Zugehörigkeitsgefühl. Ich gehöre nirgendwohin. Durchaus möglich, dass ich besser 1918 in den Schützengräben gestorben wäre. Vielleicht wurde da im Himmel ein Fehler gemacht. Vielleicht dürfte ich gar nicht hier sein.«

Ärgerlich zog sie ihn zu sich herum. »Das sind schreckliche Worte! Ich bin deine zynische, sarkastische Tour allmählich leid, Harry Martineau! Kannst du nicht wenigstens ab und zu mal die Maske abnehmen? Wenigstens mir gegenüber?«

Ehe er antworten konnte, ertönte ein spitzer Schrei. Sarah und Martineau fuhren herum und schauten zu der kleinen Scheune hinunter, die hinter einigen Bäumen aufragte, und sahen Mary in Kleists Armen zappeln. Greiser stand lachend davor.

»Um Himmels willen, Harry, tu etwas!«, rief Sarah.

»Und ob – aber du hältst dich da heraus.«

Martineau eilte den Hang hinab, und im gleichen Augenblick stürmte Sean Gallagher schon zwischen den Bäumen hervor.

Der schlanke, junge Körper, den er an sich presste, erregte Kleist. »Still!«, rief er. »Sei ein braves Mädchen, dann tu ich dir nicht weh.«

Greisers Augen funkelten, er hatte halb den Mund

geöffnet. »Vergessen Sie nicht, Inspektor, gleiches Recht für alle, das ist mein Motto.«

Gallagher stürmte herein und stieß den Feldwebel wie ein Rugbyspieler mit der Schulter zur Seite. Als er Kleist erreichte, trat er dem Deutschen energisch von hinten ins linke Knie, das sofort einknickte, und landete dann einen kräftigen Schlag in die Nierengegend. Ächzend ging Kleist zu Boden und ließ das erschrockene Mädchen los.

Gallagher nahm Marys Korb, reichte ihn ihr und tätschelte ihr das Gesicht. »Alles in Ordnung, Mary«, sagte er. »Lauf zu Mrs. de Ville. Niemand wird dir etwas tun.«

Sie huschte davon wie ein verängstigtes Kaninchen. Als sich Gallagher umwandte, zog Greiser mit flackerndem Blick seine Mauser. Kleist rief: »Nein, Ernst, das ist ein Befehl! Er gehört mir.« Er rappelte sich auf, stemmte stöhnend die Hände in den Rücken und zog den Mantel aus. »Sie müssen einen Sprung in der Schüssel haben – wie alle Iren. Es wird Zeit, dass ich Ihnen eine Lektion erteile. Ich breche Ihnen beide Arme!«

»Ich bin nur halb Ire, da dürfte der Sprung nicht allzu groß sein – das wollen wir mal klarstellen.« Sean Gallagher zog ebenfalls die Jacke aus und warf sie zur Seite. »Habe ich Ihnen schon mal vom alten Harvey le Brocq erzählt, meinem Großvater? Der ist mit zwölf schon auf Kabeljauschonern gefahren und holte später Getreide aus Australien. Mit siebenundzwanzig hatte er schon zwölfmal Kap Horn umfahren.«

»Rede nur«, sagte Kleist und ging langsam im Kreis um ihn herum. »Das nützt dir doch nichts.«

Er stürmte los und holte zu einem mächtigen Hieb aus, dem Gallagher mühelos auswich. »Damals war man als Bootsmaat nur so gut wie seine Fäuste – und er war gut. Sehr gut sogar.« Gallagher griff nun seinerseits geduckt an und landete einen Schwinger unter dem linken Auge des Deutschen. »Als ich als kleiner Junge von Irland herüberkam und meinen Großvater besuchte, nahmen mich die starken Jungs hier aus dem Dorf aufs Korn, weil ich so komisch redete. Ich kam weinend nach Hause, da führte mein Großvater mich in den Obstgarten und erteilte mir die erste Lektion – die erste von vielen. Wichtig sind die Technik und der richtige Zeitpunkt für den Schlag – nicht die Körpergröße. Ach, wie oft hat er mir das schmerzhaft zu Bewusstsein gebracht, dabei war er Laienprediger und hätte es nie für möglich gehalten, dass eines Tages die Brutalen die Welt regieren würden.«

Während des Sprechens wich er mühelos den Hieben des Deutschen aus – im Gegenzug schien jeder seiner Schläge dort zu landen, wohin er zielte. Vom Hang weiter oben verfolgten Sarah, Martineau und Mary Vibert, wie der Ire dem Inspektor einen gezielten Hieb nach dem andern versetzte.

Doch plötzlich schien das Schlimmste wahr zu werden. Gallagher griff an, rutschte mit dem rechten Fuß im Gras aus und sackte zu Boden. Kleist nutzte die Chance, knallte dem anderen ein Knie vor die Stirn und trat ihm in die Seite, als er zu Boden ging. Überraschend schnell ließ sich Gallagher abrollen und kam auf ein Knie hoch.

»Gott steh uns bei, Sie können ja nicht mal richtig treten!«

Er rappelte sich auf, und Kleist griff wieder an. Er hatte die Arme ausgestreckt und wollte den anderen vernichten. Gallagher ließ sich zur Seite fallen und stellte dem Deutschen dabei ein Bein, sodass er mit dem Kopf gegen die Scheunenwand knallte. Der Ire versetzte ihm eins rechts und links in die Nierengegend. Kleist schrie spitz auf, und Gallagher zog ihn herum, packte ihn fest an den Aufschlägen und brach dem Deutschen mit vorzuckender Stirn das Nasenbein. Dann trat er zurück. Kleist schwankte und sank zu Boden.

»Saukerl!«, brüllte Greiser.

Gallagher fuhr herum und sah den Feldwebel mit gezogener Mauser vor sich stehen. Im gleichen Augenblick peitschte ein Schuss und ließ vor Greisers Füßen den Sand hochspritzen. Alle wandten sich zu Martineau um, der mit gezogener Walther den Hang herabkam.

»Wegstecken!«, befahl er.

Greiser starrte ihn an und reagierte erst, als Kleist sich mühsam aufrappelte und heiser sagte: »Tu, was er sagt, Ernst.«

Greiser gehorchte, und Martineau sagte: »Gut. Sie beide sind völlig unwürdige Vertreter dessen, wofür das Reich eintritt. Diesen Punkt werde ich später mit Ihrem Vorgesetzten klären. Jetzt verschwinden Sie.«

Greiser versuchte Kleist zu stützen. Der große Mann aber schüttelte ihn ab und verschwand zwischen den Bäumen. Gallagher drehte sich um und rief zu Mary Vibert hinauf: »Geh weiter, Mädchen, geh zum Haus!«

Sie machte kehrt und lief davon. Sarah zog ein Taschentuch und wischte Gallagher Blut vom Mund. »Ich hatte keine Ahnung, was für eine gefährliche Mischung aus Jersey- und Irenblut entsteht.«

»Ein hübscher Tag für so etwas, Gott sei gedankt.« Mit zugekniffenen Augen schaute Gallagher zur Sonne auf. »Die Zeiten können nur besser werden.« Grinsend wandte er sich an Martineau. »Sie haben nicht zufällig eine Zigarette bei sich? Ich scheine meine zu Hause gelassen zu haben.«

11

Martineau und Sarah fuhren durch St. Aubin hinab in Richtung Bel Royal und kamen dabei an etlichen Bunkern und Geschützstellungen vorbei. Der Himmel war strahlend blau, die Sonne schien, nur am Horizont hinter Fort Elizabeth ragten dunkle Wolken auf.

»Regen«, sagte sie. »Typisches Jersey-Frühlingswetter. Eben noch herrlicher Sonnenschein, aber gleich darauf fegen Regenböen über die Bucht, manchmal nur minutenlang.«

»Es ist wärmer, als ich erwartet habe«, bemerkte er. »Fast wie am Mittelmeer.« Mit einem Kopfnicken deutete er auf die Gärten, die links und rechts vorbeihuschten. »Besonders wegen der vielen Palmen. Damit hatte ich nicht gerechnet.«

Sarah schloss die Augen und lehnte sich zurück. »Die Insel hat im Frühling einen ganz besonderen Geruch. So etwas gibt es sonst nirgendwo auf der Welt.« Sie öffnete die Augen und lächelte. »Wenn ich so etwas sage, spricht die de Ville aus mir. Hoffnungslos voreingenommen. Warum hast du die Uniform ausgezogen?«

Er trug den ledernen Militärmantel, darunter aber einen grauen Tweedanzug mit Weste, weißes Hemd und schwarze Krawatte. Der Schlapphut war ebenfalls schwarz, die Krempe vorn und hinten herabgezogen.

»Reine Taktik«, antwortete er. »Die entscheidenden Leute wissen längst, dass ich hier bin und wer ich bin –

dank Müller. Wenn ich nicht unbedingt will, brauche ich nicht in Uniform aufzutreten. SD-Offiziere tragen sowieso meistens Zivil. Damit unterstreichen wir unsere Macht. Die Leute reagieren noch ängstlicher.«

»Du hast gesagt: ›unsere‹ Macht.«

»Ach?«

»Ja. Du machst mir manchmal Angst, Harry.«

Er ließ den Kübelwagen am Straßenrand halten und stellte den Motor ab. »Gehen wir ein Stück spazieren.«

Als er ihr aus dem Fahrzeug geholfen hatte, musste sie einen Moment warten und einen Militärzug vorbeirattern lassen; dann überquerten sie die Gleise und gingen zur Mole hinüber. Dort fanden sie ein Café, das offenbar aus der Vorkriegszeit stammte und längst geschlossen war; ganz in der Nähe erhob sich ein riesiger Bunker.

Plötzlich war Musik zu hören. Zwei junge Soldaten hockten auf der Mole und hatten ein tragbares Radio zwischen sich stehen. Unten im Sand spielten Kinder, die Mütter lehnten mit dem Rücken an der Mauer und hatten die Gesichter der Sonne zugewendet. Mehrere deutsche Soldaten, begleitet von jungen Frauen, schwammen im Meer.

Martineau und Sarah lehnten sich an die Mauer. »Erstaunlich bürgerlich, nicht wahr?« Er gab ihr eine Zigarette.

Die Soldaten schauten herüber, vor allem natürlich wegen Sarah, und wandten sich wieder ab, als Martineau finster zurückstarrte. »Ja«, sagte sie. »Damit hatte ich nicht gerechnet.«

»Wenn du genau hinschaust, wirst du feststellen, dass die meisten Soldaten da unten noch ganz jung sind, höchstens zwanzig. Die sind schwer zu hassen. Wenn man es mit einem Nazi zu tun hat, ist die Sache klar. Man weiß, wo man steht. Aber der zwanzigjährige Durchschnittsdeutsche in Uniform« – Martineau zuckte mit den Achseln – »ist eben nur ein Zwanzigjähriger in Uniform.«

»Woran glaubst du, Harry? Wohin führt dich dein Weg?«, fragte Sarah mit angespanntem Gesicht.

»Ich habe es dir schon einmal gesagt – ich bin ein sehr existenzialistisch eingestellter Mensch. ›Sofortiges Handeln‹ – Churchills Lieblingsspruch. Und das bedeutet, dass wir die Nazis besiegen müssen, denn sie müssen restlos vernichtet werden. Hitlers persönliche Philosophie ist für jeden Menschlichkeitsbegriff unakzeptabel.«

»Und wenn alles vorbei ist? Was wird dann aus dir?«

Er lehnte an der Mauer und hatte die dunklen Augen auf das Meer gerichtet. »Als junger Mensch liebte ich Bahnhöfe, besonders bei Nacht. Der Dampfgeruch, das Klagen einer Lokomotivpfeife in der Ferne, die nächtlichen Bahnsteige in den großen, verlassenen viktorianischen Palästen, darauf zu warten, irgendwohin zu fahren, überallhin. Das gefiel mir, zugleich erfüllte es mich mit großem Unbehagen. Mit der Angst, womöglich in den falschen Zug zu steigen.« Er wandte sich zu ihr um. »Verstehst du, sobald der Zug sich in Bewegung gesetzt hat, kann man nicht mehr aussteigen.«

»Der Bahnhof ist unheilvoll um Mitternacht«, sagte sie leise. »Die Hoffnung ist ein toter Brief.«

Er starrte sie an. »Woher hast du das?«

»Aus einem deiner schlechten Gedichte. Als ich dich in deinem Häuschen kennen lernte, las der Brigadier dieses Gedicht. Du hast es ihm weggenommen und zerknüllt in den Kamin geworfen.«

»Und du hast es wieder herausgeholt?«

»Ja.«

Einen Augenblick lang fürchtete sie, er würde verärgert reagieren. Aber dann lächelte er. »Moment.« Er ging über die Gleise zum Kübelwagen und öffnete die

Tür. Als er zurückkam, hielt er einen kleinen Kodak-Fotoapparat in der Hand. »Helen hat mir das Ding geliehen. Der Film ist zwar vier Jahre alt, und sie übernimmt keine Garantie für die Aufnahmen.«

Martineau lief zu den beiden Soldaten hinüber. Nach kurzem Gespräch sprangen sie auf und nahmen Haltung an. Martineau gab einem den Fotoapparat und kehrte an Sarahs Seite zurück.

»Vergiss nicht zu lächeln.« Er zündete eine Zigarette an, steckte die Hände in die Manteltaschen und drehte sich um.

Sarah hakte sich bei ihm unter. »Wozu das?«

»Damit du eine Erinnerung an mich hast.«

Seine Antwort beunruhigte sie, und sie presste seinen Arm an sich. Der junge Soldat machte die Aufnahme. »Noch eine!«, rief Martineau auf Deutsch. »Für alle Fälle.«

Der junge Mann gab den Apparat zurück, lächelte scheu, grüßte und entfernte sich. »Hast du ihm gesagt, wer du bist?«, fragte Sarah.

»Natürlich.« Harry umfasste ihren Arm. »Lass uns weiterfahren. Ich muss einiges erledigen.« Sie überquerten die Gleise und kehrten zum Kübelwagen zurück.

Karl Müller war stolz darauf, dass er sich stets beherrschen konnte, dass er nur selten Gefühle zeigte. Er sah darin seine größte Gabe – die ihn nun allerdings zum ersten Mal zu verlassen drohte.

»*Was* haben Sie gemacht?«, fragte er, am Fenster seines Büros stehend.

Kleist sah schlimm aus: Beide Augen waren purpurn verquollen, die gebrochene Nase aufgedunsen. »Ein Missverständnis, Herr Hauptmann.«

Müller wandte sich an Greiser: »Ist das auch Ihre Version? Ein Missverständnis?«

»Wir haben das Mädchen nur verhört, Herr Hauptmann. Sie geriet in Panik, aber da war schon Gallagher zur Stelle. Er hat die Sache völlig missverstanden.«

»Wie Ihr Gesicht beweist, Willi«, bemerkte Müller. »Und Vogel wurde auch noch hineingezogen.«

»Er erschien im ungünstigsten Moment«, bemerkte Greiser.

»Und sah die Dinge *ebenfalls* in völlig falschem Licht?« Müller begann sich aufzuregen. »Und jetzt muss ich mich strecken, um euch aus der Schusslinie zu bringen, wenn er heute hier erscheint! Los, verschwindet mir aus den Augen!«

Er drehte sich zum Fenster um und knallte die offene Hand gegen die Wand.

Martineau ließ sich von Sarah den Weg zeigen und fuhr am Gefängnis vorbei in die Gloucester Street. »Denk daran«, sagte er, »wenn wir in der Stadt zusammen unterwegs sind, musst du unbedingt Französisch sprechen. Man weiß nie, ob man nicht ungebetene Zuhörer hat, verstanden?«

»Natürlich.«

Plötzlich war Musik zu hören, und als sie auf die Parade einbogen, entdeckten sie auf dem Rasen zwischen dem Denkmal General Dons, eines früheren Gouverneurs der Insel, und dem Ehrengrabmal eine deutsche Militärkapelle. Eine ziemlich große Menge, Zivilisten und Soldaten, hatte sich eingefunden und lauschte.

»Beinahe wie *Workers' Playtime* im BBC zu Hause«, sagte Martineau. »Die Leute sollen die Besetzung nicht als so schlimm empfinden.«

»Du kannst hier halten«, sagte sie. »Das Rathaus ist gleich da hinten.«

Martineau lenkte den Wagen an den Bordstein und stieg mit Sarah aus. Das Militärfahrzeug erweckte Aufmerksamkeit, und mehrere Leute drehten sich um. Viele reagierten gleichgültig, andere aber, vorwiegend ältere Frauen, verhehlten beim Anblick Sarahs ihren Ärger nicht.

Jemand murmelte: »Deutschdirne!« Es war ein hässliches Wort, Ausdruck der Verachtung gegenüber einem Mädchen, das sich mit dem Feind eingelassen hatte. Martineau kehrte sofort den Standartenführer heraus und stellte die grauhaarige Frau, die das Wort ausgesprochen hatte, zur Rede.

»Sie haben etwas gesagt, Madam?«, fragte er auf Englisch.

Sichtlich fuhr ihr der Schrecken in die Glieder. »Nein – ich nicht. Sie irren sich.« In panischem Entsetzen machte sie kehrt und stolperte fort.

Sie kamen am Rathaus vorbei, an dessen Eingang eine Naziflagge wehte und ein bewaffneter Posten der Luftwaffe stand, überquerten die York Street und erreichten Charing Cross. Manche Schaufenster waren noch zugeklebt, damit es keine Splitter gab; wahrscheinlich seit dem ersten Kriegsjahr. Die Luftwaffe hatte 1940 einen Angriff auf St. Helier geflogen, etwas, das der RAF offensichtlich niemals einfallen würde, weshalb viele Ladenbesitzer die Klebebänder wieder entfernt hatten.

An einem Eingang zwischen zwei Läden blieben sie stehen. Das Schild zeigte an, dass die Friseuse im Obergeschoss arbeitete. »Ich erinnere mich an den Laden«, sagte Sarah.

»Könnte man dich wieder erkennen?«

»Ich glaube nicht. Ich war zum letzten Mal mit zehn Jahren hier.«

Sie stieg die Treppe hinauf und stieß eine Milchglastür auf. Martineau folgte ihr. Es war ein kleiner Salon mit zwei Waschbecken und Trocknern. Die Frau, die in der Ecke eine Zeitung las, war etwa vierzig, Jahre alt und hatte ein rundes, freundliches Gesicht. Lächelnd blickte sie auf – doch plötzlich war das Lächeln wie fortgewischt.

»Ja?«, fragte sie.

»Ich muss mich dringend frisieren lassen«, sagte Sarah auf Französisch.

»Ich spreche kein Französisch«, antwortete die Frau.

Martineau sagte auf Englisch: »Die junge Dame war gestern Nacht an Bord der *Victor Hugo*. Bestimmt wissen Sie, was diesem Schiff auf der Überfahrt von Granville zugestoßen ist, und können sich vorstellen, dass Mademoiselle einige Zeit im Wasser war. Da sie kein Englisch kann, muss ich für sie sprechen. Wie Sie sehen, braucht ihr Haar gründliche Pflege.«

»Ich kann Ihnen nicht helfen. Ich habe keine Termine frei.«

Martineau blickte sich im leeren Salon um. »Das sehe ich. Bitte Ihren Ausweis.«

»Warum? Ich habe nichts getan.«

»Möchten sie das Gespräch lieber im Hotel *Silvertide* fortsetzen?«

Plötzlich stand Angst in ihrem Blick. Sarah hatte sich noch nie so mies gefühlt, während sie verfolgte, wie die arme Frau ihre Handtasche holte und den Ausweis hervorkramte, der auf den Namen Emily Johnson ausgestellt war. Martineau prüfte das Dokument und gab es zurück.

»Ich heiße Vogel – Standartenführer Vogel. Ich habe im Rathaus eine Verabredung mit Oberst Heine, dem Kommandanten. Das wird eine Stunde dauern, vielleicht ein bisschen länger. In dieser Zeit werden Sie Ihr Möglichstes für das Haar dieser jungen Dame tun. Wenn ich zurückkehre, wird es bestimmt prächtig aussehen.« Er öffnete die Tür. »Wenn nicht, mache ich Ihnen über Nacht den Laden zu.«

Die beiden Frauen lauschten den leiser werdenden Schritten auf der Treppe nach. Von einem Haken hinter der Tür nahm Mrs. Johnson einen Umhang und wandte sich mit freundlichem Lächeln um. »Also gut, du miese französische Nutte, dann wollen wir dich mal hübsch machen für diesen Schlächter«, sagte sie auf Englisch. Ihr Lächeln wurde noch breiter: »Und ich kann nur hoffen, dass du kriegst, was du verdienst.«

Am liebsten hätte ihr Sarah Beifall geklatscht, aber sie beherrschte sich und sagte auf Französisch: »Ah, der Mantel.«

Sie zog den Mantel aus, überreichte ihn der Frau, legte den Umhang um und ging zum nächsten Stuhl.

Martineau näherte sich dem Rathaus und sah einen Polizisten in der traditionellen britischen Bobby-Uniform auf der Vortreppe mit dem Posten sprechen. Die beiden schwiegen und schauten ihm aufmerksam entgegen.

»Standartenführer Vogel für den Kommandanten.«

Der Posten nahm Haltung an, während sich der Polizei-Constable diskret entfernte. »Der Kommandant ist vor zwanzig Minuten eingetroffen, Standartenführer.«

Martineau betrat die Vorhalle und näherte sich dem Feldwebel, der unten an der Treppe hinter einem Schreibtisch saß. Der Mann hob den Blick, und Martineau sagte: »Ich heiße Vogel. Ich glaube, Oberst Heine erwartet mich.«

Der Feldwebel sprang auf und griff nach dem Telefon. »Standartenführer Vogel am Empfang, Herr Major.« Er legte den Hörer wieder auf. »Major Necker kommt sofort herunter, Standartenführer.«

»Danke.« Martineau entfernte sich einige Schritte und schaute durch die offene Tür ins Freie. Wenige Sekunden später klapperten Stiefel auf der Treppe. Er drehte sich um. Ein junger Mann, Major der Infanterie, der nicht älter als dreißig aussah, eilte auf ihn zu.

Wie erwartet, wurde Martineau überaus höflich begrüßt. Der Offizier schlug kurz die Hacken zusammen und streckte die Hand aus. »Felix Necker, Standartenführer.«

Der Mann hatte an der Front gedient, dies zeigte die Schrapnellnarbe, die über die Wange bis zum linken Auge führte. Neben dem Eisernen Kreuz trug er das Verwundetenabzeichen in Silber, das erkennen ließ, dass er mindestens dreimal verwundet worden war, das Infanterie-Sturmabzeichen und eine Nahkampfspange in Gold. Die Vertrautheit mit solchen Einzelheiten half Martineau oft genug, am Leben zu bleiben, denn sie verrieten viel über den Mann. In Major Necker hatte er einen Kriegshelden vor sich.

»Es freut mich, Sie kennen zu lernen, Herr Major«, sagte er. »Sie sind schon lange auf Jersey?«

»Erst zwei Monate«, antwortete Necker. »Ich bin nicht regulär bei der 319. Division, sondern nur ausgeliehen.«

Die beiden Männer liefen die Treppe hinauf, der Major klopfte an und öffnete eine Tür, trat zur Seite und ließ Martineau an sich vorbei in einen recht angenehmen Raum treten, offensichtlich das ehemalige Büro eines Stadtbeamten. Der Offizier, der um seinen Schreibtisch herumkam, gehörte einem Typ an, den Martineau gut kannte. Ein wenig förmlich im Umgang, entstammte dieser der altmodischen Schule regulärer Heeresoffiziere und war entschieden kein Nazi. Ein Offizier und Ehrenmann.

»Standartenführer. Es freut mich, Sie kennen zu lernen.« Der Händedruck war fest und durchaus freundlich, der Blick aber zeigte Zurückhaltung. Heines Höflichkeit war nur äußerlich.

»Oberst Heine.« Martineau öffnete seinen Mantel und legte den SD-Ausweis vor.

Heine betrachtete ihn und gab ihn zurück. »Bitte

nehmen Sie Platz. Wie können wir Ihnen behilflich sein? Sie haben Felix Necker ja schon kennen gelernt. Er wurde uns von Paris nur ausgeliehen und ist vorübergehend mein Stellvertreter. Für ihn ein Urlaub. Er kommt frisch aus dem Krankenhaus. War vorher an der russischen Front.«

»Ach?«, sagte Martineau. Er zog den Himmler-Brief aus der Tasche und legte ihn auf den Tisch.

Mit ernstem Gesicht studierte Heine den Text und reichte ihn an Necker weiter. »Dürfte ich den Zweck Ihres Besuchs erfahren?«

»Im Augenblick nicht.« Martineau nahm den Brief, den Necker ihm zurückgab. »Im Augenblick genügt mir Ihre Zusicherung, dass ich Ihre volle Unterstützung erhalte, sollte ich sie benötigen.«

»Das steht außer Frage.« Heine zögerte. »Was die Einquartierung angeht, so habe ich mir sagen lassen, dass Sie auf dem De-Ville-Anwesen untergebracht sind.«

»Ja, ich habe gleich bei unserer Ankunft mit Hauptmann Müller von der Geheimen Feldpolizei gesprochen. Er war sehr entgegenkommend. Er hat mir bereits ein geeignetes Fahrzeug zur Verfügung gestellt, sodass ich im Augenblick keine weiteren Wünsche habe. Es wäre nützlich, wenn Sie alle Ihre Kommandanten von meiner Anwesenheit unterrichteten.«

»Selbstverständlich«, sagte Heine. »Da wäre allerdings noch etwas – ich muss nach Guernsey fahren, ebenso der Zivilkommandeur. Eine Wochenendkonferenz mit General von Schmettow.«

Martineau wandte sich an Necker. »Vermutlich werden Sie solange das Kommando führen?«

»Richtig.«

»Dann sehe ich kein Problem.« Er stand auf und ergriff seinen Hut.

»Wir sehen uns, wenn ich wieder zurück bin?«, fragte Heine.

»Durchaus möglich.« Martineau gab den beiden die Hand. »Es war mir ein Vergnügen, Herr Oberst. Ich überlasse Sie jetzt Ihren Dienstpflichten. Ich finde den Weg allein hinaus, Herr Major.«

Die Tür schloss sich hinter ihm, und Heines Verhalten änderte sich schlagartig. »Bei diesen Schergen vom Sicherheitsdienst bekomme ich immer eine Gänsehaut. Felix, was will der Kerl hier?«

»Das weiß der liebe Gott allein, Herr Oberst, aber seine Vollmacht ...« Necker zuckte die Achseln. »Nicht nur von Himmler, sondern vom Führer persönlich unterzeichnet.«

»Ich weiß.« Heine hob abwehrend die Hand. »Behalten Sie ihn bloß im Auge. Ich erkundige mich bei von Schmettow auf Guernsey, was er davon hält. Aber dass Sie mir den Mann bei Laune halten! Ärger mit Himmler wäre jetzt das Letzte, was wir brauchen könnten.«

»Selbstverständlich, Herr Oberst.«

»Gut. Jetzt führen Sie die braven Bürger des Lebensmittelkontroll-Komitees herein.«

Martineau hatte noch Zeit und unternahm einen Spaziergang durch das Städtchen. Es waren viele Leute unterwegs, mehr Zivilisten als Soldaten. Die meisten sahen abgemagert aus, ihre Kleider alt und abgetragen. Die meisten Kinder waren vermutlich in der Schule, sodass er nur wenige zu Gesicht bekam – die aber schienen in besserer Verfassung zu sein als die Erwachsenen; für die meisten Eltern waren die Kinder ohnehin wichtiger als sie selbst.

Die Jerseybewohner schlugen sich also durch. Helen de Ville hatte ihm von den Gemeinschaftsküchen und -bäckereien erzählt, mit denen Energie gespart wurde. Offensichtlich hatten es die Städter schwerer als die Leute auf dem Land. Martineau bog in die Queen

Street ein und entdeckte vor einem Schaufenster eine Menschenmenge.

In der Auslage stapelte sich eine erstaunliche Fülle von Lebensmitteln. Konservendosen, Säcke mit Kartoffeln und Mehl, Schinken, Rotwein- und Champagnerflaschen. Stumm schauten die Leute in das Schaufenster. Ein Schild verkündete: *Schwarzmarktwaren. Dein eigener Nachbar kann der Feind sein. Hilf, ihn zu besiegen.* Müller hatte den Text unterschrieben. Auf den von Entbehrungen gezeichneten Gesichtern mancher Leute war ein unerträglicher Schmerz abzulesen. Martineau wandte sich ab und kehrte nach Charing Cross zurück.

Als er den Frisörsalon betrat, stand Sarah gerade vor dem Spiegel und setzte sich den Hut auf. Sie hatte wieder eine hübsche Frisur. Er half ihr in den Mantel.

»Zufrieden?«, fragte Emily Johnson.

»Sehr.« Er öffnete die Brieftasche und zog einen Zehnmarkschein heraus.

»Nein!« Die Friseuse bebte beinahe vor Zorn. »Ich will Ihr Geld nicht! Sie haben mir befohlen, ihr das Haar zu machen, und ich habe es getan.« Ihre Augen waren tränenfeucht. »Jetzt gehen Sie.«

Martineau schob Sarah zur Tür und wandte sich auf der Schwelle noch einmal um. Seine Stimme klang erstaunlich sanft. Es war, als hätte er die Rolle des brutalen SS-Offiziers, die er so vorzüglich spielte, vorübergehend abgelegt. »Ich verneige mich vor Ihnen, Mrs. Johnson«, sagte er. »Sie sind eine mutige Frau.«

Dann schloss sie die Tür hinter ihm. Emily Johnson sank auf einen Stuhl, barg das Gesicht in den Händen und begann zu weinen.

Martineau stellte den Kübelwagen vor dem *Silvertide-Hotel* in Havre des Pas neben mehreren anderen Fahrzeugen ab. »Es dauert nicht lange.»

Sie lächelte. »Mach dir meinetwegen keine Sorgen –

ich gehe auf der Mole spazieren. Als Kind bin ich hier oft geschwommen.«

»Wie du willst. Bitte rede nicht mit fremden Männern.«

Müller hatte seine Ankunft vom Fenster aus beobachtet. Als Martineau das Haus betrat, erwartete ihn bereits ein junger Feldgendarm in Zivil. »Standartenführer Vogel? Bitte hier entlang.«

Er führte Martineau in Müllers Zimmer und schloss die Tür. Der Hauptmann erhob sich hinter seinem Tisch. »Es ist mir eine große Freude …«

»Ich wünschte, ich könnte das auch sagen«, gab Martineau zurück. »Sie haben schon mit Kleist und Greiser gesprochen?«

»Über das Missverständnis bei den de Villes. Ja, die beiden haben mir erklärt …«

»Missverständnis?«, fragte Martineau abweisend. »Bitte lassen Sie die beiden kommen, Herr Hauptmann, und zwar augenblicklich. Ich habe nicht viel Zeit.«

Er wandte sich ab und schaute mit auf dem Rücken verschränkten Händen aus dem Fenster, während Müller das Sprechgerät bediente und Kleist und Greiser zu sich bestellte. Kurze Zeit später traten die beiden ein. Martineau drehte sich nicht vom Fenster weg, sondern schaute weiter über die Straße auf die Kaimauer, auf der Sarah wartete.

Leise sagte er: »Inspektor Kleist, wie ich erfahren musste, führen Sie die Ereignisse auf dem Anwesen der de Villes von heute früh auf ein Missverständnis zurück?«

»Äh … ja, Standartenführer.«

»Das ist gelogen!«, sagte Martineau leise und drohend. »Von Ihnen beiden!« Er wandte sich um. »Ich ging mit Mademoiselle Latour im Wald spazieren, da hörten wir plötzlich ein Mädchen schreien. Ein Kind,

Herr Hauptmann, noch keine sechzehn, wurde von diesem Unhold zu einer Scheune geschleppt, während der andere lachend dabeistand. Ich wollte mich schon einmischen, als General Gallagher am Ort des Geschehens eintraf und dem Kerl da die verdiente Tracht Prügel verabreichte.«

»Verstehe«, sagte Müller.

»Und um noch Schlimmeres zu verhüten, musste ich schließlich meine Waffe ziehen und einen Warnschuss abgeben, damit dieser Idiot Gallagher nicht von hinten niederstreckte. Gott im Himmel, was haben Sie eigentlich im Kopf, Greiser?« Er sprach langsam, als hätte er ein Kind vor sich. »Der Mann ist Ire, also ein Neutraler, und es gehört zur Politik des Führers, mit Irland gute Beziehungen zu unterhalten. Außerdem ist er in seiner Heimat ein berühmter Mann. Ein Held der dortigen Revolution. Ein General. Solche Leute erschießen wir nicht von hinten. Begriffen?«

»Jawohl, Standartenführer.«

Martineau wandte sich Kleist zu. »Und da die offizielle Politik des Führers gegenüber den Bürgern von Jersey auf Versöhnung ausgerichtet ist, versuchen wir auch nicht, sechzehnjährige Mädchen zu vergewaltigen!« Er richtete den Blick auf Müller. »Das Verhalten dieser beiden Männer geht gegen alles, wofür das Reich mit seiner Ehre einsteht.«

Er genoss die Szene, umso mehr, als Kleist seinen Zorn nicht mehr bezähmen konnte. »Ich bin kein Kind, dem man eine Standpauke halten muss!«

»Kleist!«, sagte Martineau. »Als Mitglied der Gestapo haben Sie einen Eid auf den Führer abgelegt. Einen heiligen Eid. Wenn ich mich richtig erinnere, kommt darin der folgende Satz vor: ›Ich schwöre Ihnen und den von Ihnen ernannten Vorgesetzten Gehorsam bis in den Tod.‹ Habe ich Recht?«

»Ja«, antwortete Kleist.

»Dann denken Sie von nun an daran, dass Sie hier sind, um Befehle auszuführen. Wenn ich Ihnen eine Frage stelle, antworten Sie: ›*Jawohl, Standartenführer.*‹ Wenn ich Ihnen einen Befehl gebe, höre ich: ›*Zu Befehl, Standartenführer.*‹ Haben Sie das begriffen?«

Es trat eine Pause ein, ehe Kleist leise antwortete: »*Jawohl, Standartenführer.*«

Martineau drehte sich zu Müller um. »Und Sie fragen sich noch, warum es Reichsführer Himmler für richtig hielt, mich hierherzuschicken?«

Mit diesen Worten verließ er das Büro, durchquerte das Foyer und ging über die Straße auf den Kübelwagen zu. Sarah saß auf der Kühlerhaube. »Wie ist es gelaufen?«, fragte sie.

»Ach, man kann wohl sagen, dass ich den Kerlen einen gehörigen Schrecken eingejagt habe. Ich bin zufrieden.« Er hielt ihr die Tür auf. »Jetzt kannst du mir mal deine Insel zeigen.«

Müller begann zu lachen. »Ich wünschte, Sie beide könnten sich mal hier stehen sehen, Willi.«

»Ich schwöre zu Gott, den Kerl werde ich ...«

»Sie tun gar nichts, Willi, wie wir anderen auch. Sie führen die Befehle aus, die man Ihnen gibt.« Er trat an einen Schrank, öffnete ihn und nahm ein Glas und eine Flasche Cognac heraus. »Ich muss zugeben, er redet wie der Führer, wenn er schlecht geschlafen hat. Der ganze Unsinn über die Reinheit deutscher Gesinnung, die dummen Redensarten.«

»Möchten Sie immer noch, dass ich mit meinem Bruder telefoniere, Herr Hauptmann?«, fragte Greiser. »Ich habe für heute Abend um zehn Uhr eine Voranmeldung für Stuttgart.«

»Warum nicht?« Müller schenkte sich großzügig Cognac ein und sagte ungeduldig: »Um Himmels willen, fahren Sie endlich ins Krankenhaus und lassen nach Ihrer Nase schauen, Willi! Los, los, ich will Sie beide nicht mehr sehen.«

Rommel hielt sich in der Nähe von Bayeux in einer entlegenen Villa auf dem Lande auf. Sie diente dem befehlshabenden General jener Gegend als Wochenendzuflucht, und dieser war hocherfreut gewesen, dem Generalfeldmarschall das Haus anzubieten, als der den Wunsch nach einem ruhigen Wochenende äußerte. Die Bernards, die sich um das Haus kümmerten, waren ungemein diskret. Die Frau kochte sehr gut, der Mann arbeitete als Butler.

In seiner eigenen Fallschirmjägeruniform erreichte Baum das Haus an diesem Nachmittag noch vor dem Generalfeldmarschall. Über dem Auge trug er eine Augenbinde, die auf Rommels Anregung zurückging. Er selbst fand, dass er dem Generalfeldmarschall erst ähnlich sah, wenn er die Uniform anzog, sein Gesicht mit kleinen Gummistücken im Mund eckiger erscheinen ließ und gekonnt ein wenig Make-up auftrug. Die eigentliche Veränderung fand in seinem Innern statt – er dachte wie Rommel, er wurde Rommel. Das war das Talent, das er als Darsteller mitbrachte.

Rommel und Hofer erreichten das Haus am späten Nachmittag in ihrem Mercedes, gefahren von einem Pionier-Feldwebel namens Dreschler, einem Veteranen aus dem Afrikakorps, von Hofer gezielt ausgesucht. Madame Bernard setzte dem Generalfeldmarschall im Wohnzimmer ein spätes Mittagessen vor. Hinterher ließ Hofer Baum rufen.

»Also schön, gehen wir alles noch einmal durch«, sagte Rommel.

»Nach den mir vorliegenden Informationen setzen die Leute von Jersey gegen zwei Uhr früh nach Guernsey über. Berger und ich brechen um neun Uhr früh mit dem Kübelwagen von hier auf. Etwa ein Kilometer von hier steht ein leeres Haus, das noch zum Anwesen gehört. Dort kann er sich umziehen.«

»Und dann?«

»Dann fahren wir zu einem Reserveflugplatz der Luftwaffe nur zehn Kilometer von hier. Dort wartet ein Pilot, Oberleutnant Sorsa, mit einem Fieseler-Storch – der Mann steht unter Ihrem persönlichen Kommando.«

»Sorsa? Ist das nicht ein finnischer Name?«, wollte Rommel wissen.

»Stimmt.«

»Was sucht der Mann bei der Luftwaffe? Warum schießt er nicht an der Ostfront für seine eigenen Leute Russen ab?«

»Sorsa ist ein toller Bursche, ein richtiges Flieger-Ass. Einer der besten Nachtjägerpiloten, die wir haben. Zurzeit leistet er Hervorragendes, wenn er über dem Reich eingesetzt wird und Lancaster-Bomber abschießt. Für unser Unternehmen eignet er sich wie kein anderer. Er passt nicht in die übliche Kommandostruktur der Luftwaffe. Außenseiter.«

»Die Finnen lieben uns nicht gerade«, stellte Rommel fest. »Ich habe ihnen nie getraut.« Er zündete sich eine Zigarette an. »Aber machen Sie weiter.«

»Sorsa erfährt das Flugziel erst, wenn wir zur Maschine kommen. Schätzungsweise gegen elf Uhr werden wir auf Jersey landen. Ich habe dem Hauptquartier der Heeresgruppe B Befehl gegeben, Berlin zur Mittagsstunde zu verständigen, dass Sie nach Jersey geflogen sind. Dass wir nicht früher Bescheid gegeben haben, erklären wir mit der Notwendigkeit, Ihre Sicherheit während des Fluges zu gewährleisten.«

»Und was geschieht dann?«

»Die Generäle von Stülpnagel und Falkenhausen treffen im Lauf des Tages ein. Sie bleiben über Nacht und reisen Samstag früh wieder ab.«

»Und Sie kehren am Abend zurück?«

»Selbstverständlich. Die Leute hier im Haus, die Bernards, wissen, dass Sie hier sind, haben aber natürlich keine Ahnung, dass Sie sich gleichzeitig auf Jersey aufhalten. Das Gleiche gilt für Feldwebel Dreschler, der Sie sowieso anbetet. Ein alter Wüstenkämpfer. Sollte es später mit ihm Probleme geben, werde ich schon damit fertig.«

Rommel schaute Baum an. »Und Sie, mein Freund, werden Sie auch mit allem fertig?«

»Jawohl, Herr Generalfeldmarschall, davon bin ich ehrlich überzeugt«, antwortete Baum.

»Gut.« Aus einem Eiskübel nahm Rommel die Flasche Dom Perignon, die Monsieur Bernard zuvor aufgetragen hatte, und öffnete sie. Er füllte drei Gläser und reichte Baum und Hofer je eines. »Also, meine Freunde, auf das Unternehmen Jersey!«

Sarah und Martineau verbrachten einen lehrreichen Nachmittag. Zunächst fuhren sie nach Gorey, wo Sarah ihm Mont Orgeull zeigen wollte, eines der prächtigsten Schlösser Europas – nur um feststellen zu müssen, dass sich dort die Deutschen mit einer Geschützstellung hermetisch abgeriegelt hatten.

In der Fliquet-Bucht waren sie auf eine Gruppe Zwangsarbeiter gestoßen, die zu einer Küstenbatterie eine neue Straße baute. Es waren die zerlumptesten, schmutzigsten, unterernährtesten Geschöpfe, die selbst Martineau je gesehen hatte. Der zuständige Feldwebel, den er sofort darauf ansprach, teilte ihm mit, dass es sich um Russen handelte.

Weiter ging die Fahrt nach Grosnez, von dessen mittelalterlicher Burg nur einige wenige Steine übrig geblieben waren, wo sie die prächtige Aussicht auf Sark, Herrn und Jethou genossen, die sich in Richtung Guernsey erstreckten. Martineau und Sarah stellten erstaunt fest, dass sie nicht ein einziges Mal angehalten und kontrolliert wurden, auch nicht, als sie auf der Five Mile Road der Krümmung der St.-Ouen's-Bucht folgten, dem nach Martineaus Eindruck am stärksten befestigten Küstenabschnitt.

Es war Abend geworden, als sie am Ende der St.-Brelade-Bucht vor der Kirche hielten. Sarah stieg aus, Martineau folgte ihr. Vom Tor aus betrachteten sie den Friedhof. Ein ganzer Sektor war dem Militär vorbehalten, viele Reihen von Kreuzen, jedes am Kopfende eines gepflegten Grabes.

»Ich weiß nicht, was Jesus Christus von diesen Kreuzen gehalten hätte«, sagte Martineau. »Jedes mit einem Hakenkreuz in der Mitte.«

Sarah erschauderte. »Früher bin ich immer in diese Kirche gegangen. Hier habe ich die Kommunion empfangen.«

Ziellos schlenderte Martineau zwischen den deutschen Kreuzen herum. »Hier liegen zwei Italiener und ein Russe.« Er ging weiter und näherte sich dem älteren Teil des Friedhofs mit seinen Granitsteinen und -grabmälern. »Seltsam«, sagte er, »ich habe hier ein irgendwie heimisches Gefühl.«

»Das ist morbid«, sagte Sarah tadelnd.

»Im Grunde nicht. Ich finde es hier nur ungewöhnlich friedlich, außerdem ist der Blick auf die Bucht großartig. Trotzdem sollten wir jetzt zurückfahren.«

Sie stiegen in den Kübelwagen und fuhren von der Bucht fort am Mont Sohler entlang. »Das wäre also die große Inselrundfahrt«, sagte Sarah. »Was meinst du?«

»Eine überschaubare kleine Insel.«

»Und wie kriegen wir Hugh Kelso von hier weg?«

»Ehrlich gesagt habe ich noch keine Ahnung. Sollte dir was einfallen, sag's mir.«

Er pfiff tonlos durch die Zähne und steuerte konzentriert den Wagen.

Beim Abendessen herrschte eine seltsame Atmosphäre. Martineau und Sarah speisten im großen Saal mit den Offizieren – Guido Orsini, Bruno Feldt, Kapitänleutnant Erich Dietrich und mehrere andere. An den leeren Plätzen standen brennende Kerzen, was Sarah ziemlich makaber fand. Sie wurde höflich und zuvorkommend behandelt, und ohne Martineau hätten sich die jungen Offiziere womöglich noch mehr um sie bemüht. In Anbetracht der Förmlichkeit des Abendessens trug er Uniform, was die anderen sichtlich deprimierte.

Helen de Ville servierte, und da Sarah das stockende Gespräch langweilte, bestand sie darauf, ihr beim Abräumen zu helfen. Schließlich blieb sie ganz in der Küche, wo Sean Gallagher am Tisch saß und Reste verzehrte.

»Ist ja schlimm da draußen«, sagte Sarah. »Harry kommt mir vor wie ein Geist, der alle anderen frösteln lässt.«

Helen hatte gerade Kelsos Tablett fertig gemacht. »Ich bring's ihm hoch, solange die anderen noch beim Essen sind.«

Sie ging die Hintertreppe hinauf und öffnete die Tür zum Schlafzimmer; im gleichen Augenblick ging Guido am Ende des Korridors vorbei. Er sah sie, bemerkte erstaunt das Tablett in ihren Händen und eilte leise durch den Gang. Nach kurzem Zögern drückte er die Klinke ihrer Schlafzimmertür. Diesmal hatte Helen sich nicht die Zeit genommen, den Schlüssel umzudrehen. Orsini schaute hinein, sah die offene Geheimtür und näherte sich auf Zehenspitzen der Öffnung. Von oben war Stimmengemurmel zu hören. Er lauschte kurz, ehe er den Rückzug antrat und die Schlafzimmertür hinter sich schloss.

Als Guido die Küche betrat, hatten Sarah und Gallagher die Köpfe zusammengesteckt und unterhielten sich leise. »Ah, da sind Sie ja«, sagte er zu Sarah. »Bei Tisch geht es jetzt um Politik. Kann ich Sie zu einem kleinen Ausflug auf die Terrasse einladen?«

»Kann man ihm trauen?«, fragte sie Gallagher.

»Nicht mehr als den meisten Männern – besonders wenn es um einen Schatz wie Sie geht.«

»Dann muss ich es wohl riskieren. Wenn Oberst Vogel mich suchen sollte, sagen Sie ihm, dass ich bald zurück bin.«

Es war Halbmond, und der Himmel schimmerte sternenhell. Die Palmenbäume zeichneten deutliche schwarze Konturen an den Himmel. Starker Blumenduft erfüllte die Luft, der nach dem heftigen Regen besonders intensiv wirkte.

»Azaleen.« Sarah atmete tief durch. »Die mag ich besonders gern.«

»Sie sind ein erstaunliches Mädchen«, sagte Guido auf Englisch. »Sie haben doch nichts dagegen, wenn wir Englisch sprechen? Es ist niemand hier, und ich kann die Übung brauchen.«

»Na gut«, sagte sie zögern , »aber nicht lange.«

»Sie waren noch nie auf Jersey?«

»Nein, nachdem meine Mutter starb, wuchs ich bei meiner Großmutter in Paimpol auf.«

»Verstehe. Und Ihre Mutter war Engländerin?«

»Ja.«

Seine Fragen machten sie nervös. Sarah setzte sich auf eine niedrige Granitmauer und hatte den Mond nun hinter sich. Er gab ihr eine Zigarette. »Sie rauchen doch Gitanes?«

Sie war an Zigaretten inzwischen gewöhnt und nickte. »Allerdings muss man mit dem zufrieden sein, was man kriegen kann.«

Er gab ihr Feuer. »Ja, es ist wirklich erstaunlich. Sie sprechen Französisch mit klarem bretonischen Akzent.«

»Was ist daran seltsam? Meine Großmutter kam aus der Bretagne.«

»Ich weiß. Interessant finde ich vor allem Ihr Englisch. Eindeutig aus der Oberschicht. Vergessen Sie nicht, ich war in Winchester und kenne den Unterschied.«

»Ach, wirklich? Dann kann ich mich ja glücklich schätzen.« Sie stand auf. »Ich muss wieder ins Haus, Guido. Max kann ziemlich unruhig werden, wenn ich zu lange mit einem anderen Mann verschwinde.«

»Selbstverständlich.« Sarah hakte sich unter und schlenderte neben ihm zwischen den Azaleen hindurch auf das Haus zu. »Sie gefallen mir, Anne-Marie Latour. Sogar sehr. Bitte vergessen Sie das nicht.«

»Ach, ich ›gefalle‹ Ihnen?«, fragte Sarah. »Haben Sie nicht schon gesagt, sie liebten mich?« Sie ließ sich auf ein gefährliches Spiel ein, das wusste sie, und konnte trotzdem nicht anders. Sie musste herausfinden, wie weit er gehen würde.

»Also gut«, sagte er, »ich liebe Sie.« Und er zog sie in seine Arme und begann sie leidenschaftlich zu küssen. »Begreifen Sie das endlich?«

»Ja, Guido«, sagte sie leise. »Ich glaube, ja.«

In diesem Augenblick erschien Martineau auf der mondhellen Terrasse. »Anne-Marie, bist du da?«, rief er auf Französisch.

»Komme!«, antwortete sie und berührte das Gesicht des Italieners kurz mit der Hand. »Wir sehen uns morgen, Guido«, sagte sie und lief die Treppe zur Terrasse hinauf.

Sie saßen im privaten Wohnzimmer im rückwärtigen Teil des Hauses, vor dem sich die Terrasse erstreckte – Gallagher, Martineau, Helen und Sarah. Gallagher schenkte Burgunder ein, während Helen die Terrassentür ein Stück öffnete. Sie atmete die wohlriechende Luft ein, ehe sie die schweren Gardinen vorzog.

»Was jetzt?«, fragte Sean Gallagher.

»Laufen kann er im Moment noch nicht«, erwiderte Helen de Ville. »George Hamilton war heute Nachmittag bei ihm. Wenn er nicht ruhig liegt, besteht sogar die Gefahr, dass er das Bein noch verliert.«

»Wenigstens ist er im Moment da oben nicht in Gefahr«, stellte Sarah fest.

»Er kann da aber nicht bleiben und warten, bis der Krieg aus ist«, wandte Martineau ein. »Irgendwie müssen wir ihn nach Granville schaffen, und zwar so schnell wie möglich. Ist das geschafft, kann Cresson London anfunken und praktisch schon für den gleichen Abend eine Lysander bestellen.«

»Das Problem ist immer noch, wie kriegen wir ihn dorthin«, sagte Gallagher. »Der Schiffsverkehr mit Kleinbooten ist praktisch zum Erliegen gekommen. Überall an der Küste stehen Beobachtungsposten, das haben Sie heute selbst gesehen. Man käme nicht weit. Jedes Fischerboot, das den Hafen verlässt, sogar das Rettungsboot, muss deutsche Posten mitnehmen.«

»Was machen wir also?«, fragte Sarah ungeduldig. »Wir müssen etwas unternehmen.«

Am Fenster entstand Bewegung, die Gardinen öffneten sich. Martineau fuhr herum und zog seine Walther. Guido Orsini trat ein. »Vielleicht kann ich Ihnen helfen«, sagte er auf Englisch.

12

Am nächsten Morgen lehnte Martineau oberhalb der Albert-Pier an der Hafenmauer und schaute zu, wie Oberst Heine, der Zivilkommandant und der Gerichtsamtmann und seine Mitarbeiter an Bord von Dietrichs Schnellboot gingen, um nach Guernsey zu fahren. Lange schaute er dem Boot nach. Er wartete auf Guido Orsini, der das Hauptquartier der Kriegsmarine im Hotel *Pomme d'Or* aufgesucht hatte.

Der Auftritt des Italieners durch die Gardine war jedenfalls ebenso dramatisch wie überraschend gewesen. Allerdings klang sein Vorschlag, sich mit ihm zusammenzutun, recht vernünftig. Selbst wenn Orsini überzeugter Faschist gewesen wäre, war doch erkennbar, wer diesen Krieg gewinnen würde, und in Italien hatte so mancher begeisterter Mussolini-Anhänger im Handumdrehen die Seite gewechselt. Bei Orsini lag der Fall ohnehin anders. Dies hatten Helen und Gallagher immer wieder versichert – und auch Sarah, die sich bei Martineau sehr für Orsini eingesetzt hatte.

Der junge Italiener kam die Treppe herauf, grüßte einige deutsche Marinesoldaten und stellte sich neben Martineau. »Gehen wir zum Ende der Pier.«

»Was haben Sie festgestellt?«, fragte Martineau.

»Vielleicht gibt's eine Möglichkeit. Sonntag früh wird ein kleiner Konvoi aus Guernsey erwartet. Der Kapitän eines Schiffes, eines holländischen Küstenfrachters namens *Jan Krüger,* ist gestern krank geworden. Bis Jersey führt der Bootsmann das Kommando.«

»Und dann?«

»Dann wird unser alter Freund Robert Savary das Kommando übernehmen, bis Granville.«

»Das ist nun interessant«, stellte Martineau fest. »Wann kann ich mit ihm sprechen?«

»Das ist das Problem. Nach dem Untergang der *Victor Hugo* wurde er von einem Küstenboot aus St. Malo aufgefischt. Er dürfte morgen am frühen Abend aus Granville hier eintreffen – mit einem schnellen Patrouillenboot. Wir nennen's das Depeschenboot.«

»Und Sie meinen, er wäre bereit, Kelso hinüberzuschmuggeln?«

Orsini zuckte die Achseln. »Nach dem, was Sie mir über seine bisherigen Tätigkeiten erzählt haben, hat er doch seine wunden Punkte. Bestimmt kann man Druck auf ihn ausüben. Wie könnte er nach allem, was er schon gemacht hat, Nein sagen?«

»Sie haben Recht«, antwortete Martineau. »Außerdem weiß er, dass ihm die Cressons ein kostenloses Begräbnis bescheren, Priester inklusive, wenn er sich danebenbenimmt.« Er lächelte. »Wissen Sie was, Graf? Ich glaube fast, Sie werden nun ein wichtiger Aktivposten in unserer Firma.«

»Mag sein«, sagte Guido. »Aber damit wir uns richtig verstehen …«

»Sprechen Sie sich aus.«

»Ich habe die Nase voll von Tod und Zerstörung. Ich bin es leid, töten zu müssen, die Politik steht mir bis hier. Die Alliierten werden den Krieg gewinnen, das ist unvermeidlich – Jersey ist also der perfekte Ort für einen vernünftigen Burschen wie mich, der die letzten Monate einigermaßen bequem hinter sich bringen möchte. Dabei wollen wir nicht so tun, als könnte etwas, das hier geschieht, noch irgendetwas ändern. Fiele Kelso den Deutschen in die Hände, würden Eisenhowers Invasionspläne schlimmstenfalls unangenehm behindert werden. An seinem Sieg würde sich letztlich nichts ändern. Wir stecken hier in einem ziemlich interessanten Spiel. Ich weiß, dass es auch gefährlich ist – aber es ist trotzdem nur ein Spiel.«

»Warum machen Sie dann mit?«

»Ich glaube, Sie kennen die Antwort«, sagte Guido, während sie die Treppe hinunterliefen und sich seinem Wagen näherten. Er lächelte freundschaftlich. »Lassen Sie sich eines sagen, mein Freund. Es gibt nichts Gefährlicheres als einen Freigeist, der plötzlich spürt, dass er sich in eine tolle Frau verliebt hat.«

Felix Necker wollte gerade die Kommandantur verlassen, um am Strand von St. Aubin eine Stunde zu reiten, als das Telefon klingelte. Er nahm den Hörer ab und hörte zu – dabei erschien ein Ausdruck des Entsetzens auf seinem Gesicht. »Mein Gott! Wann ist mit der Ankunft zu rechnen? Gut, sorgen Sie für eine Ehrenkompanie. Ich komme so schnell wie möglich!«

Er knallte den Hörer auf die Gabel und verharrte einen Augenblick lang reglos, während sich seine Gedanken überschlugen, dann griff er wieder zum Apparat und wählte die Nummer der Geheimen Feldpolizei im *Silvertide-Hotel.*

»Herr Major«, sagte Müller, als die Verbindung zustande gekommen war, »was kann ich für Sie tun?«

»In einer Dreiviertelstunde landet Rommel auf dem Flughafen.«

»Wer?«

»Generalfeldmarschall Erwin Rommel, Sie Idiot! Er besucht uns mit seinem Adjutanten, einem gewissen Major Hofer. Mit einem Fieseler-Storch unterwegs aus der Normandie.«

»Aber wieso?«, wollte Müller wissen. »Ich verstehe den Grund nicht.«

»Ich schon«, erwiderte Necker. »Es passt alles zusammen. Er ordnet an, dass Heine und die anderen übers Wochenende zu General von Schmettow nach Guernsey fahren – da hat er freie Bahn, hier aus heiterem Himmel hereinzuplatzen und uns auseinander zu nehmen. Ich weiß, wie Rommel solche Sachen macht, Müller. Der wird sich alles anschauen wollen – bis zur letzten MG-Stellung.«

»Endlich klärt sich das Rätsel«, sagte Müller.

»Wie bitte?«

»Na, weswegen Vogel hier ist. Das passt doch nun zusammen.«

»Ja, da haben Sie wohl Recht«, meinte Necker. »Aber das ist ja nun unwichtig. Wir sehen uns am Flughafen.«

Er legte auf, zögerte, griff erneut zum Hörer und ließ sich von der Zentrale mit dem De-Ville-Anwesen verbinden. Martineau und Orsini waren eben zurückgekehrt, und Helen benutzte den Apparat in der Küche.

»Für Sie!«, rief sie Martineau zu. »Major Necker.«

Er nahm ihr den Hörer ab. »Hier Vogel.«

»Guten Morgen«, begrüßte ihn Necker. »Es überrascht Sie sicher keineswegs, zu erfahren, dass Generalfeldmarschall Rommel in gut einer halben Stunde auf dem Flughafen eintrifft.«

Martineau ließ sich seine Überraschung nicht anmerken. »Verstehe.«

»Natürlich werden Sie ihn begrüßen wollen. Wir sehen uns also am Flughafen.«

Langsam legte Martineau den Hörer auf und schaute Sarah und Gallagher entgegen, die aus dem Garten ins Haus kamen. »Was ist, Harry?«, fragte Sarah. »Du siehst ja ganz erschrocken aus.«

»Kein Wunder«, sagte er. »Ich fürchte, unser kleines Schauspiel bekommt einen Inspizienten.«

Im *Silvertide* stand Müller im Badezimmer neben seinem Büro und streifte hastig die Uniform über. Plötzlich hörte er drüben die Tür gehen. »Sind Sie da, Herr Hauptmann?«, rief Kleist. »Sie wollten uns sprechen.«

»Ja, kommen Sie!«, antwortete Müller.

Den Rock zuknöpfend eilte er ins Büro hinüber, dann warf er sich das Koppel mit der Mauser um und schloss es hastig.

»Ist etwas los?«, fragte Kleist. Er sah schrecklich aus. Die Verfärbungen rings um seine Augen waren noch dunkler geworden, und der Gips, den man ihm im Krankenhaus auf die Nase festgeklebt hatte, machte ihn auch nicht schöner.

»Kann man wohl sagen. Ich habe eben erfahren, dass uns Rommel besucht. Sieht nach einer Überraschungsinspektion aus. Ich muss sofort zum Flughafen.« Er wandte sich an Greiser. »Sie werden mich hinbringen, Ernst.«

»Und ich?«, fragte Kleist.

»Mit dem Gesicht? Sie kommen mir Rommel nicht unter die Augen. Nehmen Sie sich zwei Tage frei, Willi. Bleiben Sie um Himmels willen in Deckung.« Er schaute Greiser an. »Nun los.«

Als sie fort waren, näherte sich Kleist dem Schrank mit den Getränken, nahm eine Flasche Cognac heraus und schenkte sich großzügig ein. Er kippte den Alkohol hinunter, ging ins Badezimmer und betrachtete sich im Spiegel. Er sah schlimm aus, und das Gesicht schmerzte. Dieser verdammte Ire!

Kleist gönnte sich einen zweiten Cognac und sagte leise: »Wart's ab, du Schwein, bald bin ich an der Reihe, und dann …« Er prostete seinem Spiegelbild zu und leerte das Glas in einem Zug.

Als der Citroën den Hafen hinter sich ließ und auf die Küstenstraße einbog, sagte Greiser: »Ach, da fällt mir das Telefongespräch ein, das ich mit Stuttgart geführt habe.«

»Was hat Ihr Bruder gesagt?«

»Nichts. Er war auf Urlaub. Ich erreiche ihn erst heute zur Nachtschicht. Ich spreche dann mit ihm.«

»Ist im Augenblick nicht mehr wichtig«, meinte Müller. »Das Rätsel um unseren Freund Vogel hat sich geklärt. Offenbar ist er als Vorhut des Generalfeldmarschalls auf der Insel.«

»Aber was will Rommel?«, fragte Greiser.

»Zählt man alle Küstenbefestigungen, Unterstände und Geschützbatterien an der französischen Küste südlich von Dieppes zusammen, so befindet sich genau die Hälfte davon auf diesen Inseln«, führte Müller aus. »Da nun die Invasion bevorsteht, wollte er sich vielleicht endlich mal anschauen, wofür er das viele Geld ausgegeben hat.« Er schaute auf die Uhr. »Aber das ist jetzt nebensächlich. Geben Sie Gas. Wir haben nur noch zehn Minuten Zeit.«

Am Flughafen musste Martineau warten, bis der Posten seinen Ausweis untersucht hatte. Da er in Uniform erschienen war, fiel die Prüfung sehr kurz aus. Mehrere Wagen standen bereits vor dem Haupteingang, die Fahrer warteten daneben, anscheinend das offizielle Begrüßungskomitee. An der großen schwarzen Austin-Limousine, die ganz vorn stand, hing der Wimpel des Militärkommandanten.

Martineau stellte seinen Kübelwagen hinter Müllers Citroën ab. Greiser saß am Steuer, der einzige Fahrer in Zivil. Ohne ihn zu beachten, betrat Martineau das Flughafengebäude. Überall waren Uniformen zu sehen, hauptsächlich von der Luftwaffe. Er hatte keine Angst, sondern fühlte sich nur seltsam losgelöst von seiner Umwelt. Er würde sehen müssen, welche Karten ihm das Schicksal zuteilte, und das Beste aus der Situation machen.

Necker stand in einer Gruppe von Offizieren, zu der auch Müller gehörte, draußen auf dem Flugfeld. Links hatte eine Ehrenkompanie der Luftwaffe Aufstellung genommen. Der Major kam auf Martineau zu und lächelte ihn nervös an. Müller folgte ihm dichtauf. »In wenigen Minuten sind sie da.« Er hielt Martineau ein silbernes Zigarettenetui hin. »Ein großer Schock für uns alle, dass der Generalfeldmarschal uns unangemeldet besucht – allerdings nicht für Sie, möchte ich meinen.«

Plötzlich sah Martineau klar. Man glaubte an eine Verbindung zwischen seinem unerklärten Auftauchen auf der Insel und Rommels Überraschungsbesuch. »Ach, wirklich? Ich kann mir nicht vorstellen, was Sie meinen, mein lieber Necker.«

Necker warf Müller einen gereizten Blick zu. Offenbar glaubten ihm die beiden kein Wort – was ihm durchaus in den Kram passte. Er entfernte sich einige Schritte, verschränkte die Hände auf dem Rücken und ließ den Blick herumwandern. Sieben Hangars, offensichtlich von der Luftwaffe errichtet. An einem standen die großen Tore offen und gaben den Blick auf die drei Motoren und den Rumpf einer JU 52 frei. Dieses Transportflugzeug galt als Arbeitspferd der deutschen Wehrmacht. Andere Maschinen waren nicht zu sehen.

»Er will seine rätselhafte Rolle weiterspielen«, sagte Necker leise zu Müller.

Martineau kehrte zu den beiden zurück. »Die Luftwaffe hat anscheinend nicht mehr viel zu bieten.«

»Leider. Der Feind hat in dieser Gegend ständig die Luftherrschaft.«

Mit einer Kopfbewegung deutete Martineau auf den Hangar. »Was macht die JU 52 dort?«

»Das ist die Postmaschine. Fliegt einmal die Woche, Pilot und ein Mann Besatzung. Immer bei Dunkelheit. Gestern Nacht gelandet.«

»Und fliegt wann zurück?«

»Morgen Abend.«

Aus der Ferne war das Brummen eines Flugzeugmotors zu hören. Die Abordnung verdrehte die Köpfe, und schon schwebte der »Storch« über die St.-Ouen's-Bucht ein und landete perfekt. Konrad Hofer legte Baum beruhigend die Hand auf die Schulter, während Oberleutnant Sorsa die Maschine langsam auf die wartenden Offiziere zurollen ließ. Baum drehte sich um und nickte Hofer kurz zu, dann rückte er seine Mütze zurecht und zog die Handschuhe straff. Auf die Bühne, Heini! spornte er sich an. Gib dein Bestes vor kritischem Publikum.

Sorsa hob die Tür, und Hofer stieg aus, machte kehrt und half Baum ins Freie. Dieser knöpfte seinen alten Ledermantel auf und gab den Blick auf den Blauen Max und das Ritterkreuz frei. Felix Necker trat einige Schritte vor und salutierte vorschriftsgemäß. »Herr Generalfeldmarschall. Es ist uns eine große Ehre.«

Lässig führte Baum den Marschallstab an die Mütze. »Ihr Name?«

»Felix Necker, Herr Generalfeldmarschall. Ich führe hier stellvertretend das Kommando. Oberst Heine ist übers Wochenende nach Guernsey gefahren. Eine Konferenz mit General von Schmettow.«

»Ja, das ist mir bekannt.«

»Wenn ich nur gewusst hätte, dass Sie kommen!«, rief Necker.

»Nun ja, Sie wussten es nicht. Konrad Hofer, mein Adjutant. Und wen haben wir hier?«

Necker stellte die Offiziere vor. Dabei begann er mit Martineau. »Standartenführer Vogel, den Sie vielleicht kennen.«

»Nein«, sagte Martineau sofort, »ich hatte bisher nicht das Vergnügen, den Generalfeldmarschall kennen zu lernen.«

Rommels Abneigung war für jedermann erkennbar. Er ging sofort weiter, begrüßte Müller und die anderen Offiziere und schritt dann die Ehrenformation ab. Anschließend blieb er nicht etwa stehen, sondern wanderte einfach auf das nächste Flak-Geschütz zu, und die ganze Horde strömte hinter ihm her. Er unterhielt sich mit der Geschützmannschaft und marschierte dann durch das Gras auf einen Hangar zu, vor dem eine Bodenmannschaft der Luftwaffe Haltung angenommen hatte.

Schließlich machte er kehrt und näherte sich den Flughafengebäuden. Dabei blickte er zum Himmel auf. »Schönes Wetter. Ob es so bleibt?«

»Die Vorhersage ist gut, Herr Generalfeldmarschall«, antwortete Necker.

»Ausgezeichnet. Ich möchte alles sehen. Sie verstehen? Ich fliege morgen zurück, wahrscheinlich am Abend, wir brauchen also eine geeignete Unterkunft für eine Nacht. Aber das hat noch Zeit.«

»Die Offiziere der Messe der Luftwaffe haben ein leichtes Mittagessen vorbereitet, Herr Generalfeldmarschall. Es wäre uns eine große Ehre, wenn Sie daran teilnehmen würden.«

»Gewiss Major – aber hinterher gleich an die Arbeit. Ich muss mir vieles ansehen. Also, wohin?«

Die Offiziersmesse befand sich im ersten Stock des Hauptgebäudes und hatte vor dem Krieg das Restaurant beherbergt. Ein kaltes Buffet aus Salaten, Brathühnchen und Dosenschinken stand bereit, und es servierten nervöse junge Luftwaffen-Gefreite in weißen Jacken. Die Offiziere wussten, dass sie eine geschichtsträchtige Person zu Besuch hatten, und ließen sich kein

Wort des Generalfeldmarschalls entgehen. Baum hielt lässig ein Glas Champagner in der Hand und genoss seinen Auftritt. Es war, als schaue er sich selbst von oben zu und beobachte die Szene. Eins war klar. Er war gut.

»Wir sind überrascht, dass Sie bei Tag geflogen sind, Herr Generalfeldmarschall«, sagte Necker.

»Und ohne Jägereskorte«, fügte Müller hinzu.

»Ich bin immer dafür, das Unerwartete zu tun«, antwortete Baum. »Und vergessen Sie nicht, dass wir Oberleutnant Sorsa als Piloten am Knüppel hatten, einen unserer mutigen finnischen Kameraden. Normalerweise fliegt er JU-88-Nachtjäger und kann bisher achtunddreißig registrierte Lancaster-Abschüsse vorweisen – was sein Ritterkreuz erklärt.« Sorsa, ein kleiner, temperamentvoller Fünfundzwanzigjähriger mit blondem Haar, machte ein bescheidenes Gesicht, und Baum fuhr fort: »Ich muss Ihnen außerdem sagen, dass wir so tief übers Meer gebraust sind, dass uns die Wellen hätten gefährlicher werden können als alles, was die RAF in den Einsatz bringen konnte.«

Die Runde lachte befreit auf, und Baum empfahl sich und ging, gefolgt von Hofer, zur Toilette.

Martineau hatte sich im Hintergrund gehalten und alles beobachtet. Er trank nur wenig. Müller blieb vor ihm stehen. »Ein bemerkenswerter Mann.«

»O ja«, antwortete Martineau. »Einer der wenigen echten Kriegshelden. Ach, wie geht es Ihrem Inspektor, Kleist?«

»Nicht gut.«

»Ein dummer Mann«, fuhr Martineau fort. »Aber das wissen Sie wohl selbst. Noch Champagner?«

Im Toilettenvorraum überprüfte Baum sein Aussehen im Spiegel und fragte Hofer: »Wie läuft's?«

»Hervorragend«, antwortete der Major begeistert.

»Es gibt Momente, da glaube ich fast, Sie wären der Alte.«

»Gut.« Baum kämmte sich und rückte die Gesichtspolster zurecht. »Was ist mit dem SS-Oberst? Mit dem hatte ich nicht gerechnet.«

»Vogel?« Hofer machte ein ernstes Gesicht. »Ich habe mit Necker über ihn gesprochen. Der Mann tauchte gestern überraschend auf der Insel auf, mit einer Sondervollmacht, die von Himmler und dem Führer unterschrieben ist. Bisher hat er nicht verlauten lassen, was er will.«

»Ich weiß nicht recht«, sagte Baum. »Bei diesen Saukerlen fühlt man sich immer ganz komisch. Sind Sie sicher, dass sein Auftauchen nichts mit mir zu tun hat?«

»Wie sollte es? Das Hauptquartier Heeresgruppe B hat erst vor Stunden bekannt gegeben, dass Sie in Jersey sind. Kein Grund zur Panik, zurück an die Front.«

Necker sagte: »Wenn Sie bitte ins Büro des Kommandanten kommen würden, Herr Generalfeldmarschall. General von Schmettow möchte Sie gern am Telefon sprechen.«

Baum setzte sich lässig auf die Schreibtischkante und nahm den Hörer, der ihm gereicht wurde. »Mein guter von Schmettow. Wir haben uns lange nicht gesehen.«

»Eine unerwartete Ehre für mein Kommando«, sagte General von Schmettow. »Heine ist ganz schön aufgebracht und möchte sofort zurückfahren.«

»Sagen Sie ihm, wenn er das tut, kommt er vors Erschießungskommando«, sagte Baum munter. »Der junge Necker kann mich genauso gut herumführen. Ein guter Offizier. Nein, ich bin so ganz zufrieden.«

»Gedenken Sie auch Guernsey zu besuchen?«

»Diesmal nicht. Ich kehre morgen nach Frankreich zurück.«

»Dann können wir Sie sicher zu einem späteren Zeitpunkt erwarten.« Es knackte unangenehm in der Leitung.

»Selbstverständlich, und Sie werden nicht lange warten müssen, das verspreche ich Ihnen. Alles Gute.«

Baum legte den Hörer auf und fixierte Necker. »An die Arbeit. Küstenbefestigungen, danach steht mir der Sinn. Auf, auf.«

Im Garten des De-Ville-Anwesens saß Sarah auf der Mauer und schaute zur Bucht hinab. Guido lehnte zigaretterauchend neben ihr. »Sarah«, sagte er auf Englisch. »Mir ist, als müsste ich dich ganz neu kennen lernen.« Er schüttelte den Kopf. »Wer dir eingeredet hat, du könntest das leichte Mädchen spielen, hat mit Zitronen gehandelt. Ich wusste sofort, dass etwas mit dir nicht stimmen konnte.«

»Und Harry? Hattest du bei ihm dasselbe Gefühl?«

»Nein, der beunruhigt mich. Er spielt Vogel viel zu gut.«

»Ich weiß.« Sie erschauderte. »Ich wüsste gern, wie er sich hält.«

»Keine Sorge, der schafft es. Er wäre der Letzte, um den ich mir Gedanken machen würde. Du magst ihn?«

»Ja«, sagte sie. »So könnte man es wohl nennen.« In diesem Augenblick kamen Helen und Gallagher über den Rasen auf die Mauer zu.

»Was führt ihr im Schilde?«, wollte Helen wissen.

»Nichts Besonderes«, antwortete Sarah. »Wir haben uns gefragt, wie es Harry ergeht.«

»Um den Teufel braucht man sich keine Gedanken zu machen«, sagte Gallagher. »Harry passt schon auf sich auf. Viel wichtiger ist jetzt die Entscheidung, was mit Kelso geschehen soll. Ich finde, wir sollten ihn in mein Häuschen verlegen.«

Guido nickte. »Das wäre sinnvoll. Von dort können

wir ihn viel leichter zum Hafen schaffen, sobald ich mit Savary klar bin.«

»Glaubst du wirklich, der Plan hat eine Chance?«, wollte Sarah wissen.

»Falsche Papiere auf einen französischen Seemann«, sagte Guido. »Der General und ich, wir schaffen das schon.«

»Wir verbinden ihm das Gesicht und sagen, er hätte nach dem Angriff auf den Konvoi lange im Wasser gelegen und Verbrennungen erlitten«, schlug Gallagher vor. »Also abgemacht – wir verlegen Kelso heute Nacht.« Er lächelte Sarah beruhigend an und legte ihr einen Arm um die Schultern. »Glaub mir, es klappt.«

Martineau schloss sich der Wagenkolonne an, die den Flughafen verließ und auf die Straße einbog, die durch St. Peter's führte. Rommel faszinierte ihn ebenso wie der Gedanke, einem der großartigsten Soldaten dieses Krieges so nahe zu sein, dem Kommandanten des Westwalls persönlich. Dem Mann, der sich geschworen hatte, die Alliierten schon bei der Landung an der Küste zu vernichten.

Rommel barst vor Energie. Die Kolonne besuchte Meadowbank in der Gemeinde St. Lawrence, wo Pioniere und Zwangsarbeiter zwei Jahre lang an Tunneln gearbeitet hatten, die später als Artilleriedepots benutzt werden sollten. Im Augenblick wurde die Anlage zu einem Militärlazarett umgebaut.

Anschließend besuchte man die russischen Hiwis im Verteidigungssektor Nord und die Stellungen in Grève-de-Lecq, Plémont und Les Landes. Dies alles brauchte Zeit. Der Generalfeldmarschall schien in jeden Unterstand schauen, keine Stellung auslassen zu wollen.

Er bat um einen Besuch auf dem Kriegsfriedhof von St. Brélade und besichtigte die Kirche gleich mit. Weiter unten an der Straße befand sich das Soldatenheim in einem beschlagnahmten Hotel, dessen Vorderseite auf die Bucht hinausführte. Rommel bestand auf einem Besuch, ein Umstand, der die Oberschwester entzückte, zumal gerade eine Ferntrauung stattfand. Mit dieser Einrichtung begegnete die Nazi-Regierung der Tatsache, dass Soldaten zunehmend Schwierigkeiten hatten, auf normalem Wege zu heiraten, da sie kaum noch Heimaturlaub erhielten. Der Bräutigam war ein stämmiger Feldwebel, eine Rotkreuzschwester vertrat seine Braut, die sich in Berlin befand.

Als die Kolonne St. Aubin erreichte, war es Abend geworden, und das Gefolge begann zu ermüden. Baum betrachtete die ihm von Necker zur Verfügung gestellte Karte, entdeckte eine Artilleriestellung auf Mont de la Rocque und bat, hinaufgebracht zu werden.

Martineau, der noch immer als Letzter fuhr, folgte der Karawane die steile Bergstraße hinauf, bis zu einer engen Biegung, die zum Gipfel führte. Hier standen einige Gebäude mit Flachdächern. »Eine Geschützstellung, weiter nichts, Herr Generalfeldmarschall«, versicherte Necker beim Aussteigen.

Das Haus am Ende hieß *Septembertide* und besaß einen umschlossenen Hof. Das Nachbargebäude trug den französischen Namen *Hinguette.* Ein schmaler Eingang führte in ein Gewirr von unterirdischen Bunkern und MG-Stellungen, die unter den Gärten am Berghang entlang angelegt waren. In den Häusern gab es keine Zivilisten mehr, und die Soldaten waren überwältigt vom Besuch des Wüstenfuchses, allen voran Hauptmann Heider, der befehlshabende Offizier.

Es stellte sich heraus, dass Heider in *Septembertide* einquartiert war. Als der Generalfeldmarschall sich dafür interessierte, führte er ihn eifrig durch die Anlage. Der ganze Tross schwärmte in den Garten. Es war eine atemberaubende Aussicht auf die Bucht, St. Aubin zur

Rechten und St. Helier zur Linken. Der Garten wurde von einer niedrigen Betonmauer umschlossen, dahinter fiel der Hang beinahe senkrecht ab, bewachsen mit Bäumen und dichtem Unterholz, unterbrochen durch die Straße, die in Serpentinen heraufführte.

»Meine Herren, um hier heraufzukommen, brauchte man schon die Gebirgsjäger«, sagte Baum und schaute zum Haus hinauf. Vor dem Wohnzimmer erstreckte sich eine große Terrasse, und in Höhe der Schlafzimmer führte ein Balkon über die volle Breite des Gebäudes. »Angenehm.« Er wandte sich an Heider. »Ich brauche für heute Nacht einen Schlafplatz. Könnten Sie mir das Haus leihweise überlassen?«

Heider war außer sich vor Freude. »Eine große Ehre, Herr Generalfeldmarschall! Ich kann eine Nacht bei meinem Stellvertreter in *Hinguette* schlafen.«

»Sicher finden Sie unter ihren Leuten auch einen anständigen Koch.«

»Kein Problem, Herr Generalfeldmarschall.«

Baum wandte sich an Necker. »Sehen Sie, mein guter Necker, schon ist alles arrangiert. Es gefällt mir hier. Auf dieser Seite uneinnehmbar, und nach vorn hin werden Hauptmann Heider und seine Leute gut aufpassen. Was kann man sich Besseres wünschen?«

»Ich hatte gehofft, dass Sie uns im Offiziersclub von Bagatelle zum Abendessen die Ehre geben«, sagte Necker bekümmert.

»Ein andermal. Der Tag war lang, und ich möchte gern früh ins Bett. Wir treffen uns morgen um zehn Uhr, dann ist die andere Seite der Insel dran.«

»Zu Befehl, Herr Generalfeldmarschall.« Die Gruppe wanderte um das Haus herum nach vorn, wo die große Verabschiedung begann. Dann führte Heider Baum und Hofer durch das Haus. Das Wohnzimmer war groß und schön eingerichtet.

»Es sah bei meinem Einzug schon so aus«, sagte Heider. »Wenn Sie mich jetzt entschuldigen würden. Ich hole schnell meine Sachen aus dem Schlafzimmer, Herr Generalfeldmarschall, und besorge einen Koch.«

Er verschwand nach oben. Baum drehte sich zu Hofer um. »Gut gemacht?«

»Hervorragend«, antwortete Hofer. »Das Haus ist perfekt. Gerade abgelegen genug. Sie sind ein Genie, Berger.«

Als Martineau ins De-Ville-Haus zurückkehrte, hatte das Abendessen bereits begonnen. Er schaute kurz durchs Fenster und sah Sarah mit Guido und einem halben Dutzend anderer Marineoffiziere am Tisch sitzen. Er beschloss, nicht hineinzugehen. Stattdessen benutzte er die Hintertür, die direkt in die Küche führte. Helen stand am Becken und spülte Geschirr, Gallagher trocknete ab.

»Wie ist es gelaufen?«, wollte der Ire wissen.

»Ziemlich gut. Absolut keine Probleme, wenn Sie das meinen.«

»Haben Sie den tollen Burschen gesehen?«

»Aus unmittelbarer Nähe, so dicht, wie ich jetzt vor Ihnen stehe, aber er machte deutlich, dass die SS nicht gerade seine Gunst genießt.«

Helen goss eine Tasse Tee ein, und Gallagher sagte: »Während Sie fort waren, haben wir Entscheidungen getroffen.«

Er berichtete, dass Kelso verlegt werden sollte. Martineau nickte. »Das scheint mir vernünftig zu sein. Allerdings wollen wir's doch ein bisschen später machen, gegen elf Uhr.«

»Dann dürfte es keine Probleme geben«, meinte Gallagher.

Martineau ging nach oben und legte sich in dem Zimmer, das er mit Sarah teilte, hin. Obwohl sie im gleichen Bett schliefen, hatte er sich ihr nicht wieder genähert. Dafür gab es keinen besonderen Grund, außer dass er kein Verlangen verspürte. Aber nein! Das stimmte nicht. Es lag nicht an Sarah, sondern an ihm selbst. Irgendwo tief drinnen machte ihm eine alte seelische Wunde zu schaffen und hinderte ihn daran, sich ihr voll hinzugeben. Die deprimierende Furcht, dass alles doch nur auf eine neue Enttäuschung hinauslaufen würde, oder vielleicht auch nur die Angst, dass diese seltsame, bezaubernde, willensstarke junge Frau ihn ins wirkliche Leben zurückzerren würde. Ihn wieder zum Leben erwecken würde.

Rauchend blickte er zur Decke empor und spürte eine seltsame Unruhe. Seine Gedanken kreisten um Rommel und die Tatkraft dieses Mannes – und um die Tatsache, dass er ein prächtiges Ziel abgab. Martineau stand auf, legte den Gurt mit dem PPK-Halfter um, öffnete den Koffer, nahm den Carswell-Schalldämpfer heraus und steckte ihn ein.

Er kehrte in die Küche zurück. Helen schaute ihn überrascht an. »Sie gehen noch einmal fort?«

»Es gibt Arbeit für mich.« Er wandte sich an Gallagher. »Sagen Sie Sarah, dass ich bald zurück bin.«

Der Ire runzelte die Stirn. »Alles in Ordnung mit Ihnen? Stimmt etwas nicht?«

»Alles bestens«, versicherte Martineau. »Bis später.« Und er verließ das Haus.

Wieder stand der Halbmond am Himmel, in dessen Licht er auf dem Bergkamm oberhalb der Bäume die weiße Häuserreihe ausmachen konnte. Martineau fuhr den Kübelwagen ein Stück den Berg hinauf und parkte ihn auf einem Weg, der zur Zufahrt zum Mont de la Rocque führen musste. Eine Weile blieb er hinter dem Steuer sitzen und überlegte, dann stieg er aus und verschwand zwischen den Bäumen.

Sein Vorhaben war natürlich unsinnig. Wenn Rommel erschossen wurde, war die Insel eine Stunde später hermetisch abgeriegelt. Dann gab es keine Fluchtmöglichkeit mehr. Außerdem würde man wahrscheinlich Geiseln nehmen, bis der Mörder sich stellte. In anderen Ländern war man so vorgegangen, warum sollte es auf Jersey anders sein? Aber trotz dieser Argumente reizte ihn der Gedanke, ließ ihm keine Ruhe mehr. Er setzte den Aufstieg fort.

13

Müller saß in seinem Büro im *Silvertide-Hotel und* versuchte noch einige Akten aufzuarbeiten. Plötzlich klopfte es, und Greiser steckte den Kopf durch den Türspalt. »Sie arbeiten spät, Herr Hauptmann.«

»Der Generalfeldmarschall hat mich ziemlich viel Zeit gekostet – und beansprucht mich morgen vielleicht noch mehr«, sagte Müller. »Für die Prozesse nächste Woche muss ich noch mindestens zwölf Akten durchsehen. Das wollte ich gleich noch erledigen.« Er streckte sich und gähnte. »Aber was machen Sie noch hier?«

»Es geht um den Anruf bei meinem Bruder in Stuttgart. Ich habe gerade mit ihm gesprochen.«

Müller fuhr auf. »Was hatte er über Vogel zu sagen?«

»Nun ja, im Gestapo-Hauptquartier in Berlin ist er ihm noch nicht über den Weg gelaufen. Aber er weist mich darauf hin, dass der SD in einem eigenen Gebäude am anderen Ende der Prinz-Albrecht-Straße sitzt. Die Leute dort kennt er nicht so gut, mit Ausnahme so großer Tiere wie zum Beispiel Heydrich, ehe er ermordet wurde. Als er noch in Berlin arbeitete, war es allerdings ein offenes Geheimnis, dass der Reichsführer anonyme Agenten wie Vogel mit besonderen Vollmachten ausstattete – und so weiter. Er meint, niemand weiß so recht, wer diese Leute sind.«

»Und genau das ist der Zweck der Übung«, bemerkte Müller.

»Er sagte noch, diese Sonderbevollmächtigten stünden unter der Leitung einer SD-Einheit, die dem Amt des Reichsführers in der Reichskanzlei zugeordnet war. Zufällig hat er dort im Stab eine gute Bekannte.«

»Ja?«

»Eine SS-Helferin namens Lotte Neumann. Sie war in Berlin mit ihm liiert. Sie ist Sekretärin bei einem Adjutanten des Reichsführers.«

»Und er will mit ihr sprechen?«

»Er hat für morgen früh ein Gespräch nach Berlin angemeldet und wird sich danach so schnell wie möglich bei mir melden. Zumindest erfahren wir auf diese Weise, wie wichtig Vogel ist. Sie muss etwas über ihn wissen.«

»Ausgezeichnet«, sagte Müller und nickte. »Haben Sie Willi heute Abend schon gesehen?«

»Ja«, sagte Greiser widerwillig. »Im Club. Anschließend wollte er unbedingt in irgendeine obskure Bar in St. Helier.«

»Er lässt sich voll laufen?«, Greiser zögerte, und Müller fuhr fort: »Los, Mann, raus mit der Sprache!«

»Ja, Herr Hauptmann, er trinkt. Ich konnte nicht mit ihm Schritt halten. Sie wissen ja, ich mag das nicht so. Ich blieb ein Weilchen bei ihm, aber dann kam er mir weinerlich und streitlustig, wie es seine Art ist, und schickte mich fort. Wurde dabei ziemlich heftig.«

»Verdammt!«, seufzte Müller. »Nun ist nichts mehr zu ändern. Wahrscheinlich ist er bei irgendeiner Dirne gelandet. Gehen Sie schlafen. Ich brauche Sie morgen früh wieder. Zehn Uhr vor dem *Septembertide.*«

»Jawohl, Herr Hauptmann.«

Er ging, und Müller öffnete eine neue Akte.

Zur gleichen Zeit stellte Kleist seinen Wagen auf einem Feldweg unweit von Gallaghers Häuschen ab. Er war betrunken und konnte kaum noch einen vernünftigen Gedanken fassen. Aus einer Schnapsflasche, die er mitgenommen hatte, trank er einen großen Schluck, steckte sie in die Tasche, stieg aus und schwankte auf das kleine Haus zu.

Durch einen Gardinenspalt schimmerte Licht. Heftig trat Kleist gegen die Tür, erhielt aber keine Antwort. Noch einmal trat er zu, drehte dann den Knauf und öffnete die unverschlossene Tür. Mit zusammengekniffenen Augen starrte er in das Wohnzimmer. Auf dem Tisch stand eine Petroleumlampe, die Überreste eines Feuers glimmten im Kamin, doch sonst rührte sich nichts. Die Küche war ebenfalls leer.

Er baute sich unten an der Treppe auf. »Gallagher, wo stecken Sie?«

Er bekam keine Antwort. Kleist nahm die Lampe und ging nach oben, um selbst nachzuschauen, fand aber niemanden in den beiden Schlafzimmern. Langsam kehrte er ins Erdgeschoss zurück und begab sich nicht ohne Mühe ins Wohnzimmer und stellte die Petroleumlampe auf den Tisch.

Er drehte die Flamme aus, sodass das Zimmer bis auf das matte Glimmen im Kamin dunkel war. Dann öffnete er die Gardine, setzte sich in einen Sessel und starrte auf den Vorhof, der im Mondlicht deutlich auszumachen war. »Na schön, du Schweinehund. Irgendwann musst du ja nach Hause kommen.«

Er zog eine Mauser aus der rechten Tasche und begann, die Waffe im Schoß haltend, zu warten.

In *Septembertide* war Baum und Hofer ein überraschend gutes Abendessen vorgesetzt worden. Brathähnchen, frische Jersey-Kartoffeln und Salat, dazu ein ausgezeichneter, von Hauptmann Heider gestifteter Rotwein. Der Halbmond tauchte die St.-Aubin's-Bucht in ein herrliches Abendlicht. Die beiden Männer gingen auf die Terrasse, um die Flasche leer zu machen.

Nach einiger Zeit erschien der Gefreite, der das Essen zubereitet hatte. »Alles in Ordnung, Herr Major«, meldete er Hofer. »Die Küche ist aufgeräumt. Ich habe Kaffee und Milch bereitgestellt. Ist sonst noch etwas?«

»Heute nicht mehr«, antwortete Hofer. »Wir frühstücken pünktlich um neun Uhr. Eier, Schinken, was immer Sie heranschaffen können. Sie können abtreten.«

Der Gefreite schlug die Hacken zusammen und entfernte sich. »Was für ein Abend!«, sagte Baum.

»Mein lieber Berger, was für ein Tag!«, antwortete Hofer. »Der erstaunlichste Tag meines Lebens.«

»Dabei steht uns der zweite Akt noch bevor«, sagte Baum gähnend und wandte sich zum Haus. »Da wir gerade von morgen sprechen – ich könnte eine Mütze Schlaf vertragen.«

»Wegen Ihres höheren Rangs«, sagte Hofer, »nehmen Sie natürlich das große Schlafzimmer mit eigenem Badezimmer. Ich schlafe in dem kleinen Zimmer unten am Flur. Das Fenster geht nach vorn hinaus, da bekomme ich mit, was sich dort tut.«

Die beiden Männer gingen nach oben. Baum hielt noch sein Weinglas in der Hand. »Wann stehen wir auf?«, fragte er.

»Wenn Sie nicht schon auf den Beinen sind, wecke ich Sie um 7.30Uhr«, antwortete Hofer.

»Rommel würde schon um fünf Uhr aufstehen, aber man kann so eine Rolle auch übertreiben.« Baum lächelte. Er schloss die Außentür seiner Zimmerflucht und ging durch den Ankleidebereich in das eigentliche Schlafzimmer. Die Einrichtung war bescheiden: zwei Schränke, Ankleidetisch, Doppelbett. Vermutlich Eigentum der Leute, denen man das Haus weggenommen hatte. Der Gefreite hatte die Gardinen zugezogen, dicker roter Samt, der bis zum Boden hinabfiel. Baum fuhr mit der Hand hindurch und berührte eine metallgefasste Tür. Er öffnete sie und trat auf den Balkon hinaus.

Von hier oben war das Panorama noch atemberaubender; zur Rechten vermochte er bis zum Hafen von St. Aubin zu blicken. Es war sehr ruhig, aus der Ferne tönte nur Hundegebell herüber. Die Verdunkelung von St. Heller war alles andere als komplett, hier und dort schimmerten Lichter. Das Meer lag still, eine weiße Brandungslinie zog sich am Strand hin, am mondhellen Himmel leuchteten Sterne. Eine Nacht, für die man Gott dankbar sein musste.

Er hob das Glas. »L'Chaim«, sagte er leise, machte kehrt und ging durch den Vorhang wieder ins Haus. Die Tür ließ er offen.

Martineau brauchte ungefähr zwanzig Minuten für den Aufstieg durch den Baumgürtel. Das Unterholz war stellenweise sehr dicht und ließ ihn kaum vorankommen, aber er hatte damit gerechnet. Immerhin gab es im Umfeld des Gartens keine Stacheldrahtsperren; das war ihm schon am Tag aufgefallen. Er hatte keine Ahnung, was er eigentlich erreichen wollte, als er sich schließlich vorsichtig über die Betonwand rollen ließ. Stimmen waren zu hören. Er verharrte im Schatten einer Palme und erblickte Hofer und Rommel weiter oben auf der Terrasse.

»Was für eine Nacht!«, sagte der Generalfeldmarschall.

»Mein lieber Berger, was für ein Tag!«, gab Hofer zurück.

»Dabei steht uns der zweite Akt noch bevor.«

Martineau verließ den Schatten des Baumes nicht. Das seltsame Gespräch verblüffte ihn. Es ergab keinen Sinn. Als die beiden im Haus verschwunden waren, huschte er über den Rasen und blieb am Eingang stehen. Gleich darauf erschien der Generalfeldmarschall auf dem Balkon im ersten Stock und schaute auf die Bucht.

Er hob sein Glas. »L'Chaim«, sagte er leise, machte kehrt und verschwand im Haus.

L'Chaim bedeutet »Auf das Leben« und ist der älteste hebräische Trinkspruch. Martineau genügten die Indizien. Er stellte sich auf die niedrige Mauer, griff nach dem Geländer des Balkons und zerrte sich hoch.

Heini Baum nahm den Blauen Max und das Ritterkreuz mit Eichenlaub, Schwertern und Brillanten ab und legte die Orden auf den Ankleidetisch. Dann zog er die Wangenpolster aus dem Mund und betrachtete sein Gesicht im Spiegel. Vorsichtig fuhr er sich mit den Fingern durch das Haar.

»Nicht schlecht, Heini. Nicht schlecht. Ich wüsste zu gern, was der Alte sagen würde, wenn er wüsste, dass er von einem kleinen Judenjungen persifliert wird.«

Er begann, seine Uniformjacke aufzuknöpfen. Martineau hatte draußen auf der Terrasse den Carswell-Schalldämpfer auf den Lauf der Walther geschraubt und trat durch den Vorhang ins Zimmer. Baum sah ihn sofort im Spiegel und reagierte als erfahrener Soldat – er griff nach dem Pistolenhalfter auf dem Ankleidetisch.

»Lassen Sie das lieber«, sagte Martineau. »Dieser neuartige Schalldämpfer ist wirklich ein Wunderding. Sie bekämen gar nichts mit, wenn ich hinter Ihrem Rücken abdrücken würde. Legen Sie die Hände auf den Kopf, setzen Sie sich auf den Stuhl.«

»Ist dies eine Verschwörung der SS gegen mich?«, fragte Baum, der seine Rolle auch in dieser Situation weiterspielte. »Ich weiß zwar, dass Reichsführer Himmler mich nie gemocht hat – aber ich wusste nicht, dass seine Abneigung so groß ist.«

Martineau setzte sich auf die Bettkante, zog mit einer Hand eine Packung Gitanes hervor und schüttelte eine Zigarette hoch. Er zündete sie sich an und sagte:

»Ich habe das Gespräch zwischen Ihnen und Hofer auf der Terrasse belauscht. Er hat Sie Berger genannt.«

»Sie waren sehr eifrig.«

»Und ich stand dicht unter Ihnen, als Sie eben mit sich selbst redeten – kommen wir zur Sache. Erstens – Sie sind nicht Rommel.«

»Wenn Sie meinen.«

»Noch mal von vorn«, sagte Martineau. »Wenn es wirklich auf Himmlers Anordnung eine SS-Verschwörung gegen Ihr Leben gäbe, hätte es wenig Sinn, Sie umzubringen, wenn Sie nicht Rommel sind. Wenn Sie es andererseits sind …«

Er hob seine PPK, und Baum atmete tief durch. »Sehr schlau!«

»Also sind Sie nicht Rommel?«

»Das müsste Ihnen doch klar geworden sein.«

»Was sind Sie dann – Schauspieler?«

»Ja, von der Bühne in die Wehrmacht – und zurück auf diese Bühne.«

»Großartig«, sagte Martineau. »Ich habe ihn letztes Jahr in Paris gesehen, und Sie haben mich getäuscht. Weiß er, dass Sie Jude sind?«

»Nein.« Baum runzelte die Stirn. »Hören Sie – was für eine Sorte SS-Mann sind Sie eigentlich?«

»Bin ich gar nicht.« Martineau legte die PPK auf das Bett neben sich. »Ich bin Colonel der britischen Armee.«

»Das glaube ich Ihnen nicht«, sagte Baum, völlig überrumpelt.

»Schade, dass Sie kein Englisch sprechen, dann könnte ich's Ihnen beweisen.«

»Aber ich spreche Englisch!«, sagte Baum beinahe akzentfrei. »Ich bin 1935-1936 in London, Leeds und Manchester auf Tournee gewesen.«

»Und gingen dann zurück nach Deutschland?«, fragte Martineau. »Sie müssen den Verstand verloren haben.«

»Meine Eltern«, entgegnete Baum achselzuckend. »Wie die meisten alten Leute konnten sie sich nicht vorstellen, dass es ernst werden würde. Ich versteckte mich in der Armee unter dem Namen eines Mannes, der bei einem Luftangriff auf Kiel ums Leben gekommen war. In Wirklichkeit heiße ich Heini Baum. Für Rommel bin ich Gefreiter Erich Berger von den 21. Fallschirmjägern.«

»Ich heiße Harry Martineau.«

Nach kurzem Zögern gab ihm Baum die Hand. »Ihr Deutsch ist ausgezeichnet.«

»Meine Mutter war Deutsche«, erklärte Martineau. »Sagen Sie, wo steckt Rommel wirklich?«

»Irgendwo in der Normandie.«

»Und was ist der Zweck dieser Maskerade – oder wissen Sie das nicht?«

»Eigentlich darf ich nichts wissen, aber ich habe auch Ohren.« Baum nahm sich eine Zigarette aus dem Etui des Generalfeldmarschalls, steckte sie in die Elfenbeinspitze, die Rommel ihm überlassen hatte, und zündete sie an. »Er trifft sich heimlich mit den Generälen von Stülpnagel und Falkenhausen. Soweit ich mitbekommen habe, eine äußerst ungesetzliche Sache. Anscheinend haben diese drei und etliche andere Generäle erkannt, dass der Krieg verloren ist, und wollen Hitler loswerden, um aus dem Chaos zu retten, was noch zu retten ist.«

»Denkbar wäre das«, sagte Martineau. »Es hat schon mehrere Anschläge auf Hitler gegeben.«

»Spinner, allesamt!«, sagte Baum.

»Sie sind damit nicht einverstanden? Das überrascht mich.«

»Der Krieg ist sowieso verloren. Die Kapitulation ist nur noch eine Frage der Zeit, also ist eigentlich jede Art von Verschwörung sinnlos. Wenn Himmler, dieses Schwein, mit den Beteiligten fertig ist, baumeln sie in der Schlinge – nicht dass mich das bekümmert. Die meisten haben seinerzeit dazu beigetragen, dass Hitler überhaupt an die Macht kommen konnte.«

»Stimmt.«

»Andererseits bin ich nicht nur Jude, sondern auch Deutscher. Ich bin Rommel in den letzten Tagen ziemlich nahe gekommen. Er ist in Ordnung. Er steht nur auf der falschen Seite. Nun wissen Sie alles über mich. Und Sie? Was machen Sie hier?«

Martineau berichtete kurz von Kelso, gab aber zunächst noch keinen Hinweis auf die Verbindung zur Operation Overlord. Als er fertig war, sagte Baum: »Ich wünsche Ihnen Glück. So wie sich die Sache anhört, wird es schwierig, den Mann mit dem Boot von der Insel zu bringen. Ich kann morgen Abend immerhin fliegen. Ein hübscher, schneller Abgang.«

Plötzlich sah Martineau die perfekte Lösung für sein Problem. Genial! »Eine Frage«, sagte er. »Drüben werden Sie zu Ihrem Regiment zurückgeschickt?«

»Möglich wär's.«

»Mit anderen Worten – in den nächsten Monaten geraten Sie wie alle anderen in große Gefahr, weil nämlich die Invasion kommt und Ihre Fallschirmjäger im dicksten Gewühl landen werden.«

»Damit ist zu rechnen.«

»Hätten Sie nicht Lust, stattdessen nach England zu reisen?«

»Sie machen Witze!«, sagte Baum verblüfft. »Wie soll ich das schaffen?«

»Denken Sie mal nach.« Martineau stand auf und ging im Zimmer auf und ab. »Was ist für Sie der nützlichste Aspekt an der Rolle von Generalfeldmarschall Erwin Rommel?«

»Sagen Sie's mir.«

»Die Tatsache, dass alle genau das tun, was Sie befehlen. Zum Beispiel fahren Sie morgen Abend zum

Flughafen, um in dem Fieseler-Storch, mit dem Sie gekommen sind, nach Frankreich zurückzufliegen.«

»Und?«

»Auf dem Fliegerhorst steht ein JU-52-Transporter, die Postmaschine, die etwa um dieselbe Zeit nach Frankreich starten soll. Was würde wohl geschehen, wenn Generalfeldmarschall Rommel kurz vor dem Start mit einem SS-Standartenführer, einem Verwundeten auf einer Trage und einer jungen Französin erschiene und das Flugzeug übernähme? Was würde man wohl dazu sagen?«

»Wohl nicht viel«, antwortete Baum lächelnd.

»Sobald wir in der Luft sind«, fuhr Martineau fort, »wäre die englische Küste in einer halben Stunde zu erreichen.«

»Mein Gott!«, sagte Baum ehrfürchtig. »Sie würden das ja wirklich durchziehen!«

»Wollen Sie nach England oder nicht?«, fragte Martineau. »Entscheiden Sie sich. Wären wir uns nicht begegnet, müssten Sie morgen zurück nach Frankreich zu Ihrem Generalfeldmarschall – und wer weiß, was dann aus Ihnen würde. Ein weiterer Anschlag auf den Führer würde fehlschlagen – ein frühes Ende für Erwin Rommel. Sicher auch mit Auswirkungen auf alle, die mit ihm zu tun haben. Sehen wir den Tatsachen doch ins Auge – die Gestapo und Himmler würden Sie wirklich sehr verdächtig finden.«

»Sie können einen wirklich mit Argumenten einwickeln«, sagte Baum.

Martineau zündete sich eine Zigarette an. »Selbst wenn Sie überleben, mein Freund, wird Berlin doch bald in Schutt und Asche liegen. Die Russen wollen Blut sehen, und wahrscheinlich werden die Alliierten sie nicht daran hindern, sich auszutoben.« Er schaute durch den Gardinenspalt in die Nacht hinaus. »Nein, ich glaube ehrlich, was ich Ihnen biete, ist für einen intelligenten Mann wie Sie die einzige vernünftige Lösung.«

»Als Versicherungsvertreter könnten Sie viel Geld verdienen«, sagte Baum. »Zufällig habe ich in Leeds in Yorkshire einen Vetter wohnen. Meinen einzigen Verwandten, wenn er noch lebt. Ich brauche jemanden, der das *kaddisch* für mich aufsagt. Das sind übrigens Totengebete.«

»Ich kenne das Wort«, sagte Martineau geduldig. »Sind wir uns einig?«

»Berlin in Schutt und Asche«, sagte Baum kopfschüttelnd und lächelte. »Das gefällt mir.«

»Also abgemacht.« Martineau schraubte den Schalldämpfer ab und schob die PPK wieder ins Futteral.

»Was ist mit Hofer?«

»Der ist gar nicht übel. Nicht viel anders als wir. Ich möchte ihm ungern wehtun.«

»Mir fällt bestimmt etwas ein. Ich spreche die Sache mit meinen Freunden durch. Morgen schließe ich mich Ihrer Reise durch den Osten der Insel an. Behandeln Sie mich ein wenig freundlicher. Zu einem passenden Zeitpunkt fragen Sie mich in Neckers Gegenwart, wo ich wohne. Ich erzähle Ihnen dann vom De-Ville-Anwesen – ausführlich. Ein prächtiger Ort, eine herrliche Hofanlage, und so weiter. Sie sagen Necker, das gefiele Ihnen. Sie würden dort gern zu Mittag essen. Bestehen Sie darauf. Wir legen dort die letzten Einzelheiten fest.«

»Der dritte Akt, so spät umgeschrieben, dass für eine Probe keine Zeit mehr bleibt«, sagte Baum leise.

»Sie kennen doch den Spruch: ›That's Showbusiness.‹« Mit diesen Worten verschwand Martineau durch den Vorhang.

Es war kurz nach Mitternacht, als Sean Gallagher und Guido Hugh Kelso die schmale Treppe hinabtrugen und in Helens Schlafzimmer absetzten. Sarah wartete an der halbgeöffneten Tür auf Helens Signal vom anderen Ende des Korridors. Als sie es sah, öffnete sie hastig die Tür. »Los«, sagte sie.

Gallagher und Guido verschränkten wieder die Arme, nahmen Kelso in die Mitte und hasteten weiter. Die Hintertreppe war breiter, sodass sie leichter vorankamen und nach wenigen Minuten die Küche erreichten. Hier setzten sie Kelso an den Tisch, und Helen schloss die Tür zur Treppe und drehte den Schlüssel um. »So weit, so gut«, sagte Gallagher. »Alles in Ordnung, Colonel?«

Der Amerikaner wirkte erschöpft, nickte aber lebhaft. »Ich finde es großartig, dass es nun weitergeht.«

»Schön. Jetzt geht's über den Waldweg zum Häuschen. Dauert höchstens zehn Minuten.«

Helen brachte ihn zum Schweigen. »Ich glaube, da kommt ein Wagen.«

Sie warteten, und Sarah drehte hastig die Lampe aus, ging zum Fenster und zog die Gardine vor. Im gleichen Augenblick hielt draußen ein Auto. »Harry«, meldete sie.

Helen stellte die Flamme wieder höher, und Sarah öffnete die Hintertür. Martineau zwängte sich herein und schloss die Tür hinter sich. Die Ereignisse auf dem Mont de la Rocque hatten ihn in Hochstimmung versetzt. Die Erregung war seinem bleichen Gesicht unter der SS-Mütze deutlich anzusehen.

»Harry, was ist?«, fragte Sarah. »Ist etwas passiert?«

»Ich glaube, das kann man wohl sagen – aber reden wir später darüber. Ist alles zum Abmarsch bereit?«

»So gut es irgend geht«, sagte Kelso.

»Bringen wir es hinter uns.«

»Sarah und ich gehen voraus und vergewissern uns, dass alles bereit ist«, sagte Helen.

Wieder stellte sie die Flamme niedrig, öffnete die

Tür und eilte mit Sarah über den Hof. Gallagher und Guido hoben Kelso hoch, der ihnen die Arme um die Schultern legte.

»Also los«, sagte Martineau. »Ich gehe voraus. Sagt Bescheid, wenn jemand eine Pause braucht.«

Er ließ die Männer vorbeigehen und schloss die Tür.

Das Mondlicht sickerte bleich durch die Äste, und der Weg zeichnete sich deutlich ab. Wieder lag Blütenduft in der Luft. Sarah hakte sich bei Helen unter. Einen Augenblick lang waren sich die beiden Frauen ganz nahe, und Sarah spürte einen Hauch jenes warmen, sicheren Gefühls, das sie nach dem Tode ihrer Mutter erlebt hatte, als ihr Helen nicht nur eine große Stütze gewesen war, sondern sie überhaupt ins Leben zurückgeholt hatte.

»Und was ist hinterher?«, fragte Helen. »Wenn ihr zurück seid?«

»Falls wir es schaffen.«

»Sei kein Dummchen. Die Sache klappt. Wenn mir je ein Mann über den Weg gelaufen ist, der genau weiß, was er tut, dann Harry Martineau. Also, was geschieht nach eurer Rückkehr? Willst du weiter als Krankenschwester arbeiten?«

»Das weiß der Himmel«, antwortete Sarah. »Die Sache war immer nur eine Art Lückenfüller. Vor allem interessierte mich die Medizin.«

»Das weiß ich noch.«

»Aber wer weiß, wie es nach diesem Abenteuer aussieht?«, fuhr Sarah fort. »Manchmal kommt mir alles wie ein verrückter Traum vor. Ein Mann wie Harry ist mir noch nicht begegnet, und nie habe ich aufregendere Stunden erlebt.«

»Dieser Wahn geht vorüber, Sarah, wie auch der Krieg. Das wirkliche Leben sieht anders aus. Das Gleiche gilt für Harry Martineau. Der ist nichts für dich,

Sarah. Gott steh ihm bei, der ist nicht mal was für sich selbst.«

Am Rand der Lichtung blieben sie stehen. Wenige Meter entfernt erhob sich das Haus im Mondlicht. »Das alles hat wenig mit mir zu tun«, sagte Sarah. »Von Anfang an nicht. Ich hatte keine Kontrolle über die Ereignisse. Der Verstand hatte damit nichts zu tun.«

Kleist, der im Haus am Fenster saß, hatte die Frauen sofort gesehen. Auffallend war die freundschaftliche Art, mit der sie sich unterhielten. Er verließ den Sessel, ging zur Tür und öffnete sie einen Spalt. Als sie auf das Haus zukamen, erkannte er, dass sie Englisch sprachen.

»Jemanden zu lieben«, sagte Helen, »ist etwas anderes, als wenn man verliebt ist, Liebling. Das Verliebtsein ist eine Sache der Erregung und geht vorbei, glaube mir. Aber gehen wir ins Haus. Die anderen müssen gleich hier sein.« Sie legte eine Hand auf die Türklinke. »Scheint nicht abgeschlossen zu sein.«

Im nächsten Moment wurde die Tür aufgerissen, Kleist packte sie vorn am Mantel und legte ihr die Mündung der Mauser an die Wange. »Ins Haus, Frau de Ville«, sagte er barsch. »Wir wollen uns über die seltsame Tatsache unterhalten, dass diese kleine französische Hure nicht nur ausgezeichnet Englisch spricht, sondern außerdem eine Freundin von Ihnen zu sein scheint.«

Im ersten Augenblick war Helen wie erstarrt wegen der Waffe, die ihr ins Gesicht gestoßen wurde. Kleist streckte den andern Arm aus und packte Sarah am Haar.

»Außerdem erwarten Sie andere. Wen denn?« Er ging rückwärts und zog Sarah am Haar mit, ohne die Waffe von Helen abzuwenden. »Keine Dummheiten, sonst drücke ich ab.« Abrupt ließ er Sarah los. »Machen Sie die Vorhänge zu.« Sie gehorchte. »Gut, jetzt drehen Sie die Lampe hoch. Alles soll so aussehen, wie es erwartet wird.« Sie sah den Schweiß auf seinem Gesicht und Helens entsetzten Ausdruck. »Und jetzt zu mir!«

Wieder verkrampften sich seine Finger schmerzhaft in Sarahs Haar. Sie wollte eine Warnung rufen, aber dann sah sie Helens zurückgeneigten Kopf und die Mauser unter ihrem Kinn. Kleist stank nach Alkohol und zitterte am ganzen Körper. Draußen kamen Stimmen näher. Erst im letzten Augenblick, als die Tür bereits aufging und Gallagher und Guido sich rückwärts ins Haus schoben und Kelso über die Schwelle hoben, stieß er die Frauen fort.

»Harry, pass auf!«, schrie Sarah, doch schon war Harry den drei Männern ins Haus gefolgt, und es war zu spät.

Kelso lag auf dem Boden, und Helen, Sarah und die drei Männer lehnten mit ausgestreckten Armen an der Wand. Kleist nahm Martineau die PPK ab und schob sie sich in die Tasche. »Die SS scheint ihre Leute neuerdings an seltsamen Orten anzuwerben.«

Martineau sagte nichts, sondern wartete kaltblütig auf seine Chance. Kleist trat hinter Guido Orsini und tastete ihn fachmännisch ab. »Dich hab ich nie leiden können, du schöner Bubi«, sagte er verächtlich. »Ihr verflixten Italiener habt uns doch nur Ärger gemacht. Der Führer hätte euch gründlich rannehmen sollen.«

»Erstaunlich.« Orsini drehte den Kopf und sagte freundlich zu Gallagher: »Das Ding kann tatsächlich reden.«

Kleist schlug ihm die Füße unter dem Leib weg und versetzte ihm einen Tritt in die Flanke, ehe er Gallagher abtastete. Er fand keine Waffe und trat einen Schritt zurück. »Endlich, du Saukerl, auf diesen Moment habe ich gewartet!«

Er knallte dem Iren die rechte Faust ins Kreuz. Gallagher schrie auf und sackte zu Boden. Kleist begann ihn zu treten. »Aufhören!«, schrie Helen.

Kleist lächelte sie an. »Ich habe noch gar nicht richtig angefangen.« Er stieß Gallagher mit dem Fuß an. »Steh auf und nimm die Hände über den Kopf.« Gallagher verweilte einen Moment auf Händen und Knien, doch Kleist trieb ihn mit der Fußspitze zur Eile an. »Los, hoch mit dir, du irischer Misthaufen!«

Gallagher richtete sich auf und stand mit hängenden Armen vor dem Deutschen und lächelte ihn an. »Halb Ire«, sagte er, »und halb Jerseymann. Wie schon gesagt, eine üble Mischung.«

Kleist schlug ihm mit dem Handrücken ins Gesicht. »Ich hab gesagt, du sollst die Hände über den Kopf nehmen!«

»Wie Sie wollen.«

Das Springmesser lag seit einigen Minuten in Gallaghers linker Hand. Der Arm fuhr herum, klickend klappte die Klinge heraus und zuckte im Lampenlicht auf, ehe sie im weichen Fleisch unter Kleists Kinn verschwand. Der Deutsche gab einen Schuss in die Wand ab, ließ die Waffe fallen, stürzte rücklings gegen den Tisch und versuchte noch, Gallagher das Messer aus der Hand zu reißen. Dann stürzte er seitlich zu Boden, zuckte mit den Füßen und rührte sich nicht mehr.

»Mein Gott!« Helen wandte sich ab. Sie stolperte in die Küche und musste sich dort übergeben.

»Hilf ihr«, sagte Martineau zu Sarah.

Das Mädchen folgte der älteren Frau, und er bückte sich und nahm dem Toten die Walther aus der Tasche. Dann blickte er zu Gallagher auf. »Dieser Trick wird beim SOE-Tötungskursus gelehrt. Woher haben Sie ihn?«

»Noch so ein Erbe von meinem Großvater«, antwortete Gallagher.

»Muss ein erstaunlicher Mann gewesen sein.«

Er und Guido legten Kelso auf die Couch, während Gallagher nach seinem Messer griff. Er musste mit voller Kraft ziehen, um es aus der Wunde rauszubekommen. Anschließend wischte er die Klinge am Mantel des Toten ab. »Ob dies ein offizieller Besuch war?«

»Ich glaube nicht.« Martineau griff nach der leeren Schnapsflasche. »Er hat getrunken und wollte Blut sehen. Er kam her, um sich an Ihnen zu rächen. Er hat auf Sie gewartet.« Er schüttelte den Kopf. »Armer Kerl. Beinahe hätte er das große Los gezogen. Seine Karriere hätte einen ungeahnten Auftrieb bekommen.«

»Aber was nun?«, wollte Kelso wissen. »Vielleicht ist schon alles verloren. Ich meine, wenn ein Gestapooffizier nicht zum Dienst erscheint, fängt doch gleich das große Suchen an.«

»Kein Grund zur Panik.« Martineau nahm einen Teppich auf und bedeckte Kleist damit. »Es gibt immer einen Ausweg. Zuerst suchen wir seinen Wagen. Der muss irgendwo stehen.« Er nickte Guido und Gallagher zu und verließ als Erster das Haus.

Zehn Minuten später fand Guido den Renault und pfiff die anderen herbei. Martineau und Gallagher erreichten die Fundstelle. »Was nun?«, fragte Guido.

»Kelso hat Recht. Wenn Kleist morgen früh nicht zum Dienst kommt, stellt Müller die Insel auf den Kopf«, sagte Gallagher.

»Was machen wir?«

»Wir geben den Deutschen Kleist zurück«, sagte Martineau entschlossen. »Er war betrunken und kam mit dem Wagen von der Straße ab, ganz einfach.«

»Am besten eine Klippe runter«, sagte Guido.

»Genau.« Martineau wandte sich an Gallgher. »Wüssten Sie eine geeignete Stelle? Nicht zu weit, aber doch weit genug entfernt, dass man nicht gleich zwei und zwei zusammenzählt?«

»Ja«, sagte Gallagher. »Ich glaube, ich weiß genau die richtige Stelle.«

»Gut. Sie fahren mit dem Renault voraus, und ich folge Ihnen im Kübelwagen.«

»Soll ich mitfahren?«, fragte Guido.

»Nein«, entschied Martineau. »Sie halten hier die Stellung. Ich gehe jetzt zum großen Haus und hole den Kübelwagen. Sie beide fahren den Renault zu Gallaghers Häuschen und verstauen Kleist im Kofferraum.«

Er machte kehrt und verschwand im Wald.

Als Martineau am kleinen Haus vorfuhr, befand sich Kleists Leiche bereits im Kofferraum des anderen Wagens, und Gallagher war fahrbereit. Martineau fragte: »Wie lange brauchen wir?«

»Es geht an eine Stelle auf der anderen Seite von La Moye Point.« Gallagher entfaltete eine alte Straßenkarte der Insel. »So spät in der Nacht brauchen wir höchstens zwanzig Minuten.«

»Müssen wir damit rechnen, angehalten zu werden?«

»Hier draußen auf dem Land arbeiten unsere Polizisten ehrenhalber – Abenddienst gibt es für sie nur in Ausnahmefällen.«

»Und die Deutschen?«

»Ab und zu eine Militärpatrouille, das ist alles. Wir haben gute Chancen, keiner Menschenseele zu begegnen.«

»Gut, dann los.« Martineau schaute zu Guido und den beiden Frauen hinüber, die an der Tür standen. »Wartet hier auf uns. Wir haben einiges zu besprechen.« Dann fuhr er los.

Gallagher behielt Recht. Die Fahrt von Noirmont nach Woodbine Comer und über die Hauptstraße nach

Red Houses verlief ohne Zwischenfälle, und auf der ganzen Strecke zeigte sich kein anderes Fahrzeug. Schließlich bog Gallagher in einen schmalen Weg ein. Er stoppte den Renault und stieg aus.

»Rechts unter uns befindet sich eine Geschützstellung bei Corbière, und links in Richtung La Moye Point eine Artilleriebatterie. Der Abschnitt vor uns ist frei. Etwa zweihundert Meter von hier biegt die Straße ab und folgt dem Klippenrand. Sie gilt seit jeher als gefährlich, denn sie ist zum Abgrund hin offen.«

»Gut«, sagte Martineau. »Wir lassen den Kübelwagen hier.«

Er ergriff einen Kanister Benzin, sprang auf das Trittbrett des Renault und ließ sich von Gallagher über den unebenen Weg schaukeln, der von hohen Hecken gesäumt war. Nach kurzer Fahrt erreichten sie den Klippenrand und fuhren in ein kleines Tal hinab; links führte ein Einschnitt bis in die Brandungsfelsen hinunter.

»Hier ist's richtig.« Martineau hämmerte auf das Wagendach.

Gallagher bremste ab, stieg aus und ging zum Kofferraum. Zusammen mit Martineau hob er Kleist heraus, schleppte ihn nach vom und setzte ihn ans Steuer. Gallgher hatte den Motor laufen lassen. Als er die Tür schloss, kippte der Tote nach vorn.

»Alles klar?«, fragte Gallagher leise.

»Moment noch.« Martineau öffnete den Kanister und schüttete Benzin auf den Vordersitz und die Kleidung des Mannes. »Okay, lassen Sie ihn fahren.«

Gallagher löste die Handbremse, ließ den Motor weiter im Leerlauf laufen und drehte das Steuer. Er begann zu schieben, und der Renault verließ den Weg und rollte durch das Gras.

»Passen Sie auf!«, rief Martineau, rieb ein Streichholz an und warf es durch das offene Beifahrerfenster.

Im ersten Moment dachte er, die Flamme wäre erloschen, doch als der Renault über die Kante holperte, loderten orangerote und gelbe Flammen empor. Die beiden Männer machten kehrt und liefern den Weg entlang, während hinter ihnen ein dumpfes Dröhnen zu hören war, gefolgt von einer kurzen Explosion.

Als sie den Kübelwagen erreichten, sagte Martineau: »Sie verstecken sich hinten, so gut es geht. Vorsichtshalber.«

Die Sache war zu glatt gelaufen – als er fünf Minuten später die Corbière Road verließ und in die Route du Sud einbog, entdeckte er zwei Motorräder der Feldpolizei am Straßenrand. Einer der Uniformierten trat mit erhobener Hand vor. Martineau bremste sofort ab.

»Feldpolizei«, flüsterte er Gallagher zu. »Unten bleiben.«

Er öffnete die Tür und stieg aus. »Gibt's ein Problem?«

Beim Anblick der Uniform nahmen die beiden Feldgendarmen Haltung an. Einer hielt noch eine brennende Zigarette in der Linken. »Ah, ich verstehe – eine Zigarettenpause.«

»Standartenführer, ich weiß nicht, was ich darauf sagen soll«, antwortete der Mann.

»Ich persönlich finde es immer am besten, wenn man gar nichts sagt.« Er brachte es fertig, die Worte drohend klingen zu lassen. »Also, was wollen Sie?«

»Nichts, Standartenführer. Wir sehen nur selten um diese Zeit ein Fahrzeug in diesem Sektor.«

»Und da haben Sie natürlich Ihre Pflicht getan.« Martineau legte seine Papiere vor. »Mein SD-Ausweis. Los, Leute, beeilen Sie sich!«, sagte er mit lauter, barscher Stimme.

Der Feldgendarm warf kaum einen Blick darauf und reichte die Papiere mit zitternden Fingern zurück. »Alles in Ordnung.«

»Gut, dann können Sie sich wieder Ihrem Dienst widmen.« Martineau stieg ein. »Was das Rauchen angeht, da würde ich Ihnen raten, künftig ein bisschen diskreter zu sein.«

Er fuhr ab. »Zum Teufel«, meldete sich Gallagher mit dumpfer Stimme, »wie schaffen Sie es nur, als Nazi so überzeugend zu sein?«

»Reine Übung, Sean, man muss es eben drauf haben«, antwortete Martineau und fuhr los, Richtung De-Ville-Anwesen.

Als Martineau vor Gallaghers Häuschen parkte, erschien sofort Sarah in der Tür. »Alles in Ordnung?«

»Bestens«, erwiderte Gallagher und folgte Martineau ins Haus. »Wir haben den Wagen bei La Moye über die Klippe stürzen lassen und dafür gesorgt, dass er in Flammen aufging.«

»War das nötig?« Erschaudernd verschränkte Helen die Arme.

»Er soll doch gefunden werden«, sagte Martineau. »Und wenn die Posten in den Küstenbatterien der Gegend auch nur ein bisschen munter sind, müssen sie die Flammen gesehen haben. Andererseits darf er nicht zu intakt gefunden werden, denn dann müsste man eine Erklärung für die Messerwunde finden.«

»Also keine Probleme?«, fragte Kelso.

»Auf dem Rückweg wurden wir von einer Patrouille der Feldgendarmerie angehalten«, gab Gallagher Auskunft. »Ich war nicht in Sicht, und Harry ließ seinen Nazi auftreten. Kein Problem.«

»Nun braucht Guido also nur noch mit Savary zu sprechen«, stellte Sarah fest.

»Nein«, widersprach Martineau. »Ich muss euch

mitteilen, dass sich unsere Pläne entscheidend geändert haben.«

Die anderen reagierten erstaunt. »Jesus im Himmel«, sagte Gallagher, »was haben Sie jetzt schon wieder ausgebrütet?«

Martineau zündete eine Zigarette an, stellte sich mit dem Rücken zum Feuer und sagte gelassen: »Setzen Sie sich – ich erzähl's Ihnen.«

14

Am nächsten Morgen fuhr Gallagher um neun Uhr nach St. Helier hinunter und hatte wieder zwei Säcke Kartoffeln im Wagen. Diesmal hielt er nicht an der Markthalle, sondern fuhr direkt zum Wehrmachts-Versorgungsdepot in der alten Werkstatt in der Wesley Street. Die ersten Lkws, die den verschiedenen Truppenteilen auf der Insel Nachschub brachten, fuhren bereits um 8.30 Uhr los – deshalb hatte er sich diese Zeit ausgesucht. Feldwebel Klinger saß in seinem gläsernen Büro und frühstückte Wurst, Eier und Speck – alles sehr englisch. Dazu trank er echten Kaffee, das roch Gallagher bereits auf der Treppe.

»Guten Morgen, Herr General, was haben Sie für mich?«

»Zwei Säcke Kartoffeln, wenn Sie interessiert sind. Ich würde dafür Konserven nehmen, egal, was Sie haben, und Kaffee.« Er schnappte sich ein Stück Speck von Klingers Teller. »Immer wenn ich Sie besuche, essen Sie.«

»Warum nicht? Andere Freuden bietet das beschissene Leben ja nicht mehr. Hier, trinken Sie einen Kaffee mit.« Klinger schenkte ein. »Warum sind die Menschen so dumm? Ich hatte vor dem Krieg in Hamburg ein hübsches Lokal. Gutes Publikum. Meine Frau gibt sich wirklich Mühe – aber erst letzte Woche hatten wir neue Bombenschäden, und niemand ersetzt uns das.«

»Und das ist erst der Anfang«, bemerkte Gallagher.

»Bald wimmelt es an der Küste von Tommies und Yankees, die auf Ihr Vaterland zumarschieren, während die Russen von der anderen Seite anrücken. Sie können von Glück sagen, wenn Sie das Lokal halten können. Die vielen Reichsmark, die Sie da horten, sind bald nicht mehr als das Papier wert, auf dem sie gedruckt sind.«

Klinger fuhr sich mit der Hand über den Mund. »Hören Sie auf – ich bekomme noch Verdauungsstörungen.«

»Diese Art Geld aber wird nie an Wert verlieren.« Gallagher zog eine Münze aus der Tasche, warf sie in die Luft, fing sie auf und legte sie auf den Tisch.

Klinger griff danach und verzog ehrfürchtig das Gesicht. »Ein englischer Sovereign!«

»Richtig erkannt«, sagte Gallagher. »Ein Gold-Sovereign.«

Klinger biss auf der Münze herum. »Und absolut echt.«

»Haben Sie von mir etwas anderes erwartet?« Gallagher zog einen kleinen Leinenbeutel aus der Tasche und hielt ihn lockend hoch. »Hier habe ich weitere neunundvierzig von der Sorte.«

Er legte den Beutel auf den Tisch, und Klinger schüttete die Münzen aus und betastete sie. »Na schön – was wollen Sie dafür?«

»Eine Seemannsuniform der Kriegsmarine«, antwortete Gallagher. »Keine große Sache, würde ich sagen. Sie haben so etwas bestimmt stapelweise am Lager.«

»Unmöglich«, sagte Klinger. »Absolut unmöglich.«

»Ich erwarte dazu Stiefel, Seemannsmantel und Mütze. Wir führen im Gemeindesaal in St. Brélade ein Stück auf. Darin spielt ein deutscher Seemann die Hauptrolle. Er verliebt sich in ein Mädchen aus Jersey, und ihre Eltern …«

»Ach, hören Sie doch mit dem Unsinn auf!«, sagte Klinger unwirsch. »Theaterstück? Was für ein Stück soll das wohl sein?«

»Na schön«, sagte Gallagher achselzuckend. »Wenn Sie kein Interesse haben ...«

Er begann, die Münzen in den Beutel zu fegen. Klinger legte ihm eine Hand auf den Arm. »Wissen Sie – die Geheime Feldpolizei würde sich bestimmt sehr dafür interessieren, was Sie mit einer deutschen Uniform wollen, Herr General.«

»Natürlich, natürlich – nur werden wir ihr's doch nicht sagen, oder? Ich meine, Sie haben doch bestimmt keine Lust, dass die hier herumschnüffeln, oder? Der viele Schnaps und die Zigaretten im Keller und die Konserven. Und dann der Kaffee und Champagner.«

»Aufhören!«

»Wir haben zwar schon Frühling«, fuhr Gallagher erbarmungslos fort, »aber ich kann mir kaum vorstellen, dass der Dienst in einem Strafbataillon an der russischen Front sehr gesund ist.«

Die Drohung war offen ausgesprochen, und die Aussicht auf ein solches Schicksal abschreckend genug. Klinger saß in der Falle, wütend, dass er sich je mit dem Iren eingelassen hatte. Aber es hatte keinen Sinn, deswegen Tränen zu vergießen. Da war es schon besser, das Gewünschte herauszurücken und auf einen guten Ausgang zu hoffen.

»Gut, gut, ich habe verstanden.« Klinger nahm die Sovereigns vom Tisch und stopfte sie sich in eine Jackentasche. »Ich bin seit jeher ein großer Freund des Theaters. Es ist mir wirklich eine Freude, Ihnen zu helfen.«

»Ich wusste, dass ich mich auf Sie verlassen kann«, gab Gallagher zurück. »Hier haben Sie die Größen.« Er schob ein Stück Papier über den Tisch.

Um zehn Uhr verließ der Tross das *Septembertide*

und fuhr nach Beaumont und Bel Royal und dann über die Victoria Avenue nach St. Heller. Elizabeth Castle war die erste Station. Es war Ebbe, und man parkte die Wagen vor dem Grand Hotel und stieg in einen Schützenpanzerwagen um, welcher der Dammstraße folgte und dabei mit seinen Ketten tiefe Sandspuren pflügte.

»Bei Flut steht dieser Damm unter Wasser, Herr Generalfeldmarschall«, berichtete Necker.

Baum war in seinem Element, voller Erregung über die Wende der Ereignisse. Er sah Martineau am anderen Ende des Fahrzeugs sitzen und mit zwei jungen Offizieren und Müller sprechen und fragte sich im ersten Moment, ob er womöglich nur geträumt hatte, so überzeugend spielte Martineau seine Rolle.

Der Schützenpanzerwagen verließ den Damm, fuhr durch das alte Schlosstor und hielt. Alle stiegen aus, und Necker sagte: »Die Engländer befestigten diese Burg zu Napoleons Zeiten, um den großen Korsen abzuschrecken. Wir haben sogar noch einige Kanonen von damals.«

»Nun verstärken wir die Befestigungen, um die Engländer draußen zu halten«, sagte Baum. »Das ist die Ironie des Lebens.«

Er führte seinen Tross zum Burggraben und zum Durchgang in den Innenhof. Martineau schob sich an seine Seite und sagte: »Es dürfte Sie interessieren, Herr Generalfeldmarschall, dass Sir Walter Raleigh zu Zeiten von Königin Elizabeth Tudor hier Gouverneur war.«

»Ach?«, fragte Baum. »Ein außergewöhnlicher Mann – Soldat, Seemann, Musiker, Dichter, Historiker.«

»Der auch noch Zeit hatte, der westlichen Welt den Tabak zu schenken«, fügte Martineau hinzu.

»Allein dafür müsste er in jeder größeren Stadt ein Denkmal bekommen«, meinte Baum. »Ich erinnere mich an den Italienfeldzug 1917. Eine schreckliche

Zeit. Ich glaube fast, wir haben die Schützengräben nur überlebt, weil wir Zigaretten hatten.«

Er ging weiter, und Martineau hielt sich neben ihm und redete lebhaft auf ihn ein. Hofer folgte besorgt mit Necker. Nachdem sich Baum jede Stellung, jede Waffe angeschaut hatte, bestieg die Gruppe eine Stunde später den Schützenpanzerwagen und fuhr über den Strand zu ihren geparkten Wagen zurück.

An den Klippen unweit von La Moye Point holte eine Gruppe Pioniere ein Seil ein, an dem ein Gefreiter den Hang hinaufgeklettert kam. Er schob sich über den Rand und löste die Leine. Der zuständige Feldwebel gab ihm eine Zigarette. »Sie sehen ziemlich blass aus.«

»Das ginge Ihnen nicht anders. Der Fahrer da unten ist ziemlich übel zugerichtet.«

»Papiere?«

»Verbrannt, ebenso der größte Teil der Kleidung. Der Wagen ist ein Renault, ich habe die Nummer.«

Der Feldwebel schrieb sie auf. »Darum kann sich die Polizei kümmern.« Er wandte sich den anderen Männern zu. »Also, zurück in die Stellung.«

Mont Orgueil in Gorey an der Ostküste von Jersey kann wohl zu den schönsten Burgen in Europa gerechnet werden. Die Deutschen hatten hier Artillerie stationiert. Das Bauwerk beherbergte sogar zwei Regiments-Hauptquartiere, und Baum besuchte beide und ließ sich nicht von seinem üblichen gründlichen Rundgang abhalten. So besuchte er auch den Beobachtungsposten an der höchsten Stelle der Anlage und schaute mit einem Feldstecher zur französischen Küste hinüber, die deutlich zu sehen war. Da er im Moment allein war, trat Hofer an seine Seite.

»Ist alles in Ordnung?«, fragte Baum, ohne den Feldstecher abzusetzen.

»Vogel kommt mir etwas aufdringlich vor«, bemerkte Hofer leise.

»Er wollte sich mit mir unterhalten, das habe ich gestattet«, antwortete Baum. »Da ist er wenigstens zufrieden. Ich versuche, alle zufrieden zu stellen. Ist das nicht, was Sie von mir erwarten?«

»Selbstverständlich«, sagte Hofer. »Fassen Sie das nicht falsch auf. Sie halten sich prima. Seien Sie nur vorsichtig.«

In diesem Augenblick näherte sich Necker, und Baum fuhr fort: »Fantastisch ist es hier oben. Jetzt würde ich gern etwas auf dem Lande sehen. Eine Stellung, wie man sie vielleicht in einem Dorf findet.«

»Selbstverständlich, Herr Generalfeldmarschall.«

»Und dann Mittagessen.«

»Es ist alles vorbereitet. Die Offiziersmesse im Einsatz-HQ erhofft Ihren Besuch.«

»Nein, Necker, mir schwebt etwas anderes vor. Ich würde gern mal die andere Seite des Insellebens kennen lernen. Vogel hat mir erzählt, er wäre in einem tollen Landhaus untergebracht, auf dem Anwesen der de Villes. Kennen Sie das?«

»Jawohl, Herr Generalfeldmarschall. Mrs. de Ville ist die Eigentümerin des Anwesens, ihr Mann ist Offizier in der englischen Armee. Eine sehr charmante Frau.«

»Und ein sehr schönes Haus, wie Vogel meint. Ich denke, wir werden dort zu Mittag essen. Mrs. de Ville hat bestimmt nichts dagegen, besonders wenn ihr Lebensmittel und Wein zur Verfügung gestellt werden.« Baum blickte zum wolkenlos blauen Himmel auf. »Ein schöner Tag für ein Picknick.«

»Zu Befehl, Herr Generalfeldmarschall. Entschuldigen Sie mich jetzt bitte, damit ich alle Anordnungen treffen kann.«

Als die Gruppe der Offiziere zehn Minuten später aus dem Haupteingang kam und sich den wartenden

Autos näherte, stoppte ein Motorradfahrer der Feldgendarmerie neben Greiser, der am Steuer von Müllers Citroën saß. Greiser las die Meldung, die der Mann ihm reichte, stieg aus und eilte zu Müller, der sich mit einigen Offizieren unterhielt. Martineau stand in der Nähe und hörte alles.

»Dieser verdammte Dummkopf!«, sagte Müller leise und zerknüllte das Papier. »Also los, machen wir, dass wir hinkommen.«

Er ging zu Necker, sprach kurz mit ihm und stieg in den Citroën, der sich in schneller Fahrt entfernte. Martineau wandte sich ebenfalls an Necker. »Müller war ja ganz aufgeregt«, sagte er.

»Ja«, antwortete Necker. »Sieht so aus, als wäre einer seiner Leute bei einem Autounfall ums Leben gekommen.«

»Wie bedauerlich!« Martineau bot dem anderen eine Zigarette an. »Ich möchte Sie übrigens dazu beglückwünschen, wie gut Sie mit der Situation hier fertig werden.«

»Man tut, was man kann. Es geschieht nicht jeden Tag, dass ein Rommel zu Besuch kommt.«

»Andererseits atmen Sie bestimmt auf, wenn sein ›Storch‹ heute Abend fort ist. Startet er übrigens vor oder nach dem Postflugzeug?«

»Ich bin dafür, dass er im Schutz der Dunkelheit fliegt. Die Postmaschine startet aus dem gleichen Grund normalerweise gegen acht Uhr.«

»Sie können ganz beruhigt sein, Herr Major«, sagte Martineau lächelnd. »Er wird bestimmt vernünftig sein; ich werde persönlich mit ihm sprechen.«

Müller stand neben Greiser am Klippenrand und schaute auf das Wrack des Renault hinab. »Völlig ausgebrannt«, berichtete Greiser. »Der Pionier-Feldwebel, mit dem ich gesprochen habe, sagt, der Mann sei kaum wieder zu erkennen.«

»Das kann ich mir vorstellen«, sagte Müller nickend. »Schön, sorgen Sie dafür, dass die Leiche noch heute Nachmittag hochgeholt wird. Wir müssen eine Autopsie vornehmen lassen, aber diskret. Die Sache mit dem Alkohol muss unter dem Teppich bleiben.«

Er wandte sich ab, und Greiser sagte: »Aber was hat er hier draußen gesucht? Das begreife ich nicht!«

»Bisher wissen wir nur, dass er gestern Abend schwer getrunken hatte. Fragen Sie bei den für die Gegend zuständigen Feldgendarmen nach. Vielleicht hat jemand seinen Wagen gesehen. Ich muss zu den großen Tieren zurück und nehme den Citroën. Sie müssen sich bei den Feldgendarmen etwas ausleihen. Sobald es was Neues gibt, melden Sie sich bei mir.«

Der Küchenfeldwebel und seine Männer vom Offiziersclub in Bagatelle, die im De-Ville-Haus einfielen, brachten ausreichend Vorräte und Wein mit. Sie übernahmen sofort die Regie, trugen Tische und Stühle aus dem Haus und deckten sie mit weißen Leinentüchern aus dem eigenen Vorrat. Sie arbeiteten mit atemberaubendem Tempo. Der Küchenfeldwebel war höflich, machte Helen aber klar, dass sie ihm lieber nicht in die Quere kommen sollte, da mit dem Generalfeldmarschall jeden Augenblick gerechnet werden müsse.

Sie zog sich in ihr Schlafzimmer zurück und legte sich ein hellgrünes Sommerkleid zurecht, das sie zuletzt bei einem fröhlicheren Anlass getragen hatte. Sie wollte es anziehen, da wurde an die Tür geklopft, und Sarah trat ein.

»Na, bereitest du dich auf die Rolle der Gastgeberin vor?«

»Muss ich wohl«, antwortete Helen. »Selbst wenn Rommel echt wäre, bliebe mir nichts anderes übrig.«

Sie kämmte sich das Haar nach hinten und steckte

es an den Seiten mit weißen Kämmen hoch. »Du siehst hübsch aus«, sagte Sarah.

»Du auch.« Sarah trug einen dunklen Mantel und hatte das Haar unter einem schwarzen Hut hoch gesteckt.

»Wir geben uns eben Mühe. Wenn nur schon alles vorbei wäre!«

»Dauert nicht mehr lange, Schätzchen!« Helen umarmte die junge Frau, wandte sich ab und zog ihr Kleid glatt.

»Wollt ihr es euch nicht doch noch anders überlegen, du und Sean, und mitkommen?«

»Himmel, nein! Nicht auszudenken, was aus dem De-Ville-Besitz würde, wenn ich nicht hier wäre! Das möchte ich Ralph nicht antun, außerdem ist Sean ja, wie er immer wieder sagt, neutral.« Sie trug Lippenstift auf. »Ich habe im Grunde nichts zu befürchten. Es war doch der Wunsch von Standartenführer Vogel, mit dir hier zu wohnen. Außerdem kann ich immer auf Guidos Unterstützung hoffen.«

»Du bist wirklich eine bemerkenswerte Frau«, stellte Sarah fest.

»Alle Frauen sind bemerkenswert, Schätzchen. Das müssen sie schon sein, um durchs Leben zu kommen. Die Welt wird eben vom Mann geprägt.« Sie ging zum Fenster. »Ja, dachte ich's mir doch. Sie sind da.« Lächelnd wandte sie sich um. »Vergiss nicht, dass wir uns vor den Offizieren siezen müssen. Bitte nur Französisch.«

»Ich denke dran.«

»Gut. Also auf in den Kampf. Ich gehe zuerst. Warte zwei Minuten.« Und schon hatte sie das Zimmer verlassen.

Auf dem Weg in den großen Saal entdeckte Sarah Guido, Bruno Feldt und drei andere junge Marineoffiziere, die sich nervös an der Vordertür herumtrieben und hinausschauten. »Ah, Mademoiselle Latour«, sagte Guido auf Französisch. »Sie sehen wie immer bezaubernd aus. Der Generalfeldmarschall ist gerade eingetroffen.«

Die Gruppe wartete auf der Vortreppe. Necker hatte es übernommen, Baum Helen vorzustellen, und Sarah sah Harry hinter der Offiziersgruppe stehen. Jemand nahm dem Generalfeldmarschall Ledermantel, Stab und Handschuhe ab. Er glättete seinen Uniformrock und wandte sich in englischer Sprache an Helen.

»Sehr freundlich von Ihnen, Frau de Ville. Natürlich fallen wir unangemeldet über Sie her, aber ich hatte große Lust, einen der berühmten Jersey-Herrensitze zu besichtigen. Vom De-Ville-Anwesen wird stets in den höchsten Tönen gesprochen.«

»Dabei ist das Haus im Vergleich zu vielen anderen eher bescheiden, Herr Generalfeldmarschall.«

»Aber schon jetzt finde ich es bezaubernd, wirklich bezaubernd. Die Gartenanlage, die Blumen, die Palmen und das Meer da unten. Was für ein fantastisches Farbenspiel!« Galant reichte er ihr den Arm. »Wenn Sie mir jetzt die Ehre erweisen würden. Eine Portion Hummer? Ein Glas Champagner? Vielleicht können wir den Krieg ein Weilchen vergessen.«

»Das wird schwierig sein, Herr Generalfeldmarschall, aber ich werde mir Mühe geben.« Sie hakte sich unter und ließ sich über den Rasen zu den Tischen führen.

Der Nachmittag begann gut. Guido Orsini erbat die Erlaubnis, Aufnahmen zu machen, und der Generalfeldmarschall war einverstanden und ließ sich mit den anwesenden Offizieren fotografieren; dabei stand Martineau gleich neben ihm. Das Essen war sichtlich ein großer Erfolg.

Necker, der bereits sein viertes Glas Champagner genoss, stand mit Hofer und Martineau am Getränketisch. »Ich glaube, er amüsiert sich.«

Hofer nickte. »Ganz bestimmt. Ein prächtiges Haus mit einer sehr charmanten Gastgeberin.«

»Innerlich widerstrebend«, bemerkte Martineau beißend, »aber zu wohlerzogen, um sich etwas anmerken zu lassen. Es ist doch immer dasselbe mit der englischen Oberschicht.«

»Mag sein«, sagte Necker abweisend. »Irgendwie kann man das ja auch verstehen. Schließlich ist ihr Mann Major bei den Engländern.«

Martineau nahm ein frisches Glas Champagner und entfernte sich. Guido machte ein Foto von Sarah, die von Marineoffizieren umlagert war. Sie winkte, und Martineau gesellte sich dazu.

»Bitte, Harry«, sagte sie, »wir wollen uns zusammen aufnehmen lassen.«

Er lachte auf und reichte Bruno sein Glas. »Warum nicht?«

Die anderen rückten zur Seite, und Harry und Sarah standen nebeneinander im Sonnenschein. Sie musste an Helens Worte denken und fühlte sich seltsam; ihre Hand krampfte sich um Martineaus Arm, als müsse sie sich festhalten.

»Gut so«, sagte Guido lächelnd.

»Schön.« Martineau nahm Bruno das Glas wieder ab. »Aber jetzt muss ich mit dem Generalfeldmarschall sprechen. Sie kümmern sich ein wenig um Anne-Marie, Leutnant?«, fragte er Guido und entfernte sich.

Er hatte Müller verspätet eintreffen sehen, der nun leise mit Necker sprach. Hinter ihm bremste ein Motorrad der Feldgendarmerle, das von Greiser gelenkt wurde. Martineau blieb stehen und beobachtete die weiteren Ereignisse. Greiser stieg ab, bockte die Maschine auf und ging zu Müller, der sich bei Necker entschuldigte, einige Schritte weiterging und die Meldung des Feldwebels entgegennahm. Nach einer Weile schaute er sich um, als suche er jemanden. Als er Martineau erblickte, steuerte er sofort auf ihn zu.

»Standartenführer, wäre es möglich, Sie kurz unter vier Augen zu sprechen?«

»Selbstverständlich«, antwortete Martineau und schlenderte mit Müller auf einige Bäume zu. »Was kann ich für Sie tun?«

»Kleist, mein Mitarbeiter, ist letzte Nacht ums Leben gekommen. Eine unangenehme Sache. Sein Wagen stürzte bei La Moye über eine Klippe.«

»Schlimm«, sagte Martineau. »Hatte er etwa getrunken?«

»Möglich«, antwortete Müller behutsam. »Leider fällt uns kein überzeugender Grund ein, warum er sich ausgerechnet dort aufhalten sollte. Die Stelle ist ziemlich entlegen.«

»Vielleicht eine Frau?«, meinte Martineau.

»Von einer zweiten Leiche haben wir nichts gefunden.«

»Also ein Rätsel – aber was hat das mit mir zu tun?« Martineau wusste natürlich, was auf ihn zukam.

»Wir haben routinemäßig bei allen Feldgendarmeriepatrouillen aus der Gegend nachgefragt, ob sie vielleicht Kleists Wagen gesehen hätten.«

»Und hatten sie das?«

»Nein, aber uns wurde gemeldet, dass man Sie heute Nacht gegen zwei Uhr auf der Route du Sud angehalten hat.«

»Stimmt«, sagte Martineau gelassen. »Aber was hat das mit dem vorliegenden Fall zu tun?«

»Um an die Stelle bei La Moye zu gelangen, an der Kleist seinen bedauerlichen Unfall hatte, musste er über die Route du Sud fahren und dann auf die Straße nach Corbière abbiegen.«

»Kommen Sie zur Sache, Müller, der Generalfeldmarschall will mit mir sprechen.«

»Also gut, Standartenführer. Ich habe mich nur gefragt, was Sie um zwei Uhr früh in der Gegend zu suchen hatten.«

»Ganz einfach«, antwortete Martineau. »Ich bin meinem Auftrag nachgekommen, den ich, wie Sie wissen, direkt vom Reichsführer habe. Wenn ich nach Berlin zurückkehre, erwartet er von mir einen Bericht über die Zustände hier auf Jersey. Leider wird mein Urteil nicht sehr positiv ausfallen.«

Müller runzelte die Stirn. »Vielleicht könnten Sie mir das näher erklären, Standartenführer.«

»Zum einen die Sicherung der Insel«, sagte Martineau. »Beziehungsweise der Mangel daran. Ja, Müller, ich wurde heute früh auf der Route du Sud von einer Patrouille der Feldgendarmerie angehalten. Ich verließ das De-Ville-Anwesen um Mitternacht, fuhr durch das St.-Peter's-Tal zum Dorf hinauf und am Grève de Lecq entlang. Kurz nach ein Uhr erreichte ich auf einem Feldweg, der mich um Les Landes herumführte, L'Etacq am Nordende der St.-Ouen's-Bucht. Eine Verteidigungszone, habe ich Recht?«

»Jawohl, Standartenführer.«

»Mit zahlreichen wichtigen Militäreinrichtungen.«

»Richtig.«

»Es freut mich, dass Sie meiner Meinung sind. Anschließend fuhr ich der Bucht entlang zum Corbière-Leuchtturm und wurde schließlich auf der Route du Sud von zwei Feldgendarmen angehalten, die am Straßenrand gehalten hatten, um offenkundig eine Zigarettenpause zu machen. Sie begreifen allmählich, was ich sagen will, Müller?« Sein Gesicht war starr und abweisend. »In den frühen Morgenstunden konnte ich auf der Insel herumfahren und mich dabei einigen unserer wichtigsten Militäreinrichtungen nähern – und wurde dabei nur einmal kontrolliert!« Die letzten Worte hatte er lauter gesprochen, sodass sich Offiziere aus anderen Gruppen umdrehten. »Würden Sie das als zufriedenstellend bezeichnen?«

»Nein, Standartenführer.«

»Dann schlage ich vor, dass Sie deswegen etwas unternehmen.« Martineau stellte sein Glas auf einen Tisch. »Ich habe den Generalfeldmarschall jetzt lange genug warten lassen.«

Während Müller noch hinter Vogel herschaute, erschien Greiser neben ihm. »Was war los?«

»Nicht viel. Angeblich war er auf Inspektionstour. Er behauptet, er sei zwei Stunden lang durch den Westen der Insel gekurvt und wäre dabei nur einmal angehalten worden – auf der Route du Sud.«

»Nehmen Sie ihm das ab, Herr Hauptmann?«

»Ach, passen tut die Geschichte schon«, gab Müller zurück. »Da bin ich nun wieder auf meine Polizistennase angewiesen. Er war in der Gegend, das steht fest – und ich hasse Zufälle.«

»Was soll ich tun?«

»Sobald der arme Willi geborgen ist, soll er sofort obduziert werden. Wenn er bei seinem Tod bis oben hin voll Schnaps war, wird sich das zeigen, und dann wissen wir, woran wir sind.«

»Jawohl, Herr Hauptmann. Ich kümmere mich darum.« Greiser kehrte zu seinem Motorrad zurück und fuhr ab.

Baum, der sich mit Helen und einigen Offizieren unterhielt, wandte sich zu Martineau um. »Ach, da sind Sie ja, Vogel. Ich stehe in Ihrer Schuld, dass Sie mir dieses herrliche Anwesen empfohlen haben.«

»Es war mir ein Vergnügen, Herr Generalfeldmarschall.«

»Kommen Sie, wir vertreten uns ein bisschen die

Beine. Dabei können Sie mir erzählen, wie es heute so in Berlin aussieht.« Er küsste Helen die Hand. »Sie entschuldigen uns, Frau de Ville?«

»Selbstverständlich, Herr Generalfeldmarschall.«

Martineau und Baum schlenderten über den Rasen auf die Bäume zu. Sie folgten dem Weg, der zu der Mauer über der Bucht führte, von wo man einen herrlichen Blick über die Bucht hatte. »Ich komme mir immer mehr vor wie in einem Schmierenstück«, sagte Baum.

»Nun ja, im Moment haben wir wirklich keine Zeit, uns darüber zu unterhalten, was wohl Brecht aus dem Stoff gemacht hätte. So geht es weiter: Das Postflugzeug startet um zwanzig Uhr. Man rechnet damit, dass Sie mit dem Storch etwa um die gleiche Zeit aufbrechen.«

»Und?«

»Ich werde gegen sieben Uhr im *Septembertide* erscheinen. Begleiten werden mich Sarah und Kelso in einer deutschen Marineuniform, dick mit Binden vermummt.«

»Und wie reagiert Hofer?«

»Er wird tun, was man ihm sagt. Der Arzt, der Kelso hier behandelt, hat mir eine Spritze und ein starkes Betäubungsmittel zur Verfügung gestellt. Ein kleiner Schuss, und Hofer schläft viele Stunden lang. Wir sperren ihn in seinem Schlafzimmer ein.«

»Wann passiert das?«

»Die beste Zeit wäre wohl am Ende Ihrer Inspektionsreise, bei der Rückkehr zum *Septembertide*. Gegen fünf Uhr. Schicken Sie Necker und die anderen fort, bitten Sie mich aber, noch ein Glas mit Ihnen zu trinken.«

»Aber wie erkläre ich sein Fehlen am Flughafen?«

»Ganz einfach. Necker wird mit seinem Stab anrücken, um Sie zu verabschieden. In diesem Augenblick verkünden Sie, Sie wollten mit dem Postflugzeug starten. Früher können Sie das nicht sagen, weil Hofer dann wissen möchte, was Sie vorhaben. Sie sagen Necker, der oberste Sanitätsoffizier im Lazarett habe sich für diesen Seemann eingesetzt, der vor wenigen Tagen beim Angriff auf den Konvoi schlimm verwundet worden sei und auf dem Festland dringend in Spezialbehandlung müsste. Und da Sie nun die größere Maschine benutzten, würden Sie mich und Sarah gleich mitnehmen.«

»Und Hofer?«

»Sagen Sie Necker, Hofer würde nachkommen. Und zwar allein mit dem ›Storch‹ fliegen.«

»Und Sie meinen, das klappt?«

»Ja«, antwortete Martineau, »weil es im Grunde ganz simpel ist. Ich hätte etwas Ähnliches auch ohne Sie versuchen können, indem ich meinen Brief vom Reichsführer vorzeigte, aber vielleicht hätte der befehlshabende Luftwaffenoffizier darauf bestanden, sich vom Luftwaffen-HQ in der Normandie eine Erlaubnis zu holen.« Er lächelte. »Erwin Rommel aber wird niemand etwas abschlagen.«

Baum seufzte, nahm die Zigarette, die Martineau ihm anbot, und steckte sie in die Spitze. »Eine so tolle Rolle kriege ich nie mehr. Niemals.«

15

Auf dem Steintisch in der Leichenhalle boten Willi Kleists sterbliche Überreste einen unschönen Anblick. Major Speer wartete darauf, dass die beiden Sanitätsgefreiten, die ihm assistierten, vorsichtig die verbrannte Kleidung lösten. Greiser stand an der Tür und verfolgte fasziniert-entsetzt das Geschehen.

Speer wandte sich zu ihm um. »Sollte Ihnen übel werden, der Eimer steht da drüben. Kann jedem passieren.«

»Vielen Dank, Herr Major. Hauptmann Müller lässt Ihnen sagen, er weiß es zu schätzen, dass Sie sich der Sache persönlich annehmen.«

»Ich verstehe die Situation, Herr Feldwebel. Diskretion ist in einem solchen Fall überaus wichtig. Sind wir fertig?«

Die letzten Stofffetzen wurden abgezogen, und einer der Gefreiten wusch die Leiche mit einer dünnen Lösung, während der andere ein Wägelchen heranrollte, auf dem zahlreiche chirurgische Instrumente bereitlagen.

»Ich beginne meistens damit, das Gehirn herauszunehmen«, sagte Speer munter. »Da dieser Fall aber eilig ist – wie Sie mir gesagt haben –, kümmern wir uns zuerst um die Organe, damit die Labortechniker ihre Arbeit beginnen können.«

Das Skalpell in seiner rechten Hand sah nicht besonders groß aus, doch zerteilte es mühelos Haut und Gewebe vom Hals bis zum Bauch. Ein fürchterlicher Gestank stieg auf, doch hielt Greiser die Stellung, indem er sich ein Taschentuch vor den Mund presste. Speer arbeitete schnell: Er nahm Herz, Leber und Nieren heraus, die in Emaillebecken ins benachbarte Labor geschafft wurden.

Speer schien Greiser vergessen zu haben. Einer der Gefreiten reichte ihm eine kleine elektrische Säge, die er mit einer Steckdose im Boden verband. Als der Arzt am Schädel zu arbeiten begann, hatte Greiser doch genug und begab sich eilig in den Waschraum, wo er sich heftig übergab.

Hinterher saß er rauchend im Gang. Eine junge Krankenschwester blieb neben ihm stehen und legte ihm eine Hand auf die Schulter. »Sie sehen ja schrecklich aus«, sagte sie mit irischem Akzent.

»Ich habe eben bei einer Leichenöffnung zugesehen«, erklärte Greiser.

»Nun ja, das kann einen beim ersten Mal schon umhauen. Ich bringe Ihnen einen Kaffee.«

Sie meinte es gut – aber es war nur Eichelkaffee, ein Gebräu, das Greiser zuwider war. Er zündete sich eine neue Zigarette an, ging zum Haupteingang und rief aus der Portiersloge bei Müller im *Silvertide* an.

»Hier Greiser, Herr Hauptmann.«

»Wie läuft es?«, fragte Müller.

»Also, es gibt wirklich Schöneres im Leben, aber Major Speer versteht sein Handwerk. Ich warte auf seine Ergebnisse. Die Labortests laufen bereits.«

»Warten Sie, bis alles durch ist. Eine interessante Neuigkeit. Ihr Bruder rief eben aus Stuttgart an. Er hat von Frau Neumann aus Berlin gehört, das ist die Frau, die in der Reichskanzlei im Büro des Reichsführers arbeitet.«

»Und?«

»Sie kennt Vogel nicht. Bis jetzt hat sie allerdings nur

inoffiziell nachgeforscht. Ihr Bruder weist darauf hin, dass Himmlers Sonderbevollmächtigte praktisch überall unbekannt sind.«

»Ja, aber man müsste doch annehmen, dass jemand wie Lotte Neumann wenigstens schon mal von ihm gehört hat!«, sagte Greiser. »Was wollen Sie jetzt tun?«

»Darüber nachdenken. Sobald Speer ein Ergebnis hat, klingeln Sie durch, und ich komme vorbei und höre mir an, was er zu sagen hat.«

Kurz vor siebzehn Uhr kehrte der Wagentross nach *Septembertide* zurück. Baum und Hofer stiegen aus, und Necker und einige Offiziere schlossen sich der Gruppe an. Martineau blieb abwartend im Hintergrund. »Ein schöner Tag, Herr Major«, sagte Baum. »Ich bin Ihnen wirklich dankbar.«

»Es freut mich, dass alles so gut geklappt hat, Herr Generalfeldmarschall.«

»Wie lange dauert die Fahrt von hier zum Flughafen?«

»Keine zehn Minuten.«

»Gut. Dann sehen wir uns dort zwischen halb acht und acht Uhr.«

Necker salutierte, machte kehrt und stieg wieder in den Wagen. Während sich die Gruppe der Offiziere auflöste, wandten sich Baum und Hofer der Haustür zu, und Martineau trat vor. »Dürfte ich Sie noch kurz sprechen, Herr Generalfeldmarschall?«

Hofer reagierte besorgt, aber Baum sagte gut gelaunt: »Natürlich, Standartenführer. Treten Sie ein.«

Im gleichen Augenblick erschien Heider, der zuständige Kommandeur, an der Tür und grüßte. »Kann ich irgendetwas für Sie tun, Herr Generalfeldmarschall?«

»Wie wär's mit dem Koch, den wir gestern Abend hatten?«

»Ich schicke ihn zu Ihnen.«

»In einer halben Stunde, Heider.«

Gefolgt von Hofer und Martineau betrat Baum das Haus und ging ins Wohnzimmer. Baum legte Ledermantel und Mütze ab und öffnete die Terrassentür. »Etwas zu trinken, Standartenführer?«

»Das wäre schön.«

»Konrad«, wandte sich Baum mit einem Kopfnicken an Hofer. »Ich glaube, ich nehme einen Cognac. Sie trinken mit?«

Er steckte eine Zigarette in die Spitze, und Martineau gab ihm Feuer, während Hofer sich um die Getränke kümmerte. »Was für ein herrlicher Ausblick!«, sagte Baum und ließ den Blick über die St.-Aubin's-Bucht wandern. »In Friedenszeiten, wenn da unten alle Lichter brennen, muss es wie Monte Carlo aussehen. Meinen Sie nicht auch, Konrad?«

»Jawohl, Herr Generalfeldmarschall.«

»Auf uns, meine Herren.« Baum hob sein Glas. »Auf die Soldaten, die stets und überall die Last der menschlichen Dummheit auf ihren Schultern tragen.« Er leerte sein Glas, lächelte und sagte auf Englisch: »Also, Harry. Legen wir los.«

Hofer schaute verwirrt vom einen zum andern, und Martineau zog die Walther mit dem Carswell-Schalldämpfer. »Es wäre dumm, wenn Sie mich zum Schießen zwingen würden. Niemand würde etwas hören.« Er nahm Hofer die Mauser ab. »Setzen Sie sich.«

»Wer sind Sie?«, fragte Hofer.

»Ich bin ebenso wenig Standartenführer Max Vogel, wie unser Heini der Wüstenfuchs ist.«

»Heini?« Hofers Erstaunen wuchs.

»Das bin ich«, gab Baum Auskunft. »Heini Baum. Erich Berger kam bei einem Luftangriff auf Kiel ums Leben. Ich übernahm seine Papiere und kam zu den Fallschirmjägern.«

»Aber warum ...?«

»Wissen Sie, Herr Major, ich bin zufällig Jude – können Sie sich ein besseres Versteck vorstellen als die Wehrmacht?«

»Mein Gott!«, sagte Hofer heiser.

»Ja, ich dachte mir, dass Ihnen das gefallen würde. Deutschlands bekanntester Kriegsheld von einem Juden dargestellt. Eine ironische Geschichte.«

Hofer schaute Martineau an. »Und Sie?«

»Ich bin Lieutenant-Colonel Martineau und arbeite für die SOE. Bestimmt haben Sie schon von uns gehört.«

»Ja.« Hofer griff nach seinem Glas und kippte den Rest des Cognacs hinunter. »Das kann man wohl sagen.«

»Ihr Chef ist ein Glückspilz. Als Sie gestern Abend schon im Bett lagen, war ich dicht davor, ihm eine Kugel in den Kopf zu jagen. Unser Freund hier kann von Glück sagen, dass er Selbstgespräche führt und ich gleich merkte, dass nicht alles so sein konnte, wie es aussah.«

»Was haben Sie vor?«, wollte Hofer wissen.

»Ganz einfach. Generalfeldmarschall Rommel fliegt heute Abend nicht im ›Storch‹, sondern mit dem Postflugzeug – was zur Folge hat, dass ich ihn zusammen mit einigen Freunden begleiten kann. England ist unser Ziel.«

»Die junge Dame?« Hofer rang sich ein Lächeln ab. »Sie hat mir gefallen. Vermutlich ist bei ihr auch nicht alles, wie es aussieht.«

»Noch etwas«, fuhr Martineau fort. »Allerdings ein wichtiger Punkt. Vielleicht fragen Sie sich, warum ich Sie nicht erschieße. Nun ja, da Heini die schlechte Angewohnheit hat, an Türen zu lauschen, weiß ich, wo Rommel dieses Wochenende steckt und was er plant. Die Ermordung Hitlers in diesem Stadium des Krieges würde den Alliierten gut in den Kram passen. Unter diesen Umständen werden wir die Sache in England wohl unter den Teppich kehren, um Generalfeldmarschall Rommel das Leben nicht unnötig schwer zu machen, wenn Sie verstehen, was ich meine. Er soll ruhig durchführen, was er plant. Sie sollen ihm diese Nachricht überbringen, und dazu müssen Sie am Leben bleiben.«

»Und wie soll er dem Führer erklären, was hier vorgefallen ist?«

»Das dürfte ziemlich einfach sein. Der französische Widerstand und alliierte Agenten haben schon mehr als einmal versucht, Rommel umzubringen. Vergessen Sie nicht, dass die Briten ihn beinahe schon in Nordafrika erwischt hätten. Da war es eine selbstverständliche Vorsicht, sich gelegentlich von Berger vertreten zu lassen – dafür sprechen ja auch die Ereignisse hier auf Jersey. Wäre er selbst gekommen, hätte er den Besuch nicht überlebt. Die Tatsache, dass Berger bei der Gelegenheit die Seiten wechselte, ist bedauerlich, aber wohl kaum Ihr Fehler.«

»Nun sprechen Sie plötzlich wieder von Berger.«

»Ich glaube, er will damit sagen, Sie würden die Sache unnötig kompliziert machen, wenn Sie auch noch meine jüdische Herkunft ins Spiel bringen«, sagte Heini.

»So ungefähr.« Martineau stand auf. »Also, jetzt bringen wir Sie nach oben.«

Hofer blieb nichts anderes übrig, als zu gehorchen. Die beiden Männer folgten ihm über die Treppe in das kleine Zimmer, in dem er übernachtet hatte.

Durch die halbgeschlossene Gardine vermochte er in den Hof und über die Mauer zu schauen, wo Heider neben einem Schützenpanzerwagen stand.

»Anscheinend wollen Sie mich nicht umbringen«, sagte er.

»Natürlich nicht«, erwiderte Martineau. »Ich brauche Sie doch, damit Sie Rommel alles berichten. Halten Sie still, regen Sie sich nicht auf, dann wird alles gut.«

Hofer spürte einen brennenden Schmerz am rechten Arm und verlor sofort das Bewusstsein. Baum injizierte den gesamten Inhalt der Spritze, und Martineau ließ den Major auf das Bett sinken, legte ihm die Beine zurecht und deckte ihn zu.

Dann verließen die beiden das Zimmer. »Neunzehn Uhr«, murmelte Martineau unten. Er öffnete die Haustür und sah den Küchenfeldwebel von gestern über den Hof kommen. »Bis später, Standartenführer«, sagte Baum.

Er machte kehrt und ging ins Wohnzimmer. Der Feldwebel folgte ihm. »Ich stehe zur Verfügung, Herr Generalfeldmarschall.«

»Ich hätte gern etwas Einfaches«, antwortete Baum. »Rührei, Röstbrot und Kaffee, würde ich sagen. Nur für mich. Major Hofer fühlt sich nicht ganz wohl. Er ruht sich ein bisschen aus, ehe wir aufbrechen.«

In der kleinen Kate zogen Gallagher und Martineau Kelso die deutsche Marineuniform an, während Sarah diskret in der Küche blieb. Gallagher schnitt das rechte Hosenbein auf, damit es über den Gips passte.

»Wie fühlen Sie sich?«, fragte er.

»Nicht schlecht«, antwortete Kelso und fuhr nach kurzem Zögern fort: »Viele Leute riskieren meinetwegen ihr Leben.«

»Ah, verstehe«, sagte Martineau. »Sie wollen damit sagen, dass Sie sich in der Lyme-Bucht absichtlich über Bord schleudern ließen?«

»Nein, natürlich nicht.«

»Dann hören Sie auf, sich Vorwürfe zu machen«, forderte Martineau und rief Sarah zu: »Du kannst reinkommen!«

Sie brachte zwei aufgerollte Wundverbände und Klebstreifen, mit denen sie Kelsos Kopf und Gesicht umwickelte, bis nur noch ein Auge und der Mund sichtbar waren.

»Sehr professionell«, stellte Gallagher fest.

»Hab ja auch im Krankenhaus gearbeitet, du Dummkopf!«, gab sie zurück.

Er grinste liebenswürdig. »Himmel, Mädchen, du siehst in Schwesternuniform bestimmt toll aus!«

Martineau blickte auf die Uhr. Es war beinahe sechs Uhr. »Wir gehen jetzt zum Haupthaus, General. Sie behalten ihn im Auge. Ich bin in einer Stunde mit dem Kübelwagen zurück.«

Er und Sarah verließen das Haus, und Gallagher verschwand im Flur und kehrte gleich darauf mit zwei Krücken zurück. »Ein Geschenk für Sie.« Er stellte sie an den Tisch. »Probieren Sie mal, wie Sie damit zurechtkommen.«

Kelso stemmte sich auf einem Bein hoch und schob sich nacheinander die Krücken unter die Arme. Nach dem ersten zögernden Schritt kam er immer sicherer voran, bis er die gegenüberliegende Wand erreicht hatte.

»Großartig!«, sagte Gallagher. »Longjohn Silver in Lebensgröße. Versuchen Sie's nochmals.«

»Sind Sie sicher?«, fragte Müller.

»Oh, ich habe keine Zweifel«, antwortete Speer. »Hier.« Das Gehirn schwappte in der Emailleschale herum, als er es mit geschützten Händen anfasste und umdrehte. »Sehen Sie hier an der Basis die rosa Verfärbung? Das ist Blut. Etwas Scharfes ist ihm durch den Gaumen ins Gehirn gedrungen.«

»Ist so eine Verwundung mit dem Unfall zu erklären, den er erlitten hat?«

»Nein«, gab Speer zurück. »Diese Wunde rührt von

etwas her, das scharf war wie ein Skalpell. Gesicht und Hals sind äußerlich ziemlich verbrannt und geben keinen genauen Aufschluss mehr, aber wenn Sie meine Ansicht hören wollen, so hat ihm jemand einen Stich unter das Kinn versetzt. Ergibt das für Sie einen Sinn?«

»Ja«, antwortete Müller, »ich glaube schon. Vielen Dank.« Er nickte Greiser zu. »Gehen wir.«

Die beiden waren schon an der Tür, als Speer sagte: »Ach, noch etwas.«

»Ja?«

»Sie hatten Recht. Er hatte viel getrunken. Nach den Werten würde ich auf etwa anderthalb Flaschen hochprozentigen Schnaps tippen.«

Auf der Vortreppe des Krankenhauses blieb Müller stehen, um sich eine Zigarette anzuzünden. »Was glauben Sie, Herr Hauptmann?«, fragte Greiser.

»Dass wir uns noch einmal mit Standartenführer Vogel unterhalten müssen, Ernst.«

Er stieg in den Citroën, und Greiser übernahm das Steuer.

Sarah, Helen und Martineau saßen am Küchentisch im De-Ville-Haus. Die Tür ging auf, und Guido trat ein. Er schwenkte eine Flasche. »Warmer Champagner«, verkündete er. »Was Besseres hatten wir in der Eile nicht da.«

»Sind Sie sicher, dass sonst niemand im Haus ist?«, fragte Sarah.

»Ja. Bruno ist als Letzter abgefahren. Alle Mann sind heute für den Nacht-Konvoi nach Granville eingeteilt. Für mich hat sich das HQ der Kriegsmarine noch keinen neuen Auftrag ausgedacht.«

Er öffnete die Flasche und goss die vier Küchengläser voll, die Helen auf den Tisch gestellt hatte. Sie hob ihr Glas. »Worauf wollen wir anstoßen?«

»Auf bessere Zeiten«, sagte Sarah.

»Und auf das Leben und die Freiheit und das Recht, sich sein eigenes Glück zu schmieden«, fügte Guido hinzu. »Die Liebe nicht zu vergessen.«

»Typisch.« Sarah gab ihm einen Kuss auf die Wange und wandte sich an Martineau. »Und was wünschst du dir, Harry?«

»Im Augenblick kann ich über den jeweiligen Tag nicht hinausdenken.« Er trank aus. »Mein Gott, das schmeckt ja scheußlich!« Er stellte das Glas wieder ab. »Ich hole Kelso. Halte dich bereit, Sarah, wenn ich zurückkomme, müssen wir sofort weiter.«

Er verließ das Haus und fuhr mit dem Kübelwagen in Richtung Wald davon. Im gleichen Augenblick erschien zweihundert Meter weiter rechts der Citroën mit Müller und Greiser. Der Wagen bog in die Zufahrt zum De-Ville-Anwesen ein und hielt im Hof.

Im Schlafzimmer zog Sarah den Mantel an und setzte den Hut auf, dann überprüfte sie im Spiegel ihre Strumpfnähte. Schließlich malte sie ihren Mund mit Lippenstift nach und bedachte sich im Spiegel mit einer Grimasse. »Leb wohl, du kleine französische Dirne, es war nett, dich kennen zu lernen.«

Im gleichen Moment hörte sie einen Wagen vor dem Haus, eilte zum Fenster und sah Müller aus dem Citroën steigen. Sofort wusste sie, dass es Ärger gab. Hastig öffnete sie die Handtasche, in der sich die PPK, aber auch Kellys kleine Automatic befanden. Sie hob den Rock und steckte sich die kleine Waffe oben ins rechte Strumpfband. Sie passte erstaunlich gut. Dann strich Sarah ihre Kleidung glatt und verließ das Zimmer.

Müller stand im Vorflur und sprach mit Helen, Greiser lungerte am Eingang herum. Guido stand vor der stoffbezogenen Tür, die zur Küche führte. Müller hob den Kopf und entdeckte Sarah auf der Treppe.

»Ach, da sind Sie ja, Mademoiselle«, sagte Helen auf

Französisch. »Hauptmann Müller sucht den Standartenführer. Wissen Sie, wo er ist?«

»Keine Ahnung«, erwiderte Sarah und kam langsam die Treppe herunter. »Gibt es ein Problem?«

»Vielleicht.« Sanft entzog ihr Müller die Handtasche, öffnete sie, nahm die PPK heraus und steckte sie ein. Dann gab er ihr die Tasche zurück. »Sie wissen nicht, wann er zurück sein wird?«

»Nein.«

»Aber so wie Sie angezogen sind, wollten Sie ausgehen?«

»Mademoiselle Latour wollte mit mir einen Rundgang über den Besitz machen«, warf Guido ein.

»Schön«, sagte Müller nickend. »Wenn der Standartenführer nicht hier ist, muss ich mich mit Ihnen begnügen.« Zu Greiser sagte er: »Bringen Sie sie raus zum Wagen.«

»Ich protestiere gegen diese Behandlung!«, rief Sarah.

Greiser lächelte, während sich seine Finger schmerzhaft um ihren Arm schlossen. »Protestieren Sie ruhig, Schätzchen, umso mehr Spaß macht es mir.« Er schob sie energisch zur Tür hinaus.

Müller drehte sich zu Helen um, der es schwer fiel, die Fassung zu wahren. »Vielleicht hätten Sie die Güte, Standartenführer Vogel bei seiner Rückkehr auszurichten, dass er ins *Silvertide*-Hotel kommen muss, wenn er Mademoiselle Latour wieder sehen will.« Mit diesen Worten wandte er sich ab und marschierte ins Freie.

Kelso kam mit den Krücken schon ziemlich gut zurecht. Er schaffte es allein zum Wagen, und Gallagher half ihm auf den Rücksitz. »Gut gemacht, alter Kumpel.«

Als Martineau sich ans Steuer setzte, hastete Guido zwischen den Bäumen hervor. Keuchend lehnte er sich an das Auto.

»Was ist, Mann?«, fragte Gallagher.

»Eben waren Müller und Greiser da. Auf der Suche nach Ihnen, Harry.«

»Und?« Martineau war bleich geworden.

»Sie haben Sarah mitgenommen. Müller sagt, wenn Sie sie wieder sehen wollen, müssen Sie ins *Silvertide* kommen. Was machen wir jetzt?«

»Einsteigen!«, befahl Martineau und fuhr an, als sich der Italiener und der Ire kaum gesetzt hatten.

Mit quietschenden Bremsen stoppte er vor Helen, die aufgeregt im Hof des Haupthauses gewartet hatte. Sie beugte sich hinein. »Was machen wir denn jetzt, Harry?«

»Ich bringe Kelso zum *Septembertide* hinauf, damit er bei Baum ist. Wenn es zum Schlimmsten kommt, können die beiden zusammen abfliegen. Baum weiß, was zu tun ist.«

»Aber wir können Sarah nicht hier lassen!«, protestierte Kelso.

»Sie schon«, sagte Martineau, »ich nicht. Sparen Sie sich jede falsche Sentimentalität. Ihretwegen sind wir überhaupt hier.«

Helen umfasste seinen Arm. »Harry!«

»Keine Sorge, mir fällt schon was ein.«

»Zum Beispiel?«, fragte Gallagher.

»Ich weiß noch nicht«, sagte Martineau. »Aber halten Sie sich heraus, das ist wichtig. Jetzt müssen wir los.«

Der Kübelwagen fuhr aus dem Hof, und das Motorengeräusch verstummte. Gallagher wandte sich an Guido. »Holen Sie den Morris, wir fahren zum *Silvertide*.«

»Was haben Sie vor?«, fragte Guido.

»Keine Ahnung – aber ich kann nicht einfach rumsitzen und warten!«

Martineau bremste vor dem Eingang von *September-tide*. Er half Kelso aus dem Wagen, und der Amerikaner folgte ihm langsam auf Krücken. Der Gefreite öffnete die Tür. Als sie über die Schwelle traten, kam Baum aus dem Wohnzimmer.

»Da sind Sie ja, Vogel! Dies ist der junge Mann, von dem Sie mir erzählt haben?« Er wandte sich an den Gefreiten. »Abtreten! Ich rufe Sie, wenn ich Sie wieder brauche.«

Baum gab den Weg frei, und Kelso humpelte an ihm vorbei ins Zimmer. »Der Plan muss geändert werden«, sagte Martineau. »Eben erschien Müller auf dem De-Ville-Anwesen und wollte mich sprechen. Ich war zufällig im richtigen Moment nicht zur Stelle – leider hat er sich Sarah geschnappt und mit ins *Silvertide* genommen.«

»Lassen Sie mich raten«, erwiderte Baum. »Sie wollen hinfahren und sie retten.«

»Etwas in der Art.«

»Und was ist mit uns?«

Martineau schaute auf die Uhr. Es war kurz nach 19 Uhr. »Sie und Kelso halten sich an den vereinbarten Zeitplan. Wichtig ist vor allem, dass wir ihn von der Insel schaffen.«

»Also, da habe ich doch ein Wörtchen mitzu ...«, brauste Kelso auf, aber Martineau hatte das Zimmer bereits verlassen.

Mit aufheulendem Motor raste der Kübelwagen aus dem Hof. Als Kelso sich umdrehte, war Baum damit beschäftigt, sich einen Cognac einzuschenken, den er mit langsamen Schlucken trank. »Sehr gut!«

»Was geht hier vor?«, wollte der Amerikaner wissen.

»Ich meinte Martineau«, erklärte Baum. »Ich hätte gleich wissen müssen, dass unter der zynischen Fassade doch ein menschliches Wesen steckt, ein Mann, der das Mädchen nicht im Stich lassen würde. Ich war in

Stalingrad, wussten Sie das? Ich habe von Helden ein für alle Mal die Nase voll.«

Er legte den Ledermantel um, zog Handschuhe an, warf sich das weiße Halstuch um, rückte die Mütze zurecht und ergriff seinen Stab.

»Was haben Sie vor?«, fragte Kelso.

»Martineau meint, der wichtigste Aspekt meiner Rolle als Generalfeldmarschall Erwin Rommel wäre, dass jeder genau das tut, was ich befehle. Nun werden wir feststellen, ob er Recht hatte. Sie bleiben hier.«

Mit energischen Schritten ging er über den Hof zur Straße. Die Männer, die sich um den Schützenpanzerwagen scharten, nahmen Haltung an. »Jemand soll Hauptmann Heider holen.«

Baum füllte seine Zigarettenspitze. Ein Feldwebel sprang vor und gab ihm Feuer. Sekunden später eilte Heider herbei. »Herr Generalfeldmarschall?«

»Lassen Sie sich mit dem Flughafen verbinden. Nachricht an Major Necker. Ich werde etwas später kommen als geplant. Sagen Sie ihm auch, dass ich nicht in meinem ›Storch‹ nach Frankreich zurückkehre, sondern mit dem Postflugzeug. Es muss startbereit sein, wenn ich eintreffe, und mein persönlicher Pilot soll es fliegen.«

»Zu Befehl, Herr Generalfeldmarschall!«

»Ausgezeichnet. Die gesamte Eskorte soll sich für den Abmarsch bereithalten, in fünf Minuten. Im Haus finden Sie einen verwundeten Seemann. Zwei Mann schaffen ihn vorsichtig in den Schützenpanzerwagen. Sie sollen auch den Gefreiten mitbringen, den Sie mir ausgeliehen haben. Es wäre sinnlos, ihn in der Küche stehen zu lassen.«

»Aber, Herr Generalfeldmarschall, aber das verstehe ich nicht«, sagte der Hauptmann.

»Das werden Sie schon noch«, sagte der Generalfeldmarschall. »Keine Sorge. Nun geben Sie die Nachricht zum Flughafen durch.«

Müller hatte in seinem Büro die Gardine zugezogen. Sarah saß auf einem Stuhl vor dem Schreibtisch, presste die Knie zusammen und verschränkte die Hände im Schoß. Man hatte ihr den Mantel abgenommen, dessen Futter von Greiser abgetastet wurde, während Müller die Handtasche durchwühlte.

»Sie sind also aus Paimpol?«, fragte er.

»Stimmt.«

»Für ein bretonisches Mädchen aus einem Fischerdorf tragen Sie aber vornehme Kleidung.«

»Ah, die Kleine ist doch herumgekommen, stimmt das nicht?«, fragte Greiser und fuhr ihr mit den Fingern über den Nacken, dass sie eine Gänsehaut bekam.

»Wo haben Sie Standartenführer Vogel kennen gelernt?«, fragte Müller.

»In Paris.«

»In Ihren Papieren steht kein Visum für Paris.«

»Das hatte ich mal. Es ist abgelaufen.«

»Hat man Ihnen schon mal vom Cherche Midi oder dem Frauengefängnis in Troyes erzählt? Schlimme Orte – völlig ungeeignet für eine junge Frau wie Sie.«

»Ich weiß nicht, was Sie meinen. Ich habe nichts getan.«

Die eiskalte Faust der Angst saß ihr im Magen. O Gott, Harry! dachte sie. Flieg fort, flieg einfach fort! Aber da öffnete sich die Tür, und Martineau trat ein.

Tränen schossen ihr in die Augen, und ein starkes Gefühl drohte sie zu überwältigen, als Greiser zurückwich und Harry zärtlich einen Arm um sie legte.

Die Empfindungen, die in ihr wogten, waren so aufwühlend, dass sie einen unverzeihlichen Fehler beging. »Du verdammter Dickschädel!«, sagte sie auf Englisch.

Müller lächelte liebenswürdig und griff nach der Mauserpistole, die vor ihm auf dem Schreibtisch lag. »Ah, Sie sprechen auch Englisch, Mademoiselle? Die Sache wird immer interessanter. Ernst, Sie nehmen dem Standartenführer am besten die Waffe ab.«

Greiser gehorchte, und Martineau sagte auf Deutsch: »Wissen Sie, was Sie da machen, Müller? Es gibt einen logischen Grund, warum Mademoiselle Latour Englisch spricht: ihre Mutter war Engländerin. Diese Tatsache ist im SD-Hauptquartier in Paris bekannt. Sie können nachfragen.«

»Sie wissen auf alles eine Antwort«, bemerkte Müller. »Nun muss ich Ihnen aber mitteilen, dass eine Obduktion Willi Kleists stattgefunden hat. Dabei wurde festgestellt, dass er ermordet wurde, und zwar zwischen Mitternacht und zwei Uhr früh. Ich brauche Sie nicht daran zu erinnern, dass Sie genau um zwei Uhr auf der Route du Sud angehalten wurden, keine zwei Kilometer vom Fundort der Leiche entfernt. Was haben Sie dazu zu sagen?«

»Ich kann nur annehmen, dass Sie überarbeitet sind, denn wenn Sie so weitermachen, bringen Sie sich um Ihre Karriere, Müller, das ist Ihnen hoffentlich klar. Wenn der Reichsführer erfährt, was sich hier abgespielt hat, wird er …«

Zum ersten Mal verlor Müller fast die Beherrschung. »Genug! Ich bin schon mein ganzes Leben Polizist – ein guter Polizist. Ich verabscheue Gewalt. Es gibt aber auch Leute, die darüber anders denken. Zum Beispiel Greiser. Irgendwie seltsam ist das mit ihm. Er mag keine Frauen. Er hätte sicher großes Vergnügen daran, die Angelegenheit mit Mademoiselle Latour unter vier Augen zu besprechen – ob sie das auch so sehen würde, bezweifle ich allerdings.«

»Ach, ich weiß nicht.« Greiser legte einen Arm um Sarah, schob ihr eine Hand unter das Kleid und tätschelte eine Brust. »Vielleicht hat sie doch noch Spaß daran, wenn ich ihr erst mal Benimm beigebracht habe.«

Von einer Wut getrieben, wie sie sie noch nie empfunden hatte, fuhr Sarah ihm mit den Nägeln der linken Hand durch das Gesicht und ließ das Blut hervorschießen. Greiser torkelte zurück, gleichzeitig griff sie sich unter den Rock und zog die kleine Automatic aus dem Strumpf. Sie hob die Waffe und schoss Müller aus nächster Nähe zwischen die Augen. Die Mauser rutschte aus seinen starren Fingern und polterte auf den Tisch, dann torkelte er rücklings gegen die Wand und sackte in die Knie. Greiser versuchte seine Waffe zu ziehen, doch schon hatte Martineau die Mauser vom Tisch genommen.

Gallagher und Guido saßen in dem Morris gegenüber dem *Silvertide-Hotel und* hörten plötzlich lautes Motorengebrumm. Sie drehten sich um und sahen eine Militärkolonne heranbrausen. An der Spitze fuhr ein Kübelwagen mit zurückgeschlagenem Dach. Generalfeldmarschall Erwin Rommel stand deutlich sichtbar neben dem Fahrer. Der Kübelwagen bremste, und der Generalfeldmarschall stieg aus, während Heider Kommandos brüllte und Soldaten von den anderen Fahrzeugen der Kolonne springen ließ.

»Folgt mir!«, rief Baum und marschierte ins Hotel. Der Schuss, der Müller tötete, war kaum gefallen, als sich krachend die Tür öffnete und Baum erschien. Gefolgt von Heider und einem Dutzend Bewaffneter, eilte er einige Schritte ins Zimmer. Er schaute über die Tischkante auf den toten Müller.

»Herr Generalfeldmarschall«, sagte Greiser, »diese Frau hat Hauptmann Müller ermordet.«

Baum beachtete ihn nicht, sondern sagte zu Heider: »Verhaften Sie diesen Mann.«

»Zu Befehl, Herr Generalfeldmarschall.« Heider nickte, woraufhin der protestierende Greiser von drei Soldaten ergriffen wurde. Heider folgte der Patrouille in den Flur.

»Zurück in die Wagen!«, rief Baum den anderen zu und hielt Sarah den Mantel hin. »Können wir aufbrechen?«

Gallagher und Guido sahen die Gruppe aus dem Hoteleingang kommen und in den Kübelwagen steigen. Martineau und Sarah nahmen hinten Platz, Baum stellte sich wieder hinter die Windschutzscheibe. Er schwenkte den Arm, und der Kübelwagen führte die Kolonne an.

»Was nun?«, wollte Guido wissen.

»Himmel Herrgott, haben Sie denn gar kein poetisches Gefühl?«, fragte Gallagher. »Wir fahren natürlich hinterher. Ich möchte auf keinen Fall den letzten Akt verpassen!«

Konrad Hofer lag in *Septembertide* auf seinem schmalen Bett und begann zu stöhnen und sich unruhig hin und her zu wälzen. Das Betäubungsmittel, das der Arzt Martineau gegeben hatte, stammte wie der größte Teil seiner Medikamente aus der Vorkriegszeit – und verlor bei Hofer vorzeitig an Wirkung. Der Mann öffnete die Augen, tastete sich mit der Zunge im trockenen Mund herum, starrte zur Decke empor und versuchte herauszufinden, wo er war. Er hatte das Gefühl, aus einem schlechten Traum zu erwachen – aus einem Traum, den er schon vergessen hatte, auch wenn er noch wusste, dass er schrecklich gewesen war. Plötzlich fiel ihm alles wieder ein und er versuchte sich aufzurichten. Dies misslang, stattdessen rollte er aus dem Bett auf den Boden.

Wieder drohten ihm die Sinne zu schwinden, während er sich langsam aufrappelte und nach der Türklinke griff. Das Zimmer war abgeschlossen. Torkelnd machte er kehrt und ging zum Fenster. Er tastete an der Verriegelung herum, dann gab er den Versuch auf und knallte den Ellenbogen durch die Scheibe.

Das Klirren ließ die beiden Soldaten aufschrecken, die Hauptmann Heider vor dem benachbarten *Hinguette* postiert hatte. »Hier oben!«, rief Hofer. »Holen Sie mich raus. Ich bin eingeschlossen.«

Er setzte sich auf das Bett, stützte den Kopf in die Hände und versuchte tief durchzuatmen, während er auf der Treppe und im Korridor bereits schwere Schritte hörte. Stimmen erklangen, dann sah er, wie sich der Türgriff bewegte.

»Wir haben keinen Schlüssel, Herr Major!«

»Dann brechen Sie die Tür auf, Sie Dummkopf!«

Gleich darauf schwang die Tür auf und prallte krachend gegen die Wand. Die beiden Uniformierten starrten ihn an.

»Holen Sie Hauptmann Heider«, befahl Hofer.

»Der ist fort, Herr Major.«

»Fort?« Hofer fiel das Denken noch schwer.

»Mit dem Generalfeldmarschall, Herr Major. Die ganze Einheit ist mitgefahren. Außer uns ist niemand hier.«

Hofer atmete tief durch. »Hat man irgendwelche Fahrzeuge zurückgelassen?«

»Nur einen Kübelwagen, Herr Major«, sagte der Gefreite.

»Können Sie fahren?«

»Selbstverständlich. Wohin möchte der Herr Major?«

»Zum Flughafen«, befahl Hofer. »Wir haben keine Zeit zu verlieren. Helfen Sie mir nach unten.«

16

Die Dunkelheit brach herein, und die Ehrenformation der Luftwaffe wartete geduldig am Flughafen. Die gleiche Offiziersgruppe, die den Generalfeldmarschall begrüßt hatte, war auch zur Verabschiedung erschienen. Der »Storch« stand hinter der JU 52, die ihren berühmten Passagier fünfzig Meter vom Flughafengebäude entfernt erwartete.

Necker marschierte nervös auf und ab. Immer wieder fragte er sich, was hier vorging. Zuerst die außerordentliche Nachricht von Heider vom Mont de la Rocque wegen der Postmaschine – und jetzt dies. Zwanzig Minuten nach acht, und noch immer nichts zu sehen.

Plötzlich waren Motorengeräusche zu hören, das Rasseln von Ketten auf Beton. Er fuhr herum und sah die bewaffnete Kolonne um die Ecke des Hauptgebäudes biegen. Der Generalfeldmarschall stand vorn im Kübelwagen und hielt sich am Rand der Windschutzscheibe fest.

Die Kolonne hielt direkt auf die JU 52 zu. Der Generalfeldmarschall winkte Sorsa zu, der aus dem Seitenfenster des Cockpits schaute. Ächzend sprang der mittlere Motor des Flugzeugs an, und Rommel drehte sich um, schwenkte die Arme und gab Befehle. Soldaten sprangen mit schussbereit erhobenen Gewehren aus dem Schützenpanzerwagen. Necker erkannte Heider und sah, wie ein verbundener Seemann von zwei

Soldaten aus dem Schützenpanzerwagen geholt und an Bord der JU 52 getragen wurde.

Nur wenige Sekunden waren vergangen. Als Necker sich in Bewegung setzte, kam ihm der Feldmarschall bereits entgegen. Lärmend sprangen nun auch die beiden anderen Motoren der JU 52 an. Necker registrierte verblüfft, dass hinter dem Generalfeldmarschall auch Standartenführer Vogel und das französische Mädchen aus dem Schützenpanzerwagen stiegen und in die Maschine kletterten.

Baum genoss die Szene. Die Fahrt vom *Silvertide-Hotel* hierher hatte etwas Berauschendes gehabt. Lächelnd legte er Necker eine Hand auf die Schulter. »Ich muss mich wirklich entschuldigen, Necker, aber ich musste eingreifen. Der junge Heider war so nett, mir mit seinen Leuten unter die Arme zu greifen. Ein viel versprechender Mann.«

Necker war ratlos. »Aber Herr Generalfeldmarschall ...«, wandte er ein.

Baum ließ sich nicht aufhalten. »Der oberste Sanitätsoffizier des Krankenhauses berichtete mir von dem jungen Seemann, der neulich nachts bei einem Konvoiangriff verwundet wurde und dringend in Rennes von einem Spezialisten für Verbrennungen behandelt werden muss. Er bat mich, ihn mitzunehmen. In dem Zustand, in dem er sich befindet, hätten wir ihn mit dem ›Storch‹ nicht befördern können. Deshalb brauche ich die Postmaschine.«

»Und Standartenführer Vogel?«

»Der wollte sowieso morgen nach Frankreich zurückkehren – da kann ich ihn und die junge Frau gleich mitnehmen.« Wieder versetzte er Necker einen Schlag auf die Schulter. »Aber wir müssen jetzt los. Ich bedanke mich nochmals für alles, was Sie für uns getan haben. Ich werde mich natürlich mit General von Schmettow in Verbindung setzen und ihm mitteilen, dass ich mit den Verhältnissen auf Jersey völlig zufrieden bin.«

Er grüßte und bestieg das Flugzeug. »Aber was ist mit Major Hofer, Herr Generalfeldmarschall?«

»Der müsste jeden Moment hier sein«, antwortete Baum. »Er fliegt im ›Storch‹, wie vorgesehen. Der Pilot des Postflugzeugs kann das übernehmen.«

Er verschwand in der Maschine, der Flugbegleiter zog die Leiter ein und schloss die Tür. Die JU 52 rollte zum östlichen Ende des Flugfeldes und machte kehrt. Die drei Motoren brüllten auf, die Maschine nahm Fahrt auf, wurde schneller, ein Umriss in der zunehmenden Dunkelheit, dann stieg sie auf und verschwand im Steigflug über der St.-Ouen's-Bucht.

Guido hatte den Morris einige hundert Meter vor dem Flughafen angehalten und war mit Gallagher ausgestiegen. Trotz der Entfernung sahen sie die JU 52 in den Abendhimmel steigen, dem westlichen Horizont entgegen, der noch in rotes Licht getaucht war.

Das Motorengebrumm verhallte, und Guido sagte leise: »Mein Gott, sie haben's wirklich geschafft!«

Gallagher nickte. »Wir können nach Hause fahren und für die kommenden Verhöre unsere Aussagen abstimmen.«

»Das ist kein Problem«, antwortete Guido, »wenn wir nur alle zusammenhalten. Schließlich bin ich ein echter Kriegsheld – und das ist in einer solchen Situation immer günstig.«

»Genau das mag ich an Ihnen, Guido – Ihre liebenswerte Bescheidenheit«, sagte Gallagher. »Jetzt los, sonst macht sich Helen noch Sorgen.«

Sie stiegen ein und fuhren zurück. Kurze Zeit später kam ihnen ein Kübelwagen entgegen, so schnell, dass sie Hofer, der hinten saß, nicht erkannten.

Die meisten Offiziere hatten den Flughafen bereits

verlassen. Necker stand noch neben seinem Wagen und sprach mit Hauptmann Adler, dem kommandierenden Luftwaffenoffizier, als der Kübelwagen um das Hauptgebäude raste und mit quietschenden Bremsen hielt. Sie drehten sich um. Hofer ließ sich von zwei Soldaten aus dem Fahrzeug helfen.

Necker wusste sofort, dass es Ärger gab. »Hofer? Was ist?«

Hofer ließ sich gegen den Kübelwagen sinken. »Sind Sie fort?«

»Vor knapp fünf Minuten. Der Generalfeldmarschall hat das Postflugzeug genommen. Er sagte, Sie würden ihm mit dem ›Storch‹ folgen. Er hat seinen eigenen Piloten genommen.«

»Nein!«, rief Hofer. »Nicht der Generalfeldmarschall!«

Neckers Magen krampfte sich zusammen. In den letzten beiden Tagen hatten ihn viele Kleinigkeiten gestört... Er atmete tief durch. »Was soll das heißen?«

»Dass der Mann, den Sie für Generalfeldmarschall Rommel gehalten haben, ein Doppelgänger ist, ein mieser Verräter namens Berger, der sich mit dem Feind zusammengetan hat. Es wird Sie überdies freuen zu erfahren, dass Standartenführer Vogel ein Agent der SOE ist, der Britischen Zentrale für Sondereinsätze. Das Mädchen übrigens auch. Der verwundete Seemann ist ein amerikanischer Oberst.«

Necker hatte inzwischen völlig die Übersicht verloren. »Ich begreife das alles nicht.«

»Im Grunde ganz einfach«, sagte Hofer. »Die Burschen sind mit der Postmaschine unterwegs nach England.« Plötzlich fiel ein Teil der Benommenheit von ihm ab, und er richtete sich auf. »Natürlich müssen wir sie abfangen.« Er wandte sich an Adler. »Geben Sie eine Funkmeldung nach Cherbourg durch. Fordern Sie verschlüsselt eine Staffel Nachtjäger an. Los, machen

Sie schon! Wir dürfen keine Zeit verlieren.« Er wischte sich mit dem Handrücken über die schweißnasse Stirn und marschierte auf die Einsatzzentrale zu.

Die JU 52 war für Einsätze gebaut und bot keinerlei Komfort. Der größte Teil des Laderaums war mit Postsäcken gefüllt. Kelso saß mit ausgestreckten Beinen auf dem Boden und lehnte an der Fracht. Sarah hockte auf einer Bank, die sich seitlich an der Wandung entlangzog, Baum und Martineau saßen ihr gegenüber.

Der zweite Mann der Besatzung, ein Feldwebel, kam aus dem Cockpit und setzte sich dazu. »Ich heiße Braun, Herr Generalfeldmarschall, und fliege als Beobachter mit. Kann ich irgendetwas für Sie tun? Wir haben eine Thermosflasche Kaffee an Bord, und …«

»Nichts, vielen Dank.« Baum zog sein Zigarettenetui und hielt es Martineau hin.

»Und Oberleutnant Sorsa wäre es eine Ehre, wenn Sie auch einmal zu ihm nach vorn kämen.«

»Sie haben keine volle Besatzung an Bord? Sie sind nur zu zweit?«, fragte Martineau.

»Für die Postbeförderung ist mehr nicht erforderlich, Standartenführer.«

»Sagen Sie Oberleutnant Sorsa, ich werde sein Angebot gern annehmen«, sagte Baum. »Ich rauche nur eben die Zigarette zu Ende.«

»Selbstverständlich, Herr Generalfeldmarschall.«

Braun öffnete die Tür und verschwand im Cockpit. Baum wandte sich an Martineau und fragte lächelnd: »Fünf Minuten?«

»Das dürfte etwa hinhauen.« Martineau wechselte die Seite, setzte sich neben Sarah und gab ihr seine angezündete Zigarette. »Alles in Ordnung mit dir?«

»Ja, ja.«

»Wirklich?«

»Du willst wissen, ob ich am Boden zerstört bin, weil ich vorhin einen Menschen umgebracht habe?«, fragte sie mit ruhiger Stimme. »Ganz und gar nicht. Ich bedaure nur, dass es Müller war und nicht Greiser. Der war das eigentliche Untier. Müller war nur Polizeibeamter auf der falschen Seite.«

»Aus deiner Sicht.«

»Nein, Harry«, sagte sie. »Die meisten Kriege sind Wahnsinn. Dieser nicht. Wir sind im Recht, die Nazis im Unrecht. Sie verderben Deutschland, sie würden die ganze Welt verderben. So einfach ist das.«

»Gut für Sie«, sagte Kelso. »Eine Dame, die laut ihre Meinung sagt. Das gefällt mir.«

»Ich weiß«, sagte Martineau. »Es ist herrlich, jung zu sein.« Er klopfte Baum aufs Knie. »Fertig?«

»Ich hoffe es.«

Martineau zog seine Walther und gab sie Sarah. »Auf die Gefechtsstationen. Du brauchst das Ding, um den Beobachter in Schach zu halten. Los geht's.«

Er öffnete die Kabinentür und drängte sich mit Baum hinter Pilot und Beobachter ins Cockpit. Oberleutnant Sorsa drehte sich um. »Sind Sie mit allem zufrieden, Herr Generalfeldmarschall?«

»Ich glaube, das könnte man sagen«, antwortete Baum.

»Können wir irgendetwas für Sie tun?«

»Ja, gerne. Sie können die Maschine herumziehen und gut sechzig Kilometer weit nach Westen fliegen, bis wir völlig aus dem Verkehr rund um die Kanalinseln heraus sind.«

»Ich verstehe nicht …«

Baum zog seine Mauser und presste sie Sorsa in den Nacken. »Vielleicht hilft Ihnen das weiter.«

»Später geht's dann nach Norden, nach England«, sagte Martineau. »Ich gebe Ihnen dann noch Bescheid.«

»England?«, fragte der junge Braun entsetzt.

»Ja«, bekräftigte Martineau. »Wie es so schön heißt, für Sie ist der Krieg vorbei. Ehrlich, so wie die Dinge stehen, ist das ganz gut für Sie.«

»Wahnsinn«, sagte Sorsa.

»Sie können ja davon ausgehen, dass der Generalfeldmarschall als Sonderbotschafter des Führers nach England fliegt«, sagte Martineau. »Jetzt ändern Sie bitte den Kurs.«

Sorsa kam der Aufforderung nach, und die JU 52 raste durch die Dunkelheit. Martineau hatte sich über Braun gelehnt. »Jetzt zum Funkgerät. Zeigen Sie mir das Vorgehen bei der Frequenzwahl.« Braun gehorchte ebenfalls. »Gut. Jetzt gehen Sie. Nach hinten in die Kabine – aber machen Sie keine Dummheiten. Die Dame ist bewaffnet.«

Der Jüngling zwängte sich an ihm vorbei, und Martineau setzte sich auf den Platz des Copiloten und begann auf der SOE-Notfrequenz zu senden.

Im Kontrollraum des Flughafen-Towers von Jersey traten Hofer und Necker nervös von einem Fuß auf den anderen, während Adler mit Cherbourg telefonierte. Ein Feldwebel der Luftwaffe erschien und sprach kurz mit dem Kommandanten.

Adler wandte sich zu den beiden Offizieren um. »Wir haben die Maschine noch auf Radar, aber sie scheint genau nach Westen zu fliegen, auf das Meer hinaus.«

»Mein Gott!«, rief Necker.

Adler sprach kurz in das Mikrofon und wandte sich an Hofer. »Alle Nachtjäger aus dem Bereich der Bretagne wurden vor einer Stunde zum Einsatz über dem Reich befohlen. Man rechnet mit schweren Bombenangriffen auf das Ruhrgebiet.«

»Um Himmels willen, wir müssen doch noch irgendetwas haben!«, rief Hofer.

Adler brachte ihn mit einer Handbewegung zum Schweigen und lauschte, dann stellte er das Mikrofon fort und drehte sich lächelnd um. »Allerdings. Ein JU-88-S-Nachtjäger. Der eine Motor musste überprüft werden, und die Maschine war zum Start der Staffel nicht rechtzeitig fertig.«

»Und jetzt ist das Ding startbereit?«, fragte Necker eifrig.

»Ja.« Adler genoss die Situation. »Eben in Cherbourg gestartet.«

»Aber kommt er noch an sie ran?«, fragte Necker.

»Herr Major, die alte Kiste schafft höchstens hundertundachtzig. Die JU 88 S mit dem neuen Nachbrennsystem bringt es auf gut vierhundert. Das Schicksal wird die Flüchtlinge so schnell ereilen, dass sie gar nichts mitbekommen.«

Triumphierend wandte sich Necker zu Hofer um. »Sie müssen umkehren, sonst schießt er sie glatt ab.«

Aber Hofer hatte inzwischen nachgedacht – über diese und etliche andere Fragen. Wenn das Postflugzeug zurückkehrte, konnte das nur eine Folge haben. Man würde Martineau und die anderen nach Berlin bringen – und nur wenige Menschen überlebten die Verhöre im Keller des Gestapo-Hauptquartiers in der Prinz-Albrecht-Straße. Dazu durfte es nicht kommen. Berger wusste, dass Rommel mit den Generälen in Verbindung stand, die Hitler beseitigen wollten – ebenso Martineau. Vielleicht hatte er es auch schon dem Mädchen gesagt.

Hofer atmete tief durch. »Nein, wir dürfen es nicht riskieren, dass sie entkommen.«

»Herr Major?«, fragte Adler erstaunt.

»Geben Sie dem Piloten des Nachtjägers Befehl, die JU 52 sofort abzuschießen. Die Leute dürfen England nicht erreichen.«

»Zu Befehl, Herr Major.« Adler griff nach dem Mikrofon. Necker legte Hofer eine Hand auf die Schulter. »Sie sehen schlimm aus. Gehen wir in die Krankenstation, dort haben wir einen Cognac für Sie. Adler verständigt uns, sobald die Sache sich zuspitzt.«

Hofer rang sich ein Lächeln ab. »Das Beste, was ich heute Abend bisher gehört habe.«

Dougal Munro saß in der Baker Street hinter seinem Schreibtisch, als Carter ihm die Meldung brachte. Der Brigadier las den Text und lächelte. »Grundgütiger Himmel, das ist außerordentlich – sogar für Harry!«

»Ich weiß, Sir. Ich habe das Flugeinsatz-Kommando verständigt, dass man ihn gebührend empfängt. Wo soll die Maschine landen? Cornwall wäre der kürzeste Weg.«

»Nein, wir wollen sie ganz nach Hause holen. Sie sollen landen, wo sie gestartet sind, Jack. Auf Hornley Field. Geben Sie dem Flugeinsatz-Kommando Bescheid. Ihnen darf nichts geschehen.«

»Und General Eisenhower, Sir?«

»Den verständigen wir, wenn Kelso tatsächlich sicher am Boden ist.« Munro stand auf und griff nach seiner Jacke. »Und lassen Sie den Wagen vorfahren, Jack. Bis Hornley Field ist es gut eine Stunde. Wenn wir Glück haben, können wir sie in Empfang nehmen.«

Martineau überließ es Heini Baum, Sorsa im Auge zu behalten, und verließ das Cockpit. Hinten herrschte eine geradezu euphorische Stimmung.

»Alles in Ordnung?«, fragte Kelso.

»Könnte nicht besser sein. Ich hatte eben Kontakt mit unseren Leuten in England. Die RAF wird uns eine Eskorte schicken.« Er lächelte Sarah an und ergriff ihre Hand. Nie zuvor hatte sie ihn so aufgeregt gesehen. Er wirkte plötzlich zehn Jahre jünger. »Geht es dir gut?«, fragte er.

»O ja, Harry, sehr gut.«

»Morgen gehen wir ins Ritz zum Abendessen«, sagte er.

»Bei Kerzenschein?«

»Selbst wenn ich meine eigene Kerze mitbringen müsste.« Sein Blick fiel auf Braun. »Sie haben doch vorhin etwas von Kaffee gesagt?«

Braun versuchte aufzustehen. Im gleichen Augenblick füllte ein lautes Brausen die Luft, und die Maschine bockte und begann, wie ein Stein abzustürzen. Braun verlor das Gleichgewicht, und Kelso rollte aufschreiend über den Boden.

»Harry!«, schrie Sarah. »Was ist das?«

Das Flugzeug fing sich wieder. Durch ein Seitenfenster entdeckte Martineau eine JU 88 S, die hundert Meter entfernt Parallelkurs flog – eine jener gefährlichen schwarzen zweimotorigen Maschinen, die am Nachthimmel über Europa den RAF-Bomber-Kommandos schlimme Verluste zugefügt hatten.

»Das gibt Ärger«, sagte er. »Ein Nachtjäger der Luftwaffe.« Er riss die Tür zum Cockpit auf und lehnte sich hindurch.

Sorsa schaute kurz über die Schulter. Sein Gesicht war ernst und bleich im Licht der Instrumente. »Keine Chance. Er will uns zwingen umzukehren.«

»Hat er das gesagt?«

»Nein. Bisher kein Funkkontakt.«

»Warum nicht? Das ergibt keinen Sinn.«

Die JU 88 S gewann plötzlich an Höhe und verschwand, und dann war es Heim, der die einzig mögliche Antwort gab. »Es ist doch logisch, dass die uns nicht zurückhaben wollen, mein Freund.«

Da erkannte Martineau die Wahrheit. Irgendetwas war schief gegangen, sicher mit Hofer – und wenn das stimmte, durfte der Major es nicht zulassen, dass sie der Gestapo in die Hände fielen und Erwin Rommel belasteten. Das wäre das Letzte gewesen, was er sich wünschen konnte.

»Was jetzt?«, fragte Sorsa. »Das Ding pustet uns mühelos vom Himmel, das weiß ich. Ich fliege die JU 88 S selbst schon seit zwei Jahren.«

Im gleichen Moment war erneut das Dröhnen zu hören, und Geschosse fetzten in den Rumpf und ließen das Postflugzeug erbeben. Ein Schrapnell brach durch den Boden des Cockpits, raste dicht an Sorsa vorbei und zerschmetterte die Windschutzscheibe. Der Pilot drückte die Steuersäule nach vorn und versuchte im Steilflug eine tiefer gelegene Wolkenschicht zu erreichen. Zugleich raste die JU 88 S wie ein dunkler Schatten über die andere Maschine dahin.

Martineau fiel auf ein Knie, bekam aber die Tür auf und schob sich hindurch. Mehrere Löcher klafften in der Wandung, zwei Fenster waren zerbrochen. Kelso lag auf dem Boden und klammerte sich an einem Sitz fest, während sich Sarah über Braun beugte, der auf dem Rücken lag und mit den Augen rollte. Seine Uniform war blutdurchtränkt. Er zuckte mehrmals heftig und rührte sich nicht mehr.

Sarah hob den Kopf. Ihr Gesicht war erstaunlich ruhig. »Er ist tot, Harry.«

Darauf gab es keine Antwort, und Martineau kehrte zum Cockpit zurück, wobei er sich festhalten musste, denn das Flugzeug setzte seinen Sturzflug durch die Wolken fort. Wieder dröhnte die JU 88 S über die langsamere Maschine hinweg und schüttelte sie durch.

»Schweinehund!«, tobte Sorsa. »Dir zeig ich's!«

Baum hockte am Boden und blickte mit verkrampftem Lächeln zu Harry auf. »Ein Finne, Sie erinnern sich? Die haben nicht viel für uns Deutsche übrig.«

Das Postflugzeug tauchte in etwa tausend Metern

Höhe aus den Wolken heraus, setzte die rasende Talfahrt aber fort.

»Was machen Sie?«, brüllte Martineau.

»Ich kann in der Wolke mit dem Burschen nicht Verstecken spielen. Das wäre unser Ende. Ein einziger Trick bleibt mir. Der andere ist sehr schnell und ich sehr langsam – das erschwert ihm die Sache.« Wieder blickte Sorsa über die Schulter und lächelte entschlossen. »Mal sehen, ob er was kann.«

Er setzte den Steilflug fort und war etwa bei dreihundert Metern Höhe, als die JU 88 S sich wieder hinter die Postmaschine klemmte – und viel zu schnell nach Backbord ziehen musste, um einen Zusammenstoß zu vermeiden.

In zweihundert Metern fing Sorsa sein Flugzeug ab und ging in den Horizontalflug. »Nun gut, du Schwein, mal sehen, was du drauf hast!«, sagte er und führte sicher das Steuer.

Martineau spürte plötzlich das Können, das hier am Werk war, begriff, warum der Finne so viele Orden trug, einschließlich des Ritterkreuzes, und fühlte eine große Ruhe in sich aufsteigen. Es war alles irgendwie unwirklich – die Lichter der Instrumente, der Wind, der durch die leeren Fensterrahmen pfiff… Schließlich war es in Sekundenschnelle vorbei. Wieder raste die JU 88 S von hinten heran, und Sorsa zog ruckhaft die Steuersäule zurück und begann zu steigen. Der Pilot des Nachtjägers wich steil nach unten aus, um einem unvermeidlich erscheinenden Zusammenstoß zu entgehen, aber in dieser Höhe und bei seiner Geschwindigkeit konnte er seine Maschine nicht mehr abfangen – und stürzte ins Wasser.

Sorsas Gesicht entspannte sich. »Du hast das Spiel verloren, mein Freund«, sagte er leise und zog den Steuerknüppel an. »Jetzt gehen wir wieder auf Höhe.«

Martineau öffnete die Tür und schaute nach hinten.

Durch unzählige Löcher blies der Flugwind in den Laderaum, der ein einziges Chaos war. Braun lag blutig am Boden. Sarah hockte neben Kelso.

»Alles in Ordnung mit euch beiden?«, rief er.

»Ja, bestens. Mach dir unseretwegen keine Sorgen«, antwortete Sarah. »Ist es vorbei?«

»Und ob!«

Sorsa brachte die Maschine auf zweitausend Metern in den Horizontalflug. »Das alte Mädchen ist durchlöchert wie ein Sieb, aber alles scheint zu funktionieren«, sagte der Finne.

»Probieren wir mal das Funkgerät aus.« Martineau zwängte sich auf den Sitz des Copiloten. Versuchsweise drehte er an den Knöpfen, doch schien alles in Ordnung zu sein. »Ich gebe durch, was geschehen ist«, sagte er und meldete sich auf der Notfrequenz der SOE.

Heini Baum versuchte sich eine Zigarette anzuzünden, musste aber aufgeben, da seine Hände zu sehr zitterten. »Mein Gott!«, ächzte er. »Was für ein aufregender letzter Akt!«

Sorsa fragte munter: »Sagen Sie, gibt's in englischen Gefangenenlagern anständiges Essen?«

Martineau lächelte: »Ach, ich glaube, für Sie werden wir etwas Besonderes arrangieren können, mein Freund.« Gleich darauf meldete sich das SOE-Hauptquartier.

Im Kontrollraum von Jersey starrte Adler ungläubig auf das Funkgerät. Er nahm den Kopfhörer ab und drehte sich langsam um.

»Um Himmels willen, was ist?«, fragte Necker.

»Das war die Flugleitung Cherbourg. Man hat die JU 88 S verloren.«

»Was soll das heißen – verloren?«

»Es bestand Funkkontakt mit dem Piloten. Er hat mehrmals angegriffen. Plötzlich brach der Kontakt ab, außerdem verschwand die Maschine vom Radarschirm. Man nimmt an, dass sie abgestürzt ist.«

»Ich hätt's wissen müssen«, sagte Hofer leise. »Sorsa ist ein großartiger Pilot. Ein außergewöhnlicher Mann. Ich hätte es wissen müssen, denn ich habe ihn selbst ausgesucht. Und die Postmaschine?«

»Noch immer auf dem Radar, fliegt über den Kanal auf die englische Küste zu. Nicht mehr aufzuhalten.«

Schweigen trat ein. Regen prasselte gegen die Fensterscheibe. »Was jetzt?«, fragte Necker.

»Ich fliege bei Tagesanbruch mit dem ›Storch‹«, antwortete Hofer. »Der Pilot des Postflugzeugs soll sich bereithalten. Ich muss dringend mit Generalfeldmarschall Rommel sprechen.«

»Und was dann?«, wollte Necker wissen. »Was passiert, wenn Berlin davon erfährt?«

»Das weiß Gott allein, mein Freund.« Hofer lächelte bedrückt. »Schlechte Aussichten – für uns alle.«

Etwa eine Viertelstunde nachdem Sorsa zum zweiten Mal den Kurs geändert hatte, erhielt Martineau Antwort auf seinen Funkspruch. »Bitte melden, Martineau.«

»Hier Martineau.«

»Ihr Ziel ist Homley Field. Fliegen Sie auf fünftausend Fuß und erwarten Sie weitere Anweisungen. Es gibt eine Eskorte. Müsste in wenigen Minuten zur Stelle sein.«

Martineau wandte sich an Sorsa, der die Kopfhörer aufgesetzt hatte. »Alles mitbekommen?«

Der Finne schüttelte den Kopf. »Kann kein Englisch.«

Martineau übersetzte und hockte sich dann neben Baum nieder. »So weit, so gut.«

Baum hatte sich aufgerichtet und deutete aus dem Fenster.

»Sehen Sie mal!«

Martineau drehte sich um und erblickte im Mondlicht eine Spitfire, die auf der Backbordseite Position bezogen hatte. Im gleichen Augenblick erschien eine zweite an Steuerbord. Er griff nach dem Kopfhörer des Copiloten.

»Martineau«, sagte eine forsche Stimme, »können Sie mich verstehen?«

»Hier Martineau.«

»Wir stehen im Moment zwanzig Meilen östlich der Insel Wight. Wir biegen zum Binnenland hin ab und gehen auf dreitausend runter. Ich fliege voraus, mein Freund bildet die Nachhut. Wir begleiten Sie ins Ziel.«

»Es ist uns ein Vergnügen.« Martineau lieferte Sorsa eine Übersetzung und lehnte sich zurück.

»Alles in Ordnung?«, fragte Baum.

»Bestens. Man weist uns ein. Dauert höchstens noch eine Viertelstunde.«

Baum war aufgeregt. Trotzdem war seine Hand diesmal ganz ruhig, als er sich aus dem Zigarettenetui bediente. »Ich habe jetzt wirklich das Gefühl, einen Durchbruch zu erleben.«

»Ich weiß, was Sie meinen«, sagte Martineau.

»Ach, wirklich? Ich weiß nicht. Ich war in Stalingrad, habe ich Ihnen das schon erzählt? Die größte Katastrophe in der Geschichte der deutschen Wehrmacht. Dreihunderttausend Gefallene. Ich wurde am Fuß verwundet – am Tag bevor die Rollbahn dichtmachte. Abtransportiert wurde ich mit einer braven alten JU 52 – wie diese Maschine hier. Einundneunzigtausend Gefangene, darunter vierundzwanzig Generäle. Warum die und nicht ich?«

»Mit solchen Fragen quäle ich mich schon jahrelang herum«, erwiderte Martineau.

»Und haben Sie Antworten gefunden?«

»Eigentlich nicht. Irgendwie kam ich immer zu dem

Schluss, dass es darauf gar keine Antworten gibt. Dass die Fragen im Grund auch verdammt wenig Sinn ergeben.«

Er zog den Kopfhörer herab, als sich die Funkstimme wieder meldete und ihm neue Anweisungen und einen neuen Kurs übermittelte. Martineau informierte Sorsa. Die Maschine verlor allmählich an Höhe. Wenige Minuten später meldete sich die Stimme erneut: »Direkt vor Ihnen: Hornley Field. Landen Sie selbständig.«

Die Rollbahnbeleuchtung war deutlich zu sehen, und diesmal brauchte Sorsa keine Übersetzung mehr. Er nahm das Gas zurück, fuhr die Landeklappen aus und legte eine perfekte Landung hin. Die eskortierenden Spitfires dröhnten an Backbord und Steuerbord vorbei und stiegen wieder in die Nacht empor.

Die JU 52 wurde langsamer, und Sorsa bog von der Landebahn ab und rollte auf den Kontrollturm zu. Schließlich stoppte er und schaltete die Motoren aus. Baum stand auf und lachte aufgeregt. »Geschafft!«, rief er.

Sarah lächelte. Sie umklammerte Martineaus Hand, und Kelso, der noch immer auf dem Boden lag, lachte laut. Ein großartiges Gefühl der Erleichterung breitete sich aus. Baum öffnete die Tür und schaute mit Martineau hinaus.

»Bleiben Sie, wo Sie sind!«, rief eine Lautsprecherstimme.

Eine Reihe RAF-Soldaten in blauen Uniformen, mit Gewehren bewaffnet, rückte vor. In den Schatten hinter ihnen bewegten sich andere Leute, die Martineau nicht erkennen konnte.

Baum sprang aus der Maschine. Wieder rief die Stimme: »Bleiben Sie, wo Sie sind!«

Baum knotete sich das weiße Halstuch um, grinste zu Harry hoch und legte grüßend den Feldmarschallstab an die Mütze. »Kommen Sie, Standartenführer?« Dann machte er kehrt und ging mit erhobenem Stab auf die Kette der Soldaten zu. »Legt die Gewehre fort, ihr Idioten!«, rief er auf Englisch. »Wir sind hier doch unter Freunden.«

Ein einzelner Schuss peitschte. Baum zuckte herum und machte noch einige torkelnde Schritte auf die Postmaschine zu, ehe er in die Knie brach und zu Boden ging.

Armeschwenkend lief Harry vor: »Aufhören, ihr Idioten!«, brüllte er. »Ich bin's, Martineau!«

Aus den Augenwinkeln bekam er mit, wie die Soldaten stehen blieben, und schon tauchte Sqadron Leader Barne's auf und schickte die Männer zurück. Martineau kniete nieder. Baum streckte ihm die linke Hand hin und packte ihn an der Uniform.

»Sie hatten Recht, Harry«, sagte er heiser. »Völlig ohne Sinn.«

»Still, Heini. Nicht sprechen. Wir besorgen Ihnen einen Arzt.«

Sarah erschien neben ihm, und Baums Griff lockerte sich. »Letzter Akt, Harry. Beten Sie Kaddisch für mich. Versprochen?«

»Versprochen«, sagte Martineau.

Baum hustete und spuckte Blut. Sein Körper schien zu erbeben, dann rutschte seine Hand von Martineaus Uniformrock ab und rührte sich nicht mehr. Langsam stand Martineau auf und sah Dougal Munro und Jack Carter neben Barnes vor den RAF-Männern stehen.

»Ein Unfall, Harry«, sagte Munro. »Einer unserer Jungs hat die Nerven verloren.«

»Ein Unfall?«, fragte Martineau. »Nennt ihr das neuerdings so? Manchmal frage ich mich wirklich, wer eigentlich der Feind ist. Wenn es Sie übrigens noch interessiert, Ihr amerikanischer Colonel liegt in der Maschine.«

Er ging an den beiden vorbei, drängte sich zwischen den Uniformierten hindurch und marschierte ziellos auf die alten Gebäude des Flugclubs zu. Plötzlich spürte er wieder das Stechen in der Brust, von dem er in Jersey nichts mehr gemerkt hatte. Er setzte sich auf die Vortreppe des alten Clubhauses und griff nach einer Zigarette. Plötzlich war ihm kalt. Nach einiger Zeit wurde ihm bewusst, dass Sarah in seiner Nähe saß.

»Was bedeutet das – Kaddisch beten?«

»Eine Art Klagegebet. Eine jüdische Sitte. Normalerweise kümmern sich die Angehörigen darum, aber er hat keine. Sind alle in die Öfen gegangen.« Er nahm die halbgerauchte Zigarette aus dem Mund und gab sie ihr. »Nun ja, jetzt weißt du, wie das so ist. Deine Lehre ist abgeschlossen. Keine Ehre, kein Ruhm, nur Heini Baum dort draußen, auf dem Rücken liegend.«

Er stand auf, und sie folgte ihm. Jemand hatte eine Bahre gebracht, und Baum wurde fortgeschafft. Flankiert von Munro und Carter, humpelte Kelso über das Flugfeld.

»Habe ich dir schon gesagt, wie gut du dich gehalten hast?«

»Nein.«

»Du warst gut. So gut, dass Dougal dich wahrscheinlich wieder einsetzen will. Lass es nicht dazu kommen. Geh wieder in dein Krankenhaus.«

»Ich glaube, man sollte grundsätzlich nicht irgendwohin zurückkehren«, sagte sie und ging mit ihm auf die wartenden Wagen zu. »Und du?«, fragte sie. »Was wird aus dir?«

»Ich habe nicht den blassesten Schimmer.«

Sie umfasste seinen Arm und presste ihn an sich und ging mit ihm in die Dunkelheit, die sich über das Flugfeld senkte, als die Beleuchtung der Landebahn ausgeschaltet wurde.

Jersey 1985

17

Es war sehr still in der Bibliothek. Sarah Drayton stand am Fenster und schaute hinaus. »Bald ist es dunkel. Manchmal frage ich mich, ob der Regen jemals wieder aufhört. Ein schlimmer Winter.«

Vito, der Butler, brachte ein Tablett und stellte es am Kamin auf einen niedrigen Tisch. »Kaffee, Contessa.«

»Vielen Dank, Vito. Ich schenke selbst ein.«

Er ging, und sie nahm Platz und griff nach der Kaffeekanne. »Und danach?«, fragte ich.

»Was aus den Beteiligten wurde? Nun ja, Konrad Hofer flog am nächsten Morgen mit dem ›Storch‹ nach Frankreich, erreichte Rommel und informierte ihn.«

»Und wie sicherte sich Rommel ab?«

»Na, im Wesentlichen so, wie Harry es vorgeschlagen hatte. Er flog nach Rastenburg.«

»In die Wolfsschanze?«

»Genau. Er sprach mit Hitler persönlich. Berichtete ihm, dass er aus Geheimdienstkreisen von der Gefahr eines Anschlags auf sein Leben erfahren und deshalb Berger als Doppelgänger eingesetzt hätte. Er hielt sich ziemlich an die Tatsachen. Wäre er selbst nach Jersey gereist, hätte Harry ihn ermordet. Berger wurde als miese Ratte abgetan, die das sinkende Schiff verließ.«

»Ich bin sicher, ganz so hat er es dem Führer nicht dargelegt.«

»Mag sein. Es gab eine amtliche Untersuchung. Wenige Monate nach dem Krieg konnte ich die entsprechende Gestapo-Akte einsehen. Die Ermittlungsergebnisse waren ziemlich dürftig. Vergessen Sie nicht, dass man von Hugh Kelso nichts wusste – und es war ausgerechnet Harry, der die Geschichte aus Rommels Sicht glaubhaft machte.«

»Das verstehe ich nicht.«

»Ich darf Sie daran erinnern, dass Harry sich gegenüber Hofer ziemlich ausführlich darüber geäußert hatte, wer er war – und diese Informationen sagten der Gestapo einiges. Immerhin führte man eine Akte unter seinem Namen und fahndete seit langem nach ihm. Vergessen Sie nicht, als er in Lyon Kaufmann ermordet hatte, entging er den Häschern nur knapp.«

»Man glaubte Rommel also die Geschichte?«

»Nun ja, Himmler war wohl nicht so überzeugt davon, aber der Führer gab sich offenbar zufrieden. Man begrub die ganze Sache. Im damaligen Kriegsstadium wollte man so etwas nicht in den Schlagzeilen sehen. Das Gleiche galt für unsere Seite, aber aus anderen Gründen.«

»Keine Publicity?«

»Nein.«

»Unter den gegebenen Umständen«, sagte ich, »war der bedauernswerte Schuss, dem Heini Baum zum Opfer fiel, eigentlich ganz vorteilhaft. Der Mann hätte ein Problem werden können.«

»Zu vorteilhaft«, sagte Sarah tonlos. »Harry hat mir einmal gesagt, Dougal Munro lege bei seinen Fällen Wert darauf, alle offenen Fragen zu klären. So kurz vor dem Beginn der Invasion war Eisenhower überglücklich, Kelso intakt zurückzubekommen, und unser Geheimdienst wollte Rommel und den anderen Generälen, die sich gegen Hitler verschworen hatten, das Leben nicht unnötig schwer machen.«

»Beinahe hätten sie es auch geschafft«, sagte ich.

»Ja – der Bombenanschlag vom Juli 1944. Hitler wurde nur verwundet.«

»Und die Verschwörer?«

»Graf von Stauffenberg und viele andere wurden hingerichtet, viele auf entsetzliche Weise.«

»Und Rommel?«

»Drei Tage vor dem Anschlag wurde Rommels Wagen von alliierten Tieffliegern beschossen und er selbst schwer verwundet. Obwohl er mit den Verschwörern zu tun hatte, hielt ihn das praktisch aus der Sache heraus.«

»Aber man erwischte ihn dann doch?«

»Aber erst später. Im Lauf eines Gestapo-Verhörs belastete ihn ein anderer. Hitler wollte aber den Skandal vermeiden, den es gegeben hätte, wenn Deutschlands bekanntester Kriegsheld auf die Anklagebank gekommen wäre. Man gab ihm Gelegenheit zum Selbstmord – und versprach ihm dafür, seine Familie zu verschonen.«

Ich nickte. »Und was wurde aus Hofer?«

»Der fiel bei den schweren Gefechten um Caen kurz nach Beginn der Invasion.«

»Und Hugh Kelso?«

»Der sollte eigentlich nicht wieder in den Einsatz. Das Bein heilte nicht gut ab, doch brauchte man sein technisches Können, als es darum ging, im März 1945 den Rhein zu überqueren. Er kam bei einer Explosion ums Leben, während er Arbeiten an der beschädigten Brücke von Remagen beaufsichtigte. Eine Sprengladung, die man übersehen hatte.«

Ich stand auf, ging zum Fenster und schaute nachdenklich in den Regen hinaus. »Erstaunlich«, sagte ich. »Am erstaunlichsten finde ich allerdings die Tatsache, dass von alledem nichts an die Öffentlichkeit gedrungen ist.«

»Dafür gab es einen besonderen Grund«, antwortete Sarah Drayton. »Die Jersey-Kumpanei. Diese Insel wurde am 9. Mai 1945 befreit. In zwei Monaten feiern wir den vierzigsten Jahrestag. Dieses Datum ist hier seit jeher groß gefeiert worden.«

»Kann ich mir vorstellen.«

»Nach dem Krieg aber gab es zunächst eine sehr schwierige Zeit. Beschuldigungen und Gegenbeschuldigungen über Leute, die angeblich mit dem Feind zusammengearbeitet hatten. Die Gestapo konnte tatsächlich einige Leute aufspüren, die in anonymen Briefen Freunde und Nachbarn denunziert hatten. Diese Namen standen nun offen in den Unterlagen. Ein Regierungskomitee wurde mit der Untersuchung beauftragt.«

»Und was stellte dieses Komitee fest?«

»Das weiß ich nicht. Die entsprechenden Unterlagen wurden archiviert und dürfen erst nach einer speziell festgesetzten Frist von hundert Jahren freigegeben werden. Der Bericht wird erst im Jahr *2045* einzusehen sein.«

Ich kehrte zu meinem Sessel zurück.

»Was passierte mit Helen de Ville, Gallagher und Guido?«

»Nichts. Sie gerieten nicht in Verdacht. Guido kam bei Kriegsende in Gefangenschaft. Dougal Munro sorgte dafür, dass er nach kurzer Zeit freigelassen wurde. Ralph, Helens Mann, kehrte ziemlich mitgenommen zurück. Er war in der Wüste verwundet worden. Er erholte sich nicht wieder und starb drei Jahre nach dem Krieg.«

»Hat sie dann Gallagher geheiratet?«

»Nein. Es hört sich dumm an, aber ich glaube, die beiden kannten sich schon zu lange. Sie ist vor zehn Jahren an Lungenkrebs gestorben. Er ist ihr innerhalb weniger Monate gefolgt. Er war dreiundachtzig und noch immer gesund. Ich war bei ihm, als er starb.«

»Ich hätte Lust … ich meine, wäre es möglich, das De-Ville Anwesen und *Septembertide* anzuschauen?«

»Das kann ich Ihnen nicht sagen«, erwiderte sie. »Seit dem Krieg hat sich Jersey sehr verändert. Wir gehören heute zu den wichtigsten Bankzentren der Welt. Auf der Insel gibt es viel Geld und jede Menge Millionäre. Einem davon gehört heute das De-Ville-Anwesen. Vielleicht könnte ich etwas arrangieren, ich weiß nicht.«

Die wichtigste Frage hatte ich mir bis zum Schluss aufgehoben, das wusste sie. Damit rechnete sie. »Und Sie und Martineau? Was wurde aus Ihnen?«

»Ich erhielt den MBE, den Tapferkeitsorden des britischen Militärs, natürlich ohne offizielle Begründung. Aus dem gleichen Grund verlieh mir das Freie Frankreich das Croix de Guerre.«

»Und die Amerikaner? Haben die sich auch erkenntlich gezeigt?«

»Himmel, nein!« Sie lachte. »Denen war die ganze Sache viel zu peinlich. Sie wollten sie möglichst schnell vergessen. Dougal Munro verschaffte mir eine Schreibtischtätigkeit in der Baker Street, die ich nicht ablehnen konnte, selbst wenn ich gewollt hätte. Immerhin hat er mich zum aktiven Offizier des Frauenhilfskorps gemacht.«

»Und Martineau?«

»Er bekam immer mehr Probleme mit der Gesundheit. Seine Erinnerung an Lyon, die Brustverletzung, machte ihm immer stärker zu schaffen, aber er arbeitete ebenfalls im Amt in der Baker Street. Nachdem die Invasion begonnen hatte, gab es viel zu tun. Wir lebten zusammen. Wir hatten eine Wohnung in Jacobs Well Mansions – in Gehweite vom Büro.«

»Waren Sie glücklich?«

»O ja«, antwortete sie und nickte. »Es waren die schönsten Monate meines Lebens. Damals wusste ich aber schon, dass die Verbindung nicht von Dauer sein würde. Wissen Sie, er wollte einfach mehr.«

»Ein aktiveres Leben?«

»Genau. Er brauchte den aktiven Einsatz, so wie manche Leute Alkohol brauchen – und schließlich führte ihn dieser Drang in den Tod. Im Januar 1945 setzten sich gewisse deutsche Generäle mit dem britischen Geheimdienst in Verbindung in dem Bestreben, den Krieg schneller zu Ende zu bringen. Dougal Munro brütete einen Plan aus, in dessen Verlauf eine Arado-Maschine der Feindmaschinen-Staffel von einem Freiwilligen nach Deutschland zurückgeflogen werden sollte – mit Harry als Passagier. Wie Sie wissen, war die Maschine mit deutschen Hoheitszeichen bemalt, und die beiden trugen auch Uniformen der Luftwaffe.«

»Und sie kamen nie ans Ziel?«

»O doch. Sie landeten auf der anderen Seite des Rheins. Harry traf sich dort mit den entscheidenden Leuten und flog zurück.«

»Und verschwand?«

»Die Flugeinsatz-Zentrale war über die Maschine informiert. Doch anscheinend war diese Nachricht den Piloten einer bestimmten Staffel nicht übermittelt worden. Ein Irrtum irgendwo auf Verwaltungsebene.«

»Mein Gott!«, sagte ich leise. »Aus was für trivialen Gründen manchmal doch die größten Katastrophen erwachsen.«

»Ja«, sagte sie und nickte. »Den Unterlagen zufolge wurde bei Margate eine Arado von einem Spitfire-Jäger angegriffen.

Die Sicht war an dem Tag sehr schlecht, und der Pilot verlor die Maschine in den tief hängenden Wolken aus den Augen. Man vermutete, dass sie über dem Meer abstürzte. Inzwischen wissen wir mehr.«

Ein kurzes Schweigen trat ein. Sarah Drayton nahm

zwei Holzscheite aus dem Korb und legte sie ins Feuer. »Und Sie?«, fragte ich. »Wie haben Sie sich durchgeschlagen?«

»Nun ja, ganz gut. Ich bekam ein Stipendium und konnte Medizin studieren. Bei Kriegsende konnten ehemalige Army-Angehörige mit einer großzügigen Behandlung rechnen. Nach dem Examen kehrte ich als junge Ärztin für ein Jahr Praktikum ans Cromwell-Hospital zurück – ein Schritt, der mir irgendwie passend erschien. Schließlich hatte dort alles begonnen.«

»Und Sie haben nie geheiratet.« Es war eine Feststellung, keine Frage, und ihre Antwort überraschte mich, wenngleich ich längst hätte Bescheid wissen müssen.

»Mein Gott, wie kommen Sie denn darauf? Guido besuchte mich regelmäßig in London. Bis dahin hatte er mir verschwiegen, wie reich die Orsini-Familie war. Während meines Studiums bat er mich jedes Jahr, seine Frau zu werden. Ich lehnte ab.«

»Und er kam immer wieder und versuchte es von neuem?«

»Nun ja. Endlich willigte ich ein – unter der Voraussetzung, dass ich weiter praktizieren konnte. Der Familienbesitz der Orsinis liegt bei Florenz. Ich habe dort dann jahrelang als zweiter Arzt in einer Landpraxis gearbeitet.«

»Dann sind Sie ja wirklich eine Contessa.«

»Nun ja. Contessa Sarah Orsini. Guido ist vor drei Jahren bei einem Autounfall ums Leben gekommen. Können Sie sich vorstellen, dass er mit vierundsechzig noch in seinem Ferrari Rennen fuhr?«

»So wie Sie ihn mir beschrieben haben, passt das durchaus zu ihm.«

»Dieses Haus gehörte meinen Eltern. Ich hatte es behalten und nahm mir schließlich vor, hierher zurückzukehren. Als Ärztin habe ich es auf der Insel unter meinem Mädchennamen leichter. Die Einheimischen würden sich von dem italienischen Namen vielleicht abschrecken lassen.«

»Und Sie und Guido? Waren Sie glücklich?«

»Warum fragen Sie?«

»Ich meine, weil Sie doch hierher zurückgekehrt sind, nach so vielen Jahren.«

»Diese Insel ist ein seltsamer Ort. Sie wirkt irgendwie magnetisch. Sie zieht die Menschen in ihren Bann, manchmal noch nach vielen Jahren. Es ging mir nicht darum, etwas Verlorenes wieder zu finden, falls Sie das gemeint haben. Jedenfalls nehme ich das nicht an.« Sie schüttelte den Kopf. »Ich habe Guido wirklich geliebt. Ich schenkte ihm eine Tochter und dann einen Sohn, den jetzigen Grafen, der mich zweimal in der Woche am Telefon anfleht, nach Florenz zurückzukehren und bei ihm zu wohnen.«

»Ich verstehe.«

Sie stand auf. »Guido begriff die Geister, die mich trieben, wie er sich ausdrückte – die unleugbare Tatsache, dass es Harry gegeben hatte. Dank Tante Helen kannte ich den Unterschied zwischen Verliebtsein und wahrer Liebe.«

»Sie hat Ihnen aber auch gesagt, Martineau wäre nicht der Richtige für Sie.«

»Da hatte sie durchaus Recht. Was immer in Harrys Psyche nicht stimmte – ich konnte ihn nicht heilen.« Wieder öffnete sie die Schublade, nahm ein vergilbtes Blatt heraus und entfaltete es. »Dies ist das Gedicht, das er damals in Lulworth Cove in den Kamin warf – an dem Tag, als wir uns kennen lernten.«

»Darf ich es lesen?«

Sie reichte mir das Blatt. *Der Bahnhof ist unheilvoll um Mitternacht. Die Hoffnung ist ein toter Brief. Das Schicksal mich zum Umsteigen rief. Keine Bummelzüge mehr, längst alle abgefahren.*

Eine unerklärliche Traurigkeit erfüllte mich, als ich

ihr die Zeilen zurückreichte. »Er nannte es ein mieses Gedicht«, sagte sie. »Aber es kommt alles darin vor. *Keine Möglichkeit, an den Ausgangspunkt zurückzukehren.* Vielleicht hatte er sogar Recht damit. Vielleicht hätte er mit siebzehn in den flandrischen Schützengräben umkommen sollen.«

Darauf fiel mir keine Antwort ein. »Ich habe Sie jetzt lange genug aufgehalten«, sagte ich. »Ich sollte in mein Hotel zurückkehren.«

»Sie wohnen im *L'Horizon*?«

»Ja.«

»Dort ist man gut untergebracht«, sagte sie. »Ich fahre Sie hin.«

»Das brauchen Sie aber nicht«, widersprach ich. »Es ist nicht weit.«

»Gewiss. Aber ich wollte sowieso Blumen ans Grab bringen.«

Wir fuhren den Hügel hinab und parkten vor dem Eingang der Kirche von St. Brélade. Es regnete stärker, und über der Bucht zog der Abend auf. Sarah Drayton stieg aus und klappte den Regenschirm auf, und ich reichte ihr die Blumen.

»Ich möchte Ihnen etwas zeigen«, sagte sie. »Da drüben.« Ich folgte ihr in den älteren Teil des Friedhofs und blieb schließlich neben ihr vor einem moosbedeckten Grabstein stehen. »Was halten Sie davon?«

Die Aufschrift lautete: *Hier liegen die sterblichen Überreste von Captain Henry Martineau, ehemals 5. Bengalische Infanterie-Kompanie, verstorben am 7. Juli 1859.*

»Das Grab habe ich erst letztes Jahr zufällig entdeckt. Danach schaltete ich eine Agentur ein, die für ihre Kunden Ahnenforschung betreibt. Captain Martineau setzte sich hier zur Ruhe, nachdem er in der Army in Indien gedient hatte. Anscheinend starb er im Alter von vierzig Jahren an einer alten Wunde. Seine

Frau und seine Kinder zogen nach Lancashire und wanderten später nach Amerika aus.«

»Wirklich erstaunlich!«

»Hier auf dem Friedhof sagte er mir damals, er fühle sich irgendwie heimisch.«

Langsam wanderten wir an den Gräbern entlang zum Tor, und ich fragte: »Was ist aus all den Deutschen geworden, die hier begraben waren?«

»Die wurden nach dem Krieg umgebettet«, antwortete sie. »Soweit ich weiß, liegen sie jetzt in Deutschland.«

Wir erreichten die Stelle, an der Harry Martineau am Nachmittag beerdigt worden war. Schweigend betrachteten wir den frischen Erdhaufen. Sarah Drayton legte die frischen Blumen nieder und richtete sich wieder auf. Ihre Worte erstaunten mich.

»Verdammt, Harry Martineau«, sagte sie sanft. Du warst dazu bestimmt – aber ich war auch dazu bestimmt.«

Darauf gab es keine Antwort, weder jetzt noch in Zukunft, und ich kam mir plötzlich sehr überflüssig vor. Ich machte kehrt und ging fort und ließ sie auf dem alten Friedhof im Regen stehen, allein mit der Vergangenheit.